KB189042

타인의 시간
The time of Other

타인의 시간

초판 1쇄 발행 2024년 11월 11일

지 은 이   권중영
발 행 인   권선복
편   집   권보송
표지디자인 권지우 · 오훈택
디 자 인   김소영
전 자 책   서보미
발 행 처   도서출판 행복에너지
출판등록   제315-2011-000035호
주   소   (07679) 서울특별시 강서구 화곡로 232
전   화   0505-666-5555
팩   스   0303-0799-1560
홈페이지   www.happybook.or.kr
이 메 일   ksbdata@daum.net

값 22,000원
ISBN 979-11-93607-57-2 (03810)

도서출판 행복에너지는 독자 여러분의 아이디어와 원고 투고를 기다립니다. 책으로 만들기를
원하는 콘텐츠가 있으신 분은 이메일이나 홈페이지를 통해 간단한 기획서와 기획의도, 연락
처 등을 보내주십시오. 행복에너지의 문은 언제나 활짝 열려 있습니다.

타임시리즈 III
권중영 지음

타인의 시간

The Time
of Others

도서
출판 행복에너지

Contents

등장인물(2017년 기준) 소개

- **길지석(42세)** : 아마추어 웹추리소설작가 겸 한의사
- **임진탁(48세)** : 아산경찰서 강력과 형사
- **한수찬(33세)** : 청주여자교도소 교도관
- **최영실(53세)** : 살인 사건으로 복역 중 폐암으로 사망한 재소자
- **최경실(51세)** : 최영실의 동생, 노래방 운영
- **선일순(53세), 강금자(52세), 이순애(52세), 김은하(53세)**
  : 78년 최영실과 함께 사라진 소녀들
- **선종수(57세)** : 논산역장, 선일순의 오빠
- **성창수(58세)** : 서울대 법대 졸업생.
  78년 최영실과 함께 사라진 대학생
- **성창일(54세)** : 성창수의 동생
- **조항민(60세)** : 서울대 인문대 졸업생, 계수나무 출판사 운영
- **부순호(58세)** : 법무법인 LKM 대표, 성창수의 친구
- **도수성(45세)** : 진주경찰서 강력계 형사
- **심우택(50세)** : ○○○종교문제 연구소 소장
- **문 산(78세)** : 온누리메시아복음선교회 창시자
- **문 석(47세)** : OMB선교회 목사, 문산의 아들
- **문 행(67세)** : 문산의 동생
- **구순희(54세)** : 문산의 여동생인 문선의 딸
- **구홍석(29세)** : 구순희의 아들
- **사동일(23세)** : OMB선교회 신도
- **최영수(36세)** : 최영실의 아들

프롤로그

류씨는 어젯밤 내내 몰아친 세찬 비바람과 천둥 번개로 인해 잠을 설쳤다. 그래도 지금 해야 할 일이 있기에 잠자리에서 일어났다. 때를 놓치면 올해 농사를 망칠 수도 있었기 때문이다. 시계를 보니 새벽 6시가 조금 못 된 시간이었다. 간밤의 비로 인해 불어난 논의 물을 빼기 위해 새벽부터 물꼬를 터야만 했다. 요사이 농사는 때가 중요하다는 사실을 온몸으로 느끼고 있었다. 지금 비는 잠시 소강상태이지만 오후에 또 내린다는 예보가 있었다.

마루턱에 걸쳐 앉아 장화를 신고 모자와 삽을 챙겼다. 어머니가 주무시는 안방은 불이 꺼져 있는 상태라 걸음걸이가 조심스러웠다.

류씨의 논은 집에서 약 1.5킬로미터 떨어져 있었다. 평소 같으면 자전거를 타고 갔을 터이지만 오늘은 왠지 걷고 싶었다. 걸으면서 비가 그친 뒤의 상쾌한 공기를 그대로 느끼고 싶었다.

집 앞 큰길을 벗어나 뚝방 길을 천천히 걷기 시작했다. 작년에 고향으로 내려와 처음으로 하는 논농사라 낯설고 실수투성이였지만 어쩔 수 없었다.

그때 그 일만 없었더라면…. 문득 그때 일이 머릿속에 떠오르기 시작했다. 그때도 세찬 비바람이 막 멈췄을 때였는데….

류씨는 고향에서 중학교를 졸업하자 큰누나가 살고 있는 서울의 어느 고등학교에 입학했다. 친구들과 같이 고향에서 고등학교에 다니고 싶었지만, 사람은 서울로 보내야만 한다는 아버지의 뜻에 따라 어쩔 수 없이 끌려가듯 서울 생활을 할 수밖에 없었다. 갓 결혼한 큰누나 또한 완강히 반대했지만 아버지의 뜻을 꺾지는 못했다.

류씨의 고등학교 3년은 이렇듯 모두의 방임 속에 속절없이 흘렀고, 재수 끝에 서울의 삼류 대학에 겨우 입학했다. 그러나 군대 제대와 졸업 이후의 생활은 이전 그대로였다.

입사를 위한 필기시험은 그럭저럭 합격도 여러 번 했지만, 번번이 면접에서 떨어졌다.

류씨는 왜 면접에서 떨어지는지를 잘 알고 있었다. 그 외모로 시험을 보려는 용기 자체가 대단하다는 어느 면접관의 혼잣말을 우연히 들었기 때문이다. 그래도 목구멍이 포도청이라 고향 친구의 도움으로 서울 강남의 유명 나이트클럽 고정 대리기사 자리를 얻을 수 있었다. 낮에는 도서관에서 시간을 보내고, 밤에는 도로를 누비며 돈을 버는 생활이 시작되었다.

고향 친구는 중학교를 다니다가 무작정 가출에 성공해서 서울의 나이트클럽 등지를 전전하면서 악착같이 돈을 벌었고, 지금은 강남 유명 나이트클럽의 코너 하나를 소유한 사업가가 되었다.

운명의 날이었다. 새벽 4시를 막 넘긴 시간 나이트클럽 영업이 종료되고 손님들이 한꺼번에 몰려나오기 시작했다. 류씨가 배정받은 차는 비록 소형차이지만 짙은 빨간색의 고급 외제 차여서 눈에 확 띄었다.

키를 받아 차 주인을 기다리고 있는데 젊은 여자 손님이 다가왔다. 그녀는 류씨를 보자마자 인상을 확 찌푸렸다. 별로 취한 것처럼 보이지는 않는데 다짜고짜 류씨의 손에서 차 키를 낚

아채면서 "여기 다른 기사 불러주세요."라며 큰 소리로 외쳤다.

류씨는 어안이 벙벙해서 어쩔 줄 몰랐다. 급히 달려온 대리기사 마스터가 지금은 피크 타임이라 다른 기사가 없다고 사정했지만 그녀는 막무가내였다.

그 순간 류씨의 머릿속에는 낮에 면접에서 떨어진 울화통이 한꺼번에 몰려오고 있었다. 자신도 모르게 양손으로 그녀의 어깨를 밀치고 말았다. 그녀는 하필 하이힐 굽이 보도블록 턱에 걸려 미끄러지면서 콘크리트 바닥에 그대로 나가떨어졌다. 그녀의 머리에서는 피가 흐르고 있었다.

류씨는 그 후의 일에 대해선 자세한 기억이 없었다. 어느 순간 자신의 손에 수갑이 채워져 있었고, 나중에는 긴 재판의 시간을 거쳐야만 했다. 그녀는 바로 병원으로 옮겨졌지만 몇 시간 만에 사망했다. 그 때문에 결국 폭행치사죄로 1심에서 징역 10년, 2심에서 징역 7년을 선고받았다.

작년에 안양교도소에서 6년여의 수감생활을 무사히 마쳤다. 그사이 아버지는 돌아가셨고, 출소 후에 사정은 더 막막했다. 어느 회사 하나 전과자를 직원으로 받아주는 곳은 없었다. 어머니의 간곡한 사정으로 어쩔 수 없이 고향에 내려와 어머니와 함께 농사를 짓기로 했다.

류씨는 뚝방 길을 계속 걸으면서 자신의 인생이 왜 이렇게 됐는지 곰곰이 생각해 봤지만 딱히 해답을 찾지는 못했다. 매번 생각하는 것이었지만 마찬가지였다.

이윽고 자신의 논으로 가기 위해 오른쪽으로 발길을 옮기려는 순간, 반대 뚝방 길 경사진 언덕에서 뭔가가 시야에 들어왔다.

잠시 멈칫하다가 그곳으로 발길을 돌렸다. 가까이 가면 갈수록 자신의 느낌이 맞았다는 생각이 들었다.

그것은 분명히 사람이었다. 검은 양복에 흰 와이셔츠를 입고 벌러덩 누워 있는 성인 남자였다. 옆구리에는 비록 빗물에 씻겨 나갔지만, 빨간 피가 흥건히 배어 있었다.

류씨는 그 자리에 풀썩 주저앉고 말았다.

그때 그 여자도 검은색 투피스에 흰색 블라우스를 입고 있었는데….

1장.

뜻밖의 시작

1.

2016년 9월 초 늦더위가 한창 기승을 부리던 어느 오후 시간이었다.

길 원장은 점심 식사를 마친 후 조금 전에 사무실에 들어왔다. 원장실 책상에 앉자마자 한 통의 전화를 받았다. 인터폰으로 들려오는 민 간호사의 말에 의하면 청주여자교도소에서 온 전화라고 한다. 순간 의아했다. 청주여자교도소에서 나한테 무슨 볼일이 있다고? 곧바로 전화를 받았다.

"전화 바꿨습니다. 길지석입니다."

"안녕하세요? …저는 청주여자교도소에 근무하는 한수찬이라고 합니다."

"아, 네. 안녕하세요?"

길 원장은 인사를 건네고 잠시 멈칫거렸다. 딱히 더 할 말이 없어서였다.

"제가 길석 선생님 팬입니다. 이렇게 전화로라도 인사드리게 돼서 영광입니다."

다소 딱딱한 말투였으나 절도 있고 씩씩한 그의 목소리에서 정감이 느껴졌다.

"그래요? 제 글을 좋게 평가해 주시니 감사합니다."

"그런데 선생님….""

그는 길 원장을 부른 후 더 이상 말을 이어가지 않고 있었다. 길 원장은 이런 순간을 수없이 겪었다. 상대방이 뭔가 어려운 말을 꺼낼 때 사용하는 말투가 틀림없었다. 이럴 때는 그대로 기다리는 것이 상책이라는 사실을 경험상 잘 알고 있었다.

"제가 주제넘은 부탁일지는 모르겠지만… 혹시 아산 곡교천 살인 사건에 대해 들어보셨나요?"

"곡교천 살인 사건요? 전혀 들어본 적이 없는 거 같은데?"

"몇 달 전 아산에서 발생한 살인 사건인데, 피해자의 신원이 전혀 확인되지 않아서 경찰에서는 신원을 확인할 수 있는 제보를 기다린다며 뉴스에 나오고 그랬는데….."

길 원장은 막 점심을 먹은 후라 서서히 졸음이 몰려오고 있던 차에 살인 사건이라는 말을 듣고 정신이 번쩍 들었다. 조바심이 나기도 했지만 애써 담담한 척 무심하게 물었다.

"아, 제가 뉴스를 잘 보질 않아서. 그런데 그 사건이 왜?"

"어쩌면 그 사건의 피해자 신원을 확인할 수 있을지도 몰라서….."

"그래요? 그럼, 경찰에 알리면 되지 않나요?"

길 원장은 순간 얘기가 이상하게 흘러간다는 느낌을 받았다. 아직까진 한 교도관이 무슨 의도로 전화했는지 전혀 감이 잡히지 않았다.

"그게… 전화로 자세한 말씀을 드리기는 어려울 거 같고, 죄송하지만 한번 저희 교도소에 와주셨으면 합니다. 만나볼 분이 있긴 한데…. 초면에 전화로 이런 부탁을 드려 정말 죄송합니다."

길 원장은 순간 그의 부탁을 어떻게 해야 할지 결정하기가 어려웠다. 구체적인 이유도 말하지 않고 무작정 교도소에 방문해 달라는 그의 요청이 약간 황당하기도 했다. 하지만 '살인 사건'이라는 말에 구미가 당기는 것도 사실이었다. 그리고 또, 전화를 건 곳이 '청주여자교도소'라고 하지 않았던가? 어떤 사연인지는 모르겠지만 일단 한번 만나보는 것도 좋을 것 같았다.

"제가 주말 이외에는 시간을 내기 어려워서, 이번 주 일요일 오후는 어떨까요?"

"음… 제가 그날 근무는 아니지만, 가능할 거 같습니다. 그러면 이번 주 일요일에 오시는 것으로 알고 준비하고 있겠습니다."

그렇게 두 사람은 서로의 휴대폰 전화번호를 교환한 후 전화를 끊었다.

길 원장은 전화를 끊고 바로 인터넷으로 기사를 검색하기 시작했다. '아산 곡교천 살인 사건'을 입력했다.

인터넷에 나온 기사는 의외로 단순했다.

2016년 6월 7일 아침, 이른 장맛비로 폭우가 쏟아진 탓에 아산 곡교천이 범람하면서 칼에 찔린 남성의 시신이 뚝방 옆에서 발견됐다.

신고를 받고 수사에 착수한 경찰은 피해자의 지문이 전산에 등록되어 있지 않아 신원을 확인할 수 없었다. 시신 주변에서도 피해자의 신원을 확인할 수 있는 어떤 단서도 나오지 않았다. 피해자의 얼굴 또한 물에 퉁퉁 부어 전혀 알아볼 수 없는 상태였다.

어쩔 수 없이 경찰은 피해자의 신원 확인에 단서가 될 만한 시민의 제보에 기대를 걸고 언론에 협조를 요청했다.

피해자의 나이는 대략 30대 중반 정도로 보이고, 피해자 신원 확인의 단서가 될 만한 자료는 딱 하나였다. 피해자의 신체 특징으로 오른쪽 어깨 쪽에 들꽃 한 송이가 문신으로 새겨져 있다는 것뿐이었다.

마지막으론 수사를 담당한 아산경찰서에서 제보를 기다린다고 되어 있었다.

길 원장은 다시 한번 기사 내용을 음미하면서 한 교도관의 말을 떠올렸다. 그는 이 기사를 보고 피해자의 신원을 알 수 있을지도 모른다고 했다. 자신이 교도관임을 밝힌 것으로 봐서는 아마도 교도소와 관련 있을 것 같다는 생각이 들었다.

그렇다면 피해자가 이전에 교도소에 수감된 사실이 있었다는 말인가? 길 원장은 바로 고개를 저었다. 피해자에게 수감된 전력이 있었다면 당연히 사법 시스템상 신원이 바로 확인됐을 것이다.

그것이 아니라면? 현재 수감 중인 재소자와 어떤 관련이? 아마 맞을 것이다. 그는 만나야 할 사람이 있다며 교도소로 와 달라고 하지 않았던가? 재소자를 만나 달라고 부른 것이 틀림없을 것이다.

그럼, 어떤 재소자가 곡교천 살인 사건을 자신이 저질렀다고 자백이라도 한 건가? 아니, 그렇다면 바로 경찰에 알리면 될 텐데 굳이 왜 나에게? 그리고 또, 한 교도관은 어쩌면 피해자의 신원을 확인할 수 있을지 모른다고 말했을 뿐 범인에 대해서는 전혀 언급하지 않았다. 생각하면 생각할수록 궁금증만 더해 갔다.

2.

길 원장은 일요일 오후 2시 차를 몰고 청주시 ○○동에 있는 청주여자교도소 앞에 도착했다. 나지막한 언덕길을 오르자 왼쪽에는 청주교도소, 오른쪽으로는 청주여자교도소라는 안내판이 보였다. 높은 담벼락과 육중한 출입문이 앞을 가로막고 있었다.

난생처음 와보는 교도소라 그런지 온몸에서 가벼운 전율이 흐르고 있었다. 출입문 옆 조그만 민원실 같은 곳으로 다가가자, 누군가가 초조하게 기다리는 모습이 시야에 들어왔다. 아마도 한 교도관인 듯했다.

"길석 선생님이시죠? 한수찬입니다. 처음 뵙겠습니다."

"안녕하세요, 목소리보다 더 젊어 보이시네요."

두 사람은 가볍게 악수를 나눴다.

"실제로도 아직 나이가 한참 어립니다. 여기에 들어온 지 3년도 채 되지 않았습니다."

그는 사회 초년병처럼 군기가 바짝 들어 있었다. 짙은 청색 계통의 제복이 나름 잘 어울린다는 느낌을 받았다. 머리는 단정한 스포츠형이었고, 하얀 피부에 얼굴 또한 서글서글해 보였다. 웃는 모습이 꾸밈없어 어디에서든 좋은 대접을 받을 만한 인상이었다. 그런데 길 원장을 무척 어려워하는 모양새였다.

"원래 민간인은 교도소에 특별한 일이 없으면 출입할 수 없지만, 오늘은 특별히 소장님 허락을 받아서. 여기, 이쪽으로 오시면 됩니다."

그 옆에 있던 민원 담당자는 별다른 얘기 없이 길 원장에게 간단한 출입 절차를 고지한 후 출입증을 교부했다.

길 원장은 한 교도관을 따라 건물 안으로 들어갔다. 교도소 안은 적막 그 자체였다. 재소자들이 지금 시간에 무슨 일을 하는지는 알 수 없지만 일절 보이질 않았다. 그에게 왜 이리 조용하냐고 물어볼까도 했으나 쉽게 입이 떨어지지 않았다.

잠시 후 길 원장은 그가 일하는 사무실로 안내됐다. 교도소 행정을 보는 곳이었다. 그는 기계적으로 시원한 녹차를 길 원장 앞으로 내밀었다. 그도 말이 없는 것으로 봐서 긴장하고 있다는 느낌을 받았다.

길 원장은 일단 분위기를 편하게 하기 위해 먼저 말을 걸었다.

"난생처음 교도소라는 곳에 와 보니 약간 떨리네요."

"저도 직장이라고 생각해서 그렇지, 솔직히 떨리기는 마찬가지입니다. 재소자들이 각자 어떤 사연이 있는지 자세히 알 수 없으니…. 그래도 그나마 여기는 여자 교도소라 분위기가 그렇게 험악하지는 않답니다."

"우리나라에는 여자 교도소가 여기 한 곳인가요?"

"네, 여기 한 곳입니다. 소년 교도소 등 전문적인 교도소가 전국에 몇 군데 있긴 하지만 여자 교도소는 여기뿐이죠."

"그럼, 전국의 여자 재소자는 모두 여기로 오나요?"

"그건 아니고, 여기도 재소 인원이 초과되어 모두 수용할 수는 없는 형편입니다."

길 원장은 말없이 고개만 끄덕였다. 이쯤 되면 본론이 나올 분위기였다. 아니나 다를까, 그가 조심스럽게 말을 꺼내기 시작했다.

"선생님을 이런 누추한 곳까지 오시라고 한 것은… 여기 수감 중인 재소자를 한번 만나주셨으면 해서요."

그는 자신이 표현할 수 있는 최대한 공손한 어투를 사용한 것으로 보였다.

"그 사람이 곡교천 살인 사건과 관련 있는 분인가요?"

"네, 맞습니다. 그런데 저희로서도 추측만 하는 상황이라."

"그 부분은 감안해서 들을 테니, 편하게 말씀하시면 됩니다."

"아! 감사합니다."

그는 본격적인 말을 꺼내기 전에 심호흡으로 정신을 가다듬고 있었다. 그리고 녹차 잔에도 살짝 입을 갖다 댔다. 덩달아 길 원장도 긴장되긴 마찬가지였다.

"선생님께서 만나주셨으면 하는 재소자는 솔직히 이름도, 나이도 알 수 없는 그런 사람입니다."

"네?"

길 원장은 초반부터 뭔가 심상치 않다는 생각이 들었다. 무슨 사연이기에 이름도 나이도 알 수 없다는 말인가?

"그 재소자는 젊었을 때 심한 교통사고를 당해 그전의 기억이 모두 없어졌다고 합니다."

길 원장은 가볍게 고개를 끄덕이면서 눈빛으로 그에게 계속 얘기하라는 신호를 보냈다.

"여기에서는 통상 죄수 번호 '505번'이라고 부르기는 하지만, '나일란'이라고도 곧잘 부릅니다."

"나일란이라?"

"그냥 같은 재소자들 사이에서 부르는 이름인데, 나는 '일란'이다. 즉, 한 개의 난초라는 의미죠."

"난초라? 그래서 곡교천 살인 사건과 관련이?"

"맞습니다. 곡교천에서 살해된 남자는 오른쪽 어깨에 들꽃 한 송이 문신이 있다고 하는데 505번도 똑같은 들꽃 문신 하나가 있습니다. 위치도 오른쪽 어깨로 똑같고요."

"그것만 가지고 관련 있다고는…."

"그렇긴 한데 제가 알기로는 그 남자도 지문이 등록되어 있지 않아 신원을 확인할 수 없다고 되어 있었는데, 505번도 처음부터 지문이 등록되어 있지 않았습니다."

"음…."

길 원장은 순간 딱히 뭐라 말할 수는 없지만 묘한 분위기에 빠져들어 가는 느낌이었다.

"그럼, 바로 경찰에 알려서 확인해 보면 되는 거 아닌가요?"

"그건 그렇게 하면 되는데, 저희가 선생님을 뵙자고 한 이유는 505번이 꼭 아들을 찾고 싶어 해서….."

"혹시, 살해된 남자가 그 여자의 아들일지도 모른다는 건가요?"

"솔직히 말씀드리면 그렇습니다. 저희는 살해된 남자가 505번의 아들이 아니기를 바라고는 있지만."

"일단 정리 좀 해 봅시다. 505번에게 아들이 하나 있는데 그여자는 아들을 찾고 싶어 하고, 여러 정황상 곡교천에서 살해된 남자가 그 여자의 아들일지도 모른다는 거네요."

"네, 맞습니다. 살해된 남자가 505번의 아들로 판명된다면 불행한 결말로 끝나는 건데, 만약 그것이 아니라면… 그 여자의 아들을 찾아야 해서."

"그렇다면 저에게 505번의 아들을 찾아 달라는 말씀인가요?"

길 원장은 갑자기 심한 허탈감이 들었다. 결론적으로 그의 부탁은 그냥 잃어버린 재소자의 아들을 찾아 달라는 것이다. 자신을 끌어드릴 미끼로 그가 교묘하게 살인 사건을 언급했다고밖에 생각할 수 없었다.

"죄송합니다. 솔직히 저희도 어쩔 수 없는 상황이라."

"어쩔 수 없는 상황이라뇨?"

"사실 505번의 죽음이 얼마 남아 있지 않았거든요."

"네?"

"505번은 말기 폐암 환자로 처음 암 진단을 받았을 때 6개월을 넘기지 못할 거라고 했는데, 이미 6개월이 지난 상태라서요."

"곧 돌아가실 사람에게 굳이 아들을 찾아주려고 하는 이유는?"

그는 길 원장을 조용히 응시하기만 했다.

길 원장도 멋쩍게 그를 바라보는 순간 깜짝 놀랐다. 그의 눈에서 가느다란 눈물이 흘러내리는 것이 아닌가. 당황스러운 상황이 연출되고 있었다. 잠시 후 그가 정신을 차린 듯 눈물을 훔치며 말을 꺼냈다.

"저희 어머니도 암으로 돌아가셨는데, 505번만 보면 어머니 생각이 나서 저도 그만. 마지막 가시는 사람의 소원을 꼭 들어주고 싶다는 생각에."

길 원장은 가볍게 고개만 끄덕였다. 그의 마음을 충분히 이해할 수 있을 것 같았다. 그러나 오늘내일 하는 사람의 아들을 지금 당장 어떻게 찾는단 말인가? 그리고 그의 말에 의하면 아들이 곡교천에서 살해된 남자일지도 모르는데, 그의 의도는 아무리 좋게 생각하려고 해도 전혀 현실적이지 않다는 생각이 들었다.

"교도관님의 마음은 잘 알겠지만, 이게 마음만으로 해결될 사안은 아닌 거 같은데?"

"선생님, 저도 잘 알고 있습니다. 그렇지만 죽은 사람 소원도 들어준다는데 곧 돌아가실 사람의 마지막 소원이라도."

"단순히 사람을 찾는 것이라면 심부름센터나 흥신소 같은 곳이 더 낫지 않을까요? 제가 그런 일을 맡기에는⋯."

"선생님께 실제로 그 일을 해 달라는 것이 아니라⋯."

"네?"

"그냥 선생님께서 505번을 한번 만나주셨으면 해서⋯."

길 원장은 이제야 그의 의도를 정확히 알 수 있을 것 같았다. 그는 길 원장에게 505번 재소자 앞에서 아들을 찾아줄 것처럼 연출해 달라는 것이었다. 죽어가는 사람의 마지막 소원을 들어줄 것처럼….

"그런데 하필 왜 제가 선택된 건가요?"

"505번은 만날 때마다 아들을 보고 싶다고 말했는데, 제가 얼떨결에 선생님 얘기를 꺼냈다가 그만. 505번은 저만 철석같이 믿고 있어서, 제가 개인적인 욕심만 앞세웠네요. 죄송합니다, 선생님."

길 원장은 이 상황에서 매몰차게 그의 부탁을 거절하기가 어려웠다. 선한 마음으로 꺼낸 거짓말인데 이제 와서 어떻게 할 수도 없는 노릇이었다.

"아까는 소장님도 알고 있는 것처럼 말씀하지 않았나요?"

"제가 용기를 내서 소장님께 보고했는데 소장님도 흔쾌히 승낙하셨거든요. 솔직히 505번은 여기에서 최고참인데다가 워낙 모범적으로 생활하고 있어서, 소장님도 마지막 가는 길이라도 편하게 갈 수 있도록 저한테 최대한 도와주라고 하셨습니다."

"최고참이라면 505번은 중범죄를 저질렀다는 거네요."

"네. 사람을 두 명 죽여 무기징역이 선고됐고, 곧 20년 형기를 채우면 가석방이 예정되어 있는데 출소할 날을 얼마 남겨놓지 않고 교도소에서 생을 마감하게 될 처지입니다."

"그런데 말기 암 환자인데도 교도소에 계속 있어야 하나요?"

"원칙적으로는 형 집행 정지 신청을 하면 받아들여지긴 할 테지만 505번은 밖에 연고가 전혀 없고, 어차피 밖으로 나가더라도 병원 신세를 져야 할 테니, 505번이 극구 형 집행 정지를 거부해서."

"만약 곡교천에서 살해된 남자가 그 여자의 아들이라면?"

"505번에게는 알리지 않는 게 좋겠죠."

길 원장은 고개만 가볍게 끄덕였다. 일단은 살해된 남자가 505번의 아들이 아니기만을 믿고 싶은 심정이었다.

"음… 제가 만나기 전에 그 사람 자료를 좀 볼 수 있을까요?"

길 원장은 그에게 부탁을 들어주겠다는 의사를 표시했다.

"물론입니다. 미리 준비해 놨습니다."

길 원장은 그로부터 서류를 넘겨받아 살펴보기 시작했다. 재소자 수형 기록표에는 인적 사항이 미상으로 나와 있었고, 1998년 6월 3일 청주여자교도소에 입소된 것으로 나와 있었다. 그 뒤로는 재소자의 교도소 생활 내용이 자세히 적혀 있었다. 한마디로 모범적인 생활을 했다는 내용이 주를 이뤘다.

그다음으로 눈에 띄는 서류가 있었다. 505번에 대한 판결문이었다. 죄명이 '살인'이라고 한눈에 들어왔다.

범죄 사실은 1997년 5월 30일 안양의 어느 술집 주방에서 일하던 피고인(이름 불명)이 갑자기 주방에 들어와서 자신을 성폭행하려는 남자 두 명을 순간적으로 그곳에 있던 칼을 들어 찔러 죽였다는 것이 주요 내용이었다.

범죄 사실은 선뜻 이해되지 않았다. 손님 두 명이 왜 갑자기 주방으로 들어와서 피고인을 성폭행하려고 했다는 말인가? 피고인은 구조를 요청하면서 소리를 지를 수도 있었을 텐데 무슨 이유로 대뜸 칼로 손님 두 명을 찔러 죽였다는 말인가? 그리고 또 연약한 여자가 건장한 남자 두 명을 순식간에 칼로 찔러 죽인다는 것이 가능한 것인가?

길 원장은 범죄 사실 다음에 기재된 판결 이유를 읽고 어느 정도 의구심이 해소되기는 했지만 완전하지는 않았다.

피해자들은 다른 일행들과 함께 그날 사업 관계로 술자리를 하던 중 피해자 A가 화장실에 갔다가 한참 동안 돌아오지 않자 그를 찾으러 간 피해자 B가 피해자 A를 부축하여 오다가 주방을 자신들의 룸으로 잘못 알고 들어가게 되었다. 그때 만취한 피해자 A가 피고인을 여종업원으로 착각하여 몸에 손을 대려고 하자 피고인은 피해자들이 자신을 성폭행하려는 것으로 오인하여 순간적으로 옆에 있던 칼을 들어 손님 두 명을 죽였다는 것이다. 술이 빚은 참극이었다.

죽은 자들은 말이 없어 피고인의 진술을 토대로 범죄 사실이 구성된 것처럼 보였다. 피고인은 자신도 왜 그런 행동을 했는지 이해할 수 없다고 변명했다. 피고인과 피해자들 사이에는 전혀 일면식이 없었고, 피고인이 피해자들을 살해할 만한 특별한 다른 동기도 없었다. 결국 우발적으로 벌어진 사건으로 결말이 났다.

길 원장은 한편으로는 충분히 발생할 수 있는 일이기도 하지만, 한편으로는 수긍하기 어렵다는 생각도 들었다.

피해자들은 현장에서 즉사한 것으로 되어 있었다. 그것도 찔린 부위를 보면 급소에 가까운 곳이었다. 그렇다면 피고인은 순간적으로 칼을 들어 찌른 것이 아니라 피해자들의 급소를 정확히 찔렀다는 결론이 나올 수도 있는 상황이었다. 판결문상으로는 그 이상의 자세한 내용은 나와 있지 않았다.

마지막으로 양형 이유에서는 피고인이 두 명의 피해자를 살해하고도 자기변명으로 일관하고 있고, 피해자들 유족과 합의되지 않아 죄질이 불량하다 등의 이유로 무기징역을 선고한다고 되어 있었다.

길 원장은 다 읽기를 마치자, 마음속에서 505번 재소자를 꼭 만나보고 싶다는 충동이 솟아났다. 자신의 이름도 모르는 여자가 무슨 사연이 있었기에 술집 주방으로 흘러 들어갔을까? 또 두 명의 남자를 살해한 것이 과연 우발적이라고만 볼 수 있을까? 그리고 어쩌면 505번은 젊은 시절에 칼을 전문적으로 사용하던 사람은 아니었을까? 궁금증만 더 쌓여갔다.

그렇지만 한 교도관 앞에서는 전혀 내색하지 않았다. 잘못하면 그의 의도에 말려들어 갈지도 모른다는 생각이 앞섰다.

"그럼, 지금 505번을 만나러 가면 되나요?"

"네. 505번은 교도소 의무실에 입원해 있는데, 바로 가시면 됩니다."

"혹시 제가 주의해야 할 것들이 있나요?"

"죄송하지만… 아들을 찾을 수 있다는 희망적인 말씀만 해주시면 됩니다."

"음… 가시죠."

길 원장은 이 상황에서 긍정적인 대답을 하기가 거북스러웠다. 상황이 어떻게 전개될지 모르는데 무책임한 대답을 하기에는 양심이 허락하지 않았다.

길 원장은 그의 안내를 받아 교도소 제일 안쪽 외진 건물 안으로 들어갔다. 오른쪽 복도를 따라 쭉 들어가자 의무실 간판이 보였다. 의무실 안의 진료실과 병상이 눈에 들어왔다. 세 개의 병상에는 한 사람만 누워 있었다. 505번 재소자일 것이다.

길 원장은 일부러 천천히 발걸음을 옮기면서 505번 재소자를 유심히 살피기 시작했다. 첫 순간부터 속으로는 상당히 놀랐다. 원래 이렇게 몸이 왜소했던 것인가? 아니면 암 환자여서 그런 것인가? 길 원장이 보기에는 초등학교 고학년생 정도의 체격이었다.

재소자 수형 기록표에 505번의 키가 166센티미터라고 적혀 있었던 것이 생각났다. 키는 505번 재소자의 연배에서는 꽤 큰 편이라고 볼 수 있는데 몸에는 살이 거의 없어 언뜻 보면 늙은이의 형상 그 자체였다. 필시 암세포로 인해 체중이 빠진 것이리라.

누워서 지긋하게 한 교도관을 쳐다보는 그녀의 얼굴에는 인자함이 가득했다. 어머니가 아들을 바라보고 있는 꼭 그 모습이었다. 나이를 알 수 없다고 했으니 정확히 가름할 수는 없지만 예순 살은 안 돼 보였다. 피부는 어린아이 피부처럼 하얗고 부드러웠으며 결이 좋은 편이었다. 다만 얼굴에도 살이 많이 빠져 있었다. 흰 두건으로 가려져 있어 머리 부분이 잘 보이지는 않았지만 머리카락도 거의 다 빠진 듯했다. 왼쪽 팔뚝에는 링거가 꽂혀 있었다.

"어머니! 수찬이 왔어요."

그녀의 얼굴에는 미소가 가득했다. 계속 그와 눈을 마주치고 있었다.

"어머니, 전에 제가 말씀드린 길석 선생님이 진짜 어머니를 뵈러 여기에 오셨네요. 아드님을 찾아주시려고요."

그 말을 들은 그녀가 한 교도관 뒤에 뻘쭘하게 서 있는 길 원장을 유심히 쳐다보기 시작했다. 길 원장은 간단히 고개를 숙여 인사를 건넸다. 그녀가 한 교도관의 말을 이해하는 것으로 봐서는 정신은 온전해 보였다.

잠시 후 그가 뒤를 돌아 길 원장을 바라보면서 한쪽 눈을 가볍게 찡그렸다. 아마 준비가 됐다는 신호로 보였다.

"어머니가 길게 말씀하실 수 없으니 그 점 감안해서 물어보시면 될 겁니다. 그럼, 저는 밖에 있겠습니다."

그는 길 원장의 대답도 기다리지 않고 밖으로 나가려고 했다. 그 순간 그녀의 눈빛이 상당히 흔들리고 있었다. 뭔가 불안한 모양이었다. 길 원장은 급히 그의 팔을 잡아 멈춰 세웠다.

"혹시 한 교도관님이 부연 설명해야 할지도 모르니 같이 계시죠."

길 원장은 일단 그녀의 마음을 안정시키는 것이 우선이라고 생각해서 그를 붙잡았다. 그도 별다른 대꾸 없이 그 자리에 멈춰 섰다.

길 원장은 병상 앞으로 다가가 그 앞에 놓인 의자에 앉았다. 잠시 심호흡을 하면서 그녀의 얼굴을 바라봤다. 그녀는 인자한 표정으로 무언의 감사 표시를 하는 것으로 보였다.

"저도 편하게 어머니라고 부를게요. 괜찮죠?"

그녀는 대답 없이 고개만 끄덕였다.

"어머니, 제가 의사니까 먼저 진맥 좀 살펴볼게요."

길 원장은 뼈만 앙상한 그녀의 손목에 손을 갖다 댔다. 역시 맥박이 고르지 못하고 희미하게 잡혔다. 병색이 완연한 환자의 맥박이었다. 죽음이 얼마 남지 않았음을 여실히 인지할 수 있었다.

이젠 한 교도관을 위해 연기를 해야만 하는 상황에 이르렀다. 그렇지만 길 원장 또한 그녀의 인생이 한 교도관만큼이나 궁금했다. 얼마나 험한 세상의 모진 풍파를 겪었기에 마지막에는 교도소 병상에서 쓸쓸히 생을 마쳐야 할 운명이란 말인가?

한 교도관 말에 의하면 그녀의 혈육은 오직 아들 하나라고 했는데 그 아들마저 이렇게 죽어가는 어머니의 존재를 전혀 알지 못할 가능성이 높을 텐데… 오히려 그 아들은 어머니보다 먼저 이 세상 사람이 아닐 가능성도 있을 텐데….

문득 이런 생각이 들자 정신이 바짝 들었다. 지금으로서는 마지막 가는 사람의 소원을 진심으로 들어주는 것이 자신의 의무처럼 느껴졌다.

"어머니! 제 말 잘 들리시죠?"

그녀가 고개를 끄덕였다.

"말씀하시기 어려우실 테니 제가 물어보는 것에 간단히 대답만 하시면 되세요."

그녀가 또다시 고개를 끄덕였다.

"어머니, 아들과는 언제 헤어졌는지 기억나세요?"

그녀는 고개를 저었다. 첫 순간부터 꽉 막힌 셈이다.

"그럼, 아들이 있다는 것은 어떻게 아셨나요?"

갑자기 그녀의 입에서 희미하지만 다급한 목소리가 흘러나왔다.

"여기! 여기!"

길 원장은 그녀의 눈길이 닿는 곳을 바라봤다. 베게 밑이었다. 천천히 손을 뻗어 베게 밑을 살피자 사진 한 장이 나왔다. 젊은 여자가 갓 돌 정도 지난 아이를 안고 있는 모습이었다. 젊은 여자는 505번 재소자임을 한눈에 알 수 있었다. 아이는 남자 옷을 입고 있는 것으로 봐서 남자아이인 것 같았다.

"어머니, 여기 젊은 여자분은 어머니가 맞죠?"

그녀가 고개를 끄덕였다.

"그런데 혹시 이 어린아이가 어머니의 아들이 아닐 수도?"

길 원장은 최대한 조심스럽게 물었다.

그녀는 천천히 오른손으로 이불을 젖히고 웃옷을 걷어 올려 자신의 배를 보여줬다. 그곳에는 제왕절개 한 자국이 확연하게 드러나 있었다. 그런데 순간적으로 뭔가 잘못됐다는 느낌이 확 들었다. 제왕절개 한 수술 자국은 누가 봐도 조악했다. 결코 전문가의 솜씨가 아니었다.

길 원장은 의구심을 드러내지 않은 채 이 상황을 이해했다는 표시로 가볍게 고개를 끄덕였다. 그리고 다시 한번 사진을 유심히 들여다봤다.

그러고 보니 사진상의 두 사람은 전체적 인상이 모자(母子)간이라는 느낌이 확실히 들었다. 사진 밑 부분에는 ‘83. 6. 5.’라고 적혀 있었다. 아마 사진을 찍은 날짜일 것이다.

사진 속의 여인은 아무리 나이 들어 보인다고 쳐도 서른 살은 넘지 않은 것이 확실했다. 오히려 20대 초반 정도에 가까워 보였다.

화장기 없는 얼굴은 광대뼈가 약간 튀어나왔고, 다소 지친 모습을 하고 있었다. 눈은 허공을 응시하고 있는 듯 다소 멍한 상태로 보였다. 긴 머리를 뒤로 묶어 최대한 단정하게 보이려고 한 느낌이었다.

지금으로부터 33년 전이라고 하면 그녀는 분명 쉰다섯 살 전후가 될 것이다. 또다시 그녀의 얼굴을 유심히 살폈다. 아무래도 쉰다섯 살보다는 더 들어 보이는데 고생을 많이 한 탓일 것이다.

길 원장은 사진 자체도 참 특이하다는 인상을 받았다. 잘은 모르겠지만 왠지 연출됐다는 느낌이 강하게 와닿았다. 아마도 사진상의 여인이 입고 있는 옷이 어색해서 그럴 것이다. 사진을 찍은

1983년보다도 더 오래된 1960년대에나 어울릴 듯한 그런 옷이었다. 짙은 분홍색 계열의 투피스 차림이었다. 지금 보면 너무 촌스러운 것이 당연하지만 그 당시에도 촌스러웠을 것이 분명했다.

순간적으로 이런 옷을 평상시에 입고 다니지는 않았을 것이라는 생각이 스쳤다. 아마도 사진관에서 사진을 찍기 위해 대여해 주는 옷 같아 보였다. 하이힐도 옷과 색깔을 맞추기는 했지만 그것이 오히려 더 촌티를 두드러지게 했다. 옷감도 결코 고급스러워 보이지 않았다.

이에 반해 어린아이는 깔끔한 청색 계통의 정장에 넥타이까지 매고 있었고, 아래는 반바지에 무릎까지 오는 흰 양말, 그리고 검은색 구두를 신고 있어서 그런지 한마디로 세련된 차림이었다. 이 때문에 어머니의 촌스러움이 한층 부각되는 모양새였다.

"어머니, 아들에 대해 기억나는 거 전혀 없나요? 사소한 거라도, 아니면 어떤 느낌이라도?"

그녀는 천천히 천장을 응시하면서 뭔가를 생각하려고 안간힘을 쓰는 것 같았다. 그러나 결국 그녀는 고개를 저었다.

옆에서 지켜보고 있던 한 교도관의 표정에는 미안함이 역력했다. 이런 상황을 예상했음에도 길 원장을 불렀다는 미안함일 것이다. 그가 급히 나섰다.

"어머니! 선생님께 어깨 문신을 보여드릴 수 있죠?"

그는 무언가라도 해서 지금의 이 분위기를 반전시키려고 애쓰는 것 같았다.

그녀는 천천히 어깨를 왼쪽으로 돌려 길 원장에게 문신을 보여주려는 자세를 취했다.

길 원장은 급히 일어나 그녀에게 다가갔다. 그리고 조심스럽게 그녀의 오른쪽 어깨 부분 옷을 들추자, 들꽃 그림이 선명하게 보였다. 15센티미터 정도의 크기였다. 난초 같은 풀잎 10여 가닥이 위로 힘차게 뻗어 있었고, 그 사이로 한 송이 꽃이 선명하게 새겨져 있었다.

505번 재소자의 피부가 쭈글쭈글해져서 그런지, 아니면 오랜 세월이 흘러서 그런지 약간 변색된 것처럼 보였다. 특히 꽃잎은 풀잎보다 약간 옅은 것 같기도 했다. 보라색 느낌도 나고 있었다.

"어머니, 혹시 제가 필요할지 몰라서 그러는데 이 그림을 찍을 수 있을까요?"

그녀가 고개를 끄덕였다.

길 원장은 한 교도관에게 그녀의 옷을 붙잡아 달라고 말하고, 휴대폰을 꺼내 방향을 돌려가며 문신 그림을 여러 장 찍기 시작했다.

"혹시 문신을 새긴 것도 기억나지 않나요?"

그녀가 또다시 고개를 끄덕였다.

길 원장은 그녀의 아들에 대해서는 더 이상 물어볼 말이 없었다. 그녀는 아들에 대해 기억나는 것이 전혀 없음이 분명했다. 그렇다고 여기서 그녀와의 면담을 종료하기도 멋쩍어서 일단 궁금한 것 몇 가지를 더 물어보기로 했다.

"그 살인 사건은 기억나시죠?"

그 말을 들은 그녀가 움찔거렸다. 온몸을 떠는 것 같기도 했다.

순간 길 원장은 질문을 멈출까도 생각했지만, 그녀가 안정을 찾을 때까지 좀 더 기다려보기로 했다. 잠시 후 그녀의 입에서 희미한 대답이 흘러나왔다.

"네, 기억나요."

"그때 상황을 몇 가지 물어보려고 하는데, 기억하기 싫으면 그만둘까요?"

"아니, 괜찮아요."

역시 희미한 그녀의 목소리였다.

"그때 그 남자들은 전혀 모르는 사람들이었죠?"

그녀가 이번에는 고개만 끄덕였다.

"그 사람들이 어머니를 성폭행하려고 했나요?"

"네."

"혹시 예전에 칼을 다루는 일을 했는지는 기억에 없나요?"

그녀는 부정의 의미로 고개를 가로저었다.

"그럼, 교통사고 났을 때는 기억나시나요?"

그녀가 고개를 끄덕였다.

"사고 난 때가 언제였나요?"

그녀는 잠시 천장을 응시하면서 기억을 더듬는 것 같았다. 잠시 후 흐릿한 대답이 나왔다.

"85년…."

길 원장은 의문의 사진을 찍은 지 2년 후에 교통사고가 났다는 사실이 머릿속을 스쳤다.

"85년 몇 월경? 기억 안 나세요?"

"여름…."

"아, 네."

"왜 교통사고가 났는지는 기억나나요?"

이번에는 그녀가 고개를 가로저었다.

"사고는 어디에서 났나요?"

"홍천…."

"홍천? 강원도 홍천이 맞나요?"

그녀가 고개를 끄덕였다.

"어머님이 왜 홍천에 있었는지도 기억나나요?"

이번에는 고개를 가로저었다.

"그럼 혹시, 홍천 어딘지 기억나세요? 기억나는 거 아무거나?"

"동면 시전리…."

"네, 잘하셨어요. 그 후로는 아드님을 본 적이 없겠네요?"

그녀가 고개를 끄덕였다.

만약 그녀가 아들과 함께 살고 있었는데 교통사고로 인해 기억이 상실돼서 아들의 존재를 기억할 수 없었다면 그 후 아들은 어떻게 됐을까?

"마지막으로 하나만 더 물을게요. 괜찮죠?"

그녀가 다시 고개를 끄덕였다.

"아들을 찾고 싶은 아주 특별한 이유가 있나요? 뭘 전해 주려고 하는 건지, 아니면 무슨 말을 해주려고 하는 건지?"

그녀가 천천히 고개를 내젓더니 잠시 후 입을 열었다.

"보고 싶어서…."

"잘 알겠습니다. 제가 아들을 찾아드릴 테니 그때까지 꼭 살아 계셔야 합니다. 어머니, 아셨죠?"

그녀는 어린아이처럼 환하게 웃었다.

길 원장은 한 교도관에게 가볍게 고개를 끄덕이면서 의무실을 나왔다. 그녀에게 마지막 인사말을 꺼내기가 어려웠다. 계속 있으면 눈물이 날 것만 같았다.

조금 뒤에 한 교도관도 의무실에서 나왔다. 두 사람은 말없이 다시 사무실로 돌아왔다.

그는 길 원장에게 미안한지 연신 손을 비비며 몸을 가볍게 움직이고 있었다.

"사연이 딱하기는 하지만 아들을 찾기에는 너무 단서가 없네요."

길 원장은 그에게 편안한 미소를 보내며 전혀 미안해할 일이 아니라는 제스처를 취했다.

"죄송합니다. 처음부터 그걸 기대하기에는…."

"그렇다고 마냥 손 놓고 있을 수는 없으니, 일단은 아산경찰서에 알려줘야 하지 않을까요?"

"네, 소장님도 그게 좋을 거라고 말씀하셨습니다. 정식 공문을 보내면 경찰에서도 더 신경 쓸 거라며. 바로 공문을 보낼 예정입니다."

"그럼, 그 결과도 저한테 알려주세요. 일단 살해된 남자가 아들이 아니기를 바라야겠네요."

"네, 그래야겠죠."

그는 말을 끝내고 길 원장의 눈치를 살피고 있었다. 뭔가 하고 싶은 말이 있는 모양이다.

"무슨 하실 말씀이라도?"

"아니, 그냥 이건 순수하게 궁금해서 묻는 건데요. 선생님께선 어머니 얘기를 듣고 무슨 생각을 하셨는지? …추리, 그거."

"아, 네."

길 원장은 막상 대답은 했지만 어떻게 말을 이어갈지 잠시 망설였다. 머릿속으로 생각을 정리하기 시작했다.

"음… 먼저 그녀의 지문이 등록돼 있지 않았다는 건 18세 이전에 주민등록증을 발급받을 수 없는 어떤 변고가 있었다는 것일 테고, 그렇다면 일반적인 가정이나 학교생활을 하지 않았을 가능성이 높을 겁니다."

"네, 그렇겠죠."

그도 화답했다.

"그리고 교통사고로 기억을 잃기 전에 정상적인 생활을 하지 않았다면, 아마도 일반인들과는 떨어져서 생활했을 가능성이 높겠죠."

"그럼….'

"산속 같은 폐쇄적인 곳이거나, 아니면 조용한 곳에서 세상과 단절된 채 생활하지 않았을까?"

길 원장은 혼잣말처럼 무의식중에 말을 꺼냈다.

"그렇게 생각하시는 이유는?"

"일반인이 주민등록증도 없는 상태로 사회생활을 하긴 어려웠을 테니 자급자족할 수 있는 여건이 갖춰진 곳에서 살았을 가능성이 높겠죠."

그도 긍정의 의미로 가볍게 고개를 끄덕였다.

"또 문신은 그녀가 스스로 새기지는 못했을 테니 누군가와 함께 있었을 거고, 그 누군가는 아이의 아빠일 가능성이 높겠죠."

"그런데 505번은 왜 갑자기 세상으로 나와서 교통사고를 당했을까요?"

"그것이 만약 505번 스스로의 의지가 아니었다면 엄마와 아이의 이별도 원치 않는 상황에서 벌어졌을 수 있을 거 같은데, 그렇다면 누군가의 통제를 받는 곳에서 자유롭지 못한 생활을 했을 수도 있지 않을까요? 이건 순전히 제 감에 불과합니다."

"아닙니다, 충분히 있을 수 있는 상황이겠네요."

"그리고 제왕절개 자국도 전문가의 손을 거치지 않았던 것으로 보이는데, 아이를 낳는 과정에서 무슨 사연이 있었을지도."

"그렇다면 선생님의 추론은 505번이 어렸을 때부터 폐쇄적인 곳에 머물러 있었고, 거기에서 문신도 새겼고, 아이를 낳은 다음 아이와 생이별했을 가능성이 높다는 거네요."

"505번이 스스로 그런 선택을 했을 가능성도 있겠죠."

"현재로서는 505번이 아들을 찾을 가능성은 거의 없다고 봐야 겠죠?"

그는 길 원장의 눈치를 살피면서 조심스럽게 말을 건넸다.

"곡교천 살인 사건과 관련이 없다면 아마도 505번이 살아 있을 때 아들을 볼 가능성은 없을 거 같네요."

"그래도 선생님 덕분에 505번이 희망을 가질 수 있어서 다행이네요."

길 원장은 그저 가벼운 미소로 화답했다.

"저는 그만 돌아가 볼게요. 저도 궁금한데 아산경찰서에서 어떤 연락이 있으면 저한테도 알려주시고."

"이렇게 먼 걸음을 해주셔서 정말 감사합니다, 선생님!"

"네, 그럼."

길 원장은 청주여자교도소를 나오면서도 계속 마음이 편치 않았다. 비록 연출한 것이지만, 그녀의 말을 듣는 동안 자신이 할 수만 있다면 그녀의 아들을 꼭 찾아주고 싶은 솔직한 마음이 있었다.

자신이 오늘 이 만남에서 무언가라도 도움을 주고 싶다는 생각이 굴뚝같았지만 어떻게 할 방도가 없다는 생각에 괜히 505번 재소자에게 미안한 마음이 들었다. 그녀의 마지막 미소가 계속 눈앞에서 아른거렸다.

3.

길 원장은 다음 날 오후 늦게 한 교도관의 전화를 받았다.

"네, 길 원장입니다."

"선생님! 한수찬입니다."

길 원장은 순간 말문이 막혔다. 그의 목소리가 착 가라앉아 있었다. 예사롭지 않은 것으로 봐서 무슨 일이 벌어졌다는 예감이 들었다.

"어머니가 오늘 오후에 돌아가셨습니다. 그래도… 선생님을 뵙고 눈을 감아서 다행이네요."

그는 말을 침착하게 이어가고 있었지만 목소리는 계속 잠겨 있었다. 아마도 우는 것 같았다.

"그래요. 그래도 한 교도관님 덕분에 편하게 눈을 감으셨을 겁니다. 너무…."

길 원장은 뭐라고 위로해 주고 싶은 마음이 들었지만 말은 나오지 않았다.

"선생님…."

그는 말을 잇지 못했다.

"무슨 하실 말씀이라도?"

"어머니가 마지막 떠나실 때 남긴 유품을 선생님께 전해 드리라고…."

"네?"

길 원장도 순간 딱히 뭐라 대답하기가 어려웠다. 잠시 후 다시 말을 이어갔다.

"유품은 무엇 무엇이 있었나요?"

"어제 보신 사진하고 조그만 노트 한 권, 그리고 통장이 전부입니다. 통장에는 1,500만 원 정도가 들어 있고요."

길 원장은 노트 한 권이라는 말이 귀에 쏙 들어왔다. 혹시 아들에 대한 무슨 단서가 있을지 모른다는 생각이 스쳤다.

"노트에는 어떤 내용이 적혀 있나요?"

"그냥 노래를 적어 놓은 거 같은데요. 찬송가 같은 노래들."

"아, 그래요."

길 원장은 그의 말을 듣고 다소 실망했다. 아들에 대한 단서라기보다는 505번이 외롭고 괴로울 때 마음을 달래려고 신앙에 의지한 흔적인 것 같았다.

"그걸 제가 보관하기에는⋯."

"어머니의 마지막 유언입니다. 그래도 선생님께서 맡아주시는 것이⋯."

"아산서에 공문은 보냈나요?"

길 원장은 일단 말꼬리를 돌렸다.

"네, 오늘 아침에 바로 보냈습니다."

"그럼, 이렇게 합시다. 제가 그 유품을 맡아 보관할지는 아산서 답변 결과를 보고 다시 생각해 보기로 하죠."

"네, 일단 알겠습니다. 결과가 나오는 대로 다시 연락드리겠습니다. 거듭 죄송하고 감사드립니다, 선생님."

"한 교도관님 개인적인 일도 아닌데, 너무 걱정 마시고, 그럼 다시 연락 주세요."

두 사람의 대화는 이렇게 끝났다.

그리고 열흘 정도가 지난 9월 하순의 어느 날, 오후 늦게 길 원장은 한 교도관의 전화를 받았다.

"선생님, 한 교도관입니다. 연락이 늦었네요. 이것저것 바쁘다 보니."

"바쁘게 살면 좋은 거죠. 그래, 새로운 소식은 있나요?"

길 원장은 그의 전화가 새로운 소식을 가져왔을 것이라는 느낌이 들었다. 잠시 잊고 지냈던 그 어떤 소식이 왠지 모르게 가슴을 뛰게 했다.

"전에 아산서 형사들이 찾아와서 어머니 DNA 유전자 샘플을 가져갔는데 통 연락이 없다가 오늘 오전에 형사 한 분이 찾아오셔서…."

길 원장은 잠시 숨을 멈췄다. 온 신경이 귀에 쏠리며 그의 다음 말이 궁금해지는 순간이었다.

"곡교천 피해 남성이 어머니 아들이 맞답니다."

그는 느릿하게 그 말을 전하고 침묵을 지켰다. 길 원장도 잠시 말을 잊었다.

"그렇군요. 언제나 슬픈 예감은 틀리는 법이 없어서…. 기분이 참 묘하네요."

"두 분이 하늘나라에서 편하게 만났겠죠."

"그래, 경찰은 뭐라고 하던가요?"

길 원장은 감상적인 부분보다는 현실적인 문제가 더 궁금했다.

"경찰도 어머니가 젊은 시절을 전혀 기억하지 못했다는 점과 거의 20년이나 바깥세상과 격리돼 있었기 때문에 처음부터 별

기대는 없었던 거 같고요. 그냥 몇 가지 형식적인 질문만 하고 갔네요."

"아직 범인에 대한 단서는 없나 보네요?"

"저도 궁금해서 물어봤는데, 전혀 단서가 없다고 하네요. 그 형사 말로는 이제 겨우 피해자 신원에 대한 단서를 찾았으니 거기서부터 다시 시작해야 할 거 같다며, 넋두리하던데요."

"경찰도 참 갑갑하겠네요. 피해자 신원을 확인할 실마리를 찾았다고 생각했는데 앞으로 나갈 단서가 없으니."

"그런데 선생님?"

"네, 말씀해 보세요."

"어머니의 유품 얘기는 경찰에 하지 않았습니다. 처음부터 아무것도 없었다고만."

"네? 그래도 경찰에…."

"어머니는 유품을 선생님께 전해드리라고 했는데, 그래도 선생님과 먼저 상의해야 할 거 같아서, 정 뭐하면 선생님께서 경찰에 직접 전해 주시는 것은…."

길 원장은 그의 숨은 의도를 곧바로 알아챘다. 그는 어떻게 해서든지 길 원장을 이번 일에 끼어들게 하려는 것으로 보였다. 비록 약속했던 그녀의 소원을 들어줄 수 없는 상황이라 해도, 그녀의 아들 살인 사건에 길 원장이 관여해 주길 바라는 것이리라. 그녀 아들의 억울한 한을 길 원장이 풀어주기를 바라는 것이다.

한 교도관은 그것이 그녀의 마지막 소원을 들어주는 길이라고 생각하는 것 같았다. 길 원장은 일단 그의 의도를 무시하기로 했다.

"그 밖에 경찰이 뭐라고 하진 않던가요?"

"경찰도 문신에 관심이 있는지 전에 찍어둔 문신 사진을 가져갔고, 공식적인 어머니 관련 서류를 모두 복사해서 가져갔습니다."

　길 원장은 이 사건에 대해 어떻게 대처해야 할지 참 난감했다. 공식적으로 사건을 의뢰받았다고 보기도 그렇고, 그렇다고 모른 척하기도 그랬다.

　한편으로는 사건이 발생한 지 수개월이 지나도록 피해자의 신원도 제대로 확인하지 못한 살인 사건에 대한 흥미도 놓치기가 아까웠다. 더 나아가 505번 재소자의 지난날 과거에 대한 궁금증도 생각하면 할수록 깊어지기만 했다.

　그리고 무엇보다도 자신이 이번 사건에 관여하든 관여하지 않든 간에 경찰에게 수사 단서를 알려야 할 의무는 있다고 생각했다. 그래도 505번 재소자로부터 마지막으로 아들에 대한 단서를 들은 사람은 자신이 아닌가? 비록 아무것도 건질 것이 없었지만 말이다. 또한 505번 재소자와 곡교천 피해 남자와의 유일한 연결 단서인 사진을 경찰에 제공해야만 할 것이다.

　길 원장은 긴 침묵을 지키고 있다가 그에게 마지막 말을 건넸다.

　"그럼, 일단 어머니의 유품은 제가 보관하고 있는 것으로 할 테니 저한테 보내 주시죠. 그 후의 일은 제가 경찰과 상의해 보죠."

　"넵! 감사합니다, 선생님."

　그의 목소리에 갑자기 생기가 넘쳐흘렀다. 자신의 부탁을 길 원장이 들어줬다고 생각하고 있음이 분명했다.

4.

　며칠 후 길 원장은 아산경찰서로 향했다. 경찰서 앞에 도착했으나 선뜻 발을 들여놓기가 어려웠다. 무슨 말을 꺼내야 할지, 상대가 어떤 반응을 보일지도 몰랐다.

아직 우리나라에서는 정식으로 탐정이라는 제도를 인정하고 있지 않다 보니, 사실 길 원장은 자신이 꼭 흥신소 직원 같다는 자괴감이 들기도 했다. 자신은 분명 그렇지 않다는 확신을 가지고 있지만 남들은 꼭 그렇게 보는 것 같았다. 더욱이 수사를 담당한 경찰 입장에서는 수사 기밀을 염탐하러 온 사람으로 볼 수도 있을 것이다.

어쨌든 부딪쳐 보는 방법밖에 없을 것이다. 이전 사건도 그렇게 해서 잘 해결되지 않았던가?

길 원장은 한 교도관으로부터 지난번에 청주여자교도소를 찾아온 경찰관 이름이 적힌 명함을 505번 재소자 유품과 함께 택배로 받았다. 아산경찰서 강력계 임진탁 형사라고 적혀 있었다.

일단 아산경찰서에 들어가기 전에, 지난 사건 때 예산경찰서에서 낭패를 보았던 전철을 밟지 않기 위해 임진탁 형사의 전화번호를 눌렀다. 신호가 떨어지자마자 그가 전화를 받았다.

"아산서 임진탁 형사입니다."

"안녕하세요? 저는 대전에서 한의사로 일하는 길지석이라고 합니다."

"네? 그런데 무슨 일 때문에 전화하셨죠?"

곧바로 그의 무미건조한 질문이 나왔다.

"네… 곡교천 살인 사건 때문에 전화드렸는데요."

"그래요? 그럼, 자세히 말씀해 보시죠."

그는 긴가민가 애매한 상태에서 길 원장이 말하려는 제보의 신빙성을 평가하려는 것 같았다. 아마도 이런 제보가 수없이 왔을 것이고 대부분 별로 영양가가 없었을 것이다. 지금까지 뚜렷

한 수사 성과를 내지 못하고 있으니 말이다.

"전에 청주여자교도소에 방문하신 적이 있었죠?"

"네? 그런데요?"

그의 목소리에서 긴장감이 묻어났다. 아마도 길 원장의 첫마디가 의외라는 생각이 들었던 모양이다.

"곡교천 피해자의 어머니인 505번 재소자가 죽기 직전 저에게 아들에 대해 몇 가지 말해 준 것이 있어서."

"잠깐만요. 조금 전에 한의사라고 하지 않으셨나요? 혹시 505번 재소자를 치료하신 분인가요?"

"그건 아닙니다. 임 형사님도 만나셨던 한수찬 교도관, 기억나죠?"

"한수찬 교도관? 아, 그 젊은 교도관요?"

"네, 맞을 겁니다. 저는 그 분의 개인적인 부탁으로."

"그래요?"

그는 길 원장의 말을 계속 들어야 할지 말지를 판단하는 듯했다. 길 원장이 선수를 쳤다.

"제가 지금 아산서 앞에 와 있는데, 잠시 뵐 수 있을까요? 형사님께 전해 드릴 것도 있고 해서."

"그러면 서 바로 앞에 ○○○커피숍이 있는데 거기서 잠시만 기다려주시면 제가 바로 나가죠."

"네, 거기서 기다리고 있겠습니다."

잠시 후 한가한 커피숍에 40대 중후반의 남자가 들어오는 모습이 보였다. 길 원장이 보기에 딱 형사 같은 포스였다. 다소 마른 체구이지만 큰 키에 군살 하나 없어 몸은 날렵하다는 인상을 받았다.

청바지에 티셔츠로 편안한 차림이었다. 머리는 8:2 가르마를 타고 있어 단정한 느낌을 주고 있었고 다소 경직된 몸동작으로 보아 쉽게 접근하기 어려워 보였다. 코 또한 약간 매부리코여서 고집도 보통이 아닐 것 같았다. 연신 주위를 살펴보면서 들어오고 있었다. 몸에 밴 습관일 것이다.

길 원장은 자리에서 일어나 그 사람을 향해 눈길을 보냈다.

"임 형사님이시죠? 전화드린 길지석입니다. 앉으시죠. 뭐 드실까요?"

"녹차로 하죠."

길 원장은 녹차 두 잔을 주문한 후 다시 자리에 앉았다. 그리고 바로 명함을 꺼내 건넸다. 그는 명함을 언뜻 보다가 바로 탁자 위에 놓았다. 그의 행동으로 보아 그는 길 원장에 대해 전혀 모르는 것 같았다.

"제가 한 교도관의 개인적인 부탁으로 505번 재소자가 죽기 바로 전날, 잠시 만난 적이 있었습니다. 혹시 그 일이 수사에 도움이 될지도 몰라서…."

"그래요? 그 여자가 죽기 전날이었으면 거의 의식이 없었을 텐데? 그리고 그 여자는 기억상실증에 걸렸다고 들었는데?"

"맞습니다. 그 여자와의 대화에서 의미를 둘 만한 것은 전혀 없었으니까요."

그는 갑자기 이상한 눈초리로 길 원장을 바라봤다. 아무 의미도 없다면서 만나자고 한 것이 이상하다는 투였다.

길 원장이 다시 말을 이어갔다.

"그때 제가 받은 유품이 있는데, 그것을 보여드려야 할 거 같아서 이렇게….”

“유품요? 그 교도관은 딱히 유품이 없다고 했던 거 같은데?”

“아, 그건 제가 505번 재소자한테 개인적으로 받아서.”

길 원장은 한 교도관이 난처해질 것 같아 자신이 미리 유품을 받은 것처럼 에둘러 말했다.

“그 여자와 개인적인 인연이 있었나요?”

그는 지금 상황이 몹시 이상하다는 듯 따지듯이 물었다. 뜬금없이 한의사라는 사람이 불쑥 튀어나왔다고 생각하는 것 같았다.

길 원장도 상황을 설명하기가 애매해서 그냥 두루뭉술하게 말하기로 했다.

“아니, 그건 아니고, 제가 한 교도관과 개인적인 인연이 있는데 그 여자가 아들을 찾고 싶다고 해서 그냥 한번 만난 것뿐입니다. 결국 그 여자는 아들을 보지도 못하고 그다음 날 하늘나라로 갔고, 아들은 그 전에 이미 싸늘한 시신으로 나타났으니.”

그는 다소나마 이 상황이 이해됐는지 바로 본론으로 돌아왔다.

“유품으로는 뭐가 있나요?”

“아, 잠시만요.”

길 원장은 가방에서 서류봉투를 꺼냈다. 505번 재소자의 마지막 부탁이기도 해서 자신이 유품 원본을 보관할지 아니면 경찰에 제출해야 할지 잠시 고민했지만 일단 원본을 경찰에 제공하기로 했다. 이미 아들의 소재는 확인됐으므로 더 이상 아들을 찾아 나설 일은 없을 것이고, 유품 원본이 나중에 수사에서 의미 있게 사용될 수 있을지도 모른다고 생각했다.

길 원장은 빛바랜 사진 한 장, 수첩만 한 낡은 노트 한 권, 그리고 통장 한 개를 그에게 건넸다.

그는 유심히 살펴보기 시작했다. 한참이나 사진을 응시하더니 그 후 꼼꼼히 노트와 통장 내용을 검토하기 시작했다.

"그럼, 이 사진 속에 있는 남자아이가 피살된 피해자라는 말인가요?"

"네, 그 여자한테 확인한 겁니다."

"음…."

그는 한동안 뭔가를 깊이 생각하는 것 같았다.

"노트는 찬송가만 적혀 있지 별건 없네요."

"맞습니다. 그런데…."

길 원장은 자신이 확인한 사실을 말해야 할지 순간 고민했으나, 최대한 수사에 도움을 주기로 했다. 그도 길 원장에게 계속 말하라는 듯한 눈길을 보냈다.

"제가 아는 기독교인에게 확인한 건데, 이 찬송가는 여느 기독교인들이 부르는 것이 아니라고 하네요."

"그래요? 뭐, 그 여자가 20년 정도 수감생활을 했다고 하는데 너무 오래돼서 그런 거 아닌가요?"

"그럴지도 모르죠."

"그리고 이 통장은 그 여자가 교도소 내에서 노역한 대가인 거 같은데 저희가 보관하기는 그렇고, 사진과 노트만 보관하고 있겠습니다."

"네, 그렇게 하시죠."

"그럼, 더 하실 말씀 없으시죠?"

그는 길 원장과 더 이상 대화할 필요가 없다는 듯 말했다. 길 원장은 자신이 505번 재소자와 대화를 나누면서 느낌 부분을 더 말해 주고 싶었지만, 그는 민간인에게 더 이상 나올 단서가 없다고 생각하는 것 같았다. 두 사람의 만남은 결국 여기에서 끝났다.

이 두 사람의 만남이 있었던 그날 임 형사가 길 원장의 존재에 대해 알고 있었다면? 그리고 길 원장에게 이번 사건에 대해 좀 더 적극적으로 자문을 구했더라면?
훗날 벌어질 상상하기도 어려운 참극을 조금이나마 막을 수 있지 않았을까?

2장

불길한 예감

1.

길 원장은 임 형사를 만난 이후 뜻하지 않게 정신없이 바쁜 생활을 보내게 됐다. 채인수 송일대학 사무국장 살인 사건에 관여하게 된 것이다. 몇 달에 걸친 노력 끝에 그 사건은 깔끔하게 마무리됐다.

그사이 길 원장의 기억 속에서 곡교천 살인 사건은 까맣게 잊혀 있었다. 그 사건에 관심을 두지 않았다기보다는 자신이 특별히 할 일이 없었다는 것이 정확한 팩트일 것이다. 또 채인수 송일대학 사무국장 살인 사건이 워낙 엽기적이고 특이한 사건이었기에 그 사건에 온 정신이 모두 팔려 있었기 때문이기도 했다.

그렇게 시간은 흘러 2017년 6월이 다가왔다. 지구온난화로 매년 폭염이 기승을 부릴 거라는 예보는 있었지만 이렇게 폭염이 심한 해는 없었던 것 같다. 아직 본격적인 여름이 오지도 않았는데 밖에 나가면 한증막 한가운데 들어가 있는 느낌이었다. 몸에는 좋지 않다고 하지만 그래도 에어컨 바람이 있어 다행이라는 생각밖에 없었다.

그나마 내일은 모처럼 제법 많은 양의 비가 올 것이라는 예보가 있어서 그런지 남쪽에서부터 서서히 먹구름이 몰려오고 있었다.

오늘 저녁은 매달 한 번 만나는 고등학교 동기 모임이 있는 날이다. 갑자기 시원한 생맥주 생각이 절로 났다. 대충 환자 진료도 끝낸 것 같아 마음이 가벼워졌다.

이젠 특별히 길 원장을 찾는 환자도 급격히 줄어들었다. 밖에서 박 간호사가 잘 대응한 덕분일 것이다. 이 정도만 돼도 틈틈이 시간을 내서 관심을 가질 만한 사건에 전념할 수 있을 것이다.

오후 6시가 막 지나 서서히 퇴근 준비를 하고 원장실을 나가려는 순간, 휴대폰 진동이 울리기 시작했다. 무심히 발신인 표시를 확인했다. '임진탁(아산서)'이 눈에 들어왔다. 까맣게 잊고 있었던 곡교천 살인 사건이 불현듯 떠올랐다. 서서히 온몸에 전율이 흐르기 시작했다. 천천히 전화를 받았다.

"안녕하세요? 임 형사님! 길지석입니다."

"네, 원장님 목소리를 들으니 반갑네요. 그동안 잘 지내셨죠? 혹시 절 기억 못하시는 건 아니겠죠?"

"그럴 리가요? 제가 미리 연락드리지 못해 죄송하네요."

길 원장이 다정스럽게 답했다. 왠지 모르게 임진탁 형사의 목소리가 처음 봤을 때와는 사뭇 다른 것처럼 살갑게 와닿았다.

"그땐 몰라봬서 죄송했네요. 제가 뉴스나 인터넷엔 도통 관심이 없어서."

"네? 아, 제가 유명 인사도 아닌데요, 뭘. 그건 그렇고 그때 가져가신 유품이 수사에 도움이 됐나요? 너무 막연하기는 한데."

"그것 때문에 죽을 맛이네요. 수사에 전혀 진전이 없다 보니, 결국 장기 미제 사건으로 넘어갔죠."

"아, 그래요? 제가 생각해도 그럴 수밖에."

"피해자 신원조차 확인할 수 없으니, 한 발자국도 진전된 게 없었죠."

"그런데 갑자기 어쩐 일로?"

"참, 예산서 박기식 형사 아시죠? 저랑 같이 근무했던 친군데, 엊그제 박 형사를 만났는데 원장님 얘기를 하기에 저도 깜짝 놀란 터라, 그래서 염치 불구하고 전화드렸네요. 괜찮으시죠?"

"네, 물론."

"단도직입적으로 말씀드리죠. 혹시 이 사건에 대해 자문받을 일이 있을지 몰라서…."

"음… 제가 도울 일이 있으면 당연히 도와야죠."

"고맙습니다, 원장님."

"그럼, 제가 뭘 어떻게 하면 될까요?"

"이번 토요일에 제가 박 형사와 함께 대전으로 가기로 했는데, 만나서 자세히 말씀드리죠. 시간 괜찮으신가요?"

"괜찮습니다. 토요일 저녁 시간을 비워놓고 있겠습니다."

"네, 그날 뵙죠."

길 원장은 임 형사와의 통화를 끝내고 나가려다가 다시 자리에 앉았다. 잠시 생각할 시간이 필요했다. 까맣게 잊고 있었던 청주여자교도소 505번 재소자의 얼굴이 떠올랐다. 그리고 책상 서랍 한쪽에 보관하고 있던 505번 재소자의 유품 사본을 꺼내 살펴보기 시작했다.

빛바랜 모자(母子) 사진, 505번 재소자 어깨에 새겨진 문신 사진, 그녀의 복부에 선명하게 새겨진 제왕절개 사진, 그리고 찬송가가 적혀 있는 노트 사본이 눈에 들어왔다.

그러다가 고개를 절레절레 흔들었다. 사실상 이 자료들은 30년 이상 단절된 모자 사이에서 어떤 연결고리가 되긴 어렵다는 생각이 들었다. 곡교천 피해자는 어머니와 아무런 관련 없이 자신의 개인적인 일로 희생된 것이 분명할 것이다.

그래도 수사가 제대로 진행되려면 피해자의 신원부터 알아야 할 것인데…. 신원 확인에는 이 자료들이 그나마 도움이 되진 않았을까? 문득 그런 생각도 머릿속을 스쳐 지나갔다.

2.

토요일 저녁 세 사람은 길 원장의 단골 일식집에서 만났다. 길 원장이 도착하기 전 두 사람은 미리 와 있었다.

그래도 몇 달 만에 박기식 형사의 얼굴을 보니 미소가 절로 나왔다. 그 옆에 서 있는 임진탁 형사의 얼굴에는 긴장감이 묻어나 있어 두 사람의 얼굴이 사뭇 대조적이었다.

"참 이런 인연도 있네요. 진탁이 형님은 천안에 근무할 때 제 사수였는데, 이렇게 또 원장님과 엮일 줄이야!"

"그래도 이런 핑계로 박 형사님도 다시 보게 되고, 또 이렇게 술도 한잔, 좋지 않나요?"

"캬, 술이라! 그거 좋죠. 우리 진탁이 형님은 전에 한번 만나셨다고 했으니, 서로 인사는 필요 없겠죠."

"그땐 제가 원장님을 몰라봬서."

"우선 식사하시면서 천천히 얘기해 주시죠. 저도 궁금한 것이 많은데."

"오늘의 만남을 기념하는 의미에서 거국적으로 한잔하시죠. 원장님! 오늘은 제가 쏘겠습니다. 맘껏 드세요."

역시 박 형사는 시원시원해서 마음에 들었다.

"그래도 대전은 제 관할인데 제가 모셔야죠."

"아니, 제가 채 국장 살인 사건으로 특진도 했고 포상금도 두둑하게 받았다니까요."

"그렇게 따지면 제 경우 소설의 소재 값어치도 무시 못 할걸요."

"어라? 그건 그렇겠네."

옆에서 두 사람의 농담을 듣고 있는 임 형사의 표정에서 계속 심각함이 읽혔다. 곡교천 살인 사건으로 스트레스가 이만저만 아닌 것 같았다.

"그럼, 제가 사건 개요부터 설명할까요?"

임 형사가 조바심이 난 듯했다. 갑자기 세 사람 모두 긴장하기 시작했다.

"네, 말씀해 보시죠."

길 원장도 조심스럽게 대답했다.

"음…, 뭐부터 말해야 할지. 일단 피해자 사체 발견 경위부터 말씀드리죠."

길 원장과 박 형사는 조용히 임 형사의 입을 응시하기 시작했다. 아마 박 형사도 이번 사건에 대해 아는 것이 별로 없는 듯했다.

"작년 6월 초 폭우가 쏟아지면서 곡교천이 일시적으로 범람했는데, 그 물길에 피해자 사체가 쓸려 나와 뚝방 옆 언덕에 노출된 걸 지나가던 농부가 발견하고 신고했습니다. 그때가 현충일 연휴 다음날이었거든요."

임 형사는 잠시 말을 멈추고 두 사람을 번갈아 봤다. 아마도 분위기를 잡으려는 것처럼 보였다.

"피해자는 대략 30대 중반 정도로 추정되고, 다소 마른 체형이지만 키가 180센티미터가 넘을 정도로 건장한 체격이고, 머리는 스포츠형으로 짧게 깎은 상태였습니다. 발견 당시 정장 양복 차림의 옷을 입고 있었고, 예리한 흉기로 복부 부위를 정확히 찔렸습니다. 그리고 발견 당시 사망 추정 시간은 2, 3일 정도 지났을 거라고 했는데, 물에 잠겨 있어 정확하지 않다는 소견이 있었고요."

"폭우가 쏟아지는 날에 정장 차림을 하고 있었다면 무슨 중요한 일에 참석했다가 변을 당한 것이 아닐까요?"

박 형사가 강력 형사로서의 촉을 발동했다.

"수사팀에서도 그 점이 좀 특이하다고 판단했죠. 옷감이 여름용이긴 하지만 옷 색깔이 위아래 모두 검은색에, 안에는 흰 와이셔츠였고."

"흉기에 찔린 부위가 복부 한 군데뿐이었나요?"

길 원장은 이 부분이 가장 궁금했다. 505번 재소자도 칼로 단번에 두 명의 남자를 살해했다고 하지 않았던가?

"네, 맞습니다. 아마도 칼을 잘 쓰는 놈이 한 번에 노려서 찌른 것으로 보고 있습니다."

"다른 특이점은요?"

"특이한 것은 범인이 왼손잡이인지 피해자의 오른쪽 복부를 정확히 찔렀습니다. 갈비뼈와 장기 여러 개까지 그대로 관통됐고요."

"그럼, 상당히 힘센 놈의 짓이라고 봐야 할 거 같은데?"

"네, 여자 힘으로는 도저히 불가능하다고, 아마도 건장한 놈의 짓이 분명할 겁니다."

"흉기를 특정할 만한 단서가 없었나요?"

"어찌 보면 아주 특이하다고 볼 수 있는데, 부검의 말로는 소위 회칼 같은 종류라고, 폭이 좁고 양쪽에 모두 날이 있는, 아마도 살해 목적으로 특별히 제작된 것이 아닌지?"

"음… 계속 말씀해 보시죠."

"살해 현장은 그곳이 아닌 것으로 추정되고, 몰래 사체를 곡교천에 유기한 거 같았습니다."

"그렇게 추정하시는 근거는?"

길 원장은 하나하나가 신중했다. 신원을 알 수 없는 남자가 흉기로 단번에 살해되는 것이 그렇게 흔하진 않을 것이다. 살인자는 어떤 강력한 동기를 가지고 살해한 것이 분명해 보였다.

"사체가 발견된 현장이 진흙탕 물에 워낙 훼손된 상태여서 정확히 판단하기는 어려웠지만 정장을 한 남자 혼자 곡교천 뚝방길을 걷고 있었다고 보기에는… 그 당시 기상 상태도 며칠간 계속에서 폭우가 내리던 상태라…. 아마도 살인이 건물 밖에서 실행됐다면 분명 비가 오고 있던 상황이었을 겁니다."

"현장에서 발견된 유류품은 없었나요?"

"흙탕물에 온갖 쓰레기들이 뒤섞여져 있어서 특별히 피해자의 유류품이라고 볼 수 있는 건 없었죠."

"소지품이 있었어도 물에 휩쓸려갔을 수 있겠네요?"

"네. 그래서 저희가 반경 1킬로미터 이상을 샅샅이 뒤졌는데도 의미를 둘 만한 것은 발견하지 못했고, 그래서 살인 현장이 그곳이 아니라고 판단한 거였죠."

"형님! 난감하시겠네요. 그래도 걱정 마십쇼. 원장님이 결정적인 도움을 주실 겁니다."

박 형사는 길 원장이 무안해한다는 사실을 잘 알고 있음에도 거침없이 말하고 있었다. 아마 그렇게 주문을 걸고 싶은 심정을 표현한 것이리라.

"그래도 피해자 신원 확인을 위해 여러 가지 방법을 모색하셨을 거 같은데?"

"할 수 있는 것은 다 했죠. 방송에도 알리고, 전단도 전국에 뿌렸지만, 얼굴이 퉁퉁 부은 상태라 얼굴을 알아본다는 거 자체가 무리였죠."

"형님, 제가 보기에는 답이 딱 나온 거 같은데?"

"응?"

"건장한 체격에 깍두기 머리, 예리한 흉기, 어깨 문신, 전문 칼잡이 등등 딱 조폭과 관련된 거 아닌가요?"

"내가 전에 조폭 담당도 했지만 이 근처 조폭하고는 전혀 관련 없어. 정보원한테 일일이 다 확인한 거야. 외지 조폭이라면 몰라도. 그리고 조폭이 꽃 그림 문신을 새기는 것도 이상하고."

"그럼, 지문이 등록되지 않았으니 외국에서 밀입국한 사람이 아닐까요? 조선족 같은 사람들은 우리하고 외모도 똑같은데."

"처음에는 우리도 그렇게 방향을 잡고, 북한에서 몰래 탈북 했을 가능성이나 대공 용의점에 대해서도 검토했지."

"하기야 그가 만약 간첩이라면 전문적인 칼잡이한테 살해된 이유도 설명될 수 있을 거 같은데, 안 그런가요?"

"그런데 그의 어머니가 20년 이상 교도소에서 멀쩡하게 살아 있었던 것으로 밝혀졌으니, 오히려 어머니의 소재를 확인하고 허탈감만 더 생긴 꼴이라."

"반지 같은 것이나 몸에 걸치고 있는 것도 전혀 없었나요?"

"전혀 없었죠. 구두는 발견되지 않았고, 몸에 걸치고 있는 양복을 단서로 뭔가 알아보려고 했지만 양복에 라벨조차 없었으니까요."

"양복에 라벨조차 없었다는 것이 더 이상하네요."

"그렇죠. 양복 안 속옷이나 와이셔츠에도 라벨이 전혀 없었으니까요."

"라벨을 일부러 뜯어낸 건가요? 아니면 원래부터?"

"감식 결과 원래부터 없었다고 하던데요."

"음…."

길 원장은 뭔가를 곰곰이 생각하는 듯 술잔만 계속 응시하고 있었다.

"다만 반지는 끼었던 흔적이 있었는데, 오른쪽 검지에 명확하게 반지 자국이."

"오른쪽 검지라?"

"오랜 기간 끼고 있었던지 그 부분만 햇볕에 그을리지 않은 흔적이 선명했죠."

"살해될 당시 반지를 빼앗겼는지 그 여부는 확실하지 않겠네요."

"그렇죠. 반지가 고가였다면 살해범이 빼 갔을 수도 있겠죠."

"하지만 강도가 한칼에 피해자를 살해했다고 보기에는 뭔가 석연치 않네요."

"음…."

"아니면, 피해자의 신분을 숨기려 살해범이 반지를 일부러 빼냈을 수도."

"네?"

임 형사는 길 원장의 말이 다소 의외라는 표정이었다.

"반지만 봐도 피해자의 신분을 알 수 있는 경우가 있으니, 이를 숨기기 위해 일부러 빼냈을 수도 있겠죠."

임 형사는 이 부분은 수사 당시 미처 생각하지 못했는지 가볍게 고개만 끄덕였다.

"혹시 몸에 수술 자국이나 상처를 입었던 흔적은 없었나요?"

"그런 흔적은 없었습니다."

"음… 혹시 사체를 인위적으로 연출한 흔적은 없던가요?"

"그게 무슨 말씀인지, 구체적으로?"

"이를테면 피해자를 살해하고 사후에 옷을 입혔다거나 하는 그런 거?"

"그런 흔적은 없는 거… 같은데요. 칼날은 양복과 와이셔츠를 그대로 관통해서 복부를 찔렀거든요. 피해자는 양복 차림에서 살해된 것이 분명합니다."

"아, 그래요. 그 후 수사 진행 상황에서 특이한 것은 없었나요?"

길 원장은 피해자의 신원조차 확인되지 않은 살인 사건에서 더 이상 수사가 진전되기 어렵다는 사실을 예상하긴 했으나 그래도 뭔가 단서를 잡아야 할 것 같아 조바심을 냈다.

"아산, 천안, 당진, 평택까지 범위를 넓혀서 주변을 탐문했지만 전혀 소득이 없었죠. 그래도 피해자 어깨에 특이한 문신이 있다면 다른 사람들이 알아볼 수도 있을 텐데…. 아무튼 한 발자국도 진전되지 못하고 결국 얼마 전에 장기 미제 수사팀으로 넘어갔네요."

"그 문신 505번 재소자의 문신과 비교하셨을 텐데 어떤가요?"

"동일인이 문신을 새긴 것으로 감정 결과가 나왔죠. 들꽃 모양의 형태도 똑같고 크기도 같고."

"문신을 새긴 시기는 언제라고 하던가요?"

"네? 그걸 어떻게?"

"두 사람이 문신을 새긴 시기가 성인이 된 이후인지 아닌지? 그건 확인이 어렵다고 하던가요?"

"아, 두 사람 모두 신체적 성장이 끝난 이후에 새겨진 거라고

했습니다."

"흠, 그래요."

길 원장은 또다시 뭔가를 깊이 생각하고 있었다.

"그렇다면 곡교천 피해자는 성인이 될 때까지 어머니와 함께 거주했을 가능성이 높을 거 같은데요."

박 형사가 자신도 여기 있다는 듯 갑자기 두 사람의 대화에 끼어들었다.

"아마도 그럴 가능성이 높겠지."

임 형사도 박 형사의 말에 동의를 표했다.

"그럼, 그 두 사람이 같이 살고 있었고, 또 다른 누군가가 두 사람의 어깨에 똑같은 문신을 새겼다는 것인데… 그 당사자는 505번 재소자의 남편이 아닐까요?"

박 형사는 나름대로 자신의 추론을 논리적으로 전개해 나갔다.

"그 말씀은 현실적으로는 맞지 않을 겁니다."

길 원장의 말이 끝나자 그는 멋쩍은 듯 길 원장의 얼굴을 쳐다봤다. 지난날의 경험상 길 원장의 말을 함부로 반박하기 어렵다고 생각하고 있을 것이다.

"83년도에 찍힌 사진에는 남자아이가 갓 돌이 지난 것으로 보이는데, 그럼 그 아이가 82년생이라고 하면 2001년도에 스무 살이 됐다는 것인데 505번 재소자는 97년에 구속됐으니, 산술적으로 좀…."

"그렇겠네요."

임 형사가 곧바로 동의를 표했다.

"그리고 또, 505번이 교통사고로 기억을 잃은 해가 85년도라고 했는데 85년도면 아들은 아마도 다섯 살 전후였을 겁니다."

박 형사는 전후 사정을 잘 모르고 있는 터라 고개만 가볍게 끄덕이면서 별다른 말을 꺼내지 않았다.

"505번이 교통사고가 나면서 그때 아들과 생이별했을 수도 있고, 아니면 그 전에 이미 아들과 이별했을 수도 있었을 겁니다."

"그렇게 생각하시는 이유는?"

"그냥 제 느낌일 뿐입니다. 다만 아들도 지문 등록이 안 돼 있고 505번도 안 되어 있다는 것은 뭔가 특별한 사정이 있을 거라는 생각밖에."

"특별한 사정이라는 것은 누군가가 고의로 주민등록증을 발급받지 못하게 했다는 말인가요?"

"네, 그렇죠."

"그 누군가가 두 사람에게 문신을 새긴 거고요."

임 형사가 길 원장의 말에 동의한다는 듯이 느릿하게 말했다.

"그럼, 제가 조금 전에 말한 것이 맞겠네요. 그 누군가는 505번의 남편이겠죠."

다시 박 형사가 끼어들었다.

"505번의 남편이라기보다는 곡교천 피해자의 아버지라는 말이 더 정확할 겁니다."

"아니, 원장님, 그게 그거 아닌가요?"

"제 생각에는 의미가 조금 다를 거 같네요."

"음… 원장님께서는 505번과 어떤 미지의 남자는 정상적인 부부 사이가 아닐 가능성이 있다고 생각하시는 건가요?"

이번에는 임 형사가 끼어들었다.

"맞습니다. 다만 곡교천 피해자의 아버지일 가능성은 높겠죠."

박 형사는 이제야 길 원장의 말뜻을 이해한 듯 가볍게 고개를 끄덕거렸다.

"그렇게 생각하시는 특별한 이유라도 있나요?"

임 형사도 길 원장의 말뜻은 이해하면서도 선뜻 수긍은 하지 못하는 듯했다.

"505번 판결문 읽어보셨죠?"

"네. 읽어보기는 했지만, 딱히 이번 사건과 관련 있다고는 생각하지 않아 대충 훑어보기만 해서."

"505번이 두 명의 남자를 살해할 당시 실제 그 남자들이 505번을 성폭행하려고 했는지 알 순 없지만 505번은 그렇게 생각하고 칼로 두 명의 남자를 단번에 살해했거든요. 어찌 보면 과잉 대응이라고도 볼 수 있는데 아마도 그것은 지난날의 악몽 때문에 그런 게 아니었는지?"

"즉 505번은 과거 성폭행을 당한 적이 있었고, 그로 인해 트라우마가 있었다? 그런 말씀인가요?"

"그럴 가능성도 있다는 거죠. 그렇다면 아들의 출산이 그 악몽의 열매일지도?"

"그런데 505번은 자신의 과거를 전혀 기억하지 못한다고 하지 않았나요?"

"그렇긴 하지만, 잠재되어 있는 기억의 단편이 순간 무의식적으로 깨어났을 수도?"

"듣고 보니 충분히 가능성 있는 얘기일 수도 있겠네요."

"그럼, 505번을 강간한 남자가 505번과 그 아들을 가둬놓고 주민등록증 발급을 못하게 했다는 것이겠네요."

박 형사도 이제야 전체적으로 돌아가는 내막을 이해한 것 같았다.

"제 생각에는….”

길 원장은 잠시 말을 멈추고 두 사람을 번갈아 쳐다봤다. 마음속에 있는 말을 어렵게 꺼낼 때 하는 길 원장의 습관이었다.

두 사람도 긴장한 듯 덩달아 길 원장을 응시하고 있었다.

"두 사람의 행동을 제약하는 누군가가 있었던 것은 분명한 거 같은데 그 누군가는 한 사람이 아니라 어떤 집단일 가능성도 배제할 수 없을 겁니다.”

길 원장도 자신의 말에 확신이 없는 듯 최대한 신중한 표현을 썼다.

"그렇게 생각하시는 이유는?”

"이건 너무 막연하기는 한데….”

길 원장은 다시 한번 말을 멈추고 마음속으로 생각을 정리하고 있었다.

"505번은 우발적이고 순간적이기는 하지만 칼로 남자 두 명을 한순간에 죽였거든요. 그건… 이전에 칼을 잘 다뤘을 가능성이 높고, 이번 곡교천 피해자를 죽인 살인범도 아주 칼을 잘 다루는 사람일 가능성이 높은데, 과연 이것이 우연일까요?”

두 사람은 길 원장의 말에 충격을 받았는지 한동안 아무도 말을 꺼내지 못하고 있었다. 잠시 후 겨우 임 형사가 말을 꺼냈다.

"그럼, 그 의미는?”

"곡교천 살인범과 505번 사이에는 어떤 연관성이 있을 수도 있다는 뜻이겠죠.”

"그렇다면 이번 살인 사건의 숨은 동기가 505번의 과거에까지 연결됐다는 말씀인가요?”

"아직 제 생각일 뿐인데, 그 부분도 수사에 참고하시면.”

길 원장은 혹시 자신의 잘못된 판단으로 인해 수사 방향이 틀어질지도 모른다는 생각에 신중하게 말을 꺼냈다. 매사 신중한 길 원장의 성격이 그대로 드러나 있었다.

"그건 그렇다 치고, 그것이 어떤 집단하고는 무슨 관련이?"

"만약 505번은 오랜 기간 행동이 자유롭지 못한 곳에서 살면서 칼을 쓰는 일을 습득했고, 곡교천 살인범도 같은 방식으로 칼을 쓰는 일을 습득했다면, 그것은 한 개인이 아니라 어떤 집단 차원에서 이뤄진 것이 아닐…까요?"

"햐! 이거 듣고 보니 어머어마한 사건일 수도 있겠네요. 형님! 이거 보통 일이 아닐 거 같은데?"

박 형사는 자신의 현재 느낌을 그대로 표출하고 있었다.

"그냥 가능성 차원에서 말씀드린 것이니, 너무 심각하게 생각하실 건 아닌 거 같네요."

"음… 제가 생각해도 너무 뜬구름을 잡는 거 같기는 한데? 현재로서는 그 정도의 가능성이라도 확인했으니…."

임 형사는 계속 무슨 말을 더 꺼낼 듯한 태도를 보였으나 곧 입을 닫았다.

"형님! 여기서 말로만 할 게 아니라 원장님한테 한번 기록을 보여드리면 어떨까요? 제 사건에서도 계속 지지부진했을 때 원장님이 기록을 보고 결정적인 단서를 찾아냈거든요."

"이미 사건은 장기 미제 수사팀으로 넘어간 상태라, 나는 이제 관여할 수도 없어. 뭔가 실마리가 될 만한 단서라도 찾아야 어떻게 해 보기라도 할 텐데."

"일이 또 그렇게 꼬이네요."

박 형사도 자신이 경험했듯 길 원장이 수사 기록에 접근할 수만 있다면 뭔가 돌파구가 생길 것이라 생각하는 듯했다.

"그런 거 말고, 좀 더 구체적인 다른 방법은 없을까요?"

임 형사는 지금 상황이 못마땅한 듯 답답한 자신의 심정을 여실 없이 드러내며 물었다.

"…조금 전에 제가 말씀드린 시나리오가 실제 이번 사건과 관련 있다면, 505번의 과거로 거슬러 올라가야 뭔가 실마리가 나오지 않을까요?"

"음…."

임 형사는 이번에도 확신이 없는 듯 명확한 의사를 표시하지 않았다.

"그리고 또, 이번 사건에 어떤 집단이 관여됐다면 혹시 두 사람의 문신이 그 집단의 일원을 표시하는 의미는 아닐까요?"

"네?"

임 형사는 길 원장의 의외의 말에 또 한 번 놀라는 표정을 지었지만 최대한 표현은 자제하는 것 같았다.

"충분히 가능성 있는 얘기겠네요."

임 형사는 대답이 없었고, 대신 박 형사가 대답했다.

"그렇다면 혹시, 이런 종류의 문신이 새겨진 또 다른 사건이 있었는지 확인해 보시는 건 어떨지?"

"네?"

임 형사는 계속 놀라움의 연속이었으나 이에 대한 자신의 생각은 드러내지 않았다.

"이번 사건에 어떤 집단이 관여됐다면 집단 구성원이 이 두 사람만은 아닐 테니, 이번 사건과 비슷한 또 다른 사건이 있었을지도?"

"음….."

"너무 범위를 확대하면 오히려 혼란만 생길 수 있으니 살해된 사체나 변사 처리된 사건 중에서 어깨에 문신이 그려져 있는 사건이나, 아니면 지문 등록이 안 된 사건이 있는지, 그리고 범위는 최근 몇 년간 정도로 하면 좋을 거 같고요."

임 형사는 민간인인 길 원장한테 수사를 지시받는다고 생각했는지, 길 원장의 제안에 모두 긍정의 대답은 나오지 않았다. 아니면 자신 혼자 결정할 사안이 아니라고 생각했을지도 모른다.

그때 옆에서 박 형사가 거들었다.

"형님! 어차피 단서가 없긴 마찬가지니 제가 봐서는 충분히 해 볼 만한 일일 거 같은데요."

임 형사는 이번에도 대답이 없었다. 한참의 침묵 끝에 겨우 말이 나왔다.

"그리고 또 제가 더 참고할 만한 것은 없을까요?"

"…현재로서는 505번의 과거에서 뭔가가 나오기를 기대하는 수밖에는 없을 거 같네요."

"알겠습니다."

임 형사는 가볍게 고개를 몇 번 끄덕이면서 허공에 대고 하는 말처럼 무미건조하게 내뱉었다.

그날 세 사람은 더 이상 이번 사건에 대해서는 말이 없었다. 아마도 임 형사의 입에서 앞으로 어떻게 하겠다는 명확한 말이 나오지 않아서일 것이다.

길 원장도 임 형사의 입장을 이해한다는 듯 더 이상 질문을 하지 않았다. 박 형사 또한 이런 분위기를 감지하고 농담 같은 가벼운 얘기로 화제를 돌리기 시작했다.

세 사람은 거의 밤 11시가 넘어 술자리를 마쳤다. 길 원장과 박 형사는 은근 취할 정도였으나 임 형사는 거의 술을 마시지 않았다. 나름 자제력이 대단한 듯했다. 두 사람도 굳이 임 형사에게 억지로 술을 권하지 않았다. 그날 모임은 그렇게 끝났다.

임 형사는 길 원장에게 앞으로 어떻게 할지에 대한 아무런 언급을 하지 않았고, 계속 도와 달라는 의사도 표시하지 않았다. 길 원장과의 만남에 대해 실망한 것처럼 보였다.

길 원장도 계속해서 자신이 관여할 일인지 여부가 분명치 않아 별다른 말이 없었다. 박 형사도 멋쩍고 미안한지 길 원장의 얼굴만 멀뚱하게 쳐다보면서 말이 없었다.

3.

길 원장은 얼마 지나지 않아 박 형사를 또 만날 기회가 생겼다. 박 형사는 이시진 과장이 대전 ○○경찰서 강력과장으로 발령이 났는데 축하 자리라도 마련해야 하는 것 아니냐며 일방적으로 날짜를 통보했다. 무슨 핑계든 술자리를 만들려는 속셈이 뻔했다.

그렇게 세 사람은 어제의 용사가 다시 만난 것처럼 그들만의 아지트에서 만남을 가졌다. 사실 길 원장 후배가 운영하는 일식집은 대전천변 건물 3층에 있어 밤에는 천변을 조망할 수 있는 제법 운치가 있는 곳이다. 또한 이 세 사람이 만날 때마다 예약된 고정 룸은 그 일식집에서도 경치를 감상하기 제일 좋은 곳이었다.

길 원장이 먼저 말을 꺼냈다.

"오늘은 모처럼 사건 얘기는 하지 말고 대전의 야경이나 감상하면서 즐겨보시죠."

"네, 좋습니다. 지긋지긋한 사건은 이미 사무실을 나올 때 거기다 다 놓고 나왔고, 지금 제 머릿속은 텅 비어 있네요. 과장님도 머릿속을 싹 비워두셨죠?"

역시 박 형사가 시원시원하게 화답했다.

"이봐, 박 형사! 난 겨우 어제 부임했단 말이야. 아직 머릿속에 넣어둘 사건을 맛보지도 못했어."

"그럼, 오늘 술맛이 끝내주겠는데요."

"그래, 그럼 끝내주는 술맛이 어떤지 볼까?"

세 사람은 모처럼 자신의 주변 얘기들을 안주 삼아 말을 이어갔다. 그래도 씩씩한 박 형사가 제일 말이 많았다. 두 사람은 박 형사의 장단에 추임을 맞추는 정도였다. 한참이 지나자 박 형사도 얘깃거리가 끊긴 것 같았다. 자연스럽게 다시 사건 얘기가 화제로 올라오고 있었다.

"원장님! 며칠 전에 진탁이 형님과 통화한 적이 있었는데, 음… 원장님에 대해 한마디하셨는데, 그냥 술자리니까 편하게 말씀드리죠. 너무 고깝게 생각하지 않으셔도 됩니다."

"아산서 임진탁 말하는 거야?"

이 과장도 임진탁 형사를 아는 것 같았다.

"네. 그럼, 저도 편하게 들으면 되는 거죠?"

"진탁이 형님 생각에는 원장님이 추리소설만 생각하다 보니 현실 감각이 전혀 없고, 순전 머릿속으로만 상상할 수 있는 엉뚱한 방향으로 사건을 몰고 가는 느낌이 있다고."

"좀 더 구체적으로 말해 봐!"

이 과장도 이 상황에 관심이 있는 듯했다.

"넵. 음… 아들이 다섯 살도 안 돼 어머니와 생이별했는데 30년 이상 지나서 아들이 살해된 사건이 어머니와 관련 있다고는 도저히, 더군다나 어머니는 20년이나 교도소에서 수감 중이었는데 전문 칼잡이가 어떻고… 집단이 어떻고… 문신이 집단의 표식일지도 모른다는 둥… 머릿속의 상상이 너무 과하다는 그런 말을 하시기에, 진탁이 형님이 원래 그런 분이시니 그냥 흘려 들으셔도 됩니다."

"네, 충분히 그럴 수도 있겠죠. 제가 생각에도 너무 상상이 지나친 거 같기도 하네요.

"그때 제가 강하게 떠밀다시피 해서 어쩔 수 없이 진탁이 형님이 원장님께 전화한 건데, 원장님을 만나고 나서 좀 실망을 한 거 같더라고요."

"아, 그랬나요? 어쩐지 임 형사님이 뜬금없이 전화한 것이 좀 의외라고 생각했는데."

"임 형사가 원래 자기 주관이 강해서 남의 말을 잘 듣지 않는 스타일이죠. 한마디로 독불장군에 고지식하고 FM이라서 주변과도 트러블이 많은 친군데, 너무 심각하게 듣지 않아도 될 겁니다."

이 과장도 어느덧 길 원장 편이 된 것 같았다. 진심을 담아 위로해 준다는 느낌이 들었다.

"그런데 아들이 살해된 사건에서 30년 전에 헤어진 어머니가 갑자기 등장했다면 그래도 뭔가 이유가 있는 거 아닌가?"

이 과장이 이 사건에 대해 본격적인 관심을 보이기 시작했다.

"갑자기 등장한 것은 아니고, 우연한 기회에 모자 관계가 확인됐던 거라."

"그래요? 그러면 더 궁금하게 만들지 말고, 사건 내막 좀 자세히 말씀해 주시죠. 제 감도 한번 믿어 볼 겸."

"그럴까요?"

세 사람은 얘깃거리가 딱 끊긴 상태라 자연스럽게 화젯거리는 곡교천 살인 사건으로 넘어갔다.

길 원장은 한 교도관을 만난 경위, 505번 재소자와의 면담, 단편적이지만 그녀가 살아온 이력, 빛바랜 사진, 들꽃 문신, 그리고 곡교천 살인 사건과 임 형사를 만나 나눈 얘기까지 자세히 설명했다. 두 사람 모두 진지하게 듣고 있었다. 그러고 나서 마지막으로 말을 덧붙였다.

"제 추리가 임 형사님 말씀처럼 좀 너무 나가긴 했죠?"

"음….."

이 과장은 쉽사리 답을 내놓지 못하는 것 같았다. 평소 신중한 성격 탓일 것이다.

"그래도 뭐, 충분히 일어날 수 있는 거 아닌가요? 요새는 하도 생각지도 못한 일들이 심심치 않게 발생하고 있으니."

아마 박 형사의 대답도 딱히 결론이 있다고 보긴 어려웠다. 길 원장의 추리에 지나친 면이 있다는 것을 에둘러 말하는 정도였다.

그때 마침 길 원장의 휴대폰 진동이 울리고 있었다. 발신인에 아산서 임진탁 형사의 이름이 떠 있었다. 길 원장은 무의식적으로 두 사람을 바라보면서 말을 꺼냈다.

"임 형사님 전화네요. 갑자기 무슨 일일까요?"

길 원장은 한창 임 형사 얘기를 하고 있는데 갑자기 당사자의 전화가 오다니, 당황스럽기도 하고 뭔가 심상치 않다는 생각이 스쳐 지나갔다.

"진탁이 형님, 천상 양반은 못 되네요. 한번 받아보시죠. 혹시 누가 아나요? 그 범죄 집단의 실상을 낱낱이 밝혀냈다고 할지도 모르는데."

박 형사는 반농담조로 가볍게 말을 꺼냈다. 아마도 관심의 표현일 것이다.

길 원장이 통화 버튼을 누르려는 순간 이 과장이 급히 제지했다. 그리고 다급하게 말을 건넸다.

"스피커 폰으로, 스피커 폰!"

길 원장은 통화 버튼을 누르면서 바로 스피커 폰 버튼도 눌렀다.

"안녕하세요? 임 형사님! 잘 지내고 계시죠?"

길 원장은 일부러 아무렇지도 않다는 듯 씩씩하게 첫마디를 꺼냈다. 세 사람은 동시에 숨을 죽이며 임 형사의 대답을 기다렸다,

"네, 시간이 조금 늦긴 했는데 지금 통화 괜찮으신가요? 드릴 말씀이 있는데."

임 형사는 인사도 없이 바로 본론으로 들어갔다.

"네, 괜찮습니다."

"원장님이 말씀하신 거 중 일부가 현실로 나타난 거 같네요."

길 원장은 순간 임 형사의 말뜻을 제대로 이해하지 못했다. 일부가 현실로 나타났다니, 이게 무슨 말인가? 도통 알 수가 없었다.

"네? 자세히 좀."

"재작년 10월 중순경 진주에서 강도살인 사건이 한 건 있었는데, 그 피해자의 오른쪽 어깨에도 꽃 문신이 있었다고 하네요. 꽃 모양이 다르긴 한데, 아마 크기나 위치는 비슷한 거 같고요."

"네?"

길 원장은 깜짝 놀랐다. 이 과장과 박 형사도 말은 없었지만 놀라기는 마찬가지였다. 표정에서 그 모습이 그대로 읽혔다.

"그럼, 그 피해자도 지문 등록이 되어 있지 않았나요?"

길 원장은 제일 궁금한 것부터 물었다.

"그건 아니고, 피해자의 신원이 밝혀졌는데 올해 나이 쉰여덟 살이고 이름은 성창수라고."

길 원장은 그 말을 듣자마자 약간의 허탈감을 느꼈다. 그렇다면 곡교천 살인 사건과는 아무런 관련이 없다는 말인가?

"조금 전에 강도살인이라고 했나요?"

"담당 형사 말로는 집안에서 강도를 당했고, 용의자도 확인돼서 현재 추적 중에 있다고 하네요."

"아, 그래요. 피해자의 신원도 확인됐고, 강도살인이고, 진주라면, 곡교천 사건과는 별로 관련이 없을 수도 있겠네요."

"그게… 성창수라는 사람이 지문 등록이 되어 있긴 한데, 호적상으로는 35년 전에 이미 죽은 사람이라고 하네요."

"네? 이미 죽은 사람이라뇨?"

"저도 자세한 경위는 아직 모르는데…."

"아무튼 그 피해자는 사실상 35년 동안 호적이 없는 상태에서 살아왔다는 거네요."

"네, 그렇다고 볼 수 있겠죠."

"그래서 임 형사님은 그 사건도 곡교천과 관련 있다고 생각하시는 건가요?"

"담당 형사 말로는 우발적 강도살인이 명백하다고 하니 딱히 연관성은 없어 보이는데, 그래도 한번….."

임 형사는 말은 그렇게 했지만 그 뉘앙스는 달랐다. 오히려 연관성이 있다는 냄새를 풍겼다. 아마도 임 형사는 최대한 신중한 표현을 쓴 것 같았다. 아니면 지푸라기라도 잡고 싶은 심정일지도 모를 것이다.

"그럼?"

"제가 모레 진주에 내려가기로 했는데 혹시 시간 되시면 같이 가실래요?"

길 원장이 대답도 하기 전에 옆에서 듣고 있던 두 사람이 더 놀라고 있었다. 뜻밖의 제안이 의외라는 표정이었다. 조금 전에 임 형사는 독불장군이라고 하지 않았던가?

"저야 같이 가면, 당연히 고맙죠."

"저는 모레 10시경 천안아산역에서 KTX를 탈 예정이거든요. 제가 그 표를 문자로 보내드릴 테니 원장님은 대전역에서 그 기차를 타면 될 거 같네요."

"알겠습니다. 자세한 얘기는 그때 듣기로 하죠."

두 사람의 대화는 이렇게 끝났다. 이 과장과 박 형사는 그렇게 대화가 끝난 것이 무척 아쉽다는 표정이었다.

"아휴, 진탁이 형님도 참! 같이 갈 거면 표를 두 장 끊어 원장님한테 보내 주면 될 건데, 참 앞뒤가 꽉 막혔다니까요."

박 형사가 투덜대고 있었다.

"원장님은 임 형사의 말을 어떻게 생각하시나요?"

이 과장은 신중하게 물었다. 뭔가 느끼는 감이 있는 것 같았다.

"현재로서는 딱히…. 판단하기 어렵네요."

"제가 보기에는 별로, 그렇지 않나요?"

박 형사의 의견이었다.

"아니야, 아니야. 비록 임 형사가 말은 그렇게 했어도 독불장군이 원장님께 같이 가자고 전화했다는 것은, 아직 말하지 못한 뭔가가 있다는 거야."

"그래요?"

길 원장은 임 형사의 성격을 정확히 파악하지 못하고 있어 이 과장의 말이 약간은 의외였다.

"하긴, 진탁이 형님이 원장님과 같이 가자고 한 게 조금 의외긴 하네요."

"내가 보기엔 임 형사의 목소리가… 뭔가를 두려워하는 느낌이었어."

"네? 그 말씀은?"

"음… 임 형사는 원장님의 머릿속 상상이 실제 현실로 나타날까 봐 두려워하는 거 같아."

"그러면 사건을 해결할 단서를 찾았다는 건데, 오히려 더 잘된 거 아닌가요?"

박 형사가 이 과장의 말을 이어받았다.

"아니, 아니. 임 형사는 원장님의 추리가 맞다면, 아마도 살인 사건은 여기에서 끝나지 않을 것이라는 두려움이 있는 거 같아."

"네에?"

박 형사는 깜짝 놀랐지만 더 이상 말은 없었다. 곧이어 세 사람은 깊은 침묵의 늪으로 빠져들고 있었다.

4.

길 원장은 임 형사로부터 문자로 받은 KTX 표를 보고 바로 예약했다. 다행히 그의 옆자리는 비어 있었다. 세 번째 그와의 만남은 기차 안에서 이루어졌다.

그는 반가운 표정인지 아닌지 모를 애매한 표정을 짓고 있었다. 어쩔 수 없이 길 원장의 도움을 받는다고 생각하는 듯했다. 어쩌면 길 원장의 머릿속 상상이 현실로 나타나자 길 원장을 다시 평가하는 것일 수도 있을 것이다.

"저도 담당 형사로부터 자세한 얘기를 듣지 못해 현재로서는 엊그제 말씀드린 거 외는 아는 것이 없네요."

그는 초반부터 기 싸움을 하는 것 같았다.

"그래도 꽃 그림 문신이 있는 사건이 바로 확인됐나 보네요."

"그것도… 담당 형사는 우리 사건하고는 전혀 관련 없다고 생각했는지, 아니면 실제 기억에 없었는지, 제가 전화를 걸었을 땐 전혀 기억하지 못하고 있더라고요."

"그럼, 다른 경로로 확인된 건가요?"

"저희 사건 담당 부검의가 부산 국과수에 근무하는 지인하고 다른 일로 통화하다가 우연히 문신 얘기가 나왔는데, 거기에서도 부검한 시체에 꽃 그림 문신이 있었다고 알려줘서."

"그럼 우연히 알게 된 거네요."

"그렇다고 봐야죠. 그러니 2년 전 사건이 툭 튀어나왔겠죠. 그런데 담당 형사는 우리 사건과는 아무런 관련 없다고 확신하는 거 같더라고요."

"참! 그 사건에는 용의자도 있다고 했다면서요."

"자세한 얘기는 안 해주는데, 가보면 알겠죠."

"만약 그 용의자가 우리 사건의 범인이라면 쉽게 사건이 해결될 수도….''

"그렇게만 된다면야. 제가 어젯밤 당직을 해서 좀 자야 할 거 같네요. 도착하면 깨워 주세요."

"네, 알겠습니다. 그럼 편히."

그는 길 원장을 꽤나 불편하게 여기는 것 같았다. 딱히 말을 이어가고 싶은 생각도 없는 듯했다. 잠을 핑계로 일부러 피하는 것 같기도 했다.

KTX가 진주역에 도착하자마자 두 사람은 간단히 점심을 해결하고 바로 진주경찰서로 향했다. 진주시 ○○동 강도살인 사건은 진주경찰서 강력 3팀에서 담당하고 있었다. 현재는 장기 미제 사건으로 분류돼서 딱히 수사를 진행하고 있지 않았다. 그저 결정적인 제보만 기다리고 있는 상태였다.

두 사람이 경찰서에 들어가기 전, 그가 길 원장에게 다짐을 받았다.

"원장님! 솔직히 원장님이 수사 관계자라고는 할 수 없으니 담당 형사에게는 그냥 일행이라고만 할게요. 가만히 앉아 계시기만 하세요."

"네? 아, 알겠습니다."

길 원장은 속으로 그는 참 융통성도 없고 고지식하다는 생각이 절로 들었다.

잠시 후, 임 형사는 휴게실에서 ○○동 강도살인 사건 담당인 도수성 형사와 인사를 건네고 자리에 앉아 얘기를 나누기 시작했다. 임 형사는 별도로 길 원장을 소개하지 않았다. 그냥 도 형사에게 일행이라는 느낌을 주는 정도의 제스처만 취했다.

길 원장도 무심한 듯 그들과 약간 거리를 두고 앉아 잡지를 뒤적이는 시늉을 했다. 임 형사가 본격적으로 질문을 꺼내기 시작했다.

"우선 사건 경위부터 말씀해 주시죠?"

"음… 재작년 10월 중순 새벽 3시경 피해자의 집에 삼인조 강도가 침입해서 피해자를 죽이고 금품을 강취한 사건이었죠."

"피해자는 혼자 살고 있었나요?"

"주변 사람들 얘기로는 언제부터인지 모르지만 피해자 혼자 그 집에 살고 있었고, 피해자는 특별히 하는 일이 없었다고 하는 거 같았습니다. 집은 평범한 일반 단독주택이고요."

"피해자가 호적상 사망했다는 말은 무슨 뜻인가요?"

"저희가 유족을 확인하는 과정에서 밝혀진 건데, 피해자는 1984년에 법원의 실종 선고로 인해 그때 사망 처리된 것이 확인됐죠."

"그럼, 다른 가족들은?"

"다른 가족들도 그전에 모두 직권말소 상태였습니다."

"그러면 피해자는 30년 이상이나 그림자처럼 살아왔다는 거네요."

"네, 그렇다고 볼 수 있겠죠."

"어떻게 발견된 건가요?"

"그 동네에 그나마 피해자와 어울리는 또래분이 한 분 계셨는데 아마 집에서 보기로 약속했던 거 같고, 연락이 없어 집에 갔다가 그 참변을 보게 된 거였죠."

"사건 현장은 어땠나요?"

"안방이 살해 현장이었는데 피해자는 잠옷 차림이었고, 자고 있다가 강도에게 당한 거 같았습니다."

"살해 방법은요?"

"부엌칼로 복부를 여러 번 찔렸는데 손에는 방어흔도 여러 군데 있었고, 온몸이 상처투성이인 것으로 봐서는 아마도 격렬하게 저항했던 모양입니다."

"흉기는 확인됐나요?"

"흉기는 현장에서 확보했는데 그 집 안에 부엌칼이 따로 없는 것으로 봐서는 흉기는 그 집 부엌칼인 걸로 추정되고요."

"용의자가 세 명이라고 하셨는데 그럼 용의자 신원도 확인된 건가요?"

"그게… 용의자들이 복면을 쓰고 있어서 지금까지 신원은 확인되지 않았는데, 피해자 집 담을 넘어 침입하는 장면이 근처에 주차되어 있는 차량 블랙박스에 찍혀 있었죠."

"용의자 세 명이 다 찍힌 건가요?"

"네. 그리고 또 그 용의자들이 얼마 지나지 않아 근처 사천읍에 있는 금은방을 털려다가 보안시스템이 울리는 바람에 실패한 적이 있었는데 그때도 CCTV에 그 장면이 찍혔고, 삼인조 강도가 확실했습니다."

"수사에 진척은?"

"그놈들이 이 주변에서 강도 짓을 하는 것은 분명한데, 아직 별다른 실마리는 없네요. 2년이 다 됐는데 저희도 갑갑하기만 하고, 몸놀림으로 봐서는 20대 젊은 놈들로 보이고요."

"잃어버린 금품은?"

"그게… 피해자가 혼자 살고 있어서 정확히 확인이 안 됐죠.

주변 사람들 얘기로는 피해자는 항상 현금으로 계산하고 돈을 아주 잘 쓰는 편이었다고 하네요. 그래서 주변에서는 피해자가 돈이 많다는 소문이 났고, 강도들의 표적이 된 건 아닌지?"

"피해자가 호적도 없다고 하는데 어떻게 집은?"

"집 전체를 월세로 살고 있었는데, 계약서의 인적 사항은 모두 가짜였고, 월세는 한 번도 밀리지 않고 꼬박꼬박 들어왔다고 하네요."

"음… 혹시 제가 기록을 좀 볼 수 있을까요?"

임 형사가 조심스럽게 물었다. 하지만 도 형사는 바로 답을 하지 않았다. 뭔가 난처한 듯했다.

"같은 형사끼리니 잘 아시겠지만 아직 수사가 종결되지 않은 사건이라…. 정식 공조 요청이 있었던 것도 아니고, 그리고 그쪽 사건과는 꽃 문신이 있다는 점만 같은 것으로 봐서 잘못 짚은 거 같은데요. 저희 사건은 우발적 강도살인이 명백하다니까요."

"네, 알겠습니다. 어쩔 수 없죠. 죄송합니다. 저도 충분히 사정 이해합니다."

임 형사의 목소리에는 못내 아쉬운 마음이 담겨 있었다.

"저도 죄송하네요. 그리고 그쪽은 들꽃 문신이라면서요. 저희는 화려한 국화 두 송이 그림인데, 요새는 문신도 별 거리낌 없이 하지 않나요?"

그때 마침 임 형사의 휴대폰으로 문자 도착 알람이 울렸다. 그가 무심하게 문자를 열자 "부검 기록만이라도"라는 문자가 와 있었다. 길 원장이 다급하게 보낸 것이다.

"혹시 부검 기록만이라도, 거기에는 꽃 문신 사진이 있지 않을까요? 부검 기록은 공개돼도 별로 수사에 방해가 되지 않을 텐데.”

도 형사는 잠시 난처한 표정을 지었으나 이내 답이 나왔다.

“그러시죠, 멀리서 오셨는데. 그래도 저는 오늘 기록을 보여준 적 없는 겁니다. 잠시만 여기서 기다리시죠.”

도 형사는 바로 휴게실을 나갔다. 임 형사는 길 원장 쪽을 힐끗 보기는 했지만 아무런 말이 없었다. 잠시 후 도 형사가 10여 쪽 분량의 부검 보고서를 들고 들어왔다. 그러고는 임 형사 앞에 서류를 놓고 “5분 후에 다시 오겠습니다.”라는 말을 남긴 채 그대로 나갔다.

도 형사가 나가자마자 길 원장은 임 형사 옆으로 가서 부검 보고서를 같이 보기 시작했다. 그가 별다른 반응을 보이진 않았다.

부검 보고서에는 칼에 찔린 부위에 대한 부검 결과가 상세히 적혀 있었다. 피해자의 복부가 여러 번 찔렸고 일부는 상흔이 얕은 것으로 보여 주저흔도 있는 것 같았다. 상당 시간 범인들로부터 제압을 당했는지 얼굴부터 다리까지 온몸이 심하게 멍들어 있었다. 현장에서 확보된 부엌칼이 범행에 사용된 흉기라고 명확히 적혀 있었다.

임 형사는 칼에 찔린 부위에 대한 보고 내용은 세세히 살펴봤으나 나머지 보고서는 가볍게 훑어보면서 넘겼다. 몇 장을 뒤로 넘기자 피해자의 오른쪽 어깨에 국화꽃 두 송이가 선명하게 피어 있는 사진이 나왔다.

한 줄기 가닥이 위로 쭉 뻗어 있었고, 그 아래와 위에 활짝 핀 국화꽃이 다정스럽게 쌍을 이루고 있었다. 다만 아래에 새겨진 꽃이 약간 더 큰 편이었다. 꽃잎은 노랑과 빨강으로 알록달록하게 음영 처리를 했고, 마치 밥풀이 오밀조밀하게 뭉쳐 있는 느낌으로 다가왔다. 꽃 주위에는 진한 음영으로 잎이 그려져 있었다.

곡교천 피해자의 들꽃 그림과는 전혀 달라 보였다. 다만 위치와 크기는 거의 동일해 보였다.

그는 실망한 듯 기록을 덮고 먼 곳을 응시하고 있었다. 그 순간 길 원장은 재빨리 휴대폰을 꺼내 부검 보고서의 첫 장부터 휴대폰에 담기 시작했다. 그가 특별히 제지하지는 않았다.

잠시 후, 임 형사는 강력팀 사무실로 들어가 도 형사에게 부검 보고서를 건네면서 작별 인사를 나누었다. 길 원장은 멀찌감치 떨어져서 그 장면을 보고 있었다.

두 사람은 곧바로 택시를 타고 진주역으로 향했다. 그리고 길 원장이 가장 빠른 KTX 표 두 장을 끊었다. 약 30분 정도의 여유가 있었다.

"조금 시간이 남는데 옆에서 커피나 한 잔 하시죠. 저는 하루에 커피 두 잔은 마셔야 몸이 반응을 하네요."

길 원장은 그에게 살갑게 대하려고 무척 노력하고 있었다. 두 사람은 커피를 마시면서도 별다른 대화가 없었다. 한참 동안의 침묵을 깨고 그가 먼저 말을 꺼냈다.

"원장님은 어떻게 생각하시나요?"

"음… 약간 실망스럽기는 한데, 그래도 몇 가지 확인해 볼 것들은 있는 거 같네요."

"어떤 부분요?"

"피해자가 실종 선고로 사망 처리됐다는 것이 좀 특이하지 않나요?"

"…"

그는 말없이 길 원장의 얼굴만 쳐다보고 있었다.

"피해자가 30년 이상을 호적도 없이 살아왔다면, 분명 무슨 사연이 있지 않을까요?"

그는 갑자기 가볍게 미소를 지었다. 무슨 의미인가?

"원장님! 제가 한 말씀 드릴까요?"

"네, 물론."

"원장님은 추리소설가라고 하셨으니까 이런 의문 하나하나가 모두 흥미롭게 보이겠지만, 30년 전 과거 일 때문에 이번 강도살인 사건이 벌어졌다고 보기 어렵고, 또 꽃문양 건도 그렇고, 여기 진주 사건은 곡교천 사건과는 전혀 관련이 없다고 봐야 하지 않을까요?"

"…."

이번에는 길 원장이 아무런 대답을 하지 못했다. 그가 어떻게 생각하고 있는지 뻔히 아는데 거기에다 대고 뭐라고 반박할 수 있을까? 그가 다시 말을 이어갔다.

"그리고 또, 곡교천에서는 원장님 말씀처럼 단번에 칼로 즉사시켰으니 전문가의 소행이라는 점에는 동의하지만, 여기는 전혀…."

"저도 그렇게 보이네요. 동일범의 소행이라고는 너무 어긋나는 것이 많긴 하죠."

잠시 후 두 사람은 KTX에 올라탔다. 두 사람은 누가 먼저라고 할 것 없이 모두 눈을 감고 긴 침묵에 빠졌다. KTX가 김천역을 지나자 임 형사가 눈을 떴다. 그도 자신의 행동이 다소 무례했다고 생각했는지 길 원장에게 작별 인사라도 나눌 요량으로 눈을 뜬 것 같았다.

그때 마침 길 원장은 휴대폰으로 찍은 부검 보고서를 살펴보려고 하는 중이었다. 그땐 급히 찍느라 자세한 내용은 전혀 보질 못했다.

"곧 대전역에 도착하지 않나요?"

그가 가볍게 말을 건넸다.

"네, 곧 도착할 겁니다."

두 사람은 또다시 아무 말 없이 침묵에 빠졌다. 이번에는 길 원장이 가볍게 물었다.

"혹시 곡교천 피해자의 혈액형이 뭐였는지 기억나시나요?"

그는 길 원장의 뜬금없는 질문이 이상하다는 듯 길 원장의 얼굴을 빤히 바라보다가 대답했다.

"네, 기억하죠. 저와 혈액형이 같은 AB형."

"아, 그래요."

길 원장은 그의 얼굴을 쳐다보지도 않고 무심하게 대답했다. 속으로 뭔가를 계속 생각하고 있었다.

"혈액형을 가지고 사람의 성격을 파악할 수 있다는 말이 있던데, 왜 AB형이 좀 까칠하고 성격이 못됐다고 하지 않나요?"

그는 길 원장에게 따지듯이 물었다. 스스로 자격지심이 있는 것 같기도 했다.

"네? 아, 아닙니다. 그래도 제가 명색이 의사인데 그런 허무맹랑한 학설을 믿을 리가요?"

그는 그저 고개만 가볍게 끄덕였다. 그때 KTX가 곧 대전역에 도착한다는 안내방송이 나오고 있었다.

길 원장은 그에게 가볍게 작별 인사를 건네고 자리에서 일어났다. 그도 잘 가라는 말 이외에 별다른 말은 없었다. 길 원장과 임 형사와의 세 번째 만남은 그렇게 끝났다.

길 원장은 대전역 플랫폼을 나오면서 머릿속이 복잡하게 움직이기 시작했다.

505번 재소자의 수형 기록표에는 그녀의 혈액형이 A형으로 나와 있고, 그 아들인 곡교천 피해자는 혈액형이 AB형이라고 했으니, 아버지는 분명 B형 인자의 혈액형을 가지고 있어야만 한다. B형이든지 아니면 AB형이든지….

길 원장의 휴대폰에 저장된 부검 보고서에는 진주 강도살인 피해자의 혈액형이 B형으로 선명히 적혀 있었다.

우리나라는 A형과 O형 혈액형이 전 인구의 절반을 훨씬 넘는다고 했으니 이걸 우연이라고만 치부하기에는… 뭔가 꺼림칙하다는 생각이 들었다.

5.

1978년 8월 2일, 전북 익산시 함열읍 상시리는 새벽부터 온 마을이 들썩거리고 있었다. 그곳은 대략 80여 가구가 모여 사는 전형적인 농촌 마을이다. 대부분 논농사를 짓고 있으나 비옥한 토지 덕에 마늘, 고구마 등 밭농사도 잘되는 편이었다.

마을의 행정구역은 전라북도에 속해 있지만 충청남도 강경과 인접하고 있어 오히려 생활권은 강경과 가까웠다.

오늘은 그 마을에 살고 있는 여중생 다섯 명이 모처럼 바닷가로 해수욕을 가기로 한 날이다. 여중생 다섯 명이 집에서 멀리 떨어진 바다에 간다는 것이 약간 위험한 것 같긴 했지만 여중생들의 부모는 전혀 개의치 않았다. 인솔자가 있었기 때문이다.

　인솔자는 다름 아닌 같은 마을 주민으로 논산세무서에 다니는 성 주임의 큰아들이다. 성 주임의 큰아들은 금년 봄에 서울로 대학을 갔는데 첫 여름방학이라 고향에 내려온 것이다. 그리고 마을 여중생들에게 바닷가로 해수욕을 가자고 제안한 것이다.

　성 주임의 큰아들은 인근에 소문이 자자했다. 함열읍 내에서 서울로 대학을 간다는 것은 거의 드문 일이었음에도 그는 서울대학교에 합격했다. 그것도 법대에 당당히 들어간 것이다. 마을에서는 잔치도 벌였다. 그는 장래에 판검사가 되어 가족들을 책임지겠다는 일념으로 죽기 살기로 공부했다고 어느 지방 신문 기자와 인터뷰를 하기도 했다.

　그런 까닭에 여중생들의 부모는 그에게 마음 편히 아이들을 맡길 수 있었던 것이다. 혹시 다른 애들 가족보다 못할까 봐 새벽부터 삶은 달걀이나 과일 등을 바리바리 챙겨서 아이들의 손에 쥐어줬다.

　그렇게 성 주임의 큰아들과 여중생 다섯 명은 아침 첫 버스를 타고 강경읍으로 나와 강경역에서 호남선 완행열차에 몸을 실었다. 다들 들뜬 분위기였다.

　목적지는 전남 무안군에 있는 ○○해수욕장이다. 목적지는 성 주임의 큰아들이 정했다. 원래 일정은 1박2일이었으나 떠날 때 아이들이 더 놀고 싶으면 하루를 더 있을 수도 있다고 했다. 다만 실제 목적지는 ○○해수욕장이 아니라 그 해수욕장에서 1킬로미터 정도 떨어진 이름 없는 무인도였다.

　여학생들은 성 주임의 큰아들을 따라 들뜬 마음으로 조그만

배에 올라탔다. 그 배는 소형 어선인데 그들을 무인도에 내려주고, 다음날 약속한 시간에 다시 그들을 태우러 오기로 했다. 원래 그런 일은 불법이라 돈은 선불로 모두 지급한 상태였다.

그런데 문제가 발생했다. 그다음 날 선주가 약속 시간에 배를 몰고 그 무인도에 갔으나 아무도 없었던 것이다. 학생들이 있었던 흔적만 보였다. 텐트 두 개가 설치된 채 그대로 있었고, 학생들의 옷가지나 음식을 조리하는 도구들도 모두 그대로 있었다. 갑자기 학생들만 없어진 것처럼 보였다.

선주는 학생들이 섬 뒤편으로 놀러 갔을 거라는 생각에 한 시간 정도 더 기다리다가 날씨가 어두워지자 그냥 돌아왔다. 아마 뭔가 착오가 발생한 것 같아 내일 다시 오기로 했다. 분명 자신은 다음날이라고 얘기를 들었는데…. 학생들은 그다음 다음 날로 잘못 알고 있는 것인가?

선주는 그다음 날 다시 그곳에 갔으나 현장은 어제와 똑같았다. 뭔가 단단히 잘못됐다는 생각이 들었다. 자신이 잘못한 것을 처벌받을 각오로 바로 해수욕장 인근에 있는 파출소에 신고했다. 신고했을 때는 이미 밤 9시가 넘은 상태라 수색은 다음날 하기로 했다.

다음날 선주와 파출소 직원 두 명이 그 무인도에 도착했다. 30분도 채 되지 않아 섬 전체를 다 살폈으나 학생들의 흔적은 온데간데없었다. 파출소 소속 경찰도 불길한 예감을 감지하고 바로 상부에 보고했다. 학생들이 사라진 것은 분명 둘 중 하나였다. 학생들이 물에 휩쓸려 죽었든지… 아니면 간첩에 의해 납치됐든지…. 그 당시는 종종 북에서 남파된 간첩이나 무장 공비들이 주민들을 납치해 가는 일이 벌어졌던 시기였다.

함열읍 상시리에서도 난리가 났다. 학생들이 약속한 날짜에 오지 않아 걱정하고 있었는데 무안경찰서의 연락을 받고 모두 대경실색했다.

몇 달간의 경찰 수사는 별 성과 없이 끝났다. 경찰의 최종 수사 결과는 학생들이 불어난 밀물에 휩쓸려서 모두 물에 빠져 죽었다는 것이었다. 간첩이 출몰한 흔적이 없었기 때문에 당연히 하나 남은 가능성으로 결론이 났다.

상시리는 하루아침에 초상집이 여섯 군데 생겼다. 죽은 여중생들의 가족도 가족이지만 성 주임의 집안도 초상집 그 이상이었다. 집안의 기둥이라고 굳게 믿고 있던 큰아들이 죽었다는 사실 자체를 믿지 못했다. 더군다나 남의 집 귀한 딸 다섯 명이 잘못된 책임을 어떻게 감당해야 할지도…. 아무런 대책이 없었다.

성 주임은 정신 나간 사람처럼 세무서에 출근하는 둥 마는 둥 세상을 포기한 사람처럼 행동했다. 딸을 잃은 가족들은 이런 성 주임에게 대놓고 항의하지도 못했다. 똑같이 자식을 잃은 입장이었기 때문이다.

그러던 중 어느 날 밤 성 주임의 가족들은 밤에 소리도 없이 사라졌다. 야반도주를 한 것이었다. 한 마을에서 계속 같이 살 수 없다고 생각했을 것이고, 어찌 보면 당연한 결정일 수도 있을 것이다. 성 주임은 아내와 중학교 3학년 아들, 초등학교 6학년 딸과 함께 중요한 가재도구만 챙겨서 조용히 사라졌다.

성 주임 가족들이 사라지자 그제야 그들을 원망하는 소리가 마을 곳곳에서 흘러나왔다. 한풀이할 곳을 찾던 중에 둑이 터진 것이다.

소문도 흉흉했다. 성 주임 큰아들이 서울에서 실연당해 자살할 생각으로 고향에 내려와 어린 여자아이들을 동반자로 데려갔다는 소문이 가장 그럴싸했다. 일부러 자기 동생들은 물놀이에 데리고 가지 않은 것이 그 때문이라는 근거도 더해졌다. 한편으로는 학생들이 깡패들에게 납치돼서 돈을 받고 팔려 갔다는 소문도 돌았다. 모두 명확한 근거도 없이 떠도는 소문에 불과했다.

세월이 약인 것처럼 이렇게 상시리 여중생 집단 실종 사건은 사람들의 기억 속에서 서서히 사라지고 있었다.

성 주임의 큰아들과 여중생 다섯 명은 5년 후 법원의 실종 선고로 인하여 사망한 것으로 간주됐다.

선일순, 최영실, 강금자, 이순애, 김은하가 실종 선고된 여중생들 이름이었다. 그리고 성 주임의 큰아들 이름은 성창수였다.

길 원장은 지금 논산역장실에 앉아 1978년 상시리에서 벌어졌던 한여름철의 끔찍한 악몽에 대해 얘기를 듣고 있었다.

박 형사의 도움을 받아 진주에서 살해된 성창수의 본적을 확인했다. 그리고 상시리 주민들에게 성창수의 존재를 물어물어 여기까지 오게 됐다.

지금 이 얘기를 해주고 있는 사람은 선종수 논산역장이다. 그 당시 실종된 여중생 선일순의 친오빠이다. 그 얘기를 듣는 내내 길 원장은 겉으로는 차분함을 유지하고 있었으나 속으로는 상상하지도 못한 충격으로 정신을 어디에 둬야 할지 몰랐다.

이번 사건의 시초가 1978년 함열읍 상시리에서 시작된 끔찍한 사고에서 비롯됐다고 생각하니 자신도 모르는 사이에 온몸에 식은땀이 흐르고 있었다. 아직 명확하게 확인된 것이 아니니 침착해야 한다고 마음속으로 계속 다짐하고 있었다. 우선 더 확인해야 할 것이 있었다.

"역장님! 혹시 그 당시 실종됐던 여중생들의 얼굴을 기억할 수 있나요?"

"네? 제 동생이야 당연히 기억하죠. 그러나 다른 애들은 잘….."

"여기 사진 한번 봐주실래요?"

길 원장은 가방에서 빛바랜 사진을 복사한 종이를 꺼내 선 역장 앞에 내밀었다.

그는 천천히 사진 복사본을 들어 유심히 들여다보기 시작했다. 약간 고개를 갸웃거리기도 했다.

"하도 오래된 일이라…. 아니, 그런데 이 사진을 보여주는 이유가 도대체 뭔가요?"

그는 근본적인 의문을 제기했다.

"일단 제 추측이긴 하지만, 혹시 실종된 여학생 다섯 명 중에 한 명이 최근까지 살아 있었을 수도 있다고 생각해서."

그는 놀란 표정을 지으면서 다급하게 물었다.

"그럼, 우리 일순이는? 일순이도 살아 있다는 말인가요?"

"아니, 그건 아닙니다. 아직 명확히 확인된 것이 아무것도 없어서. 다시 한번 사진상의 여자 얼굴을 자세히 봐주시죠."

그는 그제야 사진상의 얼굴을 유심히 살펴보기 시작했다. 몇 초간의 정적이 흘렀다.

"잘 기억에는 없지만, 이 사진 속의 여자가 그때 실종된 학생

중 한 명이라면, 영실이 같아 보이는데요?"

"최영실이라?"

"영실이가 제 동생하고 친해서 가끔 저희 집에 놀러 오곤 했는데, 영실이는 그 당시 아랫마을에 살고 있어서… 저희 집하고는 좀 떨어져 있어 자주 보진 못했지만… 기억이 가물가물하네요."

그는 겨우 생각해 낸 듯 띄엄띄엄 말을 이어갔다.

"네, 알겠습니다."

길 원장은 자신도 모르게 뭔가를 확신한 듯 느릿하고 또렷하게 대답했다.

"아니, 그런데 이 사진은 도대체 어디서 구한 건가요? 뭐라도 속 시원히 말씀해 주셔야 하지 않나요? 저는 지금도 속이 벌렁벌렁하는데."

"아직 확실한 것이 아니라…."

"확실한 것이 아니라도 좋습니다. 그냥 저도 감안해서 듣겠습니다. 저희 어머니, 아버님은 돌아가실 때까지 일순이 생각뿐이었습니다. 그 당시 일순이가 죽은 것이 아니라면, 지금도 살아 있는 겁니까?"

"현재로서는 역장님의 동생분에 대해서는 정말 아무것도 아는 것이 없습니다. 다만 그 당시 여학생들을 데리고 간 성창수가 최근까지 살아 있었던 것은 확실하고, 여학생 한 명도 살아 있었을 가능성이…."

"성창수가 살아 있었다고요?"

그는 말문이 막힐 정도로 놀라고 있었다. 그러면 40년 동안 알고 있었던 사실이 진실이 아니란 말인가?

"성창수가 최근에 진주에서 사망했는데, 그것을 확인하는 과정에서 여기까지 오게 됐고요.”

“아니, 이게 말이 되는 겁니까? 성창수가 40년이나 지나 왜 진주에서….”

“역장님! 그 당시 실종됐던 여학생들의 신변에 대해 새로운 사실이 밝혀지면 역장님께 반드시 알려드릴 테니 조금만 더 기다려 주시고, 혹시 최영실이나 아니면 그때 실종됐던 학생들의 가족들을 제가 더 만나보고 싶은데 도움을 주실 수 있을까요?”

그는 아직도 충격이 가시지 않은 듯 길 원장의 말을 100% 믿는 것 같지 않았지만, 그래도 일말의 희망을 거는 것 같았다. 혹시 40년 전에 죽었다고 생각한 동생이 살아 돌아올지 모른다는 희망을….

“여기 앞 역전 사거리에서 터미널 쪽으로 돌자마자 있는 건물 지하에 최영실 동생이 운영하는 노래방이 하나 있거든요. 상호는 잘 모르겠고.”

“아, 그래요? 최영실 동생이라면 잘됐네요. 제가 한번 찾아가 보죠.”

“잠시만요. 집사람이 영실이 동생하고 초등학교 친구여서, 제가 집사람한테 먼저 확인해 보죠.”

그는 집사람에게 전화를 걸어 노래방에 대해 확인하고 있었다. 통화는 바로 끝났다.

“J노래방이라고 하네요. 동생 이름은 최경실이고요.”

“네, 고맙습니다. 역장님! 새로운 사실이 확인되면 꼭 말씀드리죠. 그리고… 당분간 다른 분들에게는 이런 사실을 말씀드리지 않는 것이 좋을 거 같네요.”

“네?”

"혹시 괜한 기대를 하고 있다가 아닌 것으로 확인되면… 차라리 잊힌 기억을 그대로 묻어두는 것이….""

"무슨 말씀인지 잘 알겠습니다."

잠시 후 길 원장은 걸어서 J노래방 건물 앞에 도착했다. 지금 시간이 오후 5시가 조금 못 됐으니 아직 본격적인 영업은 하지 않을 것 같아 최경실이 자리에 있을지 약간 조바심이 났다. 그리고 또 사진을 보고 어떤 모습을 보일지… 약간의 두려움도 스쳐 지나갔다.

노래방 문을 열고 들어가자 사방이 고요했다. 역시 아직 손님은 없는 것 같았다. 젊은 남자 종업원이 청소하다가 반갑게 인사를 건넸다.

"여기 혹시 최경실 사장님 계신가요?"

길 원장은 첫 물음부터 조심스러웠다.

"사장님요? 잠시만요."

종업원은 용건도 묻지 않고 사장을 불렀다.

"사장님! 손님 찾아오셨는데요."

잠시 후 구석진 방문이 열리면서 50대 초반의 여자가 얼굴을 내밀었다.

순간 길 원장은 속으로 깜짝 놀랐다. 505번 재소자의 얼굴과 인상이 너무나 닮았다. 비록 505번을 처음 봤을 때 얼굴에 살이 거의 없었지만 전체적인 인상이나 이목구비는 여기 앞에 서 있는 여자와 똑 닮았다. 분명 자매 사이가 확실해 보였다. 순간 어떻게 이 사태를 풀어나가야 할지 걱정이 앞서기도 했다.

"누구신가요?"

그녀가 조심스럽게 물었다. '처음 보는 사람이 왜 나를 찾는 것일까?'라는 의구심이 얼굴에 가득 차 있었다.

"최경실 사장님이신가요? 선종수 역장님 소개로 왔는데, 잠시 드릴 말씀이 있어서."

"그래요? 그럼, 여기로."

그녀는 고개를 약간 갸웃거리면서 빈방으로 길 원장을 안내했다. 길 원장은 단도직입적으로 본론을 꺼내는 것이 상책이라고 생각했다.

"최 사장님! 지금부터 제가 하는 말을 단단히 각오하고 들으셔야 합니다."

길 원장은 잠시 뜸을 들이다가 첫마디를 꺼냈다.

"네?"

"너무 놀라지는 마시고."

길 원장은 다시 한번 다짐을 받았다.

"아니, 무슨 말씀을 하려는지 모르겠지만, 제가 이 바닥에서 산전수전 다 겪은 년입니다. 뜸 들이지 말고 말해 보세요. 죽은 저희 엄마가 다시 살아 돌아오셨다고 해도 놀라지 않을 테니. 아니, 아니, 잠깐만! 영철아, 여기 맥주 한 병만 가져와!"

길 원장은 그사이 심호흡을 하면서 어떻게 얘기를 꺼내야 할지 곰곰이 생각하고 있었다. 종업원이 맥주 한 병과 간단한 안주를 가지고 오자 그녀는 거침없이 맥주병을 땄다.

"한잔하실래요? 제가 좀 목이 타네요."

"아, 아닙니다. 운전해야 돼서."

그녀는 더 이상 권하지 않고 맥주 한 잔을 쉬지도 않고 마셨다.

"자, 준비됐습니다. 이제, 말씀해 보세요."

그녀는 평소 성격이 화통한 것 같았다. 아님, 그녀 말처럼 산전수전을 다 겪어서 그럴지도 모르겠다.

길 원장은 잠시 생각을 가다듬은 후 먼저 사진부터 보여주기로 했다. 가방에서 천천히 사진 복사본을 꺼냈다. 모든 것이 조심스러웠다.

"이 사진 좀 잠시 봐주실래요?"

그녀는 길 원장이 채 건네기도 전에 사진 복사본을 낚아챘다. 그러고는 사진을 유심히 살펴보기 시작했다. 그녀의 표정이 순간 일그러지기 시작했다. 그러다가 바로 다시 평온을 찾았다.

"이 사진 어디서 난 건가요?"

그녀가 태평스럽게 물었다.

"네?"

"아니 지금 무슨 장난을 하는 거냐고요?"

"…."

"이거 내 얼굴만 합성해서 만든 거 아닌가요? 저한테 뭘 얻을 게 있다고 이딴 짓을 하나요?"

"음…."

길 원장은 지금 505번 재소자의 본명이 확인됐다고 확신했다. 그녀는 '나일란'이 아니라 '최영실'이었다.

"최 사장님!"

길 원장은 잠시 뜸을 들였다.

"혹시 언니 한 명 있지 않았나요? 78년에 물놀이를 갔다가 실종된 최영실."

그녀는 길 원장의 말을 듣자마자 길 원장의 얼굴과 사진을 번갈아 보면서 할 말을 잃은 듯 아무 말도 못 하고 있었다.

"저희가 확인한 바에 의하면… 그 사진 속의 여인은 언니인 거 같아 보이네요."

길 원장은 그녀가 정신을 차리도록 차분한 목소리로 설명하듯 이 말을 꺼냈다.

"아니, 그럼, 언니가?"

길 원장은 대답 없이 그녀의 얼굴을 응시했다.

"지금 언니, 어디 있나요?"

"…."

길 원장은 잠시 망설였다. 그녀의 언니가 1978년도는 아니지만 작년에 사망했다는 사실을 말해 줘야 할지 말지….

"아니, 왜 말씀이 없나요?"

"음… 최 사장님! 현재로서는 그 사진 속의 여인이 언니일 가능성이 있다는 거고 아직 확인되지 않았으니, 아마 경찰에서 최종적으로 확인하는 절차가 있을 겁니다. 최 사장님의 도움도 필요할 거고."

"그쪽이 경찰 아닌가요?"

그녀는 길 원장을 경찰로 알고 있는 것 같았다.

"아마 곧 연락이 있을 겁니다. 최종적으로 확인되면 그때 자세히 말씀드리죠. 그럼, 이만."

그녀는 길 원장을 노려보고 있었다. 아마도 언니의 불행한 결말을 길 원장의 말투에서 예감하고 있는 듯했다. 길 원장은 일단 자신이 관여할 부분은 여기까지라고 생각했다. 공식적인 절차는 경찰의 몫일 것이다.

"그럼, 조만간 다시 뵙겠습니다."

길 원장은 다시 한번 그녀에게 조심스럽게 인사를 건네고 나

가려고 했다. 그 순간 그녀의 질문이 어깨너머로 들려왔다. 그녀
는 길 원장을 쳐다보지도 않고 물었다.

"이 사진 속에 아이는… 제 조카인가요?"

"그 부분도 확인되면 그때 말씀드리죠."

길 원장은 조용히 노래방을 나왔다.

3장

미로 속의 폭풍

1.

길 원장은 그다음 날 출근하자마자 아산서 임 형사에게 전화를 걸었다. 그가 전화를 바로 받았다.

"안녕하세요, 원장님! 임 형사입니다."

그는 톤이 없는 첫마디를 꺼냈지만 목소리에는 긴장감이 담겨 있었다.

"임 형사님, 잘 지내고 계시죠?"

"네, 사건이 몰려서 이리 치이고 저리 치이고 하고 있네요."

"곡교천 사건은 더 진전이 없나요?"

길 원장도 상대방의 의중을 탐문하듯 조심스럽게 말을 걸었다.

"네, 이미 제 손을 떠난 상태라."

"혹시 진주에서는 연락 온 거 없었나요?"

길 원장은 진주경찰서에서 수사 중인 강도살인 사건도 궁금했다.

"특별히 연락이 없네요. 우리 사건과는 딱히 관련은….'"

"아, 그래요. 임 형사님! 잠시 만났으면 해서요. 제가 점심 이후 아산에 가면 3시쯤 될 거 같은데."

그는 잠시 말이 없었다. 길 원장의 만나자는 말에 분명 긴장했을 것이다.

"네. 그럼, 그때 그 커피숍에서 뵙죠."

그는 용건도 묻지 않고 승낙했다. 그도 무슨 감을 잡았을 것이다.

오후 3시 길 원장은 아산경찰서 앞 커피숍에서 다시 임 형사를 만났다. 그는 무심한 척 길 원장을 대했지만 그의 표정에는 긴장감이 묻어나 있었다. 길 원장의 용건이 무척이나 궁금했을 것이다.

"임 형사님! 지금부터 말씀드릴 내용은 제가 개인적으로 확인한 거라서, 너무 심각하게 들으실 필요는 없는데, 혹시 수사에 도움이 될지도 몰라서."

길 원장은 그의 성격이 어떻다는 것에 대해 여러 번 들은 터라 최대한 조심스럽게 접근했다.

"네, 말씀해 보세요."

"음… 제가 진주에서 살해된 성창수의 고향인 함열에 가서 몇 가지를 확인했습니다."

길 원장은 그에게 함열에서 확인한 내용을 소상히 설명했다. 1978년 여름에 발생한 끔찍한 사고부터 선종수 역장, 최경실을 만난 얘기까지….

얘기를 다 마치자 그의 얼굴은 이미 심하게 일그러져 있었다. 아마도 길 원장의 말에 상당한 충격을 받았을 것이다. 잠시 후 그가 겨우 정신을 차린 듯 말을 꺼냈다.

"그럼, 성창수와 최영실은 78년도에 물에 빠져 죽은 것이 아니라 그 후에도 계속 살아 있었다는 말이네요."

"그렇죠. 그렇다면 다른 여중생들도 살아 있었다고 봐야겠죠."

"그럼, 지금 그 여중생들은?"

"음… 가족들에게 자신들이 살아 있다고 알릴 수 없는 어떤 사정 하에 놓여 있을 가능성이 높겠죠."

"그렇다고 40년 전에 벌어졌던 그런 끔찍한 과거와 현재 곡교천 살인 사건이 관련 있다고는?"

"네, 현재로서는 딱히 연결고리가 없으니 관련 없을 가능성이 훨씬 높겠죠. 곡교천 피해자는 순전히 개인적인 일이거나 우발적으로 살해됐을 가능성이, 하지만…."

길 원장은 순간 말을 멈추고 그의 눈치를 살폈다. 매사 조심스러웠다.

"성창수와 최영실이 어깨에 같은 꽃문양 문신을 새긴 것이 우연이라고는 할 수 없게 됐으니, 곡교천 피해자의 꽃 문신도 40년 전의 과거와 어떤 관련이 있을 수도….."

"흠….."

이 대목에서는 그도 쉽사리 길 원장의 말을 반박하기 어려운지 최대한 말을 아끼고 있었다. 아마도 길 원장이 밝혀낸 40년 전의 끔찍한 참상이 현재에까지 연결되었을 가능성이 충분히 있다고 생각하고 있을 것이다.

"그럼, 나머지 여학생들은?"

그는 같은 질문을 반복했다. 현재로서는 그 부분이 가장 중요하다고 생각하는 모양이었다.

"그냥 이건 순전히 제 추측이긴 하지만, 만약 곡교천 사건과 진주 사건이 관련 있다면, 아마도 나머지 여학생들도 현재 상당한 위험에 빠져 있든지, 아니면 그녀들이 살인자와 관계가 있을지도….."

그는 처음에 허무맹랑하다고만 생각했던 길 원장의 상상이 점점 현실감 있게 다가온다고 느꼈는지 전과 같이 강하게 반박하지는 못하고 있었다.

"휴, 도대체 사건이 어느 구덩이로 빠져들어 가고 있는 건지!"

그는 순간 무의식적으로 자신의 심경을 대변하듯 한탄하는 말을 내뱉었다.

"제가 드릴 말씀은, 그래도 곡교천 살인 사건에 대한 단서가 전혀 없었는데, 혹시 이런 단서라도 수사에 참고가 될지 몰라서."

"흠….."

그가 계속 가벼운 신음만 내뱉는 것으로 봐서는 길 원장의 말에 충격을 받은 것은 분명했다.

"그렇다면 제가 앞으로 해야 할 일은?"

마음을 상당히 고쳐 잡았는지 그가 갑자기 길 원장에게 조언을 구하고 있었다.

"일단… 최영실의 존재를 확인하는 것이 최우선일 테니 최영실의 유전자와 동생 최경실의 유전자를 비교하는 것이 어떨지?"

"최영실은 이미 청주여자교도소에서 샘플을 받아 검사했으니, 최경실 것만 확인하면 되겠네요."

"네, 그렇죠."

"원장님 말씀대로라면 최경실은 505번 재소자의 동생이 확실한 거 같은데?"

"네, 아마 그렇게 나올 겁니다. 그래도 일단 과학적으로 증명해야겠죠."

"그다음은요?"

"그다음은… 성창수의 과거로 돌아가야겠죠."

"흠….."

"40년 전에 이미 죽은 것으로 되어 있는 성창수와 여중생들이 지금까지 살아 있었다면, 아마도 성창수가 어떤 음모를 꾸며 그렇게 했을 가능성이 높을 겁니다."

"그럼, 성창수가 고의로 여중생들을 납치한 것이 되겠네요."

"네. 그 당시 흔적도 없이 사라졌고, 또 계속 살아 있음에도 지금까지 가족들에게 전혀 연락하지 않은 것으로 봐서는 분명 그랬을 겁니다."

"그러면 성창수의 과거를 어디서부터 확인해야 할지…"

"아마 성창수가 갑자기 변한 계기는, 서울대에 들어가서 한 학기 만에 그런 일이 벌어졌으니, 분명 그때 거기에 해답이 있을 겁니다."

"음… 성창수가 1학년 1학기 때 엄청난 뭔가를 겪고 나서 그런 무시무시한 음모를 꾸몄다는 얘기네요."

"네, 그렇다고 봐야죠."

"사실… 지금 너무 충격적인 말을 들어서, 저 혼자 결정할 사안은 아닌 거 같으니 윗분들과 상의한 다음 연락드리죠."

"네, 그래도 제 말에 귀 기울여 주셔서 감사합니다."

솔직히 길 원장은 이번에도 그가 이런 내용은 곡교천 살인 사건과는 아무런 관련이 없다고 무시하면 '어떡하지?' 하는 걱정이 앞서 있었다. 다행이었다.

"네, 그럼."

그는 길 원장에게 인사를 건네며 바로 떠났다.

길 원장은 이번 사건이 딱히 누구의 의뢰를 받은 것은 아니어도 그 이상으로 앞으로 사건이 어떻게 진행될지 궁금했다. 어떻게 해서든지 이번 사건의 진실을 파헤쳐 보고 싶은 욕심이 넘쳐흘렀다.

다행히 임 형사도 어느 정도 길 원장의 말에 신뢰까지는 아니어도 관심은 갖는 것 같았다. 그 생각은 바로 현실로 나타났다. 길 원장이 아산에서 돌아오는 도중 임 형사의 문자를 받았다.

"원장님께서 개인적으로 노력하셔서 밝혀낸 정보를 알려주셔서 감사드립니다. 수사에 깊이 참고하겠습니다. 그럼 또."

그리고 사실 길 원장은 임 형사에게 성창수의 유전자 감식까지 권하고 싶었다. 성창수와 곡교천 피해자 사이가 부자(父子)간일 가능성도 배제할 수 없었기 때문이다. 그 말이 목구멍까지 올라왔지만 차마 말로 꺼내지는 못했다.

사실 두 사람이 부자간으로 밝혀진다고 한들 곡교천 살인 사건의 범인을 찾는 데 무슨 도움이 될까 하는 생각도 들었다. 아니, 길 원장 생각이라기보다는 임 형사가 그렇게 생각할지 몰랐기 때문이다.

결국 그때 성창수의 유전자 감식이 좀 더 빨리 이뤄졌다면 이번 사건이 다른 방향으로 전개되지는 않았을까?

2.

길 원장의 바람은 생각보다 일찍 실현됐다. 임 형사로부터 서울 출장을 같이 가자는 연락을 받았다. 임 형사는 길 원장을 만난 이후 곧바로 505번 재소자의 유전자와 논산에 살고 있는 최경실의 유전자 대조를 의뢰했다.

결과는 며칠 걸리지 않아 바로 나왔다. 두 사람은 친자매임이 확인됐다. 이로써 공식적으로 505번 재소자는 전북 함열읍에 살다가 1978년 여름에 실종, 사망 처리된 최영실로 특정되었다.

아산서 간부들은 임 형사의 보고에 귀가 솔깃했다고 한다. 꽉 막힌 벽에 작은 틈새가 생겼다고 판단한 모양이었다. 조그만 단서라도 나왔으니 일단 거기에 기대해 보자는 말도 나왔다.

이번에는 길 원장이 임 형사를 픽업해서 서울로 가기로 했다. 길 원장은 그래도 임 형사가 자신을 수사 파트너로 생각해 준 것이 고마웠다. 현실적으로 수사 관계자의 도움이 없다면 길 원장

혼자 뭔가를 헤쳐 나가기는 어려울 수 밖에 없었다. 이전 사건들도 모두 현직 경찰들의 도움이 결정적이지 않았던가!

길 원장은 아산서에 도착해서 그를 차에 태웠다. 바로 서울로 출발했다.

"그래도 윗분들이 순순히 수사를 승낙했나 보네요?"

"서장님과 과장님 모두 관심이 많던데요. 그나마 그런 단서라도 생겼으니 다행이라고 판단하는 거 같고요."

"그럼, 앞으로 무슨 단서라도 더 나오면 수사가 다시 본격적으로 진행될 수도 있겠네요."

"현재로서는 성창수의 과거에서 뭔가가 나오기를 기대할 수밖에."

"그렇겠죠."

"그리고 참! 아직은 원장님 존재는 얘기하지 않았습니다. 제가 확인한 단서들도 아닌데, 죄송합니다."

"아니, 잘하셨습니다. 제가 진주에 갈 수 있었던 것이 다 임 형사님 덕분인데요, 뭘."

"일단 저는 서울대에 가서 성창수의 학교생활을 확인하는 것이 우선이라고 보는데, 원장님 생각은?"

"네, 현재로서는 그것이 우선이겠죠. 오래전의 얘기라 학교에서 뭐가 나올 거 같지는 않는데, 그 당시 성창수의 사생활을 잘 아는 사람을 찾는 것이 관건일 거 같네요."

"과 친구나 동아리 친구 같은 사람들?"

"네. 이건 제 생각이긴 하지만 전에 제가 드린 최영실 노트에 찬송가만 적혀 있었던 거 기억나시죠?"

"네."

"20년 동안 교도소에 있으면서 기억하는 거라고는 찬송가밖에 없었으니 아마도 이번 일은 종교와 관련이 있을지도….”

"그렇다면 성창수가 대학교 때 어떤 종교에 빠져 있었을 가능성도 배제할 수 없겠네요.”

그는 이제야 길 원장의 추론에 대해 현실감 있게 받아들이는 것 같았다. 터무니없다고 생각했던 것들이 모두 현실로 나타나고 있어서 그랬을 것이다.

"네, 일단 그 부분을 제일 중점적으로 탐문하셔야.”

"만약 성창수가 어떤 종교 관련 동아리에서 활동했다면 의외로 쉽게 확인될 수도.”

"음… 그런 기대는 접어두시는 것이 좋을 듯하네요. 그런 종교라면 아마도 음성적으로 활동하지 않았을까요?”

"후….”

그는 더 이상 말을 잇지 못하고 깊은 한숨을 내쉬었다. 아마도 앞으로 벌어질 일이 결코 순탄치 않을 것이라는 예감이 든 모양이었다.

어느덧 길 원장이 운전하는 차는 서울 관악구 서울대학교 교정을 들어서고 있었다. 일단 기본적으로 성창수의 학적부를 열람하는 것부터 시작하기로 했다.

수기로 작성된 78학번인 성창수의 학적부에는 ‘제적’이라는 빨간 글씨가 선명하게 쓰여 있었지만, 제적 사유는 없었다. 성창수가 한 학기만 다녔기 때문에 다른 특이 사항은 없었다.

일단 성창수와 같은 과 학생들의 인적 사항을 모두 확보했다. 다행히 서울 법대 출신들은 유명 인사들이 많아 현재의 근황을 의외로 쉽게 찾을 수 있을 것 같았다.

두 사람은 중앙도서관으로 들어갔다. 각자 분담해서 컴퓨터로 성창수의 동급생 이름을 입력하기 시작했다. 인명사전에 나오는 사람들이 꽤 많았다.

잠시 후 두 사람은 도서관 카페에서 검색 결과를 상의하기 시작했다. 두 사람이 쉽게 접근할 수 없는 유명 인사도 여럿 보였다.

"그래도 제일 쉽게 접근할 수 있는 사람들은 변호사들이 아닐까요? 현재 변호사로 활동하시는 분이 여럿 보이던데."

"그렇겠죠. 그분들은 상담이 전문이라, 그냥 찾아가도 그나마 쉽게 만날 수 있을 거 같고."

"그중에 성창수와 친분이 있는 사람을 만나면 다행인데."

"일단 면담 우선순위부터 추려보죠."

그렇게 두 사람은 면담 순위를 10위까지 매겼다. 서울 서초동에 집중하기로 했다.

그리고 두 사람은 서울대를 떠나기 전에 우선 한 사람을 만나보기로 했다. 서울대 법학전문대학원 민기수 교수가 성창수와 동기로 나와 있었다.

우여곡절 끝에 민 교수와 면담이 성사됐다. 마침 민 교수가 지금 막 강의를 끝내고 교수실에 있어서 다행이었다.

임 형사는 민 교수에게 간단히 사건 경위를 설명하고 곧바로 질문에 들어갔다.

"혹시 같은 과 친구였던 성창수라고 기억하시나요?"

"성창수라? 당연히 기억하죠. 그 친구 물에 빠져 죽지 않았나요?"

“네, 그렇죠.”

“혹시 그 사람 대학 생활에 대해 기억나시는 거라도… 비록 한 학기만 다녔을 테지만.”

“하도 오래돼서…. 가만있자, 저와는 같은 반이었고 같은 시골 촌놈 출신이라 그래도 가깝게 지냈는데 구체적으로 어떤 부분이 궁금한가요?”

“교우 관계나 학교 동아리 등 사생활 부분에서 아무거라도 좋습니다.”

“음… 일단 창수와 가장 친한 친구는 부순호라고 제주 친군데 현재 변호사로 일하고 있죠. 두 사람이 단짝이었죠.”

길 원장은 우선순위 명단을 적으면서 부순호의 이름을 적었던 사실을 바로 기억해 냈다. 그는 현재 서초동에 있는 변호사였다.

“그리고 또?”

“아마 창수 일이라면 순호가 가장 많이 알고 있을 겁니다. 제 말 백 마디보다 그 친구 말 한 마디가 더 신뢰성이 있을 겁니다.”

“혹시 성창수 씨가 어떤 동아리에 들어갔는지 그 기억은 없나요?”

“아마 그 당시는 유신 치하여서 이념 관련 동아리는 모두 음지에서 활동했던 터라, 그 친구가 지하 서클에 다녔던가? 잘 기억나지 않네요.”

“그럼, 종교와 관련해서 뭐 특별한 기억이라도?”

“종교라? 별로 없네요. 그러지 마시고 순호를 만나보면 지금 이런 궁금증이 다 해결될 겁니다.”

“알겠습니다. 시간 내주셔서 감사합니다.”

임 형사는 길 원장을 쳐다보며 길 원장이 혹시 더 물을 말이 있는지 눈짓했지만, 길 원장은 그저 고개만 끄덕였다. 부순호 변호사를 만나면 어떤 희망이 생길 것 같다는 예감이 들었다.

잠시 후 두 사람은 서초동에 있는 법무법인 LKM 사무실에 들어섰다. 그전에 미리 전화를 걸어 부순호 변호사와의 면담 약속을 잡았다.

부 변호사는 법무법인 LKM 대표변호사였다. 인터넷 인물란 이력에는 어느 지방법원장까지 하다가 재작년에 퇴직을 해서 법무법인에 영입된 것으로 나와 있었다.

부 변호사는 반갑게 두 사람을 맞이했다. 날카로운 금테 안경을 썼지만, 서글서글한 인상에 약간 곱슬머리여서 그런지 첫인상에 호감이 갔다. 누구나 쉽게 다가갈 수 있는 동네 아저씨 같은 이미지였다. 표정 또한 항상 웃는 스타일인 것 같았다. 말하는 모습도 시원시원했다.

"조금 전에 저도 전화를 받고 깜짝 놀랐네요. 갑자기 창수 얘기가 나와서."

"이렇게 기꺼이 시간 내주셔서 감사드립니다."

임 형사가 첫마디를 꺼냈다.

"창수가 한 학기만 다녔지만 우리 과에서 창수하고 제일 친한 사람을 꼽자면 제가 맞을 겁니다. 하숙도 같은 집에서 했으니, 거의 매일 붙어 다니다시피 했죠."

"솔직히 말씀드리겠습니다. 성창수 씨는 78년 물놀이에 갔다가 사망한 것으로 되어 있었지만, 그건 사실이 아니고 재작년 10월 중순경 진주에서 살해됐습니다."

"네에? 지금 그게 정말 사실입니까?"

부 변호사는 자세를 고쳐 잡고 따지듯이 물었다.

"저희도 그거 때문에 난감하게 됐습니다. 변호사님의 도움이 절실합니다."

임 형사는 평소와는 다르게 애원조로 말하고 있었다. 현재 그의 심정을 알 수 있을 것 같았다.

"잠시만요. 저도 너무 뜻밖의 말을 들어서, 숨 좀 돌리죠."

부 변호사는 숨을 고를 요량으로 여직원이 가져다준 시원한 녹차를 들이마시고 있었다. 두 사람은 부 변호사의 얼굴만 쳐다보고 있었다. 부 변호사가 성창수에 대해 어느 정도 알고 있을지, 그리고 원하는 답을 줄 수 있을지 조바심이 났다.

"음… 그럼 제가 뭘 도와드리면 될까요?"

부 변호사는 어느 정도 정신을 차렸는지 평상심을 되찾은 것 같았다.

"저희는 1978년 성창수 씨의 대학 생활에 대해 모든 것을 알고 싶습니다. 특히 사생활 부분을 중심으로."

"너무 포괄적이라, 궁금한 걸 구체적으로 물어보시면 제가 답을 드리는 방향으로 하죠."

역시 부 변호사는 평생 법률가로 살아온 티가 말 한마디 한마디에 녹아 있었다.

"좋습니다. 우선 성창수 씨의 성격은 어땠나요?"

"성격이라? 한마디로 좀 어리바리했죠. 시골 촌놈이어서 그런지 남을 배려하는 면이 유달리 많았고, 말수는 적었어도 뭐에 한 번 꽂히면 갑자기 돌변하는 스타일이라 할까? 뭐, 한마디로 정의하기는 어렵네요."

"어리바리했다는 것이? 좀 더 구체적으로 말씀해 주시죠."

"남의 말 한마디 한마디에 좀 예민하게 반응하는 것이 눈에 확 들어오니까 상대방은 그것을 이용하게 되고, 그러니 남의 눈에는 좀 어리바리하게 보였겠죠."

"어리바리하다는 말이 참 특이하네요."

"어리바리하다는 것도 다른 친구 누가 창수를 그렇게 표현했던 것이 불현듯 기억나서, 저도 그 말이 무의식중에 떠올랐네요."

"그럼, 남을 배려하는 면이 강하고 좀 소심한 성격이라고 보면 될까요?"

임 형사가 성창수의 성격을 정의하듯이 물었다.

"네, 그게 정확할 겁니다."

"성창수 씨의 교우 생활은 어땠나요?"

"그렇게 대놓고 나서는 편이 아니라 교우 생활의 스펙트럼은 좁았고, 한 학기만 다녔으니 저 말고 깊이 사귀었다고 볼 만한 다른 친구는 딱히 기억에 없네요."

"혹시 여자 친구는?"

"미팅을 한두 번 한 기억은 있지만, 여자 친구를 사귄 적은 없었던 것으로 기억되네요."

"혹시 동아리 활동 같은 것은 하지 않았나요?"

"제 기억에는 없네요."

"혹시 종교 쪽으로 관심을 가진 적은 없었나요?"

이번에는 길 원장이 중간에 끼어들어 물었다. 이는 사전에 준비된 거였다. 길 원장과 임 형사는 부 변호사와 면담하면서 적당한 시기에 길 원장이 임 형사의 뒤를 이어 질문하기로 했었다.

"종교 활동이라? 딱히 기억에 없네요."

"종교와 관련해서 누구를 만나거나 아니면 어떤 새로운 종교에 관심이 있었다든지.”

길 원장은 부 변호사로부터 뭐라도 건져야 한다는 심정으로 집요하게 물었다.

“하도 오래돼서. 그러고 보니 그런 기억이 있었던 거 같기도 하고. 잠시만요, 좀 기억을 더듬어볼게요.”

부 변호사 또한 뭐라도 도움을 주고 싶은 심정이 간절한 듯 머리까지 쥐어짜며 기억을 되살리려는 모습을 보였다.

“음… 그러고 보니 그때 국문과에 다니던 3학년 선배와 몇 번 종교와 관련된 얘기를 나눴던 거 같은데? 가만있어 보자. 그래, 뭐 이상한 메시아, 복음 이런 말이 있었는데.”

길 원장과 임 형사는 서로 눈을 마주치면서 눈빛을 교환하고 있었다. 제대로 짚은 것 같다는 의미일 것이다.

“좀 더 구체적으로 말씀해 주시죠.”

“아! 이제 조금 기억나는데, 저도 그때 있었거든요. 창수가 그 선배하고 종교에 관해 열띤 토론을 하고 있었는데, 저한테도 그 선배가 엄청 열심이었거든요.”

“엄청 열심이었다는 말은 무슨 뜻이죠?”

“그 선배가 저한테도 막 교리를 설명하면서, 한마디로 저를 선교하려고 했었죠.”

“그래서 어떻게 됐나요?”

“저야 그때 한창 연애 중이었거든요. 다른 것에는 일절 관심이 없었던 터라.”

“그럼, 성창수 씨는 그 선배의 말에 관심을 가졌다는 거네요.”

“네, 아마 그럴 겁니다. 나중에 그 두 사람이 같이 다니는 걸 자주 봤으니까요.”

"그 후로는?"

"그러다가 창수는 방학 때 고향에 내려갔고, 개학하니까 창수가 죽었다고."

"혹시 그 선배가 누군지 기억나시나요?"

"근데 그게 창수가 지금까지 살아 있었다가 재작년에 죽은 것과 무슨 관련이 있다는 말인가요?"

부 변호사는 한참 대답을 잘하다가 근본적인 의구심이 든 것 같았다.

"저희도 현재로서는 딱히 뭐라고 말씀드릴 수는 없지만, 아마도 성창수 씨가 지금까지 몰래 숨어 살았던 이유가 종교 관련 때문은 아닌지? 그런 가능성을 염두에 두고."

"아! 그래요. 음…."

부 변호사는 길 원장의 말을 듣고 뭔가 짚이는 것이 있는지 가볍게 고개를 끄덕이면서 생각에 잠겼다가, 잠시 후 말을 이어갔다.

"조금 전에 창수가 살해됐다고 하지 않았나요?"

"네. 현재로서는 강도에게 살해된 것으로 추정하고 있는데, 다른 가능성도 열어두고 수사 중에 있습니다."

"다른 가능성이라 함은? 그래서 종교 관련을 묻는 건가요?"

역시 부 변호사는 사안의 핵심을 정확히 파악하고 있는 것 같았다. 법률가의 마인드일 것이다.

"음… 그 선배를 찾을 방법이 있을 거 같긴 한데. 잠시만요."

부 변호사는 자신의 책상으로 돌아가 열심히 컴퓨터를 조작하고 있었다. 잠시 후 종이 한 장을 프린트해서 두 사람 앞에 내밀었다.

"그 선배는 이유는 잘 모르지만, 얼마 되지 않아 학교에서 제적

당했고, 나중에 듣기로는 출판사를 운영하고 있다고 했는데, 나름 유명해서 그런지 쉽게 찾았네요. 이름이 조항민입니다."

"계수나무 출판사로 나와 있네요."

길 원장이 부 변호사가 건네준 종이를 보면서 말했다.

"네, 맞습니다."

"혹시 그 종교에 대해 기억나는 것은 아무거라도 좋으니 말씀해 주실 수 있나요?"

"제가 그때 언뜻 듣기에는 나름 혹하는 마음이 들 정도로 논리도 있고 체계적이었던 거 같은데, 도통 기억에 없네요."

"뭐 단편적이라도?"

"하! 그때 무슨 얘기가 있었더라? 기독교는 기독교인데, 제가 아는 정통 기독교는 아닌 거 같았고… 곧 한국에서 구세주가 나타날 거라고 했나?"

"음…."

길 원장은 종교라는 핵심 단어에 접근한 것 같기는 한데, 뭔가 손에 닿을 듯 말 듯 앞이 아른거리는 느낌이었다.

"참, 그 선배는 유난히 달을 좋아하고 달 얘기만 했던 것이 기억나네요. 그래, 그래, 달을 숭배할 정도로 엄청 달 얘기만 했네요. 아마 그게 종교와 관련 있었던 거 같기도 하고…."

"달이라? 하늘에 떠 있는 달 말이죠?"

"네. 지금 확실히 기억나는데 그 선배는 가방에도 달 그림이 있었죠. 그래서 이상했던 기억이 있네요."

"조금만 더 묻겠습니다. 성창수 씨가 그 당시 무슨 고민을 하거나 그러진 않았나요?"

"그 당시 대학생이면 고민이야 다들 몇 개씩 가지고 있었죠.

가만있자, 창수는 무슨 고민이 있었더라? 여자에는 도통 관심이 없었던 거 같았고, 그 당시 시국이 시국인지라 유신 타도 데모에는 관심이 있었던 거 같은데 잘 기억이 안 나네요. 기본적으로 창수는 자기 고민을 말하지 않는 스타일이었죠."

"혹시 성창수 씨 오른쪽 어깨에 꽃문양 문신이 있었는지 기억나나요?"

"꽃문양 문신? 그런 것은 없었는데."

"그래요?"

"학기 초 양수리로 MT 가서 같이 잔 적이 있어, 그건 확실히 기억합니다. 촌놈치고는 살결이 너무 고와서, 분명 아무것도 없었죠."

"그렇군요. 좀 불편하시더라도 성창수 씨 얼굴 좀 확인해 주실 수 있나요?"

길 원장은 휴대폰에 저장된 부검 보고서에서 성창수의 얼굴이 나온 부분을 부 변호사에게 보여줬다. 비록 죽은 모습이지만 어쩔 수 없었다.

"이게 창수의 최후인가요? 음… 40년이 지났지만 한눈에 창수인지 알아볼 수 있겠네요."

"그럼, 이 사진도?"

길 원장은 이번에는 국화 문양이 새겨진 성창수의 어깨 부분을 보여줬다.

"이건… 분명히 없었네요. 처음 보는 문신입니다."

"네, 시간 내주셔서 감사드립니다. 필요하면 전화로 연락드려도 될까요? 귀찮게는 하지 않겠습니다."

길 원장은 법원장까지 하신 분이 기꺼이 시간을 내준 것에 대해 무척 고마웠다. 그리고 또 물어볼 일이 생길 것만 같았다.

"물론 기꺼이. 지금 한창 수사 중일 테니 제가 구체적인 사건 내용은 묻지 않겠습니다. 다만 제가 이런 말 할 입장은 아닌데, 창수는 그렇게 비명횡사할 정도로 잘못을 저지를 사람은 아니라고 말하고 싶네요. 친구를 죽인 범인을 꼭 잡아주세요."

역시 부 변호사는 말하는 것 하나하나, 행동하는 것 하나하나에 관록이 묻어나 있었다. 그는 임 형사가 현재 성창수를 죽인 범인을 찾는 것으로 알고 있었다.

두 사람은 법무법인 LKM 사무실을 나와 바로 계수나무 출판사를 찾아가서 일단 무작정 부딪쳐 보기로 했다.

서울 용산구에 위치한 계수나무 출판사는 오래된 2층 건축물을 외관만 리모델링한 듯했다. 겉은 제법 깨끗하게 단장되어 있었다. 문을 열고 안으로 들어가자 내부는 미로처럼 온 사방이 책들로 둘러싸여 있었다. 군데군데 직원들 책상이 보였다. 책 관련 회사임을 한눈에 알 수 있었다.

임 형사는 명함을 건네면서 한 직원에게 조항민 대표를 만나러 왔다고 알렸다. 그 직원은 명함을 보고 놀라는 표정을 지으면서 아무 말 없이 안쪽으로 들어갔다. 책장들이 사방을 가로막고 있었기 때문에 그 직원이 어디로 갔는지는 확인되지 않았다.

잠시 후 직원이 전통 개량 한복을 입은 도인 같은 사람과 함께 나타났다. 뒷짐을 지고 느릿느릿 걸어오는 모습을 보니 한눈에도 범상치 않아 보였다. 피부는 돋보일 정도로 하얀 데다가 머리까지 거의 백발에 가까워서 오히려 부자연스러워 보였다. 두꺼운 뿔테 안경을 쓰고 있었지만 눈빛은 꽤 날카로워 보였다.

조항민은 성창수의 2년 선배라고 했으니 지금 나이 육십 정도일 텐데, 180센티미터에 가까운 키에 덩치가 있음에도 뱃살이 전혀 나오지 않아 그 나이에 비해 훨씬 젊어 보였다. 그는 안경을 고쳐 쓰면서 먼저 말을 꺼냈다.

"제가 조항민입니다만, 무슨 일로?"

"저는 아산서 임진탁 형사라고 합니다. 대표님께 잠시 수사상 도움을 요청할 일이 있어서, 잠시면 됩니다."

"그래요? 그럼, 제 방으로 가실까요."

그는 곧바로 앞장서서 걸었다. 두 사람은 그 뒤를 따랐다.

그가 대표실 방문을 열자 안은 의외로 넓었다. 여기 또한 사방이 모두 책장들로 둘러싸여 있고 책들이 바깥보다도 더 많아 보였다. 안쪽으로는 큰 책상 하나가 덜렁 놓여 있었고, 책상 위에는 컴퓨터 모니터만 있을 뿐 깔끔했다. 책상 앞에는 손님용 소파가 널찍하게 구비되어 있었다.

다만 공기는 상당히 탁했다. 바로 그 이유를 알 수 있었다. 조 대표는 사무실 안에서 연신 담배를 피워대고 있었는지 담배 냄새가 지독했다. 급히 환기한다고 창문을 열었지만 온전히 냄새를 제거하지는 못했다. 손님용 소파 앞 탁자 위 재떨이에도 담배꽁초가 수북했다. 분명 출판사 사무실은 금연 구역일 텐데 그는 아랑곳하지 않는 것 같았다.

잠시 세 사람 사이에는 어색한 긴장감이 흘렀다. 그도 두 사람의 분위기를 감지했는지 먼저 말을 꺼냈다.

"제가 한시도 담배를 손에 놓을 수 없는 몸이라, 담배를 줄이긴 줄여야 할 텐데, 설마 이것 때문에 저를 잡으러 온 건 아니겠죠?"

"네? 아, 그건 아닙니다."

임 형사가 마지못해 대답하는 형국이었다.

"그래, 저한테 무슨 볼일이 있다고? 경찰서에서 왔다고 하니 괜히 겁나네요."

그는 또다시 가벼운 농담 투로 분위기를 잡으려고 했다.

"좀 오래된 일이기는 하지만 대표님, 성창수라는 분 아시죠?"

임 형사가 차분한 목소리 톤으로 첫 질문을 뗐다.

조 대표는 아무 말 없이 똑바로 임 형사를 응시했다. 이를 옆에서 지켜보고 있던 길 원장은 순간 의아했다. 조 대표의 눈빛이 이상했다. 순간적으로 성창수의 존재에 대해 어떻게 대답해야 할지 고민하는 것처럼 보였다. 그런데 왜 그런 고민을 하는 것일까?

임 형사는 조 대표의 대답을 기다렸지만 원하는 답을 바로 듣진 못했다. 잠시 후 그가 천천히 입을 뗐다.

"제가 아는 성창수라는 사람은 대학교 때 잠시 알고 지내던 사이인데, 혹시 그 사람을 말하는 건가요?"

"그렇습니다. 서울 법대 78학번 성창수."

"그런데 그 사람이 왜?"

"대학교 때 대표님과는 친하게 지냈다고 하던데, 아닌가요?"

"음… 누가 그런 말을 하던가요? 저는 처음 이름을 듣고도 기억하지 못할 정도였는데, 그냥 잠시 몇 번 만나서 얘기를 나눈 정도라, 친하다고 할 순 없었지요."

"그렇군요. 그럼, 그분이 1학년 여름방학 때 물놀이하다가 실종됐다는 사실은 알고 계셨나요?"

"그랬나요? 저는 전혀…."

"혹시 성창수 씨와 주로 어떤 대화를 나눴는지 기억나시나요?"

"40년이나 지났는데 그걸 어떻게 기억하나요? 지금 그 친구가 내 앞에 나타난다고 해도 저는 전혀 못 알아볼 겁니다."

"그 당시 대표님께서는 어떤 종교에 심취하셔서, 성창수 씨와는 종교와 관련된 얘기를 많이 나눴다고 하던데?"

임 형사는 그의 눈치를 살피면서 탐색하듯 물었다.

"종교라? 그건 잘못 짚은 것이 분명하네요, 전혀."

"그래요? 그럼, 뭔가 착오가 있었던 거 같네요."

임 형사는 계획이 틀어진 것 같아 난처한 표정을 짓고 있었다. 번지수를 잘못 짚었다고 생각하는 것 같기도 했다.

길 원장은 두 사람이 대화를 나누는 동안 듣는 둥 마는 둥 하면서 조심스럽게 방 안 전체를 살피고 있었다.

임 형사는 더 이상 대화를 이어나갈 얘깃거리가 없다고 생각했는지 눈짓으로 길 원장에게 그만 일어나자는 신호를 보냈다. 그때 길 원장이 한마디를 툭 던졌다.

"혹시 대표님께서는 기억이 가물가물하셨을 수도 있지만, 달을 숭배하는 그런 종교, 그런 기억이 없나요?"

"달이라? 전혀, 금시초문이네요."

"대표님께서는 출판사를 운영하시는데 혹시 직접 책도 쓰고 계시나요?"

길 원장은 뜬금없는 질문을 던졌다. 옆에서 지켜보고 있던 임 형사도 순간 멈칫하는 표정을 지었다.

"네. 제가 시간 나는 대로 조금씩 쓰고 있긴 한데, 별로 보잘 건 없고, 그냥 우리 조상들의 민중 봉기 역사를 한번 쭉 나열하는 정도죠."

"이미 출간하신 책도 있나요? 궁금한데, 책 제목을 알려주시면 저도 한 권 사서 읽어보고 싶네요."

"얼마 전에 완성된 책이 있긴 한데, 시중에서 판매하는 것이 아니라서 약소하지만 제가 한 권 드릴까요?"

"그렇게 해주시면야. 제가 오늘 당장 읽어보겠습니다."

조 대표는 천천히 일어나서 책장 쪽으로 걸어갔다. 책장을 열심히 뒤지더니 책 두 권을 가지고 돌아오고 있었다.

그사이 길 원장은 슬그머니 휴지에 뭔가를 담아 주머니에 넣었다. 마침 임 형사도 휴대폰을 보고 있어 그 사실을 알아채지 못했다.

"그냥 제 멋대로 쓴 책이라, 부족하더라도 많이 이해해 주세요."

조 대표는 길 원장과 임 형사에게 책 한 권씩을 건네줬다. 임 형사도 얼떨결에 책을 받으면서 말을 꺼냈다.

"선물 감사드립니다. 저희가 잘못 알았나 보네요. 실례 많았습니다. 그만 일어나 보겠습니다."

"잠시만요."

길 원장이 다급하게 제동을 걸었다.

"혹시 나중에 궁금한 것이 있으면 전화드리고 싶은데 명함 좀 부탁드립니다."

"그래요."

조 대표는 의자 옆에 있는 명함집에서 명함 두 장을 꺼내 두 사람에게 건넸다. 명함을 받은 길 원장이 그에게 다시 말을 걸었다.

"명함에는 휴대폰 번호가 없는데, 혹시 휴대폰 번호는?"

"저는 문명의 이기를 별로 좋아하지 않는 터라, 휴대폰이 없네요."

"그럼 많이 불편하실 텐데?"

"저야 딱히 불편할 일은 없지만, 저한테 용건이 있는 사람은 불편할 수도 있겠네요. 뭐, 목마른 사람이 우물을 파야겠죠."

"그럼, 여기 적힌 사무실 전화번호로 연락드리면 되나요?"

"네. 저야 거의 매일 사무실에서 죽치고 있으니, 아마 연락될 겁니다."

"감사합니다.

옆에 있던 임 형사는 길 원장이 의외로 끈질기게 조 대표를 물고 늘어지는 것이 의아하다는 표정을 짓고 있었다.

잠시 후 길 원장이 임 형사에게 여기에서는 더 이상 볼일이 없다는 눈짓을 하자, 두 사람은 다시 한번 그에게 폐를 끼쳐 미안하다는 말을 건넨 후 사무실을 나왔다.

공용주차장까지 걸어가는 동안 두 사람은 아무런 말이 없었다. 임 형사는 연신 허탈한 표정을 짓고 있었다. 그러나 길 원장은 계속 심각한 표정을 지으면서 뭔가를 골똘히 생각하고 있었다. 임 형사는 아까부터 그 모습이 의아했던 모양이다.

"왜 뭐가 이상한가요? 부 변호사가 뭔가 잘못 알았던 것은 아닐까요?"

"음…."

길 원장은 더 이상 말이 없었다. 두 사람은 주차장에 도착하자 바로 차에 올라탔다.

"오늘은 늦었으니 일단 내려가시죠."

길 원장은 서울 시내를 빠져나올 때까지 아무 말이 없었다. 덩달아 임 형사도 침묵을 유지했다. 차가 고속도로를 올라타자마자 길 원장이 먼저 말을 꺼냈다.

"임 형사님은 조항민 대표의 말에 대해 어떻게 생각하시나요?"

"네? 조 대표가 거짓말하고 있다고 생각하는 건가요?"

길 원장은 대답 대신 긍정의 의미로 몇 번 고개만 끄덕였다.

"물론 거짓말했을 수도 있지만 부 변호사가 뭔가 잘못 알고 있었을지도 모르는 거 아닌가요? 거의 40년 전의 일인데."

"일단 부 변호사에게 전화를 걸어 확인해 보시죠."

임 형사는 썩 내키지는 않은 것 같았으나 명함에 적힌 부 변호사 휴대폰으로 전화를 걸었다. 길 원장도 같이 들을 수 있도록 스피커 기능을 켰다. 다행히 부 변호사는 바로 전화를 받았다.

"조금 전에 방문한 아산서 임 형사입니다. 잠시 통화 가능할까요?"

"물론."

"지금 조항민 대표를 만나고 내려가는 중입니다. 그런데 조 대표는 성창수에 대해 잘 알지도 못하고, 종교와 관련해서도 전혀 아는 내용이 없다고 하네요."

임 형사는 부 변호사의 의중을 떠보는 듯 확인된 사실만 말했다.

"네? 그래요? 그 선배가 왜?"

부 변호사는 임 형사의 말을 의외라고 생각하는 것 같았다.

"혹시 변호사님께서 어떤 착오가 있었던 것은 아닌가요? 너무 오래된 일이라."

"아, 아닙니다. 형사님이 가시고 난 이후에 제가 곰곰이 생각해 봤는데, 분명 제 말이 맞습니다. 그 당시 조 선배가 제 여자 친구에게도 몇 번이나 교리를 설명하고 그랬는데, 마침 여자 친구가 독실한 기독교인이어서 저하고도 대판 싸운 기억도 나는데요. 그 선배가 분명합니다."

"그래요?"

임 형사는 부 변호사의 말을 더 끌어내려는 듯 그의 말을 믿지 못하겠다는 표시로 말꼬리를 올렸다.

"제 여자 친구가 그 선배 말을 듣더니 그건 순전히 이단이라며, 저에게도 그 선배와 어울리지 말라고, 분명 기억합니다."

"네, 잘 알겠습니다. 또 궁금한 게 있으면 연락드리죠. 감사합니다."

임 형사는 부 변호사와 전화를 끊고 잠시 생각에 잠겼다가 혼잣말처럼 말을 꺼냈다.

"그럼, 조항민이 거짓말을 하고 있을 가능성이 높다는 말인데."

"네. 조 대표는 처음부터 저희한테 거짓말을 하고 있었던 것이 분명합니다. 왜 그렇게 해야만 했는지, 저도 궁금하네요."

"조 대표는 단순히 오래돼서 기억을 잘 못하는 거 같은 말투였는데?"

"조 대표 책상에 있던 컴퓨터 보셨죠? 처음 저희가 대표실에 들어갔을 때 책상 뒤쪽 창문에 비친 모니터 배경 화면이 시야에 들어왔는데, 그게 뭔지 아세요?"

"…"

"언덕 위에 떠 있는 둥근 보름달이었죠."

"네?"

"그리고 또, 대표실 바닥 타일을 보셨나요? 바닥 타일이 특이해서 제가 유심히 봤거든요."

"아니, 그건?"

"바닥 타일에도 넓게 어떤 문양이 그려져 있었는데, 군데군데 책상이나 소파에 가려져서 잘 안 보였지만 언덕 위에 둥근 달이 떠 있는… 아마 그런 그림이 맞을 겁니다."

"음…."

임 형사도 그제야 사태가 심각하게 흘러가고 있다는 것을 인지하는 것 같았다.

"그리고 또."

"네?"

"처음에는 별생각 없었는데 지금 생각해 보니 계수나무 출판사라고 하면, 임 형사님은 뭐 생각나는 것이 없나요?"

"계수나무 출판사? 뭐 딱히."

"푸른 하늘 은하수~ 하얀 쪽배엔~ 계수나무 한 나무~ 토끼 한 마리…."

길 원장이 갑자기 반달 동요를 흥얼거리면서 부르고 있었다.

"앗, 이럴 수가!"

그도 길 원장이 노래를 부르는 이유를 바로 알아챘다.

"또 재미있는 것이 있네요."

"네? 뭐가 또?"

"계수나무 출판사 로고가 둥근 원 안에 계수나무 한 그루가 중앙에 딱 자리 잡고 있는 모양인데, 둥근 원이 달은 아닐지?"

"음…."

그는 또다시 긴 신음을 내뱉다가 잠시 후 겨우 말을 꺼냈다.

"그래서 원장님은 그걸 확인하려고 일부러 조 대표에게 책을 달라고 한 건가요?"

"아, 그건 아닙니다. 출판사 로고야 인터넷에서도 쉽게 확인할 수 있을 테고, 책을 보면 그 사람의 사상이나 속마음을 어느 정도 읽을 수 있을지 몰라서, 혹시 우리가 원하는 답을 책에서 찾을 수 있을지도 모르죠. 출판사에 왔으니 그냥 한번 물어본 겁니다."

그는 대답 대신 가볍게 고개만 끄덕였다.

"그럼, 결론적으로 조 대표는 달을 숭배하는 종교의 존재에 대해 거짓말을 하고 있다는 거네요."

"그렇죠. 그 거짓말로 인해 의문부호만 더 커졌다고 봐야겠죠."

"음… 그렇다면 부 변호사가 정확히 기억하는 것이 맞겠네요."

"네, 조 대표와 성창수는 종교와 관련해서 더 끈끈하게 엮여 있었다고 보는 것이."

"그렇다면 조 대표에게 바로 그 부분을 더 추궁해 봤어야 하는 거 아닌가요?"

임 형사의 물음에 길 원장은 쉽사리 대답하기가 어려웠다. 자신이 추궁할 권리가 있는지조차 애매했다. 그것보다는 오히려 그 자리에서 그냥 물러나는 것이 더 좋을 것 같다고 판단했었다.

"조 대표가 왜 그런 거짓말을 해야 했는지 더 확인해 본 후에 추궁하는 것이 더 좋을 거 같아서…."

"그러면 조 대표가 40년 전의 일뿐만 아니라 현재의 일에 대해서도 관련 있을 수 있다는 말인가요?"

"지금으로서는 단정하기 어렵지만, 일단 더 조사해 볼 동력이 생겼다고 봐야 하지 않을까요?"

길 원장은 그에게 여기에서 수사 방향이 틀어지지 않도록 조심스럽게 자신의 의견을 개진했다.

"흠, 조항민의 신상에 대해 좀 더 구체적으로 조사해 봐야 할 거 같은데."

"네, 경찰에서는 공적으로 확인할 수 있는 부분이 꽤 있지 않나요?"

"조항민의 가족관계나 재산, 주변 생활 정도 같은 공적인 영역은 바로 확인할 수 있을 거 같고, 또 전과가 있다면 그 수사 기록에 뭔가 있을 수도 있겠죠."

"현재로서는 거기에서 단서가 나오기를 기다릴 수밖에 없겠네요."

그는 길 원장의 말에 답하지는 않았다. 하지만 그의 모습을 보면 길 원장의 기대에 대해 자신도 어느 정도 희망을 걸고 있는 것처럼 보였다.

그리고 길 원장은 조항민의 사무실에서 본 달 그림을 보고 순간적으로 어떤 이미지가 떠올랐다. 하지만 현재로서는 너무 막연해서 좀 더 확인이 필요해 보였기 때문에 임 형사에게는 그 말을 꺼내지 않았다.

만약 길 원장의 추측이 맞다면… 중요한 단서를 하나 확보했다고 봐야 할 것이다. 한편으로는 이번 사건이 여기서 끝나지 않을 것 같다는 막연한 불안감도 밀려오고 있었다.

이렇게 두 사람의 서울 출장은 끝이 났다.

3.

길 원장이 임 형사와 함께 서울 출장을 다녀온 다음 날은 공식적인 휴진일이다. 오전에는 개인적인 일을 보고 오후 늦게 출근해서 원장실에 틀어박힌 채 생각에 잠겼다. 지금까지의 진행 상황에 대하여 전반적으로 생각을 정리할 필요가 있었다.

현재로서는 곡교천 살인 사건의 범인에 대한 단서는 전혀 추가된 것이 없었다. 단지 피해자의 신원을 확인하는 과정에서 우연치 않게 40년 전의 끔찍한 사고까지 거슬러 올라가고 있었다. 그 부분은 어느 정도 성과도 있었다.

그렇지만 지금까지 진주 강도살인 사건에 대한 추가적인 소식은 없었다. 그로 인해 진주 강도살인 사건과 곡교천 살인 사건과의 직접적인 연관성도 전혀 확인되지 않고 있다. 그나마 피해자들이 40년 전의 사고와 직간접적으로 연결되어 있다는 연관성만 확인된 정도다.

진주 강도살인의 피해자 성창수는 40년 전 사고의 직접 당사자이고, 곡교천 살인 사건의 피해자는 40년 전 사고를 당한 최영실의 아들이니 간접 당사자일 것이다.

이제 그 두 사건의 연관성을 확인하는 몫은 길 원장 자신이라고 생각했다. 처음에는 주위에서 너무 막연하고 터무니없는 추론이라는 말도 나왔지만, 지금까지 조사한 내용을 보면 그 추론이 틀린 것이라고 단정하기도 어렵게 됐다. 오히려 어느 정도 아귀가 맞아떨어지고 있다는 느낌도 있었다. 결자해지라고 하지 않았던가! 그 추론을 처음 언급한 길 원장 스스로 그 추론이 맞다는 사실을 입증해야만 했다.

길 원장은 노트북을 열어 곡교천 피해자와 최영실의 들꽃 문신, 성창수의 국화 문신 사진을 뚫어지게 쳐다보면서 생각에 잠겼다. 그리고 비록 사진으로 남기지는 못했지만 조항민의 컴퓨터 모니터에서 본 달 그림을 머릿속으로 계속 각인시키고 있었다.

이것들이 무엇을 표시하고 있는지는 어느 정도 감이 잡혔다. 그러나 왜 그들이 이런 문신을 새겨야만 했는지에 대한 이유는 전혀 감이 오지 않고 있었다.

일단 길 원장의 추측이 맞다면 곡교천 피해자와 최영실의 어깨에 새겨진 들꽃은 붓꽃이 되어야 할 것이다. 길 원장도 인터넷을 찾아 처음 알게 되었다. 영어 이름은 아이리스(Iris)였다. 그리고 성창수의 어깨에 새겨진 꽃은 분명 국화가 맞을 것이다.

그런데 그게 무엇을 의미할까? 분명 무슨 의미를 두고 그런 문신을 새겼을 것이다.

보통 꽃에는 꽃말이 있기 마련이다. 붓꽃의 꽃말을 찾아보니 '나의 마음을 전해 주세요, 신성, 지혜'라고 나와 있었다. 국화의 꽃말은 꽃 색깔별로 여러 가지 의미가 있었다. 흰색은 '진실', 빨간색은 '사랑', 보라색은 '열정', 주황색은 '정직', 분홍색은 '정조', 파란색은 '충성'이라고 되어 있었다. 성창수의 어깨에 새겨진 국화가 정확히 무슨 색인지 모르니 꽃말로 무엇을 유추해 내기는 무의미하다는 생각이 들었다.

그리고 문신 그림이 개인 신상과는 특별히 관련이 없어 보였다. 아마도 이번 사건과 관련 있는 사람들에게는 다른 문양의 문신이 있을 것 같았다. 특히 조항민은 꽃 그림이 아닌 달 그림의 문신이….

일단 그 의미를 해석할 만한 추가 단서가 더 있어야 할 것이다. 그래서 임 형사에게는 이런 얘기를 함부로 꺼내기가 쉽지 않았다. 또다시 뜬구름을 잡는다고 할지도 모를 일이다.

그렇게 며칠이 지난 사이, 길 원장의 마음속 한쪽에 불안감으로 자리 잡고 있던 일이 결국 현실이 되고 말았다.

길 원장은 모처럼 한가한 일요일 오후라 집에서 쉬고 있었다. 그때 마침 임 형사로부터 전화가 왔다. 주말에 연락이 왔다는 것에 대해 왠지 모를 긴장감이 돌았다. 아니면 조항민에 대해 결정적인 자료를 확보해서 급하게 전화를 한 것인가?

"안녕하세요, 임 형사님."

"주말에 전화드려 죄송합니다. 급한 일이 생겨서."

"아니, 괜찮습니다. 말씀해 보시죠."

"결국 일이 또 터졌습니다. 이번엔 강원도 원주네요."

"그럼 또, 살인 사건이?"

"네. 오늘 아침 꽃 그림 문신이 새겨진 여성이 사망한 채 발견 됐습니다."

"아니, 잠깐만요."

길 원장은 급하게 오늘이 며칠인지 머릿속으로 확인하고 있었 다. 갑자기 생각이 나질 않았다. 휴대폰으로 다시 한번 정확히 날짜를 확인했다. 오늘은 7월 23일이었다. 그리고 조심스럽게 그에게 질문을 건넸다.

"혹시 그 꽃 그림은 뭐라고 하던가요?"

"원주서에서는 장미라고 하던데요."

"음… 장미가 모란하고 거의 비슷하긴 한데?"

길 원장은 혼잣말처럼 말을 꺼냈다.

"네? 뭐라고요?"

그가 잘 듣지 못했다는 듯 되물었다.

"제가 봐서는 그 꽃은 장미가 아니라 모란이 맞을 겁니다, 모 란."

"모란요?"

"네, 분명 모란이 맞을 겁니다."

"아니, 원장님! 사람을 가지고 노는 겁니까, 뭡니까?"

"네? 그게?"

"아니, 어떻게 꽃문양을 보지도 않고 모란이라고 단정하는 건지. 원장님이 무슨 예지력이라도 가진 겁니까? 아니면 원장님이 범인이라도 되는 겁니까?"

그의 목소리만으로는 무척 화가 난 것처럼 들렸다. 뭔가 오해를 해도 단단히 한 것 같았다.

"저는 단지 제 추측에 혹시 모란일 수도 있다고 생각해서… 그냥 제 추측일 뿐인데요."

"네에? 그냥 추측한 거라고요?"

"그럼, 실제로 장미가 아니라 모란일 수도 있겠네요."

"원주서에서는 장미 문양 같다고 했는데, 원장님이 모란이라고 하니까 모란일지도…. 서로 비슷하지 않아요? 진주 사건의 국화 그림과 똑같이 두 송이가 피해자 어깨에…."

"음… 결국 우려했던 것이 현실로 나타났다고 볼 수도."

길 원장은 또다시 자신도 모르게 혼잣말처럼 중얼거렸다.

"원장님은 대체 무슨 근거로 모란이라고 판단한 건가요? 말 좀 해 보세요."

그는 계속해서 길 원장에게 따지듯이 물었다.

"그게 중요한 게 아니라 일단 사건 내용부터 듣고 싶네요."

"지금 그럴게 아니라, 잠시 시간 좀 내주실 수 있나요? 제가 지금 뭐라도 하지 않으면 미칠 거 같아서요."

그는 이런 상황이 발생했다는 것 자체를 도저히 믿지 못하겠다는 듯 몹시 조바심을 내고 있었다.

"지금 상황으로 봐서는 보통 일은 아닌데…. 제가 지금 바로 KTX를 탈 테니 천안역 앞에서 뵙죠."

"네, 고맙습니다. 제가 먼저 도착할 테니 자리 잡고 연락드리죠."

두 사람은 한 시간쯤 후 천안역 앞 커피숍에서 만났다. 임 형사의 얼굴에는 초조함이 여실히 드러나 있었다. 이젠 길 원장의 말이라면 뭐라도 믿을 듯한 기세였다.

"일단 사건 내용부터 말씀해 주시죠?"

"오늘 오전에 원주에서 충주 가는 국도변 옆 숲속에서 여자 시신이 한 구 발견됐는데, 현지 경찰은 교통사고 후 피해자가 숨지자 시신을 옆 숲속으로 던져놓고 도주한 것으로 추정하고 있다고 하네요."

"혹시 그 여자 신원은?"

"역시 지문으로 신원을 확인할 수 없는 여자였고, 50대로 추정된다고만."

"음… 78년도에 실종된 여중생 중 한 명일 가능성도 있겠네요."

"네, 아마도 그럴 겁니다."

"단순 뺑소니 사건인데도 아산서로 바로 연락이 왔나 보네요?"

"네. 저희가 전에 전국 경찰서에 어깨에 꽃 문신이 있는 변사자의 소재를 발견하면 즉시 연락해 달라는 공문을 보낸 적이 있어서."

"그럼, 아산서에서는?"

"단순 교통사고일 가능성도 있지만, 꽃 문신에다가 피해자가 지문 등록이 되어 있지 않다는 말을 듣고 우리 사건과 연관성 있는 연쇄살인이 아닌지 다들 걱정하고 있는 상황이죠."

"우선 두 사건의 관련성을 찾는 것이 급선무겠네요."

"그래서 제가 내일 원주에 직접 가볼 생각인데 아까 원장님 말씀을 듣고 보니… 이건 분명 우리 사건과 관련이 있는 연쇄살인이라고 봐야 하지 않을까요?"

그는 연쇄살인이 아니었으면 하는 자신의 바람이 빗나갔다는 사실을 역설적으로 말하고 있었다.

  "네, 아마 그럴 가능성이 높을 겁니다. 피해자는 그 여중생들 중 한 명이 분명할 테고."

  "그건 그렇고, 이젠 말씀해 보시죠. 그 피해자에게 모란 문신이 있었다는 것을 어떻게 알았는지."

  "음…."

  길 원장은 노트북을 꺼내 저장된 사진을 그에게 보여주기 시작했다. 최영실, 곡교천 피해자, 성창수의 문신이 연속으로 화면에 나타났다.

  "이 문신들을 보고 뭐 떠오르는 이미지가 없나요?"

  "제가 이미 봤던 건데, 아주 정교하게 새겨진 난초와 국화꽃 문신이라는 거밖에, 최영실과 곡교천 피해자는 같은 문신이고."

  "난초와 국화 하면 생각나는 것이?"

  "난초와 국화라? 아! 사군자가 생각나네요. 매, 난, 국, 죽. 아니, 그럼, 매화와 대나무는 어디에?"

  "난초와 국화가 사군자인 건 맞죠. 그럼, 이것까지 함께 봐주시죠."

  길 원장은 다음 장 화면을 넘겨 그에게 보여줬다. 거기에는 길 원장이 박 간호사에게 부탁해서 그린 그림 한 장이 있었다. 언덕 위에 둥근 보름달이 떠 있는 그림으로 조항민의 컴퓨터 모니터 배경 화면이었다.

  "이 그림까지 보고 서로 연관되는 것이 떠오르지 않나요?"

  "글쎄요…."

  "혹시 임 형사님은 고스톱 좋아하세요?"

그는 뜬금없는 길 원장의 질문에 눈을 크게 뜨다가 갑자기 다시 노트북 화면을 뚫어지게 바라보고 있었다. 상당히 놀란 표정이었다.

"이게 그럼, 모두 화투 그림이란 말…인가요?"

"네. 최영실과 곡교천 피해자는 5 난초, 성창수는 9 국화, 조항민은 8 공산, 그렇지 않나요?"

"원주 피해자는 6 모란?"

"그렇죠."

그는 이렇게 나온 추론을 지금으로선 어떻게도 반박할 수 없다고 생각했는지, 넋이 나간 사람처럼 멍하니 천장만 바라보다가 깊은 한숨을 내쉬었다.

"원래 화투라는 것이 순우리말로는 꽃싸움이라는 거라, 꽃 그림을 보고 진작에 알아봤어야 하는 건데."

"그래도 화투에는 다른 꽃도 있지 않나요? 2 매화나 3 벚꽃처럼, 그런데 왜 하필 모란이?"

"음… 단순히 제 추측이긴 한데, 아님 우연일 수도 있고요."

길 원장은 잠시 뜸을 들였다. 스스로도 그 추측이 맞는지 확신할 수 없었다.

"곡교천 피해자는 6월 초에 살해됐는데 5 난초였고, 성창수는 10월 중순에 살해됐는데 9 국화라면… 7월 말에 살해된 원주 피해자는 6 모란이 돼야 하는 것이 아닌지?"

"즉 피해자들이 살해된 시기와 문신의 화투 그림이 한 달씩 차이 난다는 거네요."

그도 길 원장의 추측에 대해 꼭 우연이라고만 치부할 수 없다고 판단하는 것 같았다. 계속해서 말을 이어나갔다.

"만약 원장님의 추측이 맞다면 거기에는 무슨 의미가 있다고 봐야?"

"네, 그런데 현재로서는 아직. 그리고 또 순전히 우연일 수도 있지 않을까요?"

길 원장은 그 의미를 어렴풋이 알 거 같았지만 아직 명확하지 않아 여기에서 섣불리 말을 꺼내기가 그랬다.

"그럴 수도 있겠죠."

그도 그렇게 대답하긴 했지만 표정은 그 반대라고 생각하는 듯했다. 그러다가 갑자기 눈을 크게 뜨면서 길 원장을 향해 말을 꺼냈다.

"아니, 아니, 잠깐만요. 그럼, 앗!"

"왜 그러시나요?"

길 원장도 순간 심상치 않은 기운을 느꼈다.

"지금 확실하진 않지만, 곡교천 피해자가 발견된 현장에서도 화투가 있었던 기억이…."

"그래요?"

길 원장도 그의 입에서 나온 의외의 말에 꽤 놀랐다. 살해 현장에서도 화투가 있었다니…. 아니 그곳이 살해 현장이라고 단정하긴 어려울 것이다.

"그 당시 곡교천 피해자의 옷이나 주변은 온갖 쓰레기들로 덮여 있어서… 새우깡 봉지, 아이스크림 포장지, 담뱃갑, 담배꽁초 등이 뒤섞여 있었는데, 거기에 화투도 한 장 있었던 기억이…."

"무슨 그림 화투인지는 모르시나요?"

"음, 잘 기억 안 나네요. 저는 당시 단순한 쓰레기라고만 생각해서. 아마 현장 사진에 찍혀 있을지도. 아니, 잠시만요. 바로 확인해 보죠."

임 형사는 휴대폰을 꺼내 동료에게 전화를 걸었다. 이 사실을 확인하는 데는 채 몇 분이 걸리지 않았다. 그는 휴대폰으로 사진이 도착하자마자 천천히 길 원장에게 보여줬다.

곡교천 피해자 발견 당시 찍은 전신 사진이었다.

화투 한 장이 곡교천 피해자의 정장 윗옷 주머니에 라면 봉지와 함께 꽂힌 듯 반쪽만 보이는 채로 찍혀 있었다. 언뜻 보면 무심한 쓰레기로 보일 수밖에 없을 것이다.

그러나 다른 한편으로 보면, 화투가 주머니에서 빠져나가지 않도록 라면 봉지가 감싸고 있는 것 같았다. 마치 라면 봉지가 행커치프를 연상시키는 모양새였다. 의도적으로 화투 한 장을 주머니에 꽂은 느낌이었다. 화투 그림은 바로 알 수 있었다.

"4 흑싸리 열 끗짜리네요."

"저도 지금 보니 생각이 나네요."

길 원장은 꽃 그림이 아니라 조금 의외라고 생각했다. 하지만 다른 한편으로는 새삼 심각한 무게감이 느껴지고 있었다. 4 흑싸리 열 끗짜리라니!

현재로서는 이런 화투 그림들이 구체적으로 무슨 의미가 있는지 명확하게 감이 잡히지 않았지만, 머릿속에는 대략의 큰 그림이 그려지는 것 같았다.

"우연히 화투 쓰레기가 거기에 있었을 수도?"

그도 화투 그림에 대한 의미를 전혀 이해할 수 없다는 투였다.

"네, 우연일 수도 있지만…. 그럼, 진주에도 한번 확인해 보는 것이 어떨지?"

"네?"

"성창수 살해 현장에서도 혹시 화투가 있었는지?"

"음…."

잠시 후 그는 또다시 휴대폰을 꺼냈다.

"안녕하세요? 도 형사님! 아산의 임 형사입니다."

"안녕하세요."

"혹시 수사에 진전은 없나요?"

"네, 아직. 그놈들 신원이 전혀 확인되지 않고 있어서. 언뜻 보면 허술한 거 같은데 의외로 아무런 흔적을 남기지 않아서 저희도 힘드네요. 2년이나 지나서 사실상 수사는 중단된 상태라."

"그럼, 혹시 피해자가 살해당할 당시 현장에 고스톱 치는 화투가 있진 않았나요?"

"네? 화투가 있긴 있었죠. 제가 그때 말씀드리지 않았나?"

"그런 말씀은 없었는데…."

임 형사는 놀란 표정으로 길 원장을 쳐다보고 있었다. 길 원장의 예상이 맞아떨어지는 것에 대해 속으로도 충격이었을 것이다. 길 원장 또한 그의 휴대폰 너머로 들려오는 도 형사의 말에 놀라고 있었다.

"아니, 별건 아니고. 아마도 피해자가 혼자 심심해서 화투 놀이를 하고 있었는지 방바닥에 화투가 널려 있었는데, 그 모양이 화투 점을 보는 거라고 하던데요. 그런데 그것이 왜?"

"저희가 나중에 공식적으로 말씀드리겠지만, 아마도 저희 사건과 진주 사건이 서로 연관되어 있는 거 같습니다. 그리고 오늘 새벽 원주에서도 비슷한 사건이 발생했는데 그 사건도 연관됐을 가능성이 있고요."

"네에?"

놀란 도 형사의 목소리가 가까이 있는 것처럼 들렸다.

"사건 현장 사진 찍으셨죠. 거기에 화투 사진이 찍혀 있을까요?"

"당연히 찍어놨죠."

"일단 그 사진 좀 저에게 보내 주실래요? 그리고 조만간 공식적으로 다시 연락드리죠."

"오늘은 일요일이라, 내일 출근하면 바로 보내드리죠."

도 형사는 뭔가 찜찜한 듯 말끝에 힘이 없었다. 그렇게 두 사람의 통화는 끝났다.

"지금 들으셨죠. 성창수 사건 현장에도 화투 사진이…."

"일단 두 사건이 서로 관련 있을 가능성이 높을 거 같네요."

그도 길 원장의 말에 동의하듯 고개를 끄덕였다.

"만약 지금 저희가 추측한 것들이 맞다면 나머지 여중생들도 현재 상당한 위험에 빠져 있거나, 아니면 이미…."

"그렇겠네요. 하, 정말 연쇄살인이 실제로…."

그는 고개를 들더니 깊은 한숨을 내쉬었다. 앞으로의 일이 막막하다고 생각하고 있을 것이다. 잠시 후 그는 의자를 앞으로 끌어당기며 길 원장에게 심각한 표정으로 물었다.

"우린 앞으로 어떻게 해야 할까요?"

이제 그는 길 원장에게 완전히 의지하는 것 같았다.

"일단 저희 추측이 맞는지부터 확인하는 것이 최우선일 테니 먼저 원주 피해자의 신원부터 확인해야겠죠. 실종된 여중생들 중 한 명일 가능성이 높겠지만."

"그다음은요?"

"음… 몇 가지 생각해 놓은 것이 있긴 한데, 우선 원주 피해자 신원이 확인되면 그때 다시 상의하시죠."

"그렇게 하죠. 뭐, 우리 추측이 틀렸을 수도 있으니 거기에 기대해 보는 수밖에."

"네, 현재로서는 우리 추측이 빗나가기를 바라야겠죠."

"혹시 제가 원주에 가서 유전자 감식하는 거 외에 특별히 더 확인해야 할 것이 있나요?"

그는 길 원장에게 심각한 표정으로 물었다.

"제 생각에는 우선 꽃문양 문신을 유심히 보셔야 할 거 같고, 그리고 또 사건 현장 주변에 화투가 있는지도."

그는 대답 대신 고개만 연신 끄덕였다.

"아, 참! 그 피해자가 혹시 출산한 경험이 있는지도 확인해 보는 것이."

그도 길 원장의 말뜻을 이해한 듯 또다시 가볍게 고개를 끄덕였다.

그는 다음날 원주에 가서 사건 내용을 파악하고, 곧바로 원주 피해자의 유전자와 실종된 여중생들의 가족 유전자를 대조하는 작업에 착수하기로 했다.

두 사람은 일단 그날은 그렇게 헤어졌다.

그 결과가 어떻게 나올지 임 형사도 임 형사였지만 길 원장도 하루가 여삼추인 것처럼 몹시 조바심이 났다. 한의원에 출근해도 다른 일이 전혀 손에 잡히지 않고 있었다.

4.

길 원장은 며칠이 지나 고대하던 임 형사의 전화를 받았다.

"여러 가지 복잡한 사정이 있어 연락이 늦었네요. 지금 통화 괜찮으신가요?”

“네, 괜찮습니다.”

“음… 지금 일단 진주에서 보내 준 현장 사진 한 장을 보내드릴 텐데, 잘 아시겠지만 현재 수사 중인 사건이라 보안에 각별히 신경을 써야 할 겁니다.”

“명심하겠습니다.”

길 원장은 방금 그로부터 전송받은 사진을 펼쳐보기 시작했다. 모포 위에 화투가 가지런히 네 줄로 늘어서 있는 모습이었다. 네 줄의 각 끝부분에 있는 화투는 앞면이고, 나머지는 모두 뒷면이 보였다. 아마도 진주의 도 형사가 말한 화투 점을 보는 방식의 일종인 것으로 생각됐다.

“진주에서 화투가 펼쳐진 이 현장 사진 한 장만 받았는데, 제일 윗줄 앞면이 보이는 화투가 4 흑싸리 열 끗이라는 것이 의미심장하네요.”

“그러네요. 단순히 우연이라고 하기에는 뭔가….”

길 원장도 사진 속 화투 제일 윗줄에 4 흑싸리 열 끗만 앞면으로 되어 있는 것을 보고 마음속으로 흠칫 놀란 상태였다. 곡교천 피해 현장에도 4 흑싸리 열 끗 화투가 있지 않았던가! 나머지 밑에 있는 세 줄에서 앞면이 보이는 화투는 1 솔 피, 7 빨간싸리 피, 10 단풍 열 끗짜리였다. 특별히 의미를 둘 만한 느낌은 오지 않았다.

“우연이 아닙니다. 분명… 원주 피해 현장에서도 4 흑싸리 열 끗 화투가 발견됐네요.”

“네에?”

“범인이 피해자를 버린 곳이 쓰레기 더미가 있는 곳이라 우연히 화투나 여러 가지 쓰레기들이 있는 것처럼 가장하긴 했는데, 이게 우연이라고 볼 순 없겠죠."

"음…."

이젠 길 원장이 말했던 불길한 예감이 현실로 다가왔다는 것을 두 사람 모두 온몸으로 느끼고 있었다. 그리고 또다시 앞으로 어떤 일이 벌어질 것이라는 것도….

"원장님!"

"네, 말씀해 보세요."

"지금까지 원장님이 확인했던 내용들을 모두 서장님께 보고했고, 서장님도 심각한 사태라고 인식하시고 본청에 보고했는데, 조만간 본청에서 어떤 대책이 나올 겁니다."

"그래야겠죠. 전국에서 산발적으로 살인 사건이 벌어지고 있지만 이것들이 모두 서로 연관되어 있다면 공조수사가 꼭 필요할 겁니다."

"원장님이 확인한 것들을 제가 마음대로 보고해서 미안합니다."

"아니, 무슨 말씀을. 임 형사님이 당연히 하셔야 할 일인데요. 앞으로도 제가 도울 일이 있으면 조용히 도울 테니 그런 부분은 신경 쓰지 않으셔도 됩니다."

"고맙습니다."

"일단, 이번 세 사건이 연쇄살인이라면 78년도에 실종된 나머지 여중생들의 신변을 확인하는 것이 가장 급할 거 같은데…."

"네, 서장님께서도 그 부분이 제일 급하다며 본청에 바로 보고하실 거라고."

"그건 그렇고, 원주 사건에 대해 추가로 말씀해 주실 수 있으신지…."

"아, 네. 부검 결과 피해자는 차에 치여 죽은 것이 명백한데 피해자가 발견된 곳이 사건 현장은 아닌 거 같다고 하네요. 그 주변에서 사고가 난 흔적은 전혀 발견되지 않아서."

"그럼, 범인은 다른 곳에서 피해자를 차로 쳐서 죽이고, 그곳에 몰래 버렸다는 거네요."

"네. 아마도 차종은 일반 승용차는 아닌 차 앞부분이 높은 SUV나 승합차, 트럭 종류일 거라고."

"음, 교묘하게 교통사고로 위장했을 가능성이 높겠네요."

"네. 그렇지만 원주서에서는 이 사건을 살인 사건이라기보다는 단순 뺑소니 사건으로 생각하고 있는 거 같습니다."

"이 사건과 비슷한 사건이 아산과 진주에서도 발생했다고 말씀드리지 않았나요?"

"말하긴 했지만 별로 믿는 거 같지는 않았죠. 그럴 바에는 아산이나 진주처럼 쉽게 칼로 찔러 죽이면 될 것인데 굳이 이렇게 복잡하게 할 이유가 없다면서."

"그것도 어찌 보면 일리가 있긴 하네요."

"아닙니다, 분명 이 세 사건 모두 연관이 있는 것이 확실합니다."

이젠 임 형사도 길 원장만큼이나 확신한다는 의사를 분명히 표시하고 있었다.

"아직 피해자 유전자 감식 대조는 결과가 나오지 않았나 보네요?"

"네. 실종된 여중생 가족들 샘플을 구하는 데 시간이 좀 걸려서 어제 겨우 샘플을 국과수에 보냈으니 아마도 이번 주에는 결과가 나올 겁니다."

"결과가 나오면 세 사건의 연관 여부가 확실해지겠네요."

"확실할 겁니다. 원주 피해자의 모란 문신을 보는 순간 확신이 들었죠. 크기나 모양, 새긴 수법이 모두 똑같았는데, 조금 있다가 사무실에서 그 문신 사진도 보내드리죠."

"네, 감사합니다. 그리고 원주 피해자가 출산 경험이 있다고 하던가요?"

"아! 그거, 부검의 말로는 출산 경험은 없지만 유산한 흔적은 있었다고 하네요."

"그래요? 그럼, 유전자 감식 결과가 나오면 다시 상의하기로 하죠."

"네, 그럼."

길 원장은 한 시간쯤 지난 후 임 형사로부터 사진 두 장을 전송받았다. 원주 피해자의 어깨에 새겨진 모란 문신과 피해자가 발견된 현장 사진이었다. 역시 현장 사진에는 여러 가지 쓰레기 더미 속에 4 흑싸리 열 끗 화투 한 장이 선명하게 보였다.

모란 문신도 화투의 6 모란 그림과 똑같았다. 국화 그림과 같이 한 줄기 아래에는 크고 화려한 꽃봉오리가 활짝 펴 있고, 위에는 그보다 약간 작은 꽃봉오리가 역시 활짝 펴 있었다. 다만 이번 꽃 그림은 꽃봉오리가 빨간색으로 두드러지게 드러나 있고, 그 주변 잎은 역시 검은색으로 음영 처리가 되어 있었다. 장미꽃도 빨간색이니 언뜻 보면 장미로 착각할 수도 있을 것이다.

아마 곡교천 피해자나 505번 재소자, 그리고 성창수의 꽃 그림도 고유의 꽃 색깔이 있었을 테지만 색이 바랬거나 다른 이유로 잘 드러나지 않았을 수도 있었을 것이다.

5.

갑자기 이번 사건이 급변하기 시작했다. 원주 피해자의 신원이 확인됐기 때문이었다. 1978년도에 함열읍에서 실종된 여중생 강금자로 밝혀졌다. 이로 인해 아산, 진주, 원주 살인 사건은 사실상 연쇄살인의 한 사건임이 확실해졌다.

원주 피해자의 신원이 강금자로 밝혀지기까지는 시간이 좀 걸렸다. 강금자의 가족들이 모두 해외로 이민을 가서 유전자 샘플을 구하기 어려웠기 때문이다. 우여곡절 끝에 전주에 사는 강금자의 외삼촌을 급히 수소문하여 겨우 샘플을 구했다.

원래 강금자의 집은 함열읍 상시리에서 조그마한 양계장을 운영하고 있었는데 강금자가 실종된 후 그녀의 가족은 스페인으로 취업 이민을 떠났다. 스페인에서는 그나마 병아리 감별사라는 직업의 수입이 좋다는 말을 듣고 먼 이국 타지로 떠난 것이다. 어쩌면 딸을 잊고자 하는 부모의 마음이 더 컸을 수도 있었을 것이다.

당장 특별수사본부가 차려졌다. 처음 사건이 발생했고, 이러한 수사 결과를 확인한 아산서를 지휘하는 충남경찰청에서 사건을 주도하기로 했다. 충남경찰청 형사과장이 수사본부장이 되고 충남청 강력계 인원과 사건이 발생한 진주서, 원주서에서 담당자를 파견받기로 결정됐다.

그런데 예상외로 아산서의 임 형사는 이번 사건에서 제외됐다. 공식적으로는 곡교천 살인 사건은 충남청에서 맡기로 했으니 아산서 담당 형사는 필요 없다는 취지였다. 나중에 들은 얘기지만 그 결정에는 임 형사의 근무태도가 상당한 영향을 끼쳤다고 했다. 평소 독불장군처럼 행동하는 임 형사를 충남청 형사과장이 강하게 반대했다는 후문이 있었다.

결국 세 건의 살인 사건이 서로 연관되어 있다는 사실을 임 형사가 밝혀냈는데도 정작 임 형사는 그 수사에서 배제되는 상황이 발생한 것이다. 그리고 진주서에서는 도 형사가, 원주서에서는 주일기 형사가 참여하기로 했다.

길 원장은 이번 사건의 특별수사본부가 꾸려진 날 밤 10시경 동네 호프집에서 친구와 함께 더위를 식히며 간단히 맥주를 마시고 있었다.

그때 임 형사로부터 전화가 걸려 왔다. 그의 목소리는 착 가라앉아 있었다. 혀가 약간 꼬부라진 것으로 봐선 술도 꽤 마신 것 같았다.

"오늘따라 원장님이 보고 싶네요."

"한잔하셨나 보네요."

"네, 한잔했죠. 기분이 더러워서."

"그래도 이젠 집에 들어가셔야죠."

길 원장은 그가 왜 기분이 상했는지 궁금했지만 많이 취한 것 같아 다음에 얘기하는 것이 좋을 듯했다. 그러나 그는 곧바로 말을 이어갔다.

"휴… 이번 사건 특별수사본부가 꾸려졌는데… 저는 빠지게 됐네요."

"네에? 아니, 제일 중요한 수사 담당자인데, 왜?"

"제가 수사본부장하고 좀 악연이 있거든요."

"아무리 그렇다고 해도, 공은 공이고 사는 사인데."

"뭐, 그래도 어떻게 보면 이번 사건이 제 손을 떠났으니 마음은 홀가분하네요."

"그렇지만 임 형사님이 알고 있는 내용들이 수사에 도움이 많이 될 텐데?"

"제 도움은 필요 없다고 생각하는 거겠죠."

"수사본부에서는 이번 사건이 종교 단체나 달을 숭배하는 사람들과 관련 있다는 사실을 잘 모르지 않나요?"

"네. 제가 언뜻 얘기는 했지만 다들 터무니없는 얘기로만 듣더라고요. 그래서 저도 뭐, 더 이상….'

"음… 아마 나중에는 분명 임 형사님 도움이 필요할 테니 도와달라는 요청이 올 겁니다."

"수사본부장이 되신 본청 과장님 성격상 그런 일은 없을 겁니다. 자존심이 워낙 강한 분이시라."

"자존심으로 수사하는 것은 아닌데."

"꼭 저한테 하시는 말씀 같은데요. 제가 원장님 앞에서 자존심 좀 세웠었죠. 지금 생각하면 죄송하기만 하네요."

"아, 아닙니다. 임 형사님은 그게 매력인데요, 뭘."

"본청 강력계 놈들! 지들이 자존심이 세면 얼마나 세다고, 개뿔 자존심은 무슨!"

"그럼, 이번 사건에서 완전 손을 떼야 하는 상황인가요?"

길 원장은 자신이 공식적으로 이번 사건을 의뢰받은 적은 없었지만, 지금까지 발품을 팔아 확인한 것들이 그냥 파묻힌다고 생각하니 못내 아쉬웠다.

"현재로서는 그렇다고 봐야죠. 저 때문에 괜히 죄송합니다, 원장님."

"저야 뭐 조금 아쉽기는 한데, 그래도 사건이 잘 해결돼야 할 텐데, 우리나라 경찰의 수사 능력이 세계 최고니까 잘해 내겠죠."

"저도… 지금까지 원장님한테 자존심만 내세웠는데… 미안하게 됐네요. 미안합니다, 미안합니다. 휴… 본청 개자식 놈들!"

그의 목소리는 점점 더 꼬이고 있었다. 계속 말이 중복되고 거칠어지고 있었다. 생각보다도 술을 많이 마신 것으로 보였다. 길 원장은 일단 전화를 끊어야 할 것 같았다.

"그래도 전화 주셔서 감사합니다. 그만 들어가시죠."

"휴… 또 전화드리죠."

그도 마지막에는 정신을 차렸는지 똑바른 발음으로 말을 끝냈다.

길 원장은 다음 날 아침 일찍 논산에 살고 있는 선종수 논산역 장과 최경실 J노래방 사장에게 전화를 걸었다. 불행한 결과를 전해 주어 유감이지만 약속은 약속이었다.

최영실과 강금자의 최후에 대해서 그 가족들은 알 권리가 있다고 생각했다. 두 사람의 목소리는 모두 생각보다 담담했다. 이미 경찰로부터 어느 정도 얘기를 들었다고 했다. 아마도 경찰에 유전자 샘플을 제공하면서 어느 정도 결과를 예상했을 것이다. 그리고 이미 40년 전에 죽은 것으로 알고 있었으니 그 이상 비참한 결과는 없다고 생각하고 있었을 것이다.

길 원장은 두 사람이 경찰에게 듣지 못한 부분을 위주로 보충 설명을 해줬다. 현재 수사가 진행 중이라 조심스럽게 확인된 사실만 전했다. 다만 최영실은 교도소에서 병으로 사망했기 때문에 그녀가 교도소에 수감된 경위와 마지막 모습 등은 자세히 설명해 줬다. 그리고 또 최영실 아들의 불행한 최후에 대해서도 이미 경찰로부터 얘기를 들었겠지만 언급하지 않을 수 없었다.

최경실은 연신 울먹이면서 전화를 받았지만 마지막에는 길 원장에게 고맙다는 말을 잊지 않았다. 40년 전에 죽었다고 생각했던 언니와 조카의 마지막을 확실히 알게 해준 것에 대한 감사일 것이다.

선 역장은 말하는 내내 읽히는 행간에서 원주에서 살해된 여자가 자신의 친동생이 아닌 것에 대해 내심 안심하는 것 같았다. 어쩌면 동생 선일순이 어딘가에 살아 있을 가능성도 생각하고 있을 것이다. 같이 실종됐던 강금자가 지금까지 살아 있었으니 충분히 그렇게 생각할 만도 했다.

6.

며칠 후 길 원장은 임 형사로부터 다시 전화를 받았다. 그의 목소리로 추측건대 어느 정도 충격에서 헤어난 것으로 보였다.

"잘 지내고 계시죠? 이렇게 편하게 통화하니 마음이 한결 가볍네요."

길 원장이 먼저 편하게 말을 걸었다.

"네. 언제부턴가 저도 원장님과 통화할 때가 제일 마음이 편하네요. 저는 그럭저럭 잘 지내고 있는데 원장님도 여전하시죠?"

"네. 한의사라는 놈이 환자 진료는 대충하고 엉뚱한 곳에 마음이 꽂혀 있으니, 가끔 한심한 생각도 드네요."

"원장님?"

그가 갑자기 진지하게 물었다.

"네, 말씀해 보세요."

"제가 아무리 생각해도 그냥 여기서 물러날 순 없고, 저 혼자

서라도 이번 사건을 다시 수사해 볼 생각인데… 원장님 생각은 어떠신지?"

"저야 뭐, 임 형사님을 항상 응원할 따름이죠. 그런데 수사 기록이나 증거를 특별수사본부에서 모두 가지고 가서 만만치는 않을 거 같고, 잘못되기라도 하면 항명이라고 볼 수도 있을 텐데?"

"뭐, 그 정도야 예상해야죠. 정 문제가 되면 옷 벗을 각오도."

"아! 그래요. 그럼, 앞으로 어떻게 하실 생각인가요?"

"원장님이 절 도와주셔야죠. 전에 원주 사건이 곡교천 사건과 관련 있는 것으로 밝혀지면 몇 가지 복안이 있다고 하신 거 같은데?"

"네, 제가 생각하고 있는 것이 몇 가지 있긴 있는데…."

"그럼, 내일 저녁 박 형사하고 대전으로 가겠습니다. 박 형사도 최대한 도와주겠다고 해서요."

그는 일방적으로 약속을 잡았다. 그의 각오를 어느 정도 알 수 있을 것 같았다.

"알겠습니다. 내일 저녁때 뵙죠."

그다음 날 저녁 길 원장은 박 형사와 임 형사를 단골 일식집에서 다시 만났다. 두 사람의 표정은 그리 밝아 보이지는 않았다. 나름 비장함도 엿보였다. 그래도 씩씩한 박 형사가 분위기를 주도하기 시작했다.

"원장님! 우리 형님이 한번 제대로 수사해 보겠다고 하시니 도와주시죠. 원장님만 도와주신다면야 큰 건 한 건 해결할 절호의 기회죠. 저도 힘닿는 대로 돕겠습니다."

"위에서 문제 삼진 않을까요?"

길 원장은 신중한 자세로 말을 꺼냈다.

"최대한 문제가 안 생기도록 조심해야겠죠. 경찰 내부 문제는 걱정 안 하셔도 됩니다."

임 형사의 말에 비춰보건대 대단한 결심이 선 것 같았다.

"음… 일단 특별수사본부에서는 어느 정도 진척이 있다고 하던가요? 혹시 좀 알고 계신 것이 있나요?"

"네, 그 부분은 제가 조금 알아봤는데…."

박 형사가 말을 꺼냈다.

"현재 수사본부에서는 살인 사건이 발생한 세 곳의 발신기지국에 잡힌 휴대폰 통화기록에서 동일한 휴대폰이 있는지 확인하고 있고, 현장 주변의 CCTV도 몽땅 가져와서 계속 돌려 보고 있는 중이라고."

"그럼, 이제 시작한 거네."

"최근에 발생한 원주 사건을 집중적으로 파고 있는 거 같고요. 그리고 또, 78년도에 발생한 실종 사건도 다시 들여다보고 있는 거 같습니다."

"그래도 이번 사건에는 이미 유력한 용의자가 확인된 거 아닌가요?"

길 원장이 두 사람을 바라보면서 물었다.

"네? 유력한 용의자라뇨?"

임 형사가 반문하듯이 물었다.

"진주에서 성창수를 살해한 복면을 한 세 명의 용의자가 있었고, 이번 사건이 연쇄살인이라면 그놈들이 곡교천이나 원주에서도 살인을 실행하지 않았을까요?"

길 원장도 반문하듯이 대답했다.

"음… 충분히 그럴 수도."

임 형사가 나지막한 목소리로 수긍하는 모습을 보였다.

"수사본부에서는 세 곳의 살인 사건이 꼭 연쇄살인이라고 단정하지는 않는 분위기인 거 같던데요."

이번에는 박 형사가 끼어들었다.

"그래?"

임 형사는 박 형사의 말이 의외라고 생각하는 것 같았다.

"살인의 수법이 전혀 별개라서 동일범의 소행이라고 보기에는…"

박 형사가 수사본부를 대변하듯이 답했다.

"그건, 수사본부에서 이번 사건의 핵심을 제대로 짚지 못해서 그런 거야. 이번 사건은 연쇄살인이 확실해."

"뭐, 수사본부 지들 생각대로 수사하겠죠. 만약 이번 사건이 동일범의 소행이라면 휴대폰 발신기지국이나 CCTV에 뭔가라도 흔적이 나오지 않을까요?"

"…."

임 형사는 대답이 없었다.

"요새는 과학수사로 범인들이 빠져나갈 구멍이 하나도 없겠네요."

길 원장이 대신 대답하면서 수사본부의 과학수사에 나름 감탄하고 있었다.

"그래도 아직 별다른 성과가 없는 것으로 봐서는 아마 수사본부에서도 죽을 맛일 겁니다, 분명."

"그건 그렇고 앞으로 우린 어떻게 해야 할까요?"

임 형사가 조급한 듯 물었다. 현재의 심정이 여실히 드러나 있었다.

"음… 저는 이번 사건을 풀어가기 위해선 먼저 가상의 큰 숲을 만들어놓고, 지금까지 드러난 단편적인 사실에서 우리가 찾고자 하는 진실을 도출해 가다 보면, 결국 그 큰 숲이 우리가 원하는 답이었다는 것을 밝혀낼 수 있지 않을까요?"

"원장님, 너무 복잡하네요. 복잡한 거 질색이니 쉽게 말씀해 주시죠."

박 형사가 다그치듯 독촉했다.

"알겠습니다."

길 원장은 알겠다고 대답해 놓고는 잠시 더 뜸을 들였다. 다시 한번 생각을 정리하고 있었다.

"먼저 78년도에 실종된 여중생들은 어떤 집단에 의해 강제적으로 납치돼서 몇십 년간 세상과 단절된 생활을 했고, 이번 일련의 살인 사건이 그 어떤 집단과 관련 있다는 전제하에서 이번 수사를 시작하면 좋을 거 같은데, 이 부분은 동의하시죠?"

"네, 동의합니다."

임 형사가 의지를 다지듯 힘줘 말했다.

"그다음, 피해자들에게 새겨진 문신을 생각하면 그 집단은 화투 그림을 자신들의 집단 표식으로 삼고 있다는 사실도 동의하시죠?"

"네, 동의합니다."

이번에는 두 사람이 동시에 대답했다.

"그리고 사건 현장마다 4 흑싸리 열 끗 화투가 있었고, 조항민이 8 공산 그림을 중요시하는 것으로 봐서는 그 집단은 달을 숭배하는 집단일 가능성이 높다는 데도 동의하시죠?"

"네, 동의합니다."

임 형사가 대답했다. 그런데 갑자기 박 형사가 제동을 걸고 나왔다.

"8 공산이 달인 것은 알겠는데, 4 흑싸리 열 끗 화투가 달과는 무슨 관련이 있다고?"

"네?"

이번에는 길 원장이 의외라고 생각했는지 놀란 표정을 지었다.

"그 부분은 잠시 후에 자세히 말씀드리죠. 그리고 또, 최영실이 교도소 내에서 기억하는 거라곤 찬송가밖에 없었던 것으로 봐서 최영실은 그 집단에 세뇌됐을 테고, 그 집단은 아마도 종교와 관련 있을 거 같다는 데도 동의하시죠?"

"네, 동의합니다."

이번에는 박 형사만 대답했다.

"그럼, 이번 사건의 배후에는 달을 숭배하는 어떤 종교 집단이 있다는 잠정 결론으로 큰 숲이 완성됐다고 보고, 이젠 개별적으로 각각의 나무들에 대해서 살펴보죠."

두 사람은 이에 대해서 아무런 말이 없었다. 길 원장이 다음에 어떤 말을 할지가 무척이나 궁금한 모양이었다.

"저는 이번 사건을 접하면서 처음부터 제일 궁금했던 것이 하나 있는데, 먼저 그것부터 살펴보는 것이 어떨지?"

길 원장이 두 사람에게 궁금증을 얹혀 주듯 말을 꺼냈다. 두 사람은 또다시 꿀 먹은 벙어리처럼 길 원장만 바라봤다. 길 원장이 말을 이어갔다.

"최영실은 납치된 이후 자유롭지 못한 생활을 한 것처럼 보이고, 그 속에서 아이를 낳았으니 그 아이의 아버지가 누굴지? 그게 제일 궁금하더라고요."

"그거야 당연히···."

임 형사는 무슨 말을 꺼내려다가 갑자기 말문을 닫았다. 딱히 할 말이 없었던 모양이다.

길 원장은 두 사람을 번갈아 바라보면서 말을 이어갔다.

"현재로서는 제일 유력한 후보자는 성창수가 아닐까요?"

"네에?"

두 사람은 모두 의외라는 듯 놀라는 표정을 지었다.

"어찌 보면 당연할 수도 있겠네요."

임 형사는 곧바로 길 원장의 말에 수긍했다.

"그렇죠. 최영실과 성창수가 모두 어깨에 꽃 문신이 있었으니 같은 공간에서 생활했을 가능성이 높을 테고, 그러면 실종 경위에 비추어 볼 때 충분히 생각해 볼 만하지 않을까요?"

박 형사는 이제야 그 의미를 이해한 듯 가볍게 고개를 끄덕였다.

"제가 전에 임 형사님께 곡교천 피해자의 혈액형을 물어본 적이 있었죠?"

"아? 네."

"곡교천 피해자는 혈액형이 AB형이고, 최영실의 혈액형은 A형으로 나와 있으니, 아버지는 분명 B형 인자의 혈액형을 가지고 있어야만 하겠죠. B형이든지 아니면 AB형이든지."

"그럼?"

박 형사가 다급하게 물었다.

"네, 맞습니다. 성창수는 혈액형이 B형입니다."

길 원장이 대답했다.

"음… 성창수가 곡교천 피해자의 아버지일 가능성이 충분히 있겠네요."

박 형사가 길 원장의 말을 이어받았다.

"그럼, 부자가 연이어 동시에 살해됐다는 말인데?"

임 형사는 이번 사건이 계속해서 더 꼬여간다고 생각하는 것 같았다.

"그리고 또…."

길 원장은 잠시 말을 멈추고 또다시 두 사람을 번갈아 쳐다봤다.

"다른 유력한 후보자가 한 명 더 있는 거 아시죠?"

"네? 그건 또?"

"저는 조항민이 계속 마음에 걸리네요."

"그 계수나무 출판사를 운영한다는 그 사람?"

박 형사는 자신도 조항민을 잘 알고 있다는 것처럼 말했다.

"음…."

임 형사는 미처 거기까지는 생각하지 못했다는 듯 난감한 표정을 짓고 있었다. 잠시 후 천천히 말을 꺼냈다.

"성창수야 부검했으니 유전자 샘플을 보관하고 있겠지만, 조항민은 함부로 접근하기 어려울 텐데…."

임 형사는 길 원장의 수사 방향에 대해서는 적극적으로 동의하지만 방법이 만만치 않을 것 같다고 생각하는지 말끝을 흐렸다.

"그래서 말인데요. 제가 전에 조항민을 만났을 때 혹시 몰라 조항민이 피우던 담배꽁초를 슬쩍…. 뭐 아닌 것으로 판명되면 무시하면 되고, 우리가 원하는 답이 나오면 그때 정식으로 법적 절차를 밟으면…."

두 사람은 어안이 벙벙한 듯 한참이나 말을 못 하고 있었다.

길 원장의 잘못된 행동에 놀란 건지 아니면 선견지명에 놀란 건지….

"그럼, 곡교천 피해자의 아버지를 확인하는 것은 그렇게 하면 될 거 같고, 또 그다음은 뭘 하면 될까요?"

임 형사는 길 원장의 독단적인 행동에 대해 문제 삼지는 않는 것 같았다.

"제가 곡교천 피해자의 아버지 확인을 제일 먼저 언급한 것은 최영실은 1965년생이고 1983년도에 갓 돌 정도 지난 곡교천 피해자를 안고 사진을 찍었으니 열여덟 살 전후로 아이를 낳았다는 건데, 그러면 자신의 의지로 아이를 낳았다고 보긴 어렵지 않을까요?"

"전에 우리 세 명이 처음 만났을 때도 똑같은 말씀을 하셨죠. 그땐 제가 너무 터무니없어 그냥 흘려보냈던 기억이…."

임 형사가 이번에는 길 원장의 말에 적극적으로 동의한다는 듯이 대답했다.

"네. 그때도 말씀드린 적이 있었던 거 같은데, 최영실이 성폭행당하는 것으로 오인하여 남자 두 명을 살해한 이면에는 최영실의 그런 트라우마가 잠재되어 있었을 거 같다는 생각이 드네요."

"음… 그때 원장님이 왜 그런 말씀을 했는지 이제야 이해가 되네요."

"그렇다면 열여덟 살 미성년자에게 임신시킨 아이의 아버지가 이 상황에서는 제일 궁금한 거 아닌가요?"

길 원장은 계속해서 두 사람에게 자신의 생각을 주입시키듯 대화를 이끌어 갔다.

"음…."

두 사람은 길 원장의 추론에 특별히 이의를 걸진 않고 있었다.

"그리고 또, 폐쇄적인 집단에서 최영실에게 강제로 임신시킨 사람이 있다면… 그 사람은 그 집단에서 파워를 가지고 있는 사람이 아닐까요?"

"그럼, 그놈이 이번 살인 사건을 주도했을 가능성이 높다는 말인가요?"

박 형사가 자신의 생각을 거침없이 밝혔다. 하지만 임 형사는 박 형사의 말에는 신경 쓰지 않는 듯 심각하게 뭔가를 계속 생각하고 있었다.

"거기까지는 좀 무리한 생각이고, 성창수가 78년도에 여중생들만 데리고 간 것으로 봐선 처음부터 젊은 여자들을 타깃으로 삼았다고 봐야 할 거 같고, 그렇다면 누군가의 지시를 받아서 그랬을 가능성이 높은데, 그 사람이 이번 사건을 주도했을 가능성이 더 높지 않을까요?"

"음… 그다음은요?"

임 형사는 자신의 생각을 명확하게 밝히지는 않고 있었다. 다만 말하는 분위기로 봐서는 길 원장의 수사 방향에 대해 전적으로 동의하는 것 같았다.

"다음으로는, 최영실에 관한 단편적인 사실들을 가지고 우리가 생각하는 그 집단이 어떤 집단일까? 하는 것을 대충 추론해 볼 수 있지 않을까요?"

"어떻게요?"

"먼저 최영실이 칼로 단번에 두 명의 남자를 죽였다는 것은 칼을 아주 잘 다뤘다는 걸 테고, 그 사실에 비추어 보면 최영실은 칼을 쓰는 주방 같은 곳에서 오랫동안 일했을 가능성이 있고, 아니면 칼을 다루는 무예를 전문적으로 배웠을 가능성이 있겠죠.”

“칼을 다루는 무예라?”

임 형사는 전과 다르게 이젠 길 원장의 말을 결코 가볍게 넘겨 짚을 일이 아니라고 생각하는 것 같았다.

“어린 최영실이 그런 무예를 배웠다는 것은 그것이 필요했기 때문일 텐데, 그러면 모든 정황상 그 집단에서 전문적으로 가르쳤을 가능성이 높겠네요.”

이번에는 박 형사가 자신의 의견을 개진했다.

“그렇겠죠. 그리고 또, 최영실이 비교적 젊은 나이에 폐암에 걸렸다는 사실도 마음에 걸리네요.”

두 사람은 또다시 의외의 말을 들었다는 표정을 짓고 있었다.

“최영실이 폐암으로 사망한 것은 순전히 개인적인 일인데 그 것이 집단과는 무슨 관련이?”

박 형사는 선뜻 길 원장의 말에 동의하지 못하는 것 같았다.

“맞습니다. 그 부분은 순전히 최영실 개인적인 문제일 수도 있는데, 제가 전에 최경실에게 가족 중에서 폐암에 걸린 사람이 있는지 물어본 적이 있었는데 아무도 없었다고 하네요.”

“그럼, 폐암에 걸린 이유가 그 집단의 어떤 고유한 특성 때문일 수도 있다는 거네요.”

임 형사는 고개를 가볍게 끄덕이면서도 확신하지는 못하는 것 같았다.

“또 생각해 봐야 할 것은, 최영실은 85년도 홍천에서 발생한 교통사고로 인해 그 집단에서 이탈했을 가능성이 있는데, 그렇다면 그 집단은 홍천이나 좀 더 범위를 넓히면 강원도와 관련 있지 않을까요?”

"앗! 원주에서도 교통사고로 위장된 살인 사건이?"

박 형사가 놀라움을 감추지 못하고 있었다.

"좀 막연하긴 하네요."

임 형사는 박 형사에 비해 신중하게 생각하는 것 같았다.

"네, 그렇죠. 그냥 가능성 정도로만 봐야겠죠."

길 원장도 신중하게 생각하는 것 같았다.

"또 뭐가 있을까요?"

"최영실의 사진이 있죠."

"사진이라?"

"제가 사진을 보고 처음 느낀 점은 사진이 부자연스럽게 연출됐다는 감이 확 왔는데, 두 분 생각은 어떠신지?"

"음⋯."

두 사람은 이번에도 쉽게 대답하지 못하고 있었다.

"만약 이 사진이 연출됐다면 아마도 그것은 모자간의 이별을 예고하는 건 아닌가 하는 생각이 들더라고요."

"그냥 아이 돌을 기념에서 찍었을 수도 있지 않을까요?"

임 형사는 길 원장의 말에 강하게 반박하지는 못하고 자신의 의견을 조심스럽게 밝혔다.

"네. 충분히 그럴 가능성도 있지만, 최영실이 그 집단에서 이탈하면서 가지고 있었던 유일한 것이 그 사진밖에 없다는 것은 생명만큼 소중히 여겼다는 것일 테고, 그러면 그 당시 아이와 엄마가 정상적인 관계가 아니었을 가능성이⋯."

두 사람은 또다시 아무런 말이 없었다. 딱히 길 원장의 말을 수긍하기도 그렇고 안 하기도 그랬다.

길 원장도 두 사람의 표정을 보고 좀 더 설명이 필요할 것 같다고 생각해서 말을 이어갔다.

"아들, 즉 곡교천 피해자는 엄마와 생이별을 한 이후에도 그 집단에 계속 남아서 성년이 된 다음 붓꽃 한 송이를 어깨에 새겼다는 점도 생각에 넣어야 할 거고요."

"그건 무슨 의미인가요?"

"아들이 엄마와 헤어졌으면서도 누군가의 보살핌 속에서 그 집단에서 정상적으로 성년까지 자랐다는 것은, 그 집단의 실체를 어렴풋이 상상해 볼 수 있지 않을까요?"

"음… 그럼, 대충 최영실에 대해서는 전부 나왔다고 봐야겠죠?"

"마지막으로, 하나가 더 있는데."

"뭐죠?"

"최영실이 제왕절개 한 사실이 있었죠."

"음….'"

두 사람은 길 원장이 그 사실을 통해 무엇을 추론해 낼지 궁금한 듯 길 원장만 멀뚱히 바라보고 있었다.

"제왕절개 한 자국이 너무 조악해서 한마디로 전문가의 꼼꼼한 솜씨가 발휘된 흔적이 전혀 없는 것으로 봐선, 아마도 그 집단은 그런 일이 가끔 있었을 텐데 그냥 돌팔이 의료인에게 맡겼을 수도?"

"그럼, 그 집단은 제왕절개 할 수 있는 시설이나 의료인을 갖추고 있었지만 그 상황이 열악했다는 거네요."

임 형사도 길 원장의 추론에 따라 자신의 추론을 이어나갔다.

"아니, 그냥 급박한 돌발상황이 발생해서 어쩔 수 없이 그렇게 했을 수도 있지 않나요?"

박 형사가 반박했다.

"충분히 그럴 수도 있지만, 만약 급박한 돌발상황이 발생했는데 그것을 해결할 의료인이나 시설이 없었다면, 아마도 위험을 무릅쓰고서라도 바깥 병원의 도움을 받았을 겁니다."

"그렇겠죠."

임 형사도 길 원장의 추론에 동의했다.

"그 당시는 의사가 아니더라도 시골 조산원 같은 곳에서 아이를 낳을 때 일을 봐주는 사람이 심심치 않게 있던 때라…."

길 원장도 자신의 생각이 너무 막연해서 말끝을 흐릴 수밖에 없었다.

"그럼, 지금까지 나온 추론을 종합해서 그 집단의 성격을 막연하게나마 짐작해 보죠. 처음 말씀을 꺼낸 원장님이 한마디로 정리해 주시죠."

"음… 그 집단은 상당한 체계를 갖추고 있어 당연히 통솔하는 사람이 있을 테고, 또 체계적인 교육이나 의료시설을 갖춰서 어느 정도 자급자족도 가능했을 겁니다. 종교라는 공통분모로 똘똘 뭉쳐 있을 거고요. 규모도 우리가 상상하는 그 이상일 가능성이 있다고 봐야죠."

"그리고 그 집단이 강원도에 있을 가능성이 높고요."

임 형사가 화답했다.

"네. 그리고 최소 70년대부터 시작해서 현재까지 존속하고 있다고 봐야겠죠."

"햐! 지금 같은 세상에 이게 가능한가요?"

박 형사는 두 사람의 대화에 대해 도저히 믿을 수 없다는 표정이었다.

"현재로서는 뜬구름 잡는 것에 불과하지만, 이렇게 확인되지

157

않은 것들이 나중에 다른 증거들과 결합해서 추론해 보면 의외의 진실이 나올 수도 있지 않을까요?"

"그리고 또 다른 수사 방향은?"

임 형사가 또다시 재촉하듯 길 원장에게 물었다.

"현재로서는 40년 전의 과거와 현재를 연결해 줄 유일한 사람은 조항민이 아닐까요?"

"음⋯."

임 형사는 길 원장이 무슨 의미로 그런 말을 하는진 알고 있지만 쉽게 와닿지는 않는다는 표정이었다.

"현재의 조항민 주변을 캐다 보면 의외로 이번 사건이 쉽게 풀릴 수도 있지 않을까요?"

두 사람은 약간 의외의 말이라고 생각했는지 가볍게 놀라는 표정을 짓고 있었다.

"현재 이번 사건의 배후라고 생각하는 종교 집단이 있다면 분명 조항민과도 연결고리가 있을 테고, 그걸 밝히면 되는 것 아닌가요?"

길 원장은 두 사람에게 계속해서 설명하듯 말했다.

"그럼, 조항민이 지금도 달 그림을 숭배하고 있으니 그 종교 집단의 우두머리가 조항민일 수도 있겠네요."

임 형사는 아무런 말이 없었지만 박 형사가 스스로에게 주문을 걸 듯 힘줘 말했다.

"네. 충분히 그럴 가능성도 있겠지만, 또 다른 배후가 있다면 그 배후와 밀접한 관련이 있을 수도 있겠죠."

"그럼, 당장 조항민을 잡아서 족치면 되는 거 아닌가요?"

역시 박 형사는 앞뒤 잴 것 없이 계속 직진이었다.

"이 부분은 조금 있다 말씀드릴 생각이었지만, 지금 얘기가 나왔으니 말씀드리죠. 조항민은 저와 임 형사님의 얼굴을 알고 있으니 그 부분은 박 형사님이 맡아주셨으면 하네요. 임 형사님이 움직이기에는 아산서 눈치도 봐야 하니."

"네. 뭐, 말씀만 하세요. 뭐든 하겠습니다."

"우리는 아직 조항민에 대해 전혀 모르는 상태니, 들키지 않게 조항민의 모든 걸 조사해 주셨으면 합니다."

"넵, 알겠습니다."

박 형사가 씩씩하게 대답했다.

"특히, 조항민도 어깨에 문신이 있을 가능성이 있고, 만약 있다면 달에 관련된 문신일 가능성이 있는데 이 부분은 능력껏 확인하셔야 합니다."

"네에?"

"뭐, 조항민이 사우나에 가기만 하면 쉽게 확인되는 것 아닌가요?"

길 원장은 아주 쉬운 숙제를 줬다는 취지로 가볍게 말했다.

"그거야, 물론 그렇기는 하지만…."

그러나 박 형사는 쉽게 대답하지 못했다.

"그럼, 저는 최영실에 관련된 부분과 성창수, 조항민의 유전자를 곡교천 피해자의 유전자와 대조하는 일을 하면 되고, 박 형사는 조항민에 대해 뒷조사를 하면 역할 분담이 되겠네요."

임 형사가 두 사람 사이의 대화를 마무리 짓는 말을 꺼냈다.

"네. 그리고 저는 이 종교 집단에 대해 나름대로 알아볼 예정입니다."

"현재로서는 너무 자료가 없는 거 아닌가요?"

"네. 현재로서는 맨땅이긴 하지만 이 분야 전문가 한 사람을 알아냈죠. 조만간 접촉해 볼 생각입니다."

"아, 그래요. 다행이네요."

"그리고 또 아직 시간이 없어 읽어보지는 못했지만, 조항민이 쓴 책에서 무슨 단서라도 찾아낼 생각입니다."

"참! 책이 있었네요."

"네. 조항민이 무슨 의도로 책을 썼는지는 모르겠지만, 책에는 자신의 사상이나 드러내지 않은 뭔가를 분명 남겼을 겁니다. 거기에서 뭔가 단서를 찾아야겠죠."

"그럼, 대충 각자 역할이 정리된 건가요?"

박 형사는 심각한 얘기는 그만하고 술을 마시고 싶은 모양이었다.

"잠깐만요, 조금 전에 미처 하지 못한 얘기가 있었죠. 사건 현장에서 발견된 4 흑싸리 열 끗에 대해."

"그거야 그곳이 살해 현장이니까 4 흑싸리는 그냥 죽을 사(死)를 뜻하는 거 아닐까요?"

박 형사가 즉흥적으로 대답했다.

"음… 그럴 수도 있겠네."

임 형사가 가볍게 고개를 끄덕이면서 화답했다.

"임 형사님은 뭐 생각나시는 거 없나요?"

이번에는 길 원장이 임 형사를 보며 말을 걸었다.

"4 흑싸리 열 끗이라? 깊이 생각해 보진 않았지만, 조항민이 팔 공산을 표식으로 가지고 있었으니까, 갑자기 고도리가 생각나네요."

"고도리요?"

"응! 고도리는 4 흑싸리 열 끗, 8 공산 열 끗, 그리고 2 매화 열 끗이잖아."

"그럼, 2 매화 열 끗은 어디에?"

"그거야 나도 아직 모르지."

"갑자기 고도리라? 그건 너무 유치한 거 같고, 그것보다는 그냥 죽을 사 자라니까요."

"박 형사님은 고스톱 좋아하나 보네요?"

이번에는 길 원장이 끼어들었다.

"고스톱 안 좋아하는 사람 있나요? 우리 이번 사건 잘 해결하면 고스톱 한 판 할까요? 고스톱이라면 누구보다도 자신 있네요."

갑자기 박 형사가 신나 있었다.

"고스톱 좋아하신다면서 4 흑싸리 열 끗 화투가 달과 관련있는진 모르고 있었나요?"

"네? 전혀. 4 흑싸리 열 끗 화투가 뭐 대단한 것도 아니고, 막말로 흑싸리 아닌가요? 그냥 죽을 사 자라니까요."

"뭐, 별거 아닐 수도 있는데, 박 형사님은 4 흑싸리 열 끗 화투에 뭐가 그려져 있는지 아시나요?"

"네, 당연히 알죠."

"뭐가 그려져 있죠?"

"흑싸리에 새가 한 마리 날아가는 거 아닌가요? 조금 전에 형님이 말씀하신 고도리에 나오는 새, 그거."

"그렇죠. 고도리라는 말은 일본 말인데 새 다섯 마리라는 뜻이죠. 2 매화 열 끗, 4 흑싸리 열 끗에는 각각 새 한 마리씩, 그리고 8 공산에는 새 세 마리, 그렇게 합쳐서 새 다섯 마리가 있긴 하죠."

"그랬나요? 고스톱을 치면서 그런 생각은 못 했네요."

박 형사가 멋쩍게 대답했다.

"그런데 그 4 흑싸리 열 끗에 달이 그려져 있는 건 몰랐나요?"

"네? 거기에 무슨 달이 있다고? 말도 안 되는 말씀을."

"그럼, 지금 한번 휴대폰에서 확인해 보세요."

박 형사는 긴가민가하는 표정으로 휴대폰을 꺼내 검색하기 시작했다. 잠시 후 그가 놀란 표정으로 길 원장을 바라보았다.

"어, 맞네! 여기에 언제 달이 있었지?"

임 형사도 덩달아 박 형사의 휴대폰을 보고 있었다.

"일반인들이 고스톱을 많이 쳐도 4 흑싸리 열 끗 화투에 초승달이 숨어 있다는 사실은 잘 모르더라고요."

두 사람은 신기한 듯 연신 휴대폰을 보고 있었다.

"어찌 생각하면 유치하기 짝이 없는데, 그래도 초승달이 그려져 있는 4 흑싸리 열 끗 화투가 사건 현장마다 있었다는 게 그냥 쉽게 넘어가기에는, 그렇지 않나요?"

"아휴. 저는 이게 어떻게 돌아가는지 모르겠네요."

박 형사가 갑자기 한숨을 내쉬면서 말했다.

"그럼, 원장님은 범인이 달을 의미하는 표식을 일부러 사건 현장에 남겨 놓았다고 생각하시는 건가요?"

임 형사가 심각한 표정으로 물었다.

"네, 충분히 그럴 가능성이⋯."

"범인이 굳이 일부러? 그럼, 그 이유는?"

"지금으로서는 알 수 없지만 몇 가지 추측을 해 볼 순 있겠죠."

"어떤?"

"음⋯ 먼저, 살아 있는 누군가에게 경고하는 것은 아닌지?"

"그럼, '다음 타깃은 너다.'라고 공개 경고한다는 말이네요."

"아니, 그러면 다음 타깃에 몰래 편지를 보내면 되는 건데, 이렇게 공개적으로 경고하면 자신의 신분이 드러날 텐데, 그런 위험을 감수하면서까지 그렇게 대담하게? 잘 이해가 안 되네요."

박 형사는 거침없이 자신이 하고 싶은 말을 하고 있었다.

"그들만의 방식이겠죠. 일반인들이야 4 흑싸리 열 끗 화투가 사건 현장에 있다고 하더라도 그냥 쓰레기로만 볼 테고, 또 경고를 당한 당사자들이 감히 그런 말을 꺼내지 못할 거라는 그런 자신감이 있다고 봐야겠죠."

"그래도 사건 현장에 4 흑싸리 열 끗 화투가 있었다는 보도가 나오지 않으면 말짱 헛수고 아닌가요?"

"네, 그렇죠. 범인의 의도가 그거라면 그냥 운에 맡긴다고 생각할 수도 있겠죠."

"음…."

임 형사는 선뜻 이해할 수 없다는 표정을 짓고 있었다.

"그냥 제 생각일 뿐이라, 너무 심각하게 생각할 건 아닌 거 같네요."

"그다음 가능성은요?"

"또 다른 생각으로는, 범인이 자신의 행동을 누구에게 확인시켜 주려는 것은 아닌지?"

"네?"

"아마 이번 연쇄살인을 계획한 누군가가 있다면 자신이 직접 실행하지는 않았을 테고, 누군가에게 사주했을 가능성이 높은데, 그러면 제대로 일을 했는지 그걸 확인받고 싶지 않을까요?"

"그럼, 범인이 4 흑싸리 열 끗 화투를 현장에 남기고 그 현장 사진을 찍어 자신을 사주한 사람에게 보여준다는 말인가요?"

"그냥 그럴 수도 있겠다고 생각해 본 거뿐입니다."

"음… 그게 사실이라면 참 대담한 놈들인 것이 분명하네요."

"그리고 한편으로는 4 흑싸리 열 끗이라는 것이 의미심장하지 않나요?"

"네? 그건?"

"그들은 달을 숭배하는 집단이고, 그 집단의 핵심일 가능성이 높은 조항민이 8 공산 달을 표식으로 가지고 있다면, 4 흑싸리 열 끗을 표식으로 가지고 있는 자 또한 그들 집단 안에서 상당한 위치에 있지 않을까요? 단순 꽃문양이 아닌 달문양이니."

"음….."

"진주에서 목격된 범인들이 다른 살인 사건도 저질렀다면, 진주 범인들은 젊은 20대라고 했으니 이번 사건들 정황상 그 누군가가 뒤에서 사주했다고 봐야겠죠."

"그렇겠죠."

"그렇다면, 사건 현장마다 살인을 저지르면서 4 흑싸리 열 끗을 남긴 자가 진짜 4 흑싸리 열 끗의 주인일 수도 있고, 아니면, 그자에게 사주한 사람이 진짜 주인일 수도 있겠죠."

"허, 참! 말이 안 나오네요. 그건 그렇다 치더라도, 그놈들이 범인이라면 아산이나 원주에서는 완벽하게 처리한 놈들인데 진주에서는 왜 그렇게 허술했을까요?"

"이것도 제 추측이기는 한데, 처음에 그놈들은 성창수의 집 근처에 주차되어 있는 차량의 블랙박스를 계산에 넣진 못했을 텐데, 수사 과정에서 블랙박스에 자신들이 찍혔다는 사실이 알려지자 오히려 그 신분을 감추려고 금은방을 터는 시늉을 한 것은 아닌지?"

두 사람은 길 원장의 뜻밖의 말에 상당히 놀라는 표정이었다. 그러나 이에 대해 반박은 없었다.

"금은방에 CCTV나 보안장치가 있다는 것을 분명히 알고 있었을 텐데, 그런 금은방을 털려고 했다는 것은 자신들이 그냥 강도 잡범이라는 사실을 일부러 노출시키려는 그런 의도가 아니었을까? 하는 생각도 드네요."

"그럼, 뜻하지 않게 블랙박스에 자신들의 행동이 찍히자 수사 방향을 엉뚱한 곳으로 돌리려고?"

"그래서 진주에서는 아직도 성창수를 살해한 범인들은 그냥 뜨내기 강도라고 생각하고 있는 거 아닌가요?"

"그럼, 이번 사건의 이면에는 이런 것들을 모두 조종하는 무시무시한 놈이 숨어 있다는 거네요."

"네, 그럴 가능성을 열어두고 수사를 해야."

"그런데 정작 수사본부에서는 엉뚱한 것들만 계속 파고 있으니, 참 한심하다는 생각밖에 안 드네요."

박 형사는 계속해서 아무런 말이 없다가 갑자기 툭 튀어나왔다. 길 원장의 말을 듣고 그대로 빨려 들어가고 있었다.

"오늘은 이 정도에서 마무리하시죠. 일단 유전자 대조 결과가 나와야 어느 쪽에 집중할 것인지 정해질 테니.

"넵, 찬성입니다."

박 형사가 오늘 대화 중 가장 힘차게 말했다.

"곡교천 피해자의 아버지가 조항민으로 나오면 조항민에게 집중하면 될 거 같은데, 만약 성창수로 밝혀지면 부자(父子)가 모두 처참하게 살해된 꼴이라!"

"형님! 두 사람 모두 아닌 것으로 나올 수도 있으니 결과를 미

리 속단하지 마시고 오늘은 여기서 끝냅시다. 이젠 편하게 술이
나 마시죠."

세 사람은 오늘은 더 이상 심각한 얘기는 꺼내지 않기로 했다.
대신 가볍게 술만 마시기로 했다. 오늘은 임 형사도 모처럼 편하
게 술을 마시는 것 같았다. 의외로 술도 센 편인지 쉽게 취하는
모습을 보이지 않았다.

이렇게 세 사람은 밤늦도록 술에 취하고 있었다.

7.

길 원장은 며칠 전에 인터넷을 뒤지고 주변 지인들을 총동원
하여 겨우 종교 관련 전문가의 소재를 알아냈다.

현재 서울에서 ○○○종교문제 연구소를 운영하고 있는 심우택
박사가 그 사람이다.

심 박사는 모 대학에서 종교학을 가르치다가 복잡한 사정이
얽혀 학교를 그만두고 종교 문제를 다루는 사설 연구소를 설립
한 인물이었다. 특히 그의 주요 연구 대상이 사이비 종교여서 딱
제격인 사람이었다.

길 원장은 그에게 전화를 걸어 구체적인 사건 내용은 말하지
않은 채 현재의 상황에 대해서만 대략적으로 설명하면서 도움을
요청했다. 그는 아마도 자신이 연구하는 분야라고 생각했는지
상당한 관심을 나타냈다. 길 원장을 꼭 만나고 싶다는 의사도 먼
저 표시할 정도로 적극적으로 나오기도 했다.

두 사람은 바로 약속 날짜를 잡았다. 그리고 그는 길 원장에
대해 알고 있었고, 길 원장의 팬이라는 말까지 꺼냈다.

지금 길 원장은 ○○○종교문제 연구소 사무실 소파에 앉아 있었다.

　심우택 소장은 청바지에 헐렁한 셔츠를 입고 연신 미소 띤 얼굴로 길 원장을 바라보고 있었다. 대략 50대 중반 정도 돼 보이는 그는 몇 번이고 처진 안경을 고쳐 쓰며 길 원장에게 친근함을 과시하고 있었다. 길 원장의 열성적인 팬임을 온몸으로 보여주는 듯했다.

　그는 얼굴과 몸에 살이 거의 없어 전체적인 인상은 꽤 까칠해 보였다. 눈빛 또한 영민함을 뽐내듯이 날카로웠다. 결코 쉽게 다가가기 어려운 사람처럼 거리감이 있었다. 그러나 의외로 말 한마디 한마디가 약간 어눌한 것처럼 정겨움을 주고 있었다. 대화를 나누다 보면 편안함을 느낄 것 같기도 했다.

　길 원장은 그에게 세 건의 살인 사건 내용에 대해 개략적으로 설명을 마쳤다.

　"이렇게 원장님을 뵙게 돼서 제가 더 영광이네요. 원장님이 업로드한 소설은 모두 다 읽어봤죠. 저도 한때 추리 소설가가 되는 것이 꿈이었는데, 직업도 있으신데 참 대단하십니다."

　"별로 실력도 없는데 좋게 평가해 주시니 감사하네요. 혹시 잘하면 이번 사건도 소설의 소재가 될 수 있는지라."

　"아! 그래요. 일단 제가 도와드릴 수 있는 부분은 최대한 도와드리죠."

　"그럼, 먼저 이 찬송가부터 봐주실래요?"

　길 원장은 그에게 최영실이 교도소에서 써놓은 찬송가 사본을 건넸다. 그는 안경을 다시 고쳐 쓰며 찬송가를 열심히 살피기 시작했다. 그가 하나하나 꼼꼼히 살피는 바람에 시간이 꽤 흘렀다.

읽기를 다 마치자 그는 사뭇 심각한 표정을 지으면서 뭔가를 골똘히 생각하고 있었다.

"제가 사건 내용은 자세히 모르지만, 상당히 재밌네요."

"네?"

"이것을 작성한 사람은 누군가요?"

"음… 50대 초반의 여자 재소자였는데 작년에 암으로 사망했고, 그 여자분의 유품입니다."

"그래요? 혹시 그 여자가 죽기 전에 종교와 관련 있던 사람인가요?"

"저희는 그걸 전혀 모르는 상황입니다. 그리고 참, 그 여자분은 교도소에 들어오기 전에 심한 교통사고를 당해 기억을 상실했던 사람이라, 아마도 그 찬송가는 무의식중에 입에서 나오는 걸 그대로 적어 놓은 거 같아 보이거든요. 물론 이건 일방적인 제 생각입니다만."

"기억을 상실했다면 그럴 수도 있겠네요."

"조금 전에 상당히 재밌다는 말은 무슨 의미인지?"

"아! 원장님은 이걸 찬송가라고 부르시는데, 엄밀하게 말하면 찬송가라고는 할 수 없죠."

"네? 제가 기독교에 대해서는 잘 몰라서."

"음… 이 노래는 한마디로 찬송가라고는 할 수 없고, 복음성가 쪽에 가깝다고 봐야겠죠. 일부는 찬송가를 곁들이기는 했지만."

"복음성가? 그게 그거 아닌가요?"

길 원장은 신앙이 없고 평소 종교에 별 관심이 없어 그의 말뜻을 이해할 수 없었다.

"엄밀히 말하면 아니, 그냥 쉽게 말씀드리면 찬송가는 예배할 때 부르는 노래고, 복음성가는 선교를 위해 좀 더 대중적으로 부르는 노래라고 할까? 뭐, 그 정도로 이해하시면."

"그게 무슨 차이가 있는 건지?"

"복음성가가 좀 더 자극적이고 감성에 호소하는 가사나 음률을 가지고 있다고 보면 맞을 겁니다."

길 원장은 막연하게나마 그 의미를 이해할 수 있을 것 같았다. 그런데 그런 구별이 왜 그렇게 중요한 것인지는 전혀 느낌이 오지 않았다.

"그런 구별이 중요한 의미를 지니고 있나요?"

"아니, 그건 아니고, 이 노래는 기존 복음성가에서 군데군데 개사를 해서 새로운 복음성가를 만들었다고 볼 수 있는데, 그 내용이나 방법이 재밌다는 겁니다."

"어떤 부분이?"

"음… 일단 이 노래를 만든 사람은 개신교 교리에 대해 제대로 아는 사람이긴 한데, 개사한 내용을 보면 사람들을 현혹시키는 자극적이거나 극단적인 표현이 군데군데 보이는 걸로 봐서 정통 개신교는 아닌 거 같다는 생각이 드네요. 나름 연구를 많이 한 거 같아 재밌네요."

그는 계속해서 재밌다는 말을 꺼냈다. 그의 입장에서 보면 흥미롭고 관심 있다는 표현일 것이다.

"혹시 '달빛을 따라가면 주님의 은총'이라는 부분이나 '주님은 보름달과 같이 항상 포용하며'라는 문구는 개사된 문구인가요?"

"어! 정확히 찍으셨는데요."

길 원장은 그의 말을 듣고 가볍게 고개를 끄덕였다. 그 또한 길 원장의 말에 의외로 놀라는 표정을 지었다.

"그럼, 혹시 소장님께서 연구하신 종교 중에서 달을 숭배하는 그런 종교에 대해 아시는 것이 있나요?"

"달을 숭배하는 종교라? 딱히 들어보진 못했네요. 개사된 가사를 보면 유독 달에 관한 내용이 많긴 한데, 그것 때문인가요?"

"그것도 그렇지만, 제가 확인하는 과정에서 유독 달 얘기가 많이 나와서요."

"음…."

그는 또다시 깊은 고민에 빠진 것 같았다. 뭔가 쉽게 말할 수 없는 영역이라고 판단하는 듯했다.

"보통 사이비 종교라는 것이, 일반적인 교리에다가 자신들만의 독특한 교리를 교묘하게 결합시키는 것이 대부분이라, 아마도 달을 숭배하는 종교라면, 충분히 있을 수 있는 얘기 같네요."

"달을 숭배하는 것이 좀 독특하기는 한데, 여타 사이비 종교와 비교하면 어떤가요?"

"사이비 종교라는 것이 한마디로 정의하기는 어렵죠. 막말로 기독교 입장에서는 불교나 이슬람교가 사이비일 수도 있고, 또 거꾸로 불교 입장에서는 기독교가 사이비일 수도 있고."

길 원장은 자신이 잘 알지 못하는 영역이라 그저 고개만 끄덕였다.

"다만 통상적인 사이비 종교라고 하면 일반적인 교리를 따르지 않고, 또 개인을 신격화하고, 허무맹랑한 설교를 하고, 신도들에게 과도한 요구를 하는 그런 유를 말한다고 봐야겠죠."

"그럼, 소장님께서는 이 복음성가를 부르는 종교 집단은 사이비일 가능성이 높다고 생각하시는 건가요?"

"이 복음성가만 가지고는 판단하긴 어렵긴 한데, 개사된 가사를 자세히 살펴보면 그럴 가능성이 높아 보이긴 하네요. 설사 사이비가 아니라고 하더라도 이단인 것은 확실한 거 같고."

"그렇게 생각하시는 이유는?"

"개사된 내용들이 정통 개신교에서는 전혀 언급되지 않는 것들이 대부분이라서, 그건 자신들만의 독특한 교리가 별도로 있다고 볼 수밖에 없겠죠."

"아! 네."

"그리고 우리나라 대부분의 사이비 종교는 개신교와 연결된 것들이 많은데 이 종교 집단도 개신교에서 분파된 종교일 가능성이 높고, 달을 경외시 하는 한국의 전통 신앙을 교묘하게 결부시켰을 수도 있겠네요."

"한국의 전통 신앙이라?"

"어떻게 보면 유치하기 짝이 없는데, 지구상의 모든 만물에 영혼이 깃들여 있다는, 한마디로 고대 시대부터 성행하던 토테미즘의 일종이라고 봐야겠죠. 그래야만 신도들을 현혹시키는 데 유리할 테니까요."

"그럼, 이 종교 집단은 개신교 교리에 정통한 어떤 사람이 달을 숭배하는 한국의 전통 신앙을 교묘하게 결부시켜 새로운 종교를 창시하고 이를 퍼뜨리고 있다고 볼 수 있겠네요."

"네, 충분히."

"그런데 조금 전에 말씀하신 거, 왜 개신교에 사이비 종교가 많은지 특별한 이유라도 있나요?"

"꼭 특별한 이유가 있는 건 아니고, 사이비 종교를 창시하는 사람들이 개신교 용어나 교리를 갖다 쓰는 경우가 많아서 그렇다고 볼 수 있죠."

"그럼, 개신교라고도 보긴 어렵겠네요."

"네, 그렇죠. 사실상 개신교와는 아무런 상관이 없는데 신도들을 끌어들이기 쉽도록… 그래서 사이비 종교인 거죠."

"개신교에서는 달을 숭배한다거나, 달을 강조해서 언급하는 내용은 없나요?"

"개신교는 기본적으로 우상숭배를 금지하는 것이 원칙이라 달을 숭배하는 그런 내용은 딱히 없고, 성경에서도 달에 관한 내용이 별로 없긴 하죠."

"음… 그래서 소장님은 이 복음성가에 특히 달 관련 내용이 많은 것으로 봐서 정통 개신교가 아니라고 생각하신 거군요."

"뭐, 성경에서도 달에 관한 내용이 있긴 하죠. 요한계시록 12장 1절을 보면 성모마리아가 달을 밟고 서 있다는 내용이 있는데, 특별히 의미를 둘 만한 정도는 아니죠."

"이 종교 집단은 최소한 1970년대에 생긴 거 같은데 이 부분은 어떻게 생각하시나요?"

"1970년대라? 의외로 상당히 오래됐네요. 그럼, 지금도 이 종교 집단이 활동하고 있다는 말인가요?"

"네, 저희가 추측하기로는 그렇습니다."

"햐! 이거 재밌네요. 내가 모르는 이런 집단이 있었다니. 혹시 이 종교 집단이 집중적으로 활동하는 곳이 어딘지 추측 가는 곳이라도 있나요?"

"이번 사건이 발생한 곳이 아산, 진주, 그리고 원주, 또 홍천까지 포함할 수 있을 거 같은데 아마도 사건의 성질에 비추어 보면 강원도 쪽이 아닐까, 하는 추측이 드네요."

"원주, 홍천, 강원도라?"

"아산, 진주는 당사자들이 칼로 명백히 살해된 곳이라 일부로 그곳에서 멀리 피해 있었을 가능성이 높지만 원주, 홍천은 교통사고를 당한 곳이라….

"그럴 수도 있겠네요."

"그리고 또, 문신 관련한 사이비 종교가 있나요?"

"문신이라? 그것도 의외네요."

"이 사진 좀 봐주실래요?"

길 원장은 곡교천 피해자, 최영실, 성창수, 강금자의 어깨에 새겨진 문신 사진을 그 앞에 놓았다. 그는 천천히 그 사진을 들어 유심히 살피기 시작했다. 잠시 후 고개를 절레절레 흔들었다.

"종교와 문신이라? 전혀. 사진 속 문신들이 이 종교 집단과 관계있다는 말인가요?"

"저희로서도 아직은. 그런데 이 네 사람은 이 종교 집단과 관련 있을 수도 있어서, 혹시 신도를 표시하는 표식이 아닐까요?"

"몇몇 사이비 종교 집단에서도 자신들만이 구별할 수 있는 간단한 표식을 하거나 표식된 도구를 사용하는 사례는 있긴 하지만 이렇게 문신까지는…. 그리고 어깨에 했다는 것은 평소에 드러내지 않는다는 건데, 좀 이상하네요."

"혹시 이 문신들은 화투 그림 같은데, 뭐 생각나시는 것은 없나요?"

"화투 그림요? 어! 그러고 보니 그러네. 이건 5 난초인 거 같고, 이건 6 모란, 그리고 이건 9 국화인데."

"네, 제 생각도."

"화투와 종교라? 제가 고스톱을 중요시하는 어떤 종교 집단이 있다는 말은 언뜻 들었지만…. 햐! 이거 재밌네요."

"그럼, 딱히 생각나시는 것은?"

"전혀 없네요."

"음…."

"다만 한 가지 확실한 것은 이런 문신을 집단의 구성원으로 표시하는 종교 집단이 있다면 그건 분명 사이비 종교 집단이 맞을 겁니다. 그 교리도 언뜻 보면 혹할 수 있겠지만 자세히 살펴보면 유치하기 짝이 없을 테고요."

"사이비 종교라는 것이 참 어렵네요."

"원래 종교라는 것이 현세에서의 구원과 내세에서의 구원을 모두 중요시하는 거지만, 사이비 종교는 현실적으로 현세에서 구원받을 가능성이 거의 없다 보니 곧 구원받을 수 있을 거 같다고 현혹시키거나 아니면 내세에는 반드시 구원받을 거라고 선동하는 것이 대부분이죠."

"그래서 간혹 문제가 발생하는 거군요."

"네, 그렇죠. 곧 심판의 날이 온다고 떠들어대는 휴거 소동이나, 아니면 현세에서의 물질은 다 필요 없다며 전 재산을 헌납하도록 강요하는 그런 현상이 나타나게 되는 거죠."

"지금도 이런 사이비 종교가 많이 존재하나요?"

"의외로 많죠. 단지 몇백 명의 신자만 있는 경우도 있지만 수만, 수십만 명의 신자를 거느린 집단도 있죠."

"그래요?"

길 원장은 자신이 잘 모르는 사이비 종교에 관한 내용이 신기하기만 했다.

"일반적으로 사이비 종교는 세상이 어지럽고 불안정할 때 많이 나타나는데, 심지어는 역사적으로 반란 수준까지 발전하는 경우도 허다했죠. 청말(淸末) 태평천국의 난도 영국 전도사로부터 기독교를 전수받은 홍수전이 기독교 교리를 내세우며 반란까지 일으켰으니."

"그럼, 현재도 우리 주변 곳곳에 있을 수도 있겠네요."

"그렇죠. 세상이 불안정하면 겉으로 드러내고 활동하기도 하고, 세상이 안정되면 조용히 숨어서 때를 기다리고 있을 겁니다."

"이런 종교 집단이 조용히 숨어 있다면 사실상 찾아내기 힘들 수도 있겠네요."

"네. 그들이 포교 활동을 하지 않고 있다면 그럴 수도 있지만, 종교 집단이라는 것은 기본적으로 세를 늘리는 것이 목표니까 어디선가는 은밀히 활동하고 있다고 봐야겠죠."

"만약 이런 종교 집단의 구성원들이 살해되고 있다면 그건 종교를 배신해서 그랬을 가능성이 높겠죠?"

"그렇겠죠. 다만 이런 종교 집단은 또 의외로 내부 암투도 많아서 여러 가지 다른 가능성도 배제할 순 없겠죠."

"음… 제가 가지고 있는 단서는 이게 전부인지라, 나중에라도 생각나시는 것이 있으면 연락 부탁드리겠습니다."

"물론이죠. 오히려 제가 도움을 받고 싶네요. 추가적으로 자료가 나오면 꼭 저에게도 알려주세요. 그리고 참…."

"네?"

"제가 이래 봬도 사이비 종교를 연구하는 몸이라 전국 각지에 스님, 목사, 신부, 도인 심지어 무당까지도 인연을 맺고 있는 사람들이 많습니다. 저도 나름대로 알아보죠."

"그렇게만 해주신다면 저야 감사할 따름이죠."

"그럼, 일단 주로 강원도 쪽을 알아보면 되겠죠?"

"네. 아! 그리고….."

길 원장은 심 소장으로부터 도인이라는 말을 듣고 머릿속에 문득 조항민이 떠올랐다. 조항민의 평소 외모나 복장이 꼭 도인 같아 보여 혹시나 하는 생각이었다.

"조항민이라고 계수나무 출판사를 운영하는 사람인데, 혹시 들어본 적은 없나요?"

"조항민이라? 전혀 기억에 없네요. 왜 이 사람도 관련 있는 사람인가요?"

"이 종교 집단과 깊숙이 관련 있을 거 같긴 한데, 당사자가 딱 잡아떼고 있어서."

"아, 그래요. 그럼, 제 머릿속에 담아 두고 있겠습니다."

두 사람의 만남은 이렇게 끝났다.

길 원장의 입장에서는 이번 사건들 관련해 딱히 새로운 사실을 확인한 것은 없어 보였다. 다만 성창수 등이 관련된 종교 집단이 있다면 이는 사이비 종교가 거의 확실하다는 정도만 확인된 것 같았다. 그렇다고 그 종교 집단과 이번 살인 사건과의 연관성은? 이 부분은 계속 물음표로 남아 있었다.

그리고 나중에 안 얘기지만 심우택 소장은 모 대학 교수로 재직하던 중 사이비 종교에 대해 어떤 언론사와 인터뷰한 것이 문제가 된 적이 있었다. 그 종교 집단이 연일 대학교 앞에서 시위하고 학교 재단에도 온갖 압력을 넣는 바람에 어쩔 수 없이 학교를 그만둔 이력이 있었다.

사이비 종교가 참 무섭다는 생각이 다시 한번 들었다.

4장.

추악한 진실

1.

이번 사건의 획기적인 반전은 그래도 쉽게 나왔다. 첫 대책 회의가 있었던 날로부터 일주일이 채 지나지 않아 임 형사로부터 단체 톡으로 "급히 상의할 일이 있으니 만나자."라는 공지가 떴다.

세 사람은 그날 저녁 자신들의 아지트에서 긴급회의를 가졌다. 길 원장은 임 형사의 제안이 무엇인지 궁금했지만 미리 따로 묻지는 않았다. 약속 시간까지 시간이 더디게 지나가는 것 같기만 했다.

길 원장은 제시간에 일식집에 도착했지만 박 형사가 아산에 가서 임 형사를 태워 오기로 해서 그런지 두 사람은 아직 보이지 않았다. 20여 분이 흐르자 두 사람이 들어왔다. 한순간 그 자리에는 왠지 모를 긴장감이 돌았다.

자리에 앉자마자 박 형사가 말부터 꺼냈다.

"원장님! 이번 사건이 정말 이상하게 돌아가는 거 같은데, 자세한 내용은 형님이 말씀하시겠지만 저는 뭐가 뭔지 잘 모르겠으니 술이나 마시고 있겠습니다."

박 형사는 누가 따라줄 시간도 주지 않은 채 자작해서 맥주를 벌컥벌컥 마시고 있었다. 길 원장은 그의 태도에 비추어 뭔가 심상치 않은 일이 벌어졌다는 생각이 스쳐 지나갔다.

"무슨 일이 있었는지 말씀해 주시죠?"

길 원장이 조바심이 난 듯 임 형사에게 물었다.

"네."

임 형사는 짧게 대답해 놓고도 또다시 말문을 닫았다. 길 원장은 기다렸다.

"조항민과 성창수에 대한 유전자 감식 결과가 오전에 나왔습니다."

길 원장은 순간 유전자 감식에서 뭔가 결정적인 단서가 나왔을 거라는 예감이 들었다. 그러다가 두 사람의 태도에 비추어 뭔가 이상하게 흘러간다는 느낌이 불현듯 솟구치고 있었다.

"일단 곡교천 피해자의 유전자와 대조한 결과 두 사람 모두 친아버지가 아닌 것으로 밝혀졌네요."

"아! 그래요."

길 원장은 잠시 실망한 표정을 지었다. 하지만 임 형사의 표정에는 아직도 심각함이 그대로 읽혔다. 그가 천천히 말을 이어갔다.

"그런데… 국과수 연구원 말에 의하면 성창수의 유전자와 곡교천 피해자의 유전자 사이에 부자 관계가 성립될 순 없지만… 아주 가까운 부계 혈통이 동일하다는 결과가 나왔다고."

"네? 그게 무슨 말씀인지 이해가 잘… 앗! 그럼?"

"원장님이야 의사니 금세 이해하시네요. 저는 처음에 이게 무슨 말인지 도통 이해할 수 없었다니까요."

혼자 맥주를 마시고 있던 박 형사가 넋두리를 늘어놓듯 말을 꺼냈다.

"그럼, 성창수의 아버지나 형제 중 한 명이 곡교천 피해자의 아버지라는 말이네요."

길 원장은 혼잣말처럼 느릿하게 현재 이 상황을 정리하듯 말을 꺼냈다.

"요즘 유전자 감식은 부계 혈통의 세대(世代)까지 확인할 수 있는 수준이라, 성창수 아버지 세대의 유전자는 아니고 성창수와 동일 세대의 유전자일 가능성이 높다고."

"흐음… 그럼, 78년도에 그런 사고가 난 후 성창수 가족이 야반도주했는데 그때 성창수의 남동생이 한 명 있었죠. 결국 그렇게 된 거군요."

"원장님과 달리 저는 그것을 이해하는 데도 한참 걸렸네요. 아니, Y염색체마다 부계 혈통의 고유한 특성이 있어서 그렇다고는 하던데, 곡교천 피해자의 아버지가 성창수의 남동생이라니, 이 사건이 도대체 어떻게 돌아가는지 모르겠다니까요."

박 형사가 계속해서 투덜거렸다.

"음… 그렇다면 성창수 가족의 야반도주도 성창수의 큰 그림 속에 있었다는 얘긴데."

임 형사도 말없이 길 원장의 말에 동의하듯 가볍게 고개만 몇 번 끄덕였다.

"이야, 성창수 그 사람 보통이 아니네요. 그렇게 준비를 철저히 했다니."

박 형사는 혼자 술을 마시면서도 하고 싶은 말은 다 하고 있었다.

"성창수가 여중생들을 유인하기 이전에 미리 가족들에 대해서도 준비를 해 놓은 것인지, 아니면 나중에 우발적으로 야반도주를 시킨 것인지는 아직 알 수 없긴 한데, 아무튼 대단하다고밖에요. 말이 안 나오네요."

"성창수의 동생 이름은 성창일이고, 64년생이니 현재 나이는 쉰네 살이 되겠죠."

"전에 직권 말소되어 있다고 했는데, 현재도 그 상태인가요?"

"네. 지금까지 공개적인 생활을 한 흔적이 전혀 발견되지 않았네요."

"물론 주민등록 발급도 안 되어 있겠죠?"

"네."

"나머지 가족들은요?"

"성창수의 아버지, 어머니, 여동생 모두 아무런 흔적이 없고요."

"그럼, 나머지 가족들이 현재도 살아 있다면 완전 타인으로 살아가고 있겠네요."

"그렇다고 봐야죠. 현대 생활에서 자신의 이름을 내세울 수 없다면 살아가기가 절대 쉽진 않을 텐데."

"음… 곡교천 피해자가 82년생이라고 하면 그 당시 성창일은 열아홉 살이었고 최영실은 열여덟 살이었다는 얘긴데, 두 사람이 아이를 낳았다? 참 묘하네요."

길 원장은 뭔가 확신할 수 없다는 투로 말을 꺼냈다.

"그놈의 집단 안에서도 사랑이 꽃필 수 있는 거 아닌가요? 젊은 나이의 청춘들인데."

박 형사가 자신의 생각을 거침없이 던졌다.

"네. 충분히 그럴 가능성도 있겠죠. 그렇다면 전에 제가 말씀드린 최영실의 성폭행 트라우마가 사실이 아닐지도…."

"아! 그게 있었죠. 최영실이 성폭행을 당해 곡교천 피해자를 낳았을 수도 있다는 그 가정! 그렇지만 현재로서는 그 가능성을 완전히 배제할 수도 없을 거 같은데요?"

"음… 열아홉 살의 성창일이 열여덟 살의 최영실을 성폭행했다? 결국 성창일의 성격이나 사람 됨됨이가 문제일 수밖에."

길 원장은 현재까지 밝혀진 사실들만으로는 뜬구름을 잡는 정도에 불과해서 계속해서 확신할 수 없는 말들만 쏟아냈다.

"그런데 곡교천 피해자의 아버지가 누구인지가 이번 사건에서 그렇게 중요한가요? 설마 아버지가 아들을 죽이지는 않았을 것이 뻔한데."

박 형사가 또다시 의문을 제기했다.

"물론 그렇겠지만, 전에도 말씀드렸듯이 곡교천 피해자의 아버지를 알면 그 종교 집단의 분위기를 어느 정도 알 수 있지 않을까 해서요."

길 원장은 박 형사의 질문에 확실한 답을 하긴 어려웠다.

"박 형사! 꼭 그렇게만 단정할 것도 못 돼. 신앙이라는 것이 얼마나 무서운데, 만약 신앙과 아들 중 하나를 택하라고 한다면 충분히 신앙을 택할지도 모르지."

"그럼, 성창일이 자신의 아들인 곡교천 피해자를 죽이기라도 했다는 말인가요?"

"아니, 왜 이리 흥분해? 그럴 가능성도 배제할 수 없다는 거지, 뭘."

"만약 조항민이 아버지로 밝혀졌다면 조항민의 관련성이 명확히 드러날 텐데 엉뚱한 성창일이라니… 약간 실망이네요."

"원장님은 내심 조항민이 아버지이길 바라셨나 보네요?"

"꼭 바랐다기보다는 그러면 수사가 한결 쉬워질 거라고 생각해서. 뭐, 수사가 쉬워지면 재미가 없긴 하죠. 힘들어야 보람도 있는 거고, 안 그런가요?"

길 원장이 분위기를 띄우려는 심산으로 가벼운 농담을 했다.

"일단 그건 그렇고, 앞으로 수사를 어떻게 진행해 나가야 할까요?"

임 형사는 막막한 자신의 심경을 대변하듯 물음을 던졌다.

"음… 예상외의 유전자 감식이 나와서 난감하네요. 그렇다고 손 놓고 있을 수도 없으니. 박 형사님, 조항민에 대해서는 뭐 건진 거 없나요?"

박 형사가 마시려는 술잔을 놓고 순간 깜짝 놀라는 표정을 지었다.

"아! 네. 조항민요, 그 친구 참 희한하던데요."

"네?"

길 원장도 덩달아 깜짝 놀랐다. 희한하다는 박 형사의 말이 의외였다.

"그 친구는 젊었을 때 결혼은 했지만 92년도에 이혼한 후로는 평생 독신으로 살고 있고, 지금도 출판사 부근 단독주택에서 혼자 살고 있는 것으로 확인됐죠."

"뭐, 다른 특이 사항은요?"

"음… 직접 접촉은 아직 해 보질 못해서. 그런데 그 계수나무 출판사에서 출판하는 책들은 별로 상업성이 없는 서적들임에도 거의 30년 동안 별 탈 없이 출판사를 잘 꾸려 가는 거 같더라고요."

"그럼, 혹시 출판사 운영에 있어서 어떤 경제적 뒷배경이 있을지도 모르겠네요."

길 원장은 자신들이 추적하고 있는 그 종교 집단과 조항민이 어떻든 관련이 있다는 확신이 들자 모든 생각이 그쪽으로만 쏠렸다.

"그 종교 집단에서 경제적 지원을 했을 가능성 말인가요?"

임 형사가 신중하게 물었다.

"네, 그렇죠."

"그렇다고 우리가 현재 조항민을 공식적으로 수사하는 것도 아니어서, 계좌추적이나 통화내역 영장을 받을 수도 없으니 참 난감하네요."

"결국 맨몸으로 해결해야죠. 그렇지 않나요, 박 형사님?"

길 원장은 은근히 박 형사를 자극하고 있었다. 하지만 박 형사는 애써 무시하고 있었다.

"그리고 참, 조항민은 79년 초 긴급조치 9호 위반으로 구속되었다가 1년 정도 형을 살다가 출소했고, 서울대에서도 제적당해 공식적으로는 최종 학력이 서울대 중퇴로 나와 있네요."

"자세히는 모르겠지만 긴급조치라면 조항민은 학생운동을 열심히 했다는 건데."

"유신 치하에서는 데모가 일상이었다고 하던데?"

"음… 나중에 학생운동과 사이비 종교와의 관련성도 염두에 두셔야 할 거 같네요."

"네? 그건?"

"그 당시 학생운동 서클은 거의 지하에서 활동했을 텐데, 그렇다면 사이비 종교도 퍼뜨리기 좋은 환경 아닐까요?"

길 원장이 반문하듯 대답했다.

"박 형사! 조항민 관련해서는 조금 서둘러 봐. 나는 계속 눈치가 보여 움직이기가 쉽지 않아서 말이야."

"넵, 명심하겠습니다. 내일이라도 당장 그놈 얼굴 상판이라도 대면해 봐야. 제가 척 보면 범죄자의 인상인지 아닌지 바로 알아맞힐 수 있을 겁니다."

"저는 엊그제 사이비 종교 전문가를 만난 적이 있는데, 그분이 지금까지의 전체적인 상황에 대해 설명을 듣더니 이 종교 집단은 거의 십중팔구 사이비 종교일 가능성이 높다고 하네요."

"그 근거는요?"

임 형사가 관심이 있다는 듯 물었다.

"일단 달을 숭배하는 거 자체나 화투 문신이 사람들을 현혹하기 위한 수단으로 보이고, 최영실이 가지고 있던 찬송가 노랫말 속에는 일반 기독교 교리에서 전혀 언급하지 않는 내용들이 다수 있다고 하네요."

"그래요?"

"결론적으로 그 종교 집단을 만든 사람은 기독교 교리에 밝은 사람으로 한국의 전통 신앙을 교묘히 결합해 새로운 종교를 창시했을 가능성이 있다고."

"참 재밌네요."

임 형사도 심우택 소장과 똑같이 재밌다는 표현을 썼다. 길 원장이 보기에도 사이비 종교는 파면 팔수록 재밌다는 생각이 들었다.

"저는 사이비 종교와 관련해서 좀 더 알아봐야 할 거 같고, 성창일이라는 새로운 존재가 나타났으니 함열읍에 가서 성창일에 대해서도 더 알아보죠."

"박 형사는 조항민에 대해 맨투맨 마크를 하면 될 테고, 그럼, 저는?"

임 형사가 길 원장에게 구원을 요청하듯 애틋한 얼굴로 말을 건넸다.

"임 형사님은… 최영실의 과거를 추적해 보는 것이 어떨지?"

"네? 최영실의 과거라면, 딱히."

"저는 최영실이 과거에 교통사고를 당했다는 것이, 거기에 뭔가가 있을 거 같거든요."

"좀 더 자세히 말씀해 보시죠."

"강금자가 교통사고로 위장돼서 살해된 것으로 봐서는 최영실도 같은 케이스가 아닐지? 지역이 공교롭게 강원도인 것도 마음에 걸리고요."

"그러면 그놈들이 최영실도 강금자와 같은 방법으로 제거하려다가 실패해서 최영실이 살아났다는 말인가요? 아! 그거 말 되네. 그럼, 혹시?"

박 형사가 급관심을 표했다.

"왜?"

임 형사가 박 형사에게 따지듯이 물었다.

"그놈들이 최영실을 죽이려다 실패하자 그 아들을 찾아 죽인 거 아닐까요? 비록 시간차는 많이 나긴 하지만."

"음… 그것도 충분히 생각해 볼 만한 것이긴 하네."

임 형사가 가볍게 고개를 끄덕이면서 박 형사의 말에 동의를 표했다.

"그것도 그렇지만 최영실의 교통사고 경위를 알 수만 있다면 그 당시 최영실이 어떤 상태였는지도 알 수 있지 않을까요? 왜 홍천에서 교통사고를 당해야만 했는지를."

길 원장이 말을 이어받았다.

"30년도 더 지난 교통사고 사건을 어떻게 찾을 수 있을지…."

임 형사는 대략 난감한 표정을 짓고 있었다.

"임 형사님 능력이라면 충분히 가능할 거 같은데요. 힘내세요, 임 형사님!"

길 원장이 임 형사에게 살갑게 말을 건넸다. 그를 계속 만나다 보니 정이 들 만큼 든 것 같았다. 비록 그가 고집불통이고 독불장군인 것이 맞기는 한데, 누구보다도 수사에 대한 열정은 높다는 것을 새삼 느끼고 있었다.

"그럼, 오늘 대책 회의는 이것으로….."

박 형사가 여기에 분위기를 더하며 조바심이 가득 찬 눈으로 두 사람을 바라보며 손을 꺾는 제스처를 보였다.

"박 형사님이 혼자 자작하시다 보니 많이 심심했나 보네요. 제가 상대해 드리죠. 한잔 말아 주시죠."

"형님은 어떻게 하실래요?"

"응… 나도 한 잔 줘. 이따가 KTX 타고 가면 되니까."

"넵. 그럼, 앞으로 우리들의 수사가 거침없이 해결되기를 기원하면서, 다 함께 짠!"

그러나 그 순간 임 형사의 휴대폰 벨소리가 요란하게 울렸다. 마음이 그래서 그런지 벨소리도 상당히 급하다는 느낌을 받았다. 통화를 하는 그의 얼굴은 내내 심각하게 일그러지고 있었다. 잠시 후 통화를 끝낸 그가 난처한 표정으로 두 사람을 바라보고 있었다.

"조금 전에 배방읍에서 두 명이 살해된 살인 사건이 발생했다고 하네요. 피해자들은 외국인 이주 노동자라고 하는 거 같은데, 급히 가봐야. 저는 당분간 거기에 집중해야 할지도 모르겠네요."

"아, 형님! 어쩔 수 없죠. 저희가 형님 몫까지 열심히 할 테니 걱정 마시고요. 아, 참! 형님 아직 술 안 마셨죠. 일단 제 차 가지고 가세요. 내일 제가 아산서에 들르면 되니까."

"네, 그러시죠. 일단 자기 일에 충실해야 나중에라도 책잡히지 않을 겁니다."

"알겠습니다, 그럼."

임 형사는 두 사람에게 간단히 인사를 건네고 급히 나갔다. 잠시 분위기가 썰렁해졌다. 역시 분위기 반전은 박 형사 몫이었다.

"둘이서라도 전의를 다지죠."

"네, 좋습니다."

박 형사는 덩치에 걸맞게 술이 한없이 들어가도 끄떡없는 것 같았다. 그리고 술 마실 때가 가장 편해 보였다. 그 덩치에 천진난만한 웃음을 보일 때면 가끔 천사가 따로 없는 것 같았다.

2.

길 원장은 오늘 모처럼 일찍 집에 들어와 서재에서 몇 시간째 꿈쩍도 않고 있었다. 오늘은 맘 잡고 조항민이 건네준 책을 읽어 볼 생각이다.

책장이 쉽게 쉽게 넘어가지는 않았다. 내용이 역사적인 사건을 기록한 것이어서 하나하나 머릿속에 담다 보니 그랬다. 그리고 책 행간에 숨어 있는 조항민의 속마음을 찾아내야 한다는 강박감에 더 그랬을 수도 있다. 그래도 평소 속독하는 방법을 알고 있는 터라 밤 12시를 조금 넘겨 겨우 책장을 덮을 수 있었다.

그리고 곰곰이 생각에 잠겼다. 이 책 한 권으로 조항민의 모든 것을 알 순 없지만 그래도 그가 어떤 사상을 가졌는지 대충은 알 것 같았다.

그는 상당히 과격한 사고를 가진 것으로 보였다. 피가 한창 끓는 젊었을 때라면 충분히 이해가 가지만 지금도 그런 생각을 하고 있다는 것이 약간은 의외였다.

그는 한국의 민중 봉기를 아주 높게 평가하고 있었다. 역사적인 의미에서 별로 평가받지 않았던 사건들에 대해서도 아주 자세히 연구했는지 나름 체계적으로 정리해 놓았다.

특히, 단재 신채호가 조선 역사상 1천 년 내 제1대 사건이라고 평했던 '묘청의 난'에 대해 아주 높은 평가를 하고 있었다.

불교 국가 고려에서 승려인 묘청을 민중으로 보긴 어렵다고 전제하면서도 묘청의 진보적인 사고와 행동이 나중에 민중들에게 많은 영향을 끼쳤다고 평가하고 있었다.

그 이후 '망이·망소이의 난'부터 '3·1독립운동'까지 쭉 시대순으로 열거하면서 나름대로 민중의 관점에서 분석하며 평가하고 있었다.

길 원장의 관점에서는 선뜻 이해되지 않고 동의할 수 없는 부분도 다수 있었다. 학술적인 논문이라고 보기보다는 그저 자신의 관점에서 일방적으로 서술했다고 보는 것이 맞을 것 같았다.

길 원장은 자신이 그걸 평가하는 것도 부적절하다고 생각했다. 다만 일반적인 수준에서 평가하자면 한마디로 급진적이고 위험한 사상이라고밖에 생각할 수 없었다.

그의 생각은 간단명료했다. 민중 봉기는 단순한 반응이 아니라 자신들의 열망과 꿈을 실현하기 위한 처절한 싸움이었고, 그 대상이 무엇이든지 간에 민중의 결정은 항상 옳다는 것이다. 그 과정에서 피비린내 나는 살육이 있었다고 하더라도 결과만 정당하면 모든 것이 옳다는 것으로 귀착되고 있었다.

길 원장은 책을 읽는 내내 그 내용이 중요한 것이 아니라 조항민이 이번 사건에서 어떤 역할을 했고, 어떤 영향을 끼쳤는지를 파악하는 것이 핵심이라고 보고 있었다.

만약 그의 이러한 사고가 그 종교 집단에 영향을 끼쳤다면 어떻게 되는 것일까? 과정보다는 결과를 중요시하는 그의 사고라면 살해라는 과정보다는 살해해야만 하는 당위성에 더 무게를 두지 않았을까? 그리고 그의 과격하고 급진적인 생각이 살인이라는 어마어마한 일도 서슴지 않게 벌이는 것은 아니었을까?

길 원장은 여기까지 생각이 미치자 결코 조항민을 쉽게 볼 상대는 아니라고 판단했다. 또 분명 조항민은 그 종교 집단에서 핵심적인 역할을 하고 있을 것이고, 이번 살인 사건들에도 관여되어 있을 것이라는 확신이 들었다.

다만 이러한 생각을 아직 임 형사에게 꺼내기는 부담스러웠다. 아무런 증거도 없이 막연한 심증만으로는 수사에 혼선을 줄 수 있을지도 모를 것이므로.

벌써 새벽 1시가 지나가고 있었다. 내일, 아니 오늘을 위해 지금이라도 침대 속으로 들어가야 할 것 같았다. 서재의 불이 꺼졌다.

길 원장은 만사 제쳐놓고 논산으로 차를 몰았다. 미리 선종수 역장에게 찾아가겠다고 전화해 놓은 상태였다.

얼마 지나지 않아 다시 보는 선 역장인데 그의 얼굴에는 어느 정도 안정을 찾은 것 같은 표정이 내비쳤다. 40년 전에 실종됐던 동생의 예상치 못한 소식으로 마음의 충격이 컸을 것이다.

"특별수사본부까지 차려졌는데 아직 경찰에서 별다른 소식은 없나요?"

"네, 그 후로는 딱히."

"현재 제가 수사에 관여하고 있지는 않은 상태라 뭐라 말씀드리기는 그렇지만, 천벌을 받을 놈을 반드시 찾아낼 겁니다."

"금자를 죽인 놈이 성창수도 죽였을까요?"

"뭐라 단정하긴 그래도, 아마 그렇지 않았을까요?"

길 원장은 조심스럽게 대답했다.

"그런데 오늘은 어쩐 일로?"

"네, 오늘 제가 찾아온 이유는⋯ 성창수의 동생 성창일에 대해 좀 알아보려고요."

"성창일요?"

선 역장은 길 원장으로부터 뜻밖의 말을 들었다고 생각하는 것 같았다. 성창수의 동생 성창일이라니⋯.

"창일이는 같은 동네에 살고 있었고, 제 2년 후배라 알긴 아는 데, 창일이는 왜?"

"성창일도 이번 사건과 관련 있을지도 몰라서⋯."

"네? 그래요? 그럼, 창일이 가족이 모두 고향을 떠난 것이 다 계획적이었다는 말인가요?"

"그것까지는 아직. 성창일에 대해 뭐라도 좋으니 기억나는 거 아무거나 말씀해 주실 수 있나요?"

길 원장은 또다시 선 역장의 마음을 뒤흔들지 모른다는 생각에 질문 하나하나가 조심스러웠다.

"창일이라? 동네 사람들 눈에는 확연히 대비되는 것이 너무 티가 났죠."

"⋯."

길 원장은 그저 침묵을 유지했다.

"성 주임 집 아들 하면 당연히 성창수 이름이 나왔는데, 그에 비하면 성창일은 전혀 존재감이 없었던 터라."

"아, 그래요."

"아니, 아니, 오히려 존재감이 더 있었다고 해야 하나? 창일이는 형과는 영 딴판으로 동네 사고뭉치였죠."

"좀 더 구체적으로?"

"성창수는 한마디로 모든 면에서 모범생이었는데, 창일이는 정 반대였죠. 아마 지금 생각하면 형에 대한 열등감 때문이었겠죠."

"문제도 많이 일으켰나요?"

"네. 중학생인데도 동네에서 무슨 사고가 났다 하면 먼저 창일 이를 떠올렸을 정도였으니까요."

길 원장은 그 당시 상황이 어렴풋이 이해됐다. 형은 모범생인 데 동생은 정반대였으니….

"좀 더 기억나는 것은 없나요?"

"아마 창일이가 그렇게 삐뚤어진 원인은 워낙 성창수와 비교 됐기 때문일 수도 있지만 외모에 대한 콤플렉스가 상당한 영향 을 끼쳤다고 봐야겠죠."

"외모 콤플렉스요?"

"창일이가 아주 어렸을 때 뜨거운 물에 얼굴을 덴 적이 있어 서, 얼굴 한쪽을 다 뒤엎을 정도로 큰 흉터가 있었거든요."

"어린 나이에 무척 힘들었겠네요."

"그렇죠. 어려서부터 여학생들로부터 놀림도 많이 당했고, 중 학생이 되었을 때는 사춘기였을 테니."

길 원장은 속으로 '그럼, 성창일과 최영실과의 관계는?' 갑자 기 궁금증이 더해졌다.

"그럼, 성격도 많이 삐뚤어졌을 거 같네요."

"네. 동네 어린애들에게 해코지하는 것이 일상이었고, 창일이 부모님 입장에서도 자신들 잘못으로 창일이 얼굴이 그렇게 됐으 니 뭐라 나무라지도 못하는 상황이었죠."

"혹시 성창수 가족이 야반도주할 당시의 상황에 대해 기억나시는 것이 있나요?"

"저는 그때 익산에서 고등학교에 다니고 있었을 때라 나중에 그런 소식만 들었죠. 미리 준비를 단단히 했다고 하던 거 같은데?"

"네, 잘 알겠습니다. 그럼, 새로운 소식이 있으면 다시 연락드리죠. 오늘 시간 내주셔서 감사했습니다."

"우리 일순이가 아직 살아 있을 수도 있지 않을까요?"

선 역장이 조심스럽게 물었다.

"강금자 씨가 최근까지 살아 있었으니 충분히 그럴 가능성도 배제할 순 없겠죠."

"40년 전에 다 지나간 일인데 이제 와서 지난날의 기억을 떠올리는 것이 참, 그렇긴 하네요."

"제가 죄송하네요."

"원장님이 죄송할 일은 아니죠. 아무튼 잘 해결되겠죠."

"네, 잘 해결될 겁니다. 그럼, 또 연락드리죠."

길 원장은 무거운 발걸음으로 논산역장실을 나왔다. 성창일이 이번 사건에서 어떤 관련이 있을지 사건 결말 여부를 떠나서 무척이나 궁금했다.

3.

길 원장은 다음날 출근해서 오전에는 정신없이 보냈다. 대부분의 진료는 오전으로 몰아놓고, 오후에는 자신의 개인 일을 보는 것이 일상화됐다.

오늘은 지금까지의 상황을 대략 정리해 볼 생각이다. 그리고 앞으로 어떻게 해 나가야 할지도 머릿속에 담아 놓아야 할 것 같았다.

현재로서는 임 형사가 이번 사건에 집중하기 어려운 상황이라 임 형사 몫까지 길 원장이 도맡아야 할 것이다. 박 형사도 자신 본연의 일이 있다 보니 조항민을 은밀히 조사하는 것도 여의찮은 것 같았다. 어제 통화에서는 아직 서울 출장 계획도 세우지 못했다고 했다.

길 원장은 노트북을 꺼내 지금까지 메모해 놓은 것들을 다시 한번 꼼꼼히 읽어 나갔다. 그리고 그다음 줄에 지금까지 확인된 사항들을 정리해 나가기 시작했다.

1. 곡교천 피해자, 성창수, 강금자를 죽인 범인이 동일범인가? 동일범이라면 범인은 과연 누구일까? 동일범이라면 왜 살해 수법이 달랐을까? 동일범이 아니라면 그들이 살해된 이유는 각기 다른 사정이 있었던 것은 아닐까? 곡교천 피해자는 최영실 때문에 살해된 것일까?

2. 78년도에 실종된 나머지 여중생들인 선일순, 이순애, 김은하는 현재 어떤 상태일까? 아직 살아 있을까? 아니면 다른 피해자들과 마찬가지로 이미 살해됐는데 아직 시신을 찾지 못한 것일까? 혹시 피해자들을 살해한 범인이 이 세 사람 중의 한 사람은 아닐까? 너무 나가긴 했어도 가능성으로는 남겨둬야 할 것 같다.

3. 최영실의 잊힌 과거는 과연 무엇일까? 왜 최영실은 홍천에서 교통사고를 당했을까? 왜 최영실은 곡교천 피해자와 헤어지게 되었을까? 최영실과 성창일은 과연 어떤 관계인가? 연인? 아니면 강간범?

4. 이번 사건이 지금까지 추측하고 있는 종교 집단과 정말 관련 있을까? 만약 관련 있다면 피해자들은 종교 집단의 내부 문제 때문에 살해된 것이 분명할 것이다.

5. 이 종교 집단의 실체는 과연 무엇일까? 분명 교주가 있을 것이다. 과연 조항민이 교주일까? 만약 교주가 아니라면 그의 역할은? 교주가 아니더라도 핵심 인물일 가능성은 높을 것이다.

6. 이 종교 집단을 특정할 수 있는 단서들, 즉 달을 숭배하는 것, 화투 문양의 문신을 새기는 것, 폐쇄된 집단생활을 했다는 것 등이 과연 무엇을 의미하는 것일까?

7. 이 종교 집단이 지금도 활동하고 있다면 그 본거지는 강원도? 그렇다면 곡교천 피해자의 아산이나 성창수의 진주는 무슨 관련이 있다는 말인가?

8. 이 종교 집단에 관련된 살인 사건은 우리가 알고 있는 것이 과연 다일까? 아직도 못 찾거나 못 밝힌 살인 사건이 있을 가능성은? 그리고 또다시 살인 사건이 일어날 가능성은?

길 원장은 여기까지 생각이 미치자 갑자기 머리가 지끈거렸다. 머리를 너무 쓴 것 같았다. 잠시 의자에 기대어 눈을 감고 명상에 잠겼다. 오디오 버튼을 누르자 얼마 전 친구가 선물한 클래식 CD가 구동되고 있었다.

요한 스트라우스의 작품인 것은 알겠는데 곡 제목은 전혀 기억나질 않았다. 잠시 CD를 꺼내 곡 제목을 확인해 볼까도 했지만 그냥 편하게 있기로 했다. 그리고 얼마간 숙면에 빠졌다.

갑자기 주머니 속에 있던 휴대폰 진동이 울리는 바람에 잠이 깼다. 꿀잠이었다. 발신인을 보니 심우택 소장이었다. 순간 온 몸에 긴장감이 돌기 시작했다. 심 소장이 뭔가 의미 있는 단서를 찾았으면 하는 바람으로 통화버튼을 눌렀다.

"안녕하세요? 심 소장님."

"네, 원장님 잘 계시죠? 지금 통화 괜찮으세요?"

"괜찮습니다."

"전에 원장님이 말씀하신 그 종교 집단을 제가 좀 알아봤는데…."

길 원장은 숨을 멈추고 심 소장의 다음 말을 기다리고 있었다.

"대충 어떤 집단인지 드디어 단서를 찾았네요. 캬! 이거 재미있던데요."

길 원장은 심 소장의 재밌다는 표현이 또다시 가슴에 확 와닿았다.

"좀 얘기하자면 긴데."

"그럼, 내일 제가 찾아뵈도 될까요?"

"내일은 제가 출장이 있어서 안 되고, 모레 금요일 저녁에 소주 한잔 어떨까요? 그래도 술이라도 앞에 놓고 얘기하는 것이, 소설 속에서는 원장님도 한 술 하시는 거 같던데?"

"네, 좋습니다. 시간과 장소 정해 주시면 제가 올라가죠."

"그럼, 문자 남겨놓겠습니다. 그날 뵙죠."

길 원장은 심 소장과의 통화를 끝낸 후에도 잠시 머리가 멍멍했다. 그가 그 종교 집단에 대해 얼마나 많은 단서를 찾아냈는지 알 순 없지만 그래도 비빌 언덕이 생긴 것 같았다. 이 종교 집단의 실체에 접근할 수만 있다면 이번 사건에 뭔가 획기적인 진전이 생길지도 모를 일이다.

이틀 후 길 원장은 서울역 근처의 오래된 한정식집에서 심 소장을 만났다. 심 소장이 KTX를 타고 오는 길 원장을 배려해서 서울역 근처에 식당을 잡은 것으로 보였다. 고풍스러운 기와집에 한국식 정원으로 깔끔하게 단장된 마당이 한정식집을 더욱 돋보이게 하는 것 같았다.

두 사람은 한국 전통주와 간단한 안주로 가볍게 배를 채우기 시작했다. 잠시 후 길 원장이 먼저 단도직입적으로 본론을 꺼냈다.

"제가 말씀드린 실제 그런 종교 집단이 있던가요?"

"아직 명확한 건 아니지만, 원장님이 찾고 있는 그 종교 집단이 있는 건 분명한 거 같네요."

"좀 더 자세히 말씀해 주시죠?"

"음… 제 아는 후배가 고향인 강원도 진성읍에서 교회 목사를 하고 있는데, 원장님이 말씀하신 그런 종교 집단에 대해 알고 있는 거 같더라고요."

"진성읍이라?"

길 원장은 더 이상 말을 하진 않았지만 가볍게 고개를 끄덕였다.

"그 후배 얘기로는 자기 교회나 인근 교회에 추수꾼들이 가끔 들락거려 신경이 쓰였는데, 그 친구들이 하는 말에 유독 달 얘기가 많이 나와서 자기도 이상하게 생각하고 있었답니다. 제가 달을 숭배하는 기독교 계통 집단을 알아봐 달라고 말했더니 그 후배가 오히려 더 깜짝 놀라던데요."

"그래요?"

"그래서 제가 그 집단에 대해 좀 더 자세히 알아봤는데, 참 재밌더라고요."

길 원장은 잠자코 듣고만 있었다.

"그 집단을 움직이는 자는 문산이라는 사람인데 한때 이 바닥에서는 꽤 유명했던 사람이라."

길 원장은 갈수록 심 소장 말에 빨려 들어가고 있었다. 길 원장도 순간 그의 말처럼 '재밌다'라는 표현이 이 상황에서는 가장 적절하다는 생각밖에 들지 않았다.

"문산은 ○○신학대학을 졸업하고 서울에 있는 온누리새롬교회에 잠시 있다가 어느 날 갑자기 미국으로 유학을 떠났고, 다시 한국에 돌아와서 온누리새롬교회에서 목회자 활동을 하고 있었는데, 아, 참! 원장님! 온누리새롬교회 사태에 대해 들어본 적이 있나요?"

"온누리새롬교회 사태요? 전혀."

"1970년대 초 그래도 서울에서는 꽤 규모가 큰 온누리새롬교회 내부에 분란이 일어나서, 이성환 목사에 반기를 든 일부 신도들이 집단 탈회한 사태가 있었죠. 그때 기독교계에서는 꽤 시끄러웠는데."

"제가 태어나기도 전인데, 처음 듣는 얘기네요."

"아마 그때 문산은 집단 탈회를 주도한 신도들 편이었던 거 같고, 그 후 흔적도 없이 사라졌는데, 이번에 알게 된 바로는 그때 신도 수십 명과 함께 강원도로 내려가서 기도원을 운영하고 개척교회를 만든 것이 확인됐죠."

"음… 그래서 문산이라는 존재가 드러난 거군요."

"저도 문산이라는 사람에 대해 이름만 알고 있었는데, 기독교

계에서는 꽤 똑똑하고 전도유망한 목회자라고 알려져 있었고, 외모도 아주 훤칠해서 젊은 층이나 여성 신도들 사이에서 인기도 많았다고. 온누리새롬교회에서는 청년층을 맡았다고 하고요."

"그럼, 문산이 강원도 진성읍에 교회를 설립한 건가요?"

"네, 제가 확인한 겁니다. 교회 이름도 특이한데, 온누리메시아복음선교회라고 하네요."

"제가 잘 몰라서 그러는데 왜 그 이름이 특이한가요?"

"뭐, 나름 이유가 있겠지만 딱 들어도 좀 특이하지 않나요?"

"좀 그렇긴 하네요. 그런데 강원도에서 개척교회를 설립했다면 신도를 확보하는 것이 쉽지 않았을 거 같은데요?"

"그렇겠죠. 아마도 제 생각에는 강원도로 같이 떠날 수 없는 온누리새롬교회 신도들이 어떤 역할을 했을 가능성이 높을 겁니다."

"음…."

길 원장은 심 소장의 말을 듣는 순간 한 사람이 머릿속에 떠올랐다. '조항민'. 그럼, 그도 온누리새롬교회에서 집단 탈회한 신도가 아닐까?

"한 가지 더 재밌는 것이 있는데."

"네?"

"문산과 그 추종자들은 강원도로 내려가기는 했지만, 당장 먹고사는 생계 문제가 걸리다 보니 자체적으로 조그만 가내수공업 공장을 운영한 거 같더라고요."

"가내수공업요?"

"네. 주로 목욕용품들을 집중적으로 만드는 공장인데 목욕 타올, 모자, 가운, 슬리퍼, 비누 케이스 같은 것들이죠."

"그런 걸로 수십 명의 사람들이 생활할 수 있었을까요?"

"처음에는 그런 용품들은 상표도 없이 동네 목욕탕 같은 곳에 집중 납품된 거 같은데, 80년대 중반부터는 상표와 회사 이름도 갖춘 것으로 봐서는 꽤 성장한 것이 분명하겠죠."

길 원장은 그 당시의 상황이 머릿속에 그려지는 듯 고개만 가볍게 끄덕였다.

"그런데 상표와 회사 이름이 뭔지 아세요?"

길 원장은 심 소장을 멀끔히 바라만 보고 있었다.

"회사 이름은 '주식회사 만월(滿月)'이고, 상표는 '만월표'인데, 의미심장하지 않나요?"

"네에?"

길 원장은 깜짝 놀랐지만 이제야 전반적인 그림이 그려지는 것 같았다. '만월이라?' 역시 여기에도 달이 나오다니….

"현재도 온누리메시아복음선교회가 존재하고 있나요?"

"그게, 제가 좀 알아본 바로는 현재는 젊은 목사가 집전하고 있다고 하는데 누군지는 아직…."

"그럼, 문산이 이미 죽었을 수도?"

"그렇겠죠. 문산이 현재 살아 있다면 거의 여든 살이 됐을 테니까요."

"그럼, 만월이라는 회사는?"

"만월은 정상적으로 운영되고 있다고 하네요."

"더 확인하신 게 있나요?"

"제가 뭐 수사를 하는 것이 아니고 제 후배가 주위에서 주워들은 것이 대부분이라, 나머지는 원장님이 확인하셔야죠."

심 소장은 얼굴 전체에 웃음을 가득 띤 채 자신의 역할은 충분히 했다는 제스처를 하고 있었다.

"온누리메시아복음선교회의 정확한 주소는?"

"가만있자."

그는 휴대폰에서 뭔가를 확인하고 있었다.

"강원도 진성군 진성읍 하진리 68번지네요. 물론 그 옆에 주식회사 만월도 같이 붙어 있고요."

길 원장도 잠시 술잔을 놓고 휴대폰으로 뭔가를 검색하기 시작했다. 강원도 진성군 지도를 확대해 보면서 정확한 위치가 어디인지를 확인했다. 대충 어디인지 감이 오기는 했지만 막상 확인해 보니 콩닥콩닥 심장이 뛰기 시작했다.

비록 군이 다르기는 하지만 강원도 진성군 진성읍 하진리 바로 옆이 홍천군 동면이었다. 그리고 동면 시전리가 바로 진성군과 붙어 있었다.

최영실이 왜 그곳에서 교통사고를 당했는지 어렴풋이 알 것 같았다. 분명 최영실은 온누리메시아복음선교회와 관련 있음이 거의 확실해 보였다. 그럼, 최영실은 선교회를 탈출하려다가 그 보복으로 교통사고를 당했다는 말인가? 기억이 상실될 정도의 중한 상해를 입었다면 분명 일반적인 교통사고는 아닐 것이다.

이제 그 실체에 직접적으로 접근해 봐야 할 것 같았다.

"오늘 아주 소중한 정보를 주셔서 감사드립니다. 앞으로 어떻게 진전시킬지 내심 걱정이었는데 그래도 소장님 덕분에 돌파구가 열린 거 같네요."

"저도 제 일과 관련 있다 보니 관심이 더 가는지라, 새로운 소식이 있으면 저에게도 계속 알려주실 거죠?"

"그럼요, 당연하죠."

길 원장은 그날 거의 마지막 KTX를 타고 대전으로 내려왔다.

4.

 길 원장은 임 형사가 배방읍 이주 노동자 살인 사건 때문에 도저히 시간을 낼 수 없어 어쩔 수 없이 혼자 강원도에 갈 수밖에 없었다. 박 형사 또한 몰려드는 사건 때문에 조항민 관련 수사에 진전이 없다고 했다. 경찰의 도움을 받지 못하면 쉽게 접근하기 어려울 터이지만 일단 편한 마음으로 강원도 홍천과 진성에 가서 전체적인 분위기만 살펴보기로 했다.

 길 원장은 아침 일찍부터 서둘렀다. 대전에서 강원도 진성까지 가려면 최소 3시간은 걸릴 것이다. 중부고속도로와 중앙고속도로를 거쳐 일단 홍천IC로 나왔다. 내비게이션 목적지는 강원도 진성군 진성읍 하진리 68번지로 정했다. 온누리메시아복음선교회로는 내비에 나오지 않아 주소로 검색했다.

 목적지로 가는 도중에 홍천군 동면 시전리를 지나야 하지만 최영실이 정확히 어디서 교통사고가 났는지 알 수 없어, 그냥 주위만 둘러봐야 할 것 같았다.

 홍천IC를 나와 44번 국도를 따라 약 30분 정도 지나자 도로 양쪽으로 쭉 이어져 있는 집들이 보이기 시작했다. 내비상으로는 이곳이 동면 시전리였다. 띄엄띄엄 있는 집들까지 다 합쳐도 50여 가구가 채 안 되는 것처럼 보였다.

 요즘 농촌에 빈집들이 많아 사회적 문제가 된다는 말을 들은 적이 있는데 전형적으로 쇠락해 가는 조용한 마을이 분명했다. 동면 시전리는 우선 온누리메시아복음선교회부터 들른 다음 돌아올 때 살펴보기로 했다.

 진성군 쪽을 향해 44번 국도를 계속 따라가다가 야트막한 고개를 넘어 진성군에 들어서자마자 내비에는 오른쪽 지방도로로 가도록 표시되어 있었다. 목적지까지는 4.8킬로미터 남아 있었다.

지방도 옆으로는 도로를 따라 폭이 꽤 넓은 계곡이 쭉 이어져 있었다. 물속이 깊어 보이진 않지만 꽤 많은 양의 계곡물이 끊임없이 흐르고 있는 것으로 봐서 여름철에는 더위를 피해 사람들이 상당히 많이 들락거릴 것 같았다.

약 10분이 흐르자 도로 왼쪽에 조그만 이정표 두 개가 나타났다. 이정표는 꽤 낡아 보여 세월의 흐름을 느낄 수 있을 것 같았다.

하나는 동그란 원 안에 '㈜만월'이라고 적혀 있는데 동그란 원은 아마도 보름달을 표시하는 것일 것이다. 다른 하나는 그냥 한글로 '온누리메시아복음선교회'라고만 적혀 있었다.

길 원장은 순간 긴장되기 시작했다. 심 소장이 말한 그 종교 집단이 실제로 앞에 있다고 생각하니 자신도 모르는 사이 손에도 식은땀이 나기 시작했다. 속도를 줄이고 천천히 주변을 살피면서 차를 운전해 나갔다.

500여 미터를 지나자 또다시 도로 왼편의 바위 위에 깊게 새긴 글자가 눈에 들어왔다. '월영기도원'이라는 문구와 함께 화살표 표시가 되어 있었다. 아마도 문산이 처음 강원도 진성으로 내려와서 세운 기도원 이름인 것 같았다. 거기에도 '달'이 들어가 있었다.

계속해서 차를 운전해 갔지만 교회 같은 건물은 보이질 않았다. 내비 지번상으로는 이곳이 분명한데 건물은 전혀 보이질 않았다.

길 원장은 일단 차에서 내려 주변을 살피기 시작했다. 한참을 살피고 나서야 이미 지나온 길 왼편에 조그만 샛길이 나 있는 것이 보였다. 앞에 있는 큰 나무에 가려져 있어서 그냥 지나쳤던 것이다. 그리고 그 샛길은 오래전부터 사용하지 않았는지 길 주변에 잡초가 우거져 있었다.

길 원장은 천천히 그 길을 따라 걸어 들어갔다. 하지만 열 발짝도 가기 전에 막혔다. 철조망으로 길을 막아 놓은 것이었다. 샛길 안쪽도 숲이 우거져서 전혀 보이질 않았다.

그 옆에는 오래전에 이곳에 문이 있었음을 알려주는 확연한 흔적들이 있었다. 아마도 이 샛길은 예전에 사용하다가 지금은 사용하지 않는 것으로 보였다. 그럼, 새로 난 길이 어딘가는 있다는 것인데 육안으로는 전혀 확인할 수 없었다.

길 원장은 일단 그 샛길을 나와 다시 주변을 살펴보기 시작했다. 마침 지방도로 오른편에 큰 봉우리가 보였다. 그 봉우리에 올라가면 샛길 안쪽이 보일 것 같았다. 다행히 운동화와 편한 옷차림이어서 산에 오르는 데 별문제가 없었다. 오랜만에 해 보는 등산이었다. 바쁘지 않을 때는 주말에 시간 내서 근처 계룡산 정도는 올라갔는데 이런 곳에서 뜻하지 않게 등산한다고 생각하니 순간 자신이 지금 뭘 하고 있는지 궁금해졌다.

거의 30분을 오르자 겨우 샛길 안쪽이 시야에 들어왔다. 그 광경은 상상 이상이었다. 샛길 안쪽의 끝은 평평한 분지 형태로 꽤 넓은 공간이 보였다. 그곳에는 길 원장이 찾고 있는 건물 두 채가 바로 시야에 들어왔다.

한 채 지붕에는 십자가가 크게 세워져 있어 단박에 그곳이 교회임을 알 수 있었다. 그 옆에 있는 건물은 옆으로 꽤 넓은 공간을 차지하고 있으며 단층으로 되어 있고 최근에 지었는지 깔끔해 보였다. 아마도 공장 같아 보였다. 그 뒤에는 단층으로 만들어진 연립주택 같은 것들이 쭉 늘어서 있었다. 그들만의 공간으로 세상과 단절된 채 살아가기 딱 좋은 곳이라는 생각이 절로 들었다.

길 원장은 일단 멀리서나마 휴대폰으로 그 전경을 사진에 담았다. 거리가 멀어 대충 윤곽만 찍히는 정도였다.

잠시 후 하산하여 차로 돌아왔다. 산 너머 반대쪽에는 정상적인 입구가 있을 것 같은데 주소로 찍고 오다 보니 내비가 옛길로 안내한 것으로 보였다. 차를 돌려 천천히 왔던 길로 되돌아가기 시작했다.

그런데, 그런데… 길 원장의 이 모든 행동이 은밀하게 설치된 CCTV에 고스란히 찍히고 있었다. 누군가가 길 원장의 의심스러운 행동을 유심히 관찰하고 있었던 것이다. 길 원장은 그 사실을 까마득히 모른 채 서서히 그 자리를 뜨고 있었다.

다시 44번 국도로 나와 진성읍 쪽으로 10여 분을 더 가자 도로 오른편에 조그만 이정표가 다시 나왔다. '㈜만월' 표시는 똑같았다. 다만 '온누리메시아복음선교회' 표시는 없었고, 'OMB선교회'라고 적혀 있었다. 한눈에 딱 봐도 온누리메시아복음선교회의 영어 약자를 따온 것이었다. 어떻게 보면 유치하기 짝이 없었다. 사이비 종교를 깊숙이 들여다보면 유치한 부분이 많다고 했던 심 소장의 말이 어렴풋이 기억났다.

그러나 이정표 안으로 더 이상 들어갈 수 없었다. 잠겨 있는 큰 철대문이 앞을 가로막고 있었다. 문 뒤로 길 안쪽은 굽어 있어 무엇이 있는지 육안으로는 보이질 않았다.

철대문의 중앙에는 동그란 원안에 열 십(十) 자 모양의 심플한 문양이 그려져 있었다. 동그란 원은 달을 형상화한 것 같고, 열십 자는 십자가를 의미하는 것인가? 잠시 생각했으나 그것도 아닌 것 같았다. 열 십 자를 구성하는 세로 직선이 동그란 원을 뚫고 위까지 솟아 있었기 때문이다.

언뜻 보면 동그란 과일에 꼭지가 달린 것처럼 보이기도 하고, 또 동그란 시한폭탄에 심지가 얹혀 있는 것 같기도 했다. 바깥 테두리는 똑같은 모양의 이중 형태지만 훨씬 굵은 선으로 표시되어 있었다. 분명 선교회를 의미하는 표식으로 보였다.

길 원장은 길을 잃은 사람처럼 잠시 그 앞을 어슬렁거리다가 일단 철수하기로 했다. 섣불리 접근하기 어려운 상황으로 보였다.

오던 길을 되돌아 홍천군 동면 시전리로 향했다. 그곳에서 뭔가 단서를 얻으면 좋으련만 너무 오래된 교통사고인 데다가 어디에서 발생했는지도 전혀 알 수 없어 그런 미련은 일찌감치 포기하기로 했다.

30년이 넘은 교통사고라면 당연히 동네 노인들밖에 기억할 수 없을 테니 먼저 시전리 경로당을 찾기로 했다. 마을 입구 마을회관 1층에 자리 잡고 있어 경로당은 쉽게 찾을 수 있었다. 마을 경로당이라는 간판 옆에 '더위를 피하는 곳'이라는 간판도 함께 보였다. 창문 너머로 보니 마침 노인 예닐곱 분이 앉아서 잡담이나 화투를 치고 있었다. 특이하게 모두 여자분들이었다.

길 원장은 대한노인회에 갔던 기억이 갑자기 떠올라 급히 근처 슈퍼마켓을 찾았다. 다행히 이 동네에는 조그만 슈퍼마켓이 하나 있었다. 그곳에서 과자, 빵, 음료수 등을 주섬주섬 챙겼다. 양손에 들 정도로 꽤 양이 많았다.

잠시 후 길 원장은 시전리 경로당 문을 열고 조심스럽게 들어갔다. 일순간 그곳에 있던 모든 노인이 길 원장을 쳐다보고 있었다. 모두들 길 원장에 대해 궁금해하는 눈치였다.

"어르신들! 어르신들이 심심해하실 거 같아 제가 군것질거리

조금 가져왔네요."

길 원장은 양손에 들고 있는 봉투 두 개를 경로당 한가운데에 놓았다. 노인들의 얼굴이 바로 화사해졌다. 이구동성으로 고맙다는 소리가 곳곳에서 들려왔다.

"그런데 댁은 누구신데, 이런 것까지 챙기셨나?"

어느 할머니가 물었다.

"네. 저는 대전에서 일하는 한의사인데 여기 홍천에 일이 있어 가다가 경로당이 보이길래 잠시 그냥 들렀네요."

길 원장은 그저 쿨하게 대답했다.

"아휴! 멀리서도 오셨네. 고마워. 이렇게 고마울 데가 있나?"

"그래도 제가 명색이 한의사인데 할머니들 진맥이라도 봐드릴까요?"

"그럼, 우리야 좋지. 그래그래, 나부터 봐줘."

한 할머니가 계속 길 원장에게 살갑게 말을 건넸다.

길 원장은 돌아가며 할머니들의 진맥을 짚어봤다. 다행히도 급하게 치료받아야 할 환자분은 없어 보였다. 이제 곧 본론으로 들어가야 할 시간이었다.

"할머님들은 대부분 여기 시전리에 수십 년간 터를 잡고 사신 분들이죠?"

"그렇지, 뭐. 여기가 고향인 사람들도 있고, 시집온 사람들도 있지. 난 평생 여길 벗어나서 살아본 적이 없어."

경로당 제일 뒤쪽에 앉아 계신 할머니가 처음으로 말을 꺼냈다. 그래도 이곳에서는 가장 젊은 편에 속하는 할머니로 보였다.

"그럼, 30여 년 전에 여기에서 발생한 큰 교통사고에 대해 혹시 아시는 분이 계실까요?"

길 원장은 조심스럽게 본론을 꺼냈는데 돌아오는 답은 없었다. 잠시 경로당 안이 조용했다.

"30년 전? 그렇게 오래된 일을 어떻게 기억해? 어제 무슨 밥을 먹었는지도 통 기억이 없는데."

"그래도 혹시, 한번 기억을 잘 더듬어 보세요. 꽤 교통사고가 컸던 거 같던데? 어떤 젊은 여자분이 기억을 잃을 정도로 심하게 다치셨는데."

"그래? 30년 전이면 속초댁이 제일 잘 알 거 아닌가? 우리들이야 뭐 여기 살다 나갔다 했으니까 잘 모르지. 속초댁! 한번, 잘 기억해 봐."

어느 할머니가 그나마 젊다고 한 할머니를 바라보면서 말을 건넸다. 아마도 그 할머니가 속초댁인 것 같았다.

"30년 전이면 앞에 도로가 포장되기 전 아닌가?"

다른 할머니가 말을 꺼냈다.

"아! 맞다. 그래, 예전에 여기 앞 신작로에서 큰 교통사고가 하나 있지 않았나? 그때 그 화순이가 그렇게 된 거, 그거."

속초댁에게 말을 건넸던 할머니가 다시 말을 꺼냈다. 그러나 속초댁의 입은 열리지 않았다. 오래된 기억을 끄집어내려고 무척이나 고생하는 것 같았다.

"화순이 일이라면? 그 교통사고는 아닌 거 같은데⋯."

속초댁은 자신 없는 말투로 끝을 얼버무렸다.

"왜? 그때 아주 큰 사고 아니었나?"

"큰 사고가 맞긴 맞는데, 그때 젊은 여자는 죽었던 거 같은데?"

속초댁은 아직도 그때 기억이 가물가물한 듯 자신 없는 말투였다.

"아! 맞다, 맞아. 그때 젊은 남녀가 죽었지. 내 눈으로 그렇게 참혹하게 죽은 것은 처음 봤어. 아휴! 끔찍했지."

옆에 있던 할머니가 이제야 확실히 기억나는지 맞장구를 쳤다.

길 원장은 속으로 실망했다. 아마도 최영실이 당한 교통사고는 아닌 것 같았다. 최영실은 그 교통사고 이후에도 몇십 년은 더 살아 있었는데….

"그때 젊은 여자분이 사망한 것이 분명한가요? 아님, 살아 있었지만 기억을 상실할 정도로 심하게 다친 것은 아니었나요?"

그래도 길 원장은 포기하지 않고 물었다.

"아니야, 아니야. 차에 불이 나서 젊은 남녀 두 사람 모두 불에 타 죽었어. 얼굴을 알아볼 수 없을 정도로 끔찍하게 탔는데, 뭐."

"아! 그래요. 그럼, 혹시 그때 사망하신 분들 말고 다친 사람은 없었나요?"

길 원장의 말을 들은 할머니들은 갑자기 꿀 먹은 벙어리가 된 것 같았다. 모두 오래된 기억이라 자신들의 기억을 확신하지 못하는 것으로 보였다.

"그때 속초댁이 화순이 데리고 온 거 아니었나?"

다시 그 할머니가 속초댁을 보면서 말을 건넸다.

"가만있어 봐, 가만있어 봐. 기억이 날 거 같아. 그래, 그때 내가 집에서 막내 젖을 먹이는데 저 큰길가에서 '펑' 하는 소리에 갑자기 불길이 솟아올라서. 내가 막내 때문에 바로 가진 못하고 한참이나 지난 다음에 막내를 업고 거기에 갔는데… 그래, 화순이가 길바닥에 앉아 막 울고 있길래 집으로 데려왔지."

"당시에 다친 사람은 없었나요?"

길 원장도 이상하게 할머니들의 얘기 속으로 빨려 들어가고 있었다.

"길바닥에 불탄 사람이 있었던 거 같은데, 나는 막내 때문에 제대로 볼 수도 없었어. 이미 경찰도 와 있었고."

"그럼, 누가 신고했나요?"

"화순이가 친구랑 학교를 끝내고 집으로 오다가 사고를 봤나 봐. 화순이 친구는 바로 학교로 달려가서 선생님한테 말했고, 선생님이 신고했다지, 아마."

"화순이가 어린 나이에 그런 험한 꼴을 봤으니 그렇게 된 것도 이상하지 않지, 쯔쯔쯔."

"왜 화순이라는 분이 어떻게?"

"화순이가 그 광경을 보고 정신 줄을 놨어."

"아! 네."

길 원장도 더 이상 말을 잇지 못했지만, 그 상황이 머릿속으로 그려졌다.

"그래, 나도 이제 기억나네. 한참이 지난 다음에 그 소식을 듣고 가봤지만, 경찰들이 줄을 쳐놓고 못 들어가게 해서 자세히는 못 봤어. 맞아, 길바닥에 불탄 시체 두 개만 있었지. 그건 분명 기억해."

이번엔 처음으로 말을 꺼낸 할머니가 거들었다.

"그러면 다친 사람은 없었다는 거네요."

길 원장은 실망스럽다는 듯이 힘없이 말을 꺼냈다.

"없었다기보다는 못 봤다는 거지, 뭘."

가장 말이 많은 할머니가 길 원장의 희망을 꺾지 않는 말로 이 상황을 정리했다.

"혹시 시전리에 여기 말고도 또 다른 마을이 있나요?"

"윗마을도 시전리긴 하지만, 거기는 저 산 안쪽에 띄엄띄엄 있는 마을이라 교통사고가 났으면 여기에서 났겠지. 그나마 우리 마을 앞에 큰 도로가 있었으니."

"아, 네. 그럼, 화순이라는 분 빼고 최초로 목격한 학생이나 선생님이 누군지 알 수 있을까요?"

"아니, 근데 왜 그 일을 꼬치꼬치 묻는 거야? 아까 그쪽은 한의사라고 하지 않았나?"

가장 말이 많은 할머니가 근본적인 의문에 대해 질문하기 시작했다. 그래도 여기서는 제일 머리가 빨리 돌아가는 분인 것 같았다.

"30년 전에 여기서 크게 교통사고를 당한 분이 계신데 그분이 아까 말씀드린 것처럼 그 사고로 기억을 잃었다며 자신이 왜 사고를 당했는지 저한테 알아봐 달라고 하셔서."

길 원장은 이 정도가 최선이라고 생각하는 수준으로만 말했다.

"아, 그래? 쯔쯔. 그럼, 다른 사고가 또 있었나?"

"혹시 할머니! 그때 막내 젖을 먹이고 있었다고 하셨는데, 막내 나이를 계산하면 그 사고가 정확히 언제 일어났는지 알 수 있지 않을까요?"

길 원장은 속초댁을 바라보면서 물었다.

"그때 막내가 돌이 막 지난 상태였으니 가만있자… 그래, 그럼, 사고는 85년에 일어났겠네. 우리 막내가 84년생이니."

"혹시 그 사고, 한창 더운 여름철에 일어나지 않았나요?"

"그래, 맞다, 맞아. 내가 우리 아들 동철이하고 수박을 먹다가 동철이랑 사고 구경을 갔지. 그래, 그래. 가는 도중에 땀을 뻘뻘 흘렸던 기억이 나."

이번에는 옆에 계신 다른 할머니가 거들었다.

길 원장은 겉으로 내색하진 않았지만 속으로는 심한 요동이 치고 있었다. 30년 전 이런 시골에서 한 해, 한 철에 사람이 죽어 나갈 정도의 교통사고가 두 건이나 발생하는 것이 쉽지는 않았을 것이다. 그리고 여기 할머니들은 지금 말한 교통사고 이외에는 기억하지 못하고 있으니….

"제가 찾는 사고가 아닐 수도 있지만 그래도 최선을 다해 알아봐야 할 거 같은데, 다시 한번 찬찬히 기억해 봐주실래요? 신고 학생이나 선생님이 누구였는지?"

"그때 같이 있었던 화순이 친구가 누구였지?"

가장 말이 많은 할머니가 물음을 던졌지만 아무도 대답하는 사람이 없었다.

"그걸 지금 누가 기억하고 있겠어? 화순이도 저렇게 됐는데."

"그럼, 화순이라는 분은 지금 어떻게?"

"홍천에서 화순이 엄마와 함께 살고 있지. 화순이 엄마는 읍내에서 건어물 가게를 하고 있어."

"그럼, 그 건어물 가게 이름을 알 수 있을까요?"

"이 한의사 양반, 집요하구먼. 읍내에 가서 '화순상회' 하면 다 알아."

"네, 감사합니다. 할머님들 덕분에 여기 온 보람이 생겼네요."

"우리도 고맙지, 뭐."

길 원장은 거듭 고맙다는 말을 건넨 후 시전리 경로당을 나왔다. 거의 저녁 무렵이 다 돼가고 있었다. 급히 서둘러야 할 것 같았다.

홍천 읍내에 도착해서 '화순상회'를 묻자 바로 답이 나왔다. 화순상회 앞에 차를 세우고 잠시 가게 안을 살펴봤다.

60대와 40대 여자 둘이 나란히 앉아 손님을 기다리고 있었다. 40대 여자가 화순이인 것이 틀림없어 보였다. 멀리서 봐도 몸이 축 처져 있었고, 눈동자도 힘이 없어 멍해 보였다. 어린 나이에 그 충격이 그렇게도 심했던 것 같았다.

길 원장은 가게 안으로 들어가 마른오징어를 들쳐 보며 요리조리 살펴봤다. 그래도 강원도에 왔으니 마른오징어라도 한 축 사가면 좋을 것 같았다. 화순이 어머니로 보이는 사람이 길 원장에게 다가왔다. 길 원장은 이 순간에는 솔직히 말하는 것이 좋을 듯했다.

"아주머니, 오징어가 참 실하네요."

"네, 다 좋은 것들만 있지요."

"이거 한 축 싸주시고, 제가 어려운 부탁 하나만 드릴게요."

"네?"

화순이 어머니는 뜬금없는 손님의 말에 놀란 표정이었다. 길 원장은 그녀에게 눈짓으로 가게 밖으로 나가자고 했다. 그녀는 영문도 모른 채 딸을 잠시 쳐다보다가 길 원장을 따라나섰다.

"제가 지금 시전리에서 오는 길인데 30년 전에 있었던 교통사고, 그거."

길 원장은 조심스럽게 말을 꺼내면서 화순이에게 슬그머니 눈길을 돌렸다. 화순이 어머니는 바로 눈치를 챘다.

"그게 왜?"

"다름이 아니라 그때 교통사고를 당한 분이 사고 경위에 대해 잘 몰라서… 혹시 화순 씨하고 같이 있다가 선생님에게 신고한 그분이 누구인지?"

"…."

그녀는 지금 무척이나 난감한 것 같았다. 아니면 악몽 같았던 딸의 지난 일이 갑자기 들춰진 것이 못마땅한 것인가?

"아휴! 화순이가 저렇게 됐는데 우리야 모르죠. 누가 신고했는지 전혀."

"그 당시 화순 씨하고 하교를 같이했던 친구라고 하던데?"

"몰라요, 몰라."

그녀가 갑자기 신경질적인 반응을 보였다. 충분히 이해될 만했다.

길 원장은 화순 씨에게도 말을 걸어보고 싶은 마음이 굴뚝같았지만, 도저히 그럴 용기가 나지 않았다. 지금에 와서 화순 씨에게 지난날의 악몽을 다시 떠올리게 한다는 것 자체가 사건 해결 여부를 떠나서 용납될 수 없을 것이다. 다른 방법을 찾아야 할 것 같았다.

"아주머니, 죄송합니다. 괜한 말을 꺼내, 거듭 죄송하네요. 오징어 계산해 주세요."

그녀는 떨떠름한 표정으로 "15만 원요."라고 짧게 대답했다.

길 원장은 오징어 값을 계산하고 차로 되돌아왔다. 난감했다. 85년 최영실이 교통사고를 당할 당시 그 현장에 최영실 이외에 두 명이 더 있었고, 그들이 그 교통사고로 사망했다면 최영실에 대한 어떤 추가적인 단서를 찾을지도 모를 일인데…. 어떻게 해야 할지 머릿속이 복잡했다.

마침 여기가 강원도라는 생각이 들자 순간 엄상록 과장이 떠올랐다. 분명 대형 교통사고였으니 그 사고를 수사한 경찰이 있었을 테고 같은 강원도 경찰이라면 엄 과장이 어떤 힌트라도 줄지 모른다는 막연한 기대감이 생겼다. 바로 휴대폰을 꺼내 그에게 전화를 걸었다.

"여보세요? 원장님!"

"과장님, 잘 지내셨죠?"

"아휴, 이렇게 목소리만 들어도 반갑네요."

"저도 쩌렁쩌렁 울리는 과장님 목소리만 들어도 반갑네요."

"그냥 안부 전화? 아님?"

"역시 과장님 촉은 피할 수 없네요. 솔직히 말씀드리면, 과장님 도움을 받고자 전화드렸네요. 이럴 때만 전화드려 죄송하고요."

"원장님이 요청하는 도움이라면 천만번이라도 기꺼이 응해드려야죠."

"음… 다름이 아니라 제가 지금 강원도 홍천에 와 있는데, 홍천경찰서에 연을 닿아야 할 거 같아서…."

"홍천경찰서요?"

"네. 이곳에서 30년 전에 발생한 교통사고 건이 하나 있는데, 그 사고에 대해 아는 분을 꼭꼭 찾아야 할 거 같아서요."

길 원장은 그가 직접 보고 있지도 않는데 과장된 몸짓까지 하며 사정 투로 말했다.

"30년 전 사건이면 담당자들은 모두 은퇴했을 거 같은데?"

"그러니 과장님 능력을 믿고 전화드렸죠. 어찌, 가능하겠죠?"

"아니, 아니. 허, 참! 일단 그래도 대충 어떤 사건인지 말씀해 보시죠?"

"85년 여름에 홍천군 동면 시전리에서 발생한 교통사고인데, 차가 전소돼서 최소 두 명이 사망한 사고입니다."

"그럼, 꽤 큰 사고겠네. 그 정도 사고면 기억할 수 있는 사람이 있을 거 같긴 한데? 제가 한 번 수소문해 보고 연락드리죠. 아니, 혹시 필요하면 제가 거기로 갈까요?"

"말씀만으로도 고맙습니다. 과장님도 바쁘실 텐데 일단 수소문부터 해주시고, 꼭 과장님 도움이 필요하면 그때."

"네, 알겠습니다. 확인되는 대로 바로 연락드리죠."

길 원장은 엄 과장의 성의가 너무나도 고마웠다. 자신의 일이 아님에도 자기 일처럼 발 벗고 나서는 그는 역시 정의로운 경찰임이 틀림없다는 생각이 절로 들었다.

엄 과장이 어떤 소식을 가져올지 모르는 상황이라 일단 오늘은 홍천에서 묵기로 했다. 오랜만에 편하게 강원도로 여행 왔다고 생각하기로 했다. 간단히 저녁을 때우고 근처 모텔에 들어왔다.

하루 종일 운전하고 신경을 집중하다 보니 피곤이 몰려와서 깜박 잠이 들었다. 그사이 탁자 위에 놓인 휴대폰 진동이 심하게 떨리고 있었다. 시간을 보니 밤 11시가 조금 넘었다. 엄 과장일 것 같다는 생각이 들었다. 역시 엄 과장이었다.

"네, 과장님!"

"너무 늦진 않았나요?"

"아닙니다, 깜박 졸아서."

"제가 조금 알아봤는데, 워낙 큰 사고여서 담당자가 누구인지 그래도 쉽게 알아냈네요."

"아! 그래요. 역시 대단하십니다."

"마침 직전 홍천서장님을 제가 모셨던 적이 있어서, 그분한테 떼를 썼더니 그래도 용케 담당자를 찾았네요. 그런데?"

길 원장은 갑자기 불길한 예감이 들었다.

"네?"

"그 담당자가 오래전에 은퇴해서 전화번호는 확보하지 못했고, 다만 현재 강릉에 산다는 것만 확인됐는데, 제가 또 쫙 깔아 놓은 인맥으로 내일 아침이면 바로 찾을 수 있을 겁니다."

"다행입니다. 거듭 감사드립니다. 참, 내일 일이 잘 풀리면 내려가는 길에 얼굴이나 뵙죠."

"넵, 기다리고 있겠습니다."

엄 과장이 씩씩하게 전화를 끊었다.

다음 날 아침 길 원장은 정신이 맑은 상태로 눈을 떴다. 어제는 피곤해서 그랬는지 모처럼 푹 잤다. 몸이 개운했다. 무의식적으로 휴대폰에 손이 갔다. 엄 과장으로부터 카톡이 와 있었다.

"한기영, 강릉시 견소동 '카페 아카시' 운영. 필요하면 최인식 서장님 성함을 말하면 됨."

바로 나갈 채비를 했다. 강릉까지 가려면 꽤 걸릴 것이다.

카페 아카시는 바로 찾았다. 이곳은 전국적으로 유명한 강릉 카페 거리이다. 길 원장이 카페 문을 열고 들어간 시간은 오전 11시가 조금 지난 상태였다.

카페 안에는 젊은 남녀 한 쌍이 있을 뿐 한가했다. 카운터에는 커피 전문가의 포스가 느껴지는 60대 중반의 남자가 앉아 있었다. 머리에는 검은 망사 두건을 하고 있었고, 바지는 무엇을 입었는지 알 수 없지만 상의는 흰색 와이셔츠에 검은색 조끼로 구색을 갖추고 있었다. 나름 한껏 멋을 부렸을 것이다.

"따뜻한 카페라테 한 잔 주세요."

"네, 잠시만 기다려 주세요."

카페 주인은 활기찬 목소리로 답했다.

"혹시, 한기영 사장님이신가요?"

"네에, 제가 한기영입니다만."

"안녕하세요? 저는 대전에 사는 길지석이라고 합니다."

길 원장은 급하게 명함을 꺼내 그에게 건넸다. 그는 얼떨결에 명함을 받고는 어안이 벙벙한 표정으로 길 원장을 바라보았다.

"제가 한 사장님께 몇 가지 물어볼 것이 있는데, 최인식 서장님 소개로 왔습니다."

길 원장은 조심스럽게 말을 꺼내면서 그의 눈치를 살폈다.

"아, 그래요?"

그는 바로 환한 얼굴로 되돌아왔다. '최인식 서장'의 이름이 통한 것으로 보였다.

"잠시만 시간을 좀?"

"네. 잠시만요, 제가 커피 준비해서 갈 테니 저기 창가로 앉으시죠."

"감사합니다."

자리에 앉자 길 원장의 눈에는 동해 바다가 한눈에 들어왔다. 가슴이 확 트인 느낌이었다. 여기에서는 커피 맛이 절로 날 것 같았다. 잠시 후 한 사장이 커피 두 잔을 가지고 자리에 앉았다. 한 사장도 길 원장이 무슨 말을 꺼낼지 무척이나 궁금하다는 표정이었다.

"음… 제가 아주 오래된 교통사고 건에 대해 몇 가지 알아보고 있는데 그 사고를 한 사장님이 담당하셨다고 하셔서….."

"네?"

한 사장은 의외라는 표정이었다. 자신의 경찰관 시절 얘기라는 것을 전혀 생각지 못한 듯했다.

"85년도 여름에 홍천군 동면 시전리에서 발생한 사고, 차가 전소돼서 두 명이 사망한 사고, 혹시 기억나시나요?"

한 사장은 대답 대신 길 원장을 빤히 바라보고 있었다. 그 사고 얘기를 꺼낸 길 원장이 이상하다는 투였다.

"네. 당연히 기억하고 있습니다만, 무슨 일로?"

"혹시 그 사고 충격으로 기억을 상실한 여자 한 분이 있지 않았나요?"

길 원장은 명확히 확인된 것은 아니었지만 최영실이 그 교통사고로 인해 기억상실증에 걸렸다는 확신이 있었다.

"네, 그랬습니다만."

역시 그 사고가 맞았다. 최영실이 기억을 상실한 교통사고 현장에 최영실 외에 두 명이 더 있었고, 그들은 모두 사망했다. 분명 깊은 사연이 있을 것이다.

그는 아직도 길 원장의 의도가 무엇인지를 몰라 계속 길 원장을 경계하는 것 같았다.

"그 여자분이 최근에 돌아가셨는데 자신이 왜 그런 사고를 당했는지 전혀 기억을 하지 못해, 이렇게 찾아왔네요."

"그분하고는 무슨 관계인데요?"

"아, 제 환자분이었죠."

길 원장은 자초지종을 설명하자면 복잡해질 수밖에 없어 최영실을 자신의 환자라고 얼버무렸다.

"아, 그렇군요. 결국 그 여자도 사망했군요."

"네, 그 사고 후유증은 아니고 폐암으로 돌아가셨죠."

"정확히 어떤 내용을 알고 싶으신 거죠?"

"일단 사고 경위에 대해 알고 싶습니다."

"사고 경위라? 저희가 현장에 도착했을 때는 차가 거의 전소된 상태였고, 차 밖으로 그 여자분이 쓰러져 있었는데 다행히 숨은 쉬고 있어서 급히 구급차로 이송했고, 그리고 운전석과 뒷좌석에서 불에 타고 있는 사람을 겨우 꺼냈는데 형체도 알아보기 힘든 상태였죠."

길 원장은 그제야 이해가 됐다. 최영실은 바로 병원으로 이송되는 바람에 동네 사람들이 그 사실을 알지 못했던 것이다.

"불에 타서 사망한 사람들은 젊은 남녀라고 하는 거 같던데?"

"네. 운전석에 있던 사람은 남자였고, 뒷좌석에 있던 여자는 젊은 여자였죠."

"왜 사고가 났나요?"

"운전자가 사망해서 확실하지는 않지만 차가 전봇대에 심하게 부딪히는 바람에 사고가 난 것으로."

"그럼, 운전 미숙이었나요?"

"아. 그게…."

그는 뭔가 망설이는 모습이었다.

"나중에 부검했는데 뒷좌석에 있던 여자는 손발이 묶여 있었던 흔적이 있어서."

"네에?"

길 원장은 뜻밖의 말에 깜짝 놀랐다. 손발이 묶여 있었다니….

"그게 무슨 의미일까요?"

"그 당시 저희로서도 도저히. 다만 뒷좌석에 있던 여자는 손발이 묶여 있어 차에서 탈출하지 못했다는 정도만."

"병원으로 이송된 여자분한테는 전혀 얘기를 듣지 못했나요?"

"네, 기억을 전부 잃어버렸더라고요. 혹시 거짓으로 그런 행세를 하는 것일지도 몰라 정밀검사를 했는데 정말 기억상실증에 걸렸다고."

"그 여자분이 지문 등록이 되어 있지 않다는 사실은 확인하셨죠?"

"아! 그렇지. 전혀 기억하지 못하고 있었는데… 그래, 맞아. 희한하게 그 여자는 지문을 검색해도 신원이 확인되지 않았죠."

"사망한 사람들은요?"

"불에 다 타서 전혀 확인할 수 없었죠."

"그래도 차 소유자나 그런 것들로 확인이 가능하지 않았나요?"

"이야, 이젠 기억이 다 나네. 그 차, 도난 차여서 아무 소용이 없었죠. 번호판은 다 타서 식별이 어려웠고, 그나마 차대번호로 확인했는데 몇 달 전에 원주에서 도난된 차였던 것으로."

"도난 차였다고요?"

길 원장은 사건이 계속 미궁 속으로 빠져들어 가는 느낌이었다.

"사망한 사람들에게 무슨 신체적 특징 같은 것은 없었나요?"

"불에 타서 전혀."

"혹시 어깨에 문신 같은 것은?"

"아예 형체를 알아보기도 힘들었다니까요."

"대충 나이대라도?"

"아! 부검의 말로는 남자는 20대 초반 정도일 거라고 했고, 여자는 10대 중반 정도, 아직 성장이 채 끝나지 않아 스무 살이 안 된 것은 확실하다고 했던 거 같네요."

"그럼, 사망한 여자는 78년도에 실종된 여중생들 중의 한 명이 아니라는 말인데…."

길 원장은 속으로 생각했다.

"사고는 어떻게 결론이 났나요?"

"뭐, 어찌 보면 운전자가 가해자일 수밖에 없는데 운전자가 죽었으니, 그냥 그렇게 종결됐죠."

"기억을 상실한 그 여자는요?"

"그 여자도 어찌 보면 피해자인 데다가 기억도 할 수 없으니, 그냥 흐지부지됐죠."

"그 여자는 나중에 어떻게 됐나요?"

"나중에 들은 얘기지만, 도난 차여서 보험도 안 되다 보니 병원에서도 치료에 난색을 표했고, 그 여자가 치료도 포기하고 그냥 병원을 나갔다고 하더라고요."

"그 여자는 소지품도 없었나요?"

"가방이나 소지품이야 있었겠지만 차에서 몸만 빠져나왔으니, 아무것도 못 건졌죠."

"혹시 이 사진 기억나시나요?"

길 원장은 급히 노트북을 꺼내 한 사장에게 최영실과 아들이 함께 찍은 사진을 보여줬다.

"아! 기억나죠. 그 여자 윗주머니 속에 있던 그 사진이네. 그 여자는 이 사진을 보고도 그게 뭔지 전혀 기억을 못 했지만."

결국 여기까지 와서 32년 전에 발생한 최영실의 교통사고를 확인하게 됐다. 그 사고로 두 명이나 죽었으니 최영실이 기억을 상실할 정도의 대형 사고였음은 틀림없을 것이다.

"혹시 그 사건에서 특이했던 점은 없었나요?"

"특이한 점요? 딱히, 저도 그 사고 충격을 보고 더 이상 경찰 짓을 못 해 먹겠더라고요. 여차저차 적성도 안 맞던 차에, 이렇게 맘 편한 일을 하고 있네요."

"아, 네."

길 원장은 속으로 생각했다. 여기까지 온 것도 큰 성과이기는 한데 뭔가가 부족한 느낌이었다. 딱 2% 부족한 것 같았다.

"왜 사고가 났을까요?"

길 원장은 혼잣말처럼 무심결에 말이 나왔다.

"그때 판단으로는… 사고가 난 곳이 약간 굽은 길이기는 했어도 운전 미숙이라고 보긴 어렵고, 아마도 뒷좌석에 손발이 묶인 여자가 있었던 것으로 봐서는 그 여자가 탈출하려고 무슨 시도를 하다가 사고가 난 건 아닌지?"

"음…."

길 원장도 이 상황에서는 그의 말을 반박하거나 수긍할 단서가 없어 뭐라고 단정하기 어려울 것 같았다.

"그 기억이 상실된 여자는 손발이 묶여 있진 않았죠?"

"저희가 도착했을 때는 그냥 길바닥에 쓰러져 있었죠."

"혹시 진성군에 있는 온누리메시아복음선교회나 주식회사 만월이라는 회사에 대해 들어본 적 있으신가요?"

"네? 처음 듣는 거 같은데?"

"아, 그래요. 오늘 말씀 감사했습니다. 좋지 못한 기억을 떠올리게 해서 죄송하고요."

"뭘요. 그 당시는 그 여자가 운이 좋아서 살았다고 생각했었는데, 이젠 그 여자도 이 세상 사람이 아니라니 인생 참 허무하네요."

"혹시 나중에 궁금한 것이 있으면 전화드려도 될까요?"

"네, 물론. 제가 명함 하나 드리죠."

길 원장은 그로부터 명함을 받아 카페를 나왔다. 일단 대전으로 돌아가기로 했다. 자신이 직접 확인할 수 없는 부분이 많아 더 확인해야 할 것들은 임 형사와 상의해 보기로 했다.

돌아오는 길에 영월에 들러 엄 과장을 잠시 만나 간단히 얼굴만 보고 헤어졌다. 엄 과장 덕분에 일이 잘 풀렸다는 말도 빼놓지 않았다.

5.

이번에는 길 원장이 수사 회의를 소집했다. 지금까지 자신이 확인한 내용들을 공유하고 앞으로의 수사 진행 방향에 대해 의논하는 자리였다.

다행히 임 형사도 시간이 된다고 했다. 배방읍 살인 사건은 발생한 지 채 일주일도 되지 않아 범인을 잡았다고 한다. 동료들끼리 우발적으로 벌어진 사건이라 쉽게 해결된 것 같았다. 1년이 넘도록 단서조차 제대로 찾지 못하는 이번 사건에 비하면 한마디로 운이 좋다고 봐야 할 것이다.

그날 저녁 이번에는 예산에서 보기로 했다. 그 곱창집 맛을 잊을 수 없는 길 원장이 강력히 우겼기 때문이었다.

길 원장은 두 사람에게 심우택 소장에게 들은 얘기와 강원도에 갔다 온 일에 대해 자세히 설명했다. 얘기를 다 들은 두 사람의 얼굴은 세상 모든 고민을 다 짊어진 것처럼 심하게 찌그러져 있었다. 전혀 예상하지 못한 충격적인 얘기를 들었기 때문일 수도 있지만, 어느 정도 사건의 실체에 접근하고 있다고 생각하는 모양이었다. 먼저 임 형사가 말을 꺼냈다.

"OMB선교회나 만월이라는 회사가 이번 사건에 관여됐는지는 아직 명확히 확인되지 않았지만, 설사 관여됐다고 하더라도 실제 살인을 저지른 놈과의 연관성을 찾기가 만만치는 않을 거 같네요."

"그냥 한번 쳐들어가면 뭔가 단서가 나오지 않을까요?"

역시 박 형사다운 생각이었다.

"혹시 수사본부에서는 진전된 상황이 나왔다고 하던가요?"

길 원장이 박 형사에게 물었다.

"뭐, 딱히. 이게 만약 동일범의 소행이라면 참 주도면밀한 놈들이라고 혀를 내두른다고 하던데요."

"그래, 쉽진 않겠지. 수사본부에서는 이번 사건이 종교 집단과 관련 있다는 단서는 찾진 못했나?"

"네, 그런 거 같습니다. 들리는 말에 의하면 우발적으로 피해자들 사이에 인연이 있을 뿐 연쇄살인이 아닐 가능성도 생각하는 거 같더라고요."

"그래? 그럼, 아직도 별 진전이 없다는 거네."

임 형사가 의외라는 것처럼 말했다.

"전에도 말했지만, 살해 수법이 영 딴판이라 그렇게 생각하는 모양이더라고요."

"그럼, 저희가 확인한 자료들을 공유해야 하는 거 아닌가요?"

길 원장은 조심스럽게 두 사람에게 물었다.

"공유는 해야 하는 것이 맞기는 한데, 지금 저희가 확인한 것도 확실한 것은 아니니, 좀 더 확인한 다음 확실해지면 그때 얘기하는 것이 좋지 않을까요?"

이번에는 임 형사가 두 사람에게 조심스럽게 의향을 타진했다. 두 사람은 가볍게 고개만 끄덕였다.

"일단 저희가 한번 직접 가보죠. 적당히 핑계를 둘러대면 안으로 들어갈 수 있을 거 같은데?"

박 형사가 이번에는 진지하게 말을 꺼냈다.

"음… 그것도 한 방법이긴 한데."

임 형사는 박 형사의 제안에 확신이 서는 것 같지는 않았다.

"그리고 참, 구글 인공위성 사진으로 확인해 보니까 제가 육안으로 확인한 것보다도 규모가 훨씬 크더라고요. 산에 막혀 안 보이는 건물들도 보이는데, 한번 보실래요?"

길 원장은 두 사람에게 노트북을 내밀었다. 한참이나 사진을 보던 두 사람은 다소 놀란 표정이었다. 자신들이 상상한 그 이상이라고 생각하는 것 같았다.

"여기 오른쪽 제일 안쪽에 있는 건물은 꼭 학교 건물 같은데?"

임 형사가 손가락으로 어떤 건물을 지목했다.

"형님 말씀대로 이 건물이 학교라면? 허, 참! 여긴 한마디로 자신들만의 독립적인 세상이라는 말이네요."

"네, 그런 거 같네요."

길 원장이 신중하게 응답했다.

"그건 그렇고, 최영실이 당했다는 교통사고 건이 의미심장하지 않나요?"

임 형사는 최영실의 교통사고 건에 더 관심이 많은 것 같았다.

"죽은 젊은 여자의 손발이 묶여 있었다면, 십중팔구 납치당한 것이 아닐까요?"

박 형사도 이 대목에서는 신중해지고 있었다.

"충분히 가능성 있는 시나리오겠지. 그 옛날 최영실이 납치됐던 것처럼.”

“그럼, 운전대를 잡은 젊은 남자는 누굴까요?”

박 형사가 스스로에게 묻는다는 말투였다.

“현재로서는 저희가 알고 있는 젊은 남자라고는 성창일 밖엔 없는데, 저희가 전혀 모르는 젊은 OMB선교회 신자일지도 모르죠.”

“만약 그 남자가 성창일이라면, 어떻게 되는 걸까요?”

이번에는 임 형사가 물었다.

“이건 단순히 제 생각이긴 하지만….”

길 원장은 말을 꺼내 놓고 두 사람을 번갈아 쳐다보고 있었다. 그리고 서서히 자신의 생각을 드러내기 시작했다.

“그 남자가 만약 성창일이라면, 성창일과 최영실은 죽은 젊은 여자를 강제로 끌고 오던 길이 아니었을까요?”

“그럼, 성창일과 최영실이 이전에 성창수가 했던 그 일을 했단 말인가요? 여자들을 납치해 오는 그 일을?”

임 형사의 말투에는 놀라움이 있었으나 그 속에는 어떤 확신이 있는 듯 사뭇 비장함이 엿보였다.

“어! 그거 말 되네. 그래서 그 젊은 여자의 손발을 묶은 거고.”

“저는 오히려 거꾸로일 가능성이 높아 보이는데요.”

길 원장이 조심스럽게 말을 꺼냈다.

“거꾸로라고요?”

임 형사가 되물었다.

“성창일과 최영실은 그 젊은 여자를 납치해 오던 길이 아니라, 오히려 도망친 여자를 잡아 오던 길이 아니었을까요?”

“아하!”

박 형사가 길 원장의 말에 동의한다는 듯이 무릎을 탁 치며 감탄했다.

"그렇게 생각하시는 이유는?"

그래도 임 형사는 신중한 것 같았다.

"딱히 이유가 있는 것은 아닌데, 그 종교 집단이 젊은 여자를 데리고 오는 것이 목적이었다면, 그냥 강제로 끌고 오는 것보다는 무슨 수를 쓰더라도 감언이설로 유인하는 것이 더 쉬운 방법이지 않았을까요?"

"음⋯."

임 형사가 가볍게 고개를 끄덕였다. 아마도 길 원장의 말이 합리적이라고 생각하는 것 같았다.

"그럼, 그렇게 데리고 온 젊은 여자가 속았다는 생각에 도망친 것을 성창일과 최영실이 다시 잡아 왔다는 거네요."

"아마도 그런 일이 심심치 않게 발생했을 테고, 그러면 그 안에는 도망친 사람들을 전문적으로 잡아 오는 사람들도 있지 않았을까요?"

길 원장은 모든 것이 신중했기에 조심스러운 말투였다.

"그런 일을 성창일과 최영실이 했다는 거고요."

"최영실이 칼을 잘 썼다는 것도 의미심장하지 않나요?"

길 원장이 두 사람을 번갈아 바라보면서 신중하게 말을 꺼냈다.

"그럼, 성창일와 최영실은 자신들의 의지로 그 종교 집단에 들어간 건 아니었지만, 여차여차해서 OMB선교회의 열정적인 신자가 되어 그 선교회를 지키는 전사가 됐다는 거네요."

"그렇다면 곡교천 피해자는 성창일이 최영실을 강제로 범해서 낳은 것이 아니라, 두 사람의 사랑의 결실일 수도 있겠는데요."

이번에는 박 형사도 조심스럽게 말을 꺼냈다.

"저희가 너무 지나치게 상상하는 것일 수도 있겠지만, 분명 손발이 묶인 젊은 여자가 있었다는 것은 78년 함열읍 상시리에서 있었던 일이 다른 곳에서도 벌어졌을 가능성이 높을 겁니다."

길 원장이 확신에 찬 말을 이어갔다.

"야! 이거, 이번 사건이 걷잡을 수 없는 곳으로 빠져들 수도 있겠는데요."

박 형사는 강력 형사의 촉으로 이번 사건의 결말에 불안감이 드는 모양이었다.

"음… 그렇다고 무작정 쳐들어갈 수도 없고, 어떻게 접근해야 할까요?"

임 형사는 자신이 이번 사건에서 제외됐다고는 전혀 생각하지 않는 것 같았다. 사건 담당자로서의 무거운 짐을 느끼는 것으로 보였다.

"일단 대놓고 수사를 벌이기는 위험 부담이 높은 건 분명한데, 그들도 외부 세계와 완전 단절돼서 살 수는 없을 테니 그 주변 인물들을 상대로 내부 상황에 대해 좀 더 확인해 봐야 하지 않을까요?"

길 원장이 두 사람에게 의향을 타진했다.

"어떻게요?"

"음… 일단 주식회사 만월은 등기가 되어 있을 테니 그 소유자가 누구인지 확인이 가능할 거 같고, 또 OMB선교회도 종교 단체로 등록되어 있을 가능성이 높을 테니 서류상으로는 실체를 어느 정도 확인할 수 있지 않을까요?"

"그걸 확인하면 어느 정도 감이 잡히긴 잡히겠네요."

"그리고 또 OMB선교회를 설립한 사람은 문산인데, 지금은 젊은 목회자가 집전하고 있다고 하니 아마 문산이 서류상으로는 드러나지 않았을 수도…. 문산에 대해서도 따로 조사해야 할 거 같고요."

"그 부분은 박 형사가 좀 맡아줘. 나는 워낙 눈치가 보여서 말이야."

"넵, 알겠습니다."

"그리고는요?"

"네?"

길 원장은 임 형사가 이렇게 적극적으로 자문을 구하는 것이 놀랍기도 하고 한편으로는 고맙기도 했다.

"만월에서 목욕 용품을 전국에 납품한다고 하니, 그 납품 루트를 파고들다 보면 뭔가 나올 수도 있지 않을까요? 뭐, 물건을 실어 나르는 트럭 운전사들은 그 안에 들어가야만 할 테니까요. 뭔가 보고 느끼는 것이 있을 수도?"

"그들도 OMB선교회 신도들이 아닐까요?"

"네, 충분히 그럴 가능성도 있겠죠. 그렇다면 그런 접근도 신중을 기해야 할 테고요."

"앞으로 할 일이 많겠는데요."

"계속 걸리는 것이, 분명 조항민도 OMB선교회와 관련이 있어 보이므로 그 연결점을 찾는 것이 중요할 겁니다."

"음… 제가 그간 바빠서 서울에 가진 못했는데, 만사 제쳐 놓고 서울에 한번 갔다 와야 할 거 같네요."

박 형사도 사건이 심각하게 돌아가고 있다는 감을 느꼈는지 말투가 사뭇 진지해졌다.

"네. 최대한 서두르는 것이 좋을 듯하고, 조항민이 OMB 쪽하고 연결되어 있다는 단서만 나오면 더할 나위 없이 좋을 거 같긴 한데."

"일단 공식적으로 확인할 수 있는 거부터 확인한 다음 다시 상의하기로 하죠."

"그게 좋을 거 같네요. 누가 OMB선교회나 만월을 움직이는지 확인만 되면 어느 정도 감이 잡히겠죠."

"그럼, 배도 고픈데 밥부터 먹죠."

"마지막으로 한 가지만 더 상의하시죠."

길 원장이 아직 할 말이 더 있다는 취지로 말했다.

"네, 어떤 거?"

"현재 수사본부에서 추정하고 있는 것에 대해서도 귀 기울여 생각해 볼 필요가 있을 거 같은데?…"

"어떤 부분을?"

"현재 저희는 곡교천과 진주, 원주 사건이 동일범의 소행이라고 판단하고 있는데 만약 동일범이라면 왜 범행 수법이 딴판이었는지, 또 진주, 아산, 원주라는 장소가 무슨 관련성이 있는지 등등 수사본부에서 의구심을 품고 있는 부분에 대해 저희도 심각히 생각해 볼 필요가 있지 않을까요?"

"원장님은 동일범의 소행이 아닐 수 있다는 수사본부의 판단이 맞을 수도 있다고 보는 건가요?"

"거기까지는 아니고. 이 세 건이 동일범의 소행이 맞긴 맞는데 그렇게 한 이유를 확실히만 알 수 있다면, 이번 수사에 결정적인 단서가 될 수도 있지 않을까 해서요."

"그럼, 원장님 생각을 말씀해 보시죠."

"음… 일단 장소적인 부분은 곡교천 피해자와 성창수가 OMB 선교회를 탈출한 거라면 그 집단과 멀리 떨어진 곳에 살았을 가능성이 높으니 아산, 진주가 범행 현장이라고 해도 어느 정도 이해되지 않을까요?"

길 원장은 반문하듯이 자신의 생각을 내놓았다. 명확한 증거도 없이 느끼는 감으로만 내놓은 의견이라 어쩔 수 없었다.

"그렇겠죠."

"그리고 원주는 홍천, 진성과의 지리적 관련이 있다고 볼 수 있겠죠."

두 사람은 고개만 가볍게 끄덕였다.

"다음으로 범행 수법이 딴판인 것은 곡교천 피해자의 경우 살해 계획에 따라 실행됐지만, 성창수의 경우나 원주 사건은 우발적으로 벌어지는 바람에 그렇게 된 것은 아닌지?"

"음…."

임 형사의 표정에서는 심각함이 읽혔으나 별다른 말을 꺼내진 않고 있었다.

"곡교천 피해자의 경우 아주 날카로운 칼로 한 번에 살해됐다는 것은 살해 도구도 미리 준비해서 철저히 계획했다는 것인데, 성창수는 그게 아니어서…."

"성창수의 경우 처음에는 살해할 의도가 없었던 것이 아닐까요?"

"네, 제 생각도 그렇게 보이네요."

"그럼, 성창수의 집에 침입한 이유는?"

"혹시 성창수를 납치하려는 것이 아니었을까요? 그러다가 성창수가 완강히 반항하자 순간적으로…."

"납치라? 충분히 생각해 볼 만하네요."

"성창수가 OMB선교회에서 탈출한 거라면 예순이 넘은 늙은 이를 굳이 납치까지 할 필요가 있었을까요?"

이번에는 박 형사가 신중하게 물었다.

"성창수는 최고 인텔리였으니 아마도 OMB선교회에서도 중책을 맡았을 테고, 그렇다면 성창수에게 뭔가가 꼭 필요한 것이 있지 않았을까요?"

두 사람은 길 원장의 물음에 바로 답을 내놓진 못했다.

"혹시 성창수가 탈출할 때 선교회에게 중요한 뭔가를 가지고 나왔든지, 아니면 성창수만 알고 있는 뭔가를 꼭 알아내야 할 절박한 상황이 있었을 수도?"

"그런데 반항을 하자 어쩔 수 없이 죽였다?"

임 형사가 길 원장의 말에 동의한다는 투로 말을 이어받았다.

"그리고 또 반대로 생각해 볼 수도 있지 않을까요?"

"반대요?"

"강도가 물건을 훔치다가 들키자 어쩔 수 없이 우발적으로 살해한 것처럼 가장한 것일지도? 처음부터 살해할 마음을 먹고 있었지만."

"그럼, 단순 강도처럼 위장했다는 말이네요."

"그렇죠. 성창수가 살해되면 경찰에서는 어차피 78년 사고를 알 수밖에 없었을 테고, 그러면 과거로까지 수사가 확대될 테니, 사전에 그냥 우발적 뜨내기 강도인 거처럼 위장하는 것이…."

"음… 그래서 결과론적으로 진주경찰서는 단순 강도로 판단했으니 그들의 의도가 먹힌 거 일 수도 있겠네요."

"곡교천 피해자야 어차피 지문 등록이 되어 있지 않으니, OMB

선교회와 연결될 거라고는 생각하지 않았을 테지만, 성창수의 경우는 혹시라도?"

"음···."

"그리고 원주 사건은 아직 교통사고 뺑소니인지 살인 사건인지가 명확하지 않지만 살인 사건이라면 그들이 저지른 것이 분명하겠죠."

"그럼, 오히려 역으로 세 사건은 동일범들이 저질렀다는 결론이 나오겠네요."

"저희가 추측하고 있는 것이 맞다면···. 일단은 우리 추측대로 밀고 나가죠."

"넵, 이젠 밥 먹어도 되는 건가요?"

"그래, 박 형사가 바빠질 테니 너무 무리하진 말고."

"그나마 여기가 예산이니 맘은 편하네요."

세 사람은 늦은 식사와 함께 반주를 곁들였다. 다들 출정을 앞둔 전사의 심정이라 세 사람 모두 약속이나 한 듯 술을 자제하는 것이 신기하기도 했다.

6.

길 원장은 이틀 후 박 형사로부터 장문의 메일을 받았다. 박 형사가 그간 확인한 내용들이었다.

그는 관련자들의 호적등본, 주민등록등초본, 범죄경력조회, 관할 세무서의 사업자등록증, 법인 등기부등본 등 행정적으로 확인할 수 있는 모든 수단을 동원해 OMB선교회 및 ㈜만월의 실체를 파악해 놓았다.

일단 문산의 신상이 나왔다. 그는 1940년생으로 부산 출신으로 되어 있었다. 그럼, 현재 나이로는 일흔여덟 살이고, 아직 사망했다는 자료는 없었다. 1967년에 나주선(1944년생)과 결혼한 것으로 되어 있고, 그들의 자식으로 문석(1971년생), 문화(1973년생), 문철(1976년생), 이렇게 2남 1녀를 두고 있었다.

그리고 문산의 동생으로 여동생 둘, 남동생 한 명이 있고, 그들의 본거지 또한 진성군 진성읍인 것으로 봐서는 문산은 자신의 동생들과 함께 행동한 것으로 보였다. 문산의 동생 문선(1942년생)은 2014년에 사망했고, 그 밑으로 문영(1947년생)과 막내 남동생 문행(1951년생)이 있었다.

문선에게는 구순희(1964년생)라는 딸과 구재일(1966년생)이라는 아들이 있었다. 그들 또한 진성군 진성읍에 주민등록을 두고 있었다. 문영은 평생 결혼을 하지 않은 독신으로 나와 있었고, 문행은 동갑인 민하정(2008년 사망)과 결혼해서 문정(1973년생)이라는 딸, 그리고 문덕(1977년생)이라는 아들을 두고 있었다.

지금까지가 문산의 주변 혈연 관계도였다.

그리고 현재 OMB선교회 대표자는 2015년 문산에서 문석으로 바뀌어 있었다. 어찌 보면 당연한 것이겠지만 그 선교회는 아버지에서 아들에게 대물림한 것이었다.

그러나 길 원장은 다른 곳에 더 시선이 갔다. 바뀐 연도가 의미심장했다. 성창수가 살해된 연도가 2015년이기 때문이었다. 분명 뭔가 관련이 있을 것 같다는 느낌이 들었다.

다음으로 ㈜만월은 나태선(1947년생)이 1984년 회사를 창립한 때부터 지금까지 계속 대표이사로 되어 있었다. 호적 관계상 나태선은 문산의 아내 나주선의 남동생이었다. 즉, 문산은 ㈜만월을 처남에게 맡긴 것이다.

㈜만월의 매출은 매년 꾸준히 성장하는 것으로 나와 있었고, 재무구조도 튼튼하다고 되어 있었다. 그렇다면 OMB선교회는 나름 튼튼한 재정적 후원자를 보유하고 있다고 봐야 할 것이다.

정보의 홍수는 거대한 파도가 해안가를 휩쓸 듯 한꺼번에 몰려들었다. 그날 때마침 심 소장으로부터 전화가 왔는데 그가 즐겨 쓰는 표현대로 '재밌다'라는 내용들이었다. 한마디로 OMB선교회가 홈페이지도 보유하고 있어 거기에 들어가 보면 재미있는 것들이 많다는 것이었다.

어찌 보면 허를 찔린 느낌이었다. 폐쇄적인 집단이라는 선입견에 전혀 생각하지도 못한 부분이었다. 홈페이지까지 개설해서 관리하는 집단이라면 규모가 생각 이상일 수도 있을 것 같았다.

심 소장은 기독교 역사에 정통한 목사에게 OMB선교회의 추가 정보를 확인하는 과정에서 대뜸 홈페이지에 다 나와 있다는 말을 들었다는 것이다. 그도 허를 찔렸다고 했다.

길 원장은 조심스럽게 심 소장이 알려준 OMB선교회의 홈페이지에 접속하기 시작했다. 처음으로 가장 눈에 띄는 것은 홈페이지 개설 시기가 2015년도로 나와 있었다. 아마도 문산의 아들 문석이 교주가 되면서부터 젊은 교주가 새롭게 변신을 시도하며 시대의 흐름에 적극 따라가려고 했던 것으로 보였다.

그리고 또, OMB선교회는 강원도 진성에만 있는 것이 아니었다. 연혁을 보니 1996년 경기도 안산에 처음으로 OMB선교회 안산교회가 생긴 것을 비롯하여 울산, 창원, 군산, 아산에도 있는 것으로 나와 있었다.

길 원장은 눈이 휘둥그레졌다. 아산교회? 드디어 이번 사건과의 희미한 연관성이 처음으로 나온 것이다.

온몸에 미세하게 흐르는 전율을 최대한 느끼기로 했다. 지금까지 OMB선교회, 아산, 그리고 곡교천 피해자와의 연관성에 대해 한마디로 암흑 속에서 코끼리를 만지는 느낌이었으나, 지금이 순간은 약한 빛을 발견한 상황이었다. 현재로서는 그것들이 서로 관련이 있다고 확신할 순 없지만 그래도 가느다란 새끼줄이나마 잡은 것 같았다.

OMB선교회 아산교회는 2016년 12월에 설립된 것으로 되어 있었다. 작년에 설립되어 가장 최근에 생긴 교회였다.

그리고 심 소장은 OMB선교회의 교리를 알고 싶으면 2015년 10월 8일 문석이 집전한 설교를 보라고 했다. 비디오로 촬영된 것인지 현장 중계인지 알 순 없어도 문석이 설교하는 장면이 올라와 있다고 했다. 거기에 교리의 모든 것이 다 요약되어 있다는 것이다.

길 원장은 바로 영상을 클릭해서 차분하게 문석의 설교를 듣기 시작했다. 문석의 목소리는 낭랑하여 거부감이 없었다. 목소리에 힘이 느껴졌다. 적절하게 목소리 톤을 유지하는 것으로 봐서는 사람들을 빨아들이는 흡인력도 대단한 것 같았다.

문석의 외모 또한 한눈에 범상치 않다는 느낌으로 확 다가왔다. 정확히 가늠할 수는 없지만 키는 최소한 185센티미터는 족히 넘을 것 같았고, 덩치에서도 단단함이 느껴졌다. 얼굴에서도 강인한 인상을 연신 내뿜고 있었으며, 깔끔하게 다듬은 턱수염이 인상적이었다.

위아래 흰 양복에 흰 와이셔츠, 흰 넥타이를 매고 있어 어딘지 모르게 신비감을 더해 주는 느낌이었다. 한마디로 상남자의 모습 딱 그대로였다. 아마도 잘생긴 아버지 문산의 피를 그대로 이어받았다는 생각이 들었다.

듣기를 다 마치자 두 시간이 훌쩍 지나갔다. 문석은 두 시간 동안 쉬지 않고 설교를 한 것이다. 보통이 아니라는 생각이 앞섰다.

그러나 길 원장은 설교 내용을 듣고 더 충격에 빠졌다. 지금까지 심 소장으로부터 피상적으로만 듣던 OMB선교회의 실체에 한 걸음 다가간 느낌이었다. 그리고 또, 이번 사건과의 연관성을 유추해 볼 만한 몇 가지 단서도 나온 것으로 보였다.

이런 교리에 현혹되는 사람들이 의외로 많다는 사실에 새삼 종교의 무서움을 알 것 같았다. 문석의 설교를 듣는 신자들의 얼굴과 몸동작은 광기 그 자체였다. 누군가는 하염없이 울고 있었고, 누군가는 연신 바닥을 두드리면서 알아듣기 어려운 말들을 내뱉고 있었다. 그리고 다른 누군가는 기도하는 모습으로 두 손이 부서질 듯이 맞잡고 있었다.

신자들의 연령대도 다양해 보였다. 언뜻 보니 10대 소녀도 보이고, 70대 할아버지도 보이는 것 같았다. 그중 40대 정도의 여성들이 특히 많은 것은 분명해 보였다.

길 원장은 눈을 감고 잠시 명상에 잠겼다. 앞으로의 수사 진행 방향을 구상하고 있었다. 가장 먼저 해야 할 일은 OMB선교회 아산교회에 대해 알아봐야 할 것이다. 2016년 12월에 설립됐으니 혹시 그해 6월에 살해된 곡교천 피해자와의 연관성이 확인될 수 있을지도 모를 일이다. 바로 임 형사에게 전화를 걸었다.

"네, 접니다."

"임 형사님! 급히 확인할 것이 하나 있는데, 아산에도 OMB선교회가 있었네요."

"네에?"

아마 임 형사도 놀랄 수밖에 없었을 것이다. 자신이 근무하는 아산에 OMB선교회가 있었다니…. 등잔 밑이 어둡다는 말이 새삼 실감 났을 것이다.

"그래서 말인데요. OMB선교회 아산교회의 주소를 알 수 없으니, 일단 세무서에 종교 단체 등록 서류를 확인해서 아산교회 위치를 알아보시죠."

"잠시만요. 그럼? 곡교천 피해자가?"

"네. 아산교회가 작년 12월에 설립된 것으로 나와 있는데, 교회가 설립되기 몇 달 전에 살해됐다면, 충분히 생각해 볼 만하지 않을까요?"

"바로 확인하고 다시 연락드리죠."

"그럼, 제가 몇 가지 더 확인한 것이 있는데, 지금 바로 아산으로 출발할게요. 일단 한번 직접 부딪쳐 봐야죠."

"알겠습니다."

임 형사의 목소리에는 어느새 힘이 들어가 있었다.

두 시간 만에 길 원장은 아산경찰서 앞에서 임 형사를 픽업했다. 그사이 임 형사는 이미 OMB선교회 아산교회의 주소를 확인해 놓은 상태였다.

아산시 배방읍 ○○동 34번지…. 임 형사가 차를 타자마자 허탈한 표정을 짓고 있었다.

"제가 매일 출퇴근하는 길옆에 우리가 찾고 있던 것이 있었다니!"

"사람들은 자신이 보고 싶은 것만 눈에 들어오니, 어쩔 수 없죠. 그래, 좀 건진 게 있나요?"

"건물 등기부등본을 확인해 보니 작년 6월 18일 토지를 매수해서 그 위에 교회 건물을 신축한 것으로 되어 있고, 소유자는 OMB선교회로 나와 있네요."

"작년 6월 18일 토지를 매수했다? 음… 곡교천 피해자는 6월 초순에 살해됐죠?"

"곡교천 피해자는 토지를 매수하기 보름 전쯤에 여기에서 살해됐다고 봐야 하는데, 그러면 토지 매수 과정에서?"

"토지를 하루아침에 바로 매수할 수는 없을 테니… 일단 교회가 실제 있는지부터 확인하고, 그다음에 토지 매도자가 곡교천 피해자를 만났을 가능성이 있으니 토지 매도자를 만나보죠."

두 사람이 대화를 나누는 사이 차는 OMB선교회 아산교회 앞에 이르렀다. 교회는 대로변 안쪽에 있어 눈에 잘 띄지는 않았다.

주변에는 아직 개발되지 않은 나대지들도 듬성듬성 보였다. 아산시 배방읍은 최근 들어 개발이 한창 진행되는 곳이라 땅값이 상당히 비쌀 터인데 쉽게 땅을 매수했다니…. OMB선교회의 재력을 얼추 가늠할 수 있을 것 같았다.

교회는 단독 건물로 2층 정도의 높이였다. 그리 크지는 않아도 이런 노른자 땅위에 교회를 신축했다는 것이 새삼 놀라웠다.

길 원장은 천천히 차를 몰아 교회 정문 앞을 지나가고 있었다. 간판은 조그맣게 'OMB선교회 아산교회'라고 적혀 있었다. 요란하지 않아 언뜻 보면 교회 간판인지 전혀 모를 것 같았다.

교회 주변은 적막 그 자체였다. 지금이 오후 4시에 가까워지고 있는 시간이라 교회 안에 사람이 있다는 낌새는 보이질 않았다. 길 원장의 차는 교회를 한 바퀴 삥 돌아 처음 정차했던 한적한 공터에 다시 정차했다.

"6월에 토지를 매수해서 12월에 완공했으니, 참 빠르게도 지었네요."

"건물이라는 것이 돈만 있으면 후다닥 지을 수 있겠죠. 뭐, 교회 자체가 그렇게 크진 않으니 충분히 가능할 거 같네요. 그건 그렇고 토지 매도자는 확인된 거죠?"

"네, 일단 휴대폰 번호를 확보했으니 바로 걸어보죠?"

임 형사는 휴대폰을 꺼내 바로 통화버튼을 눌렀다.

"김치산 씨 휴대폰인가요?"

"…."

"저는 아산서 임진탁 형사입니다. 배방읍 ○○동 34번지 토지가 김 선생님 소유였었죠? 작년 6월에 매도한."

"…."

"그 토지 매도 경위에 대해 몇 가지 확인할 것이 있는데 잠시 시간 좀 내주실 수 있을까요?"

"…."

"아, 그래요. 그럼, 부동산 상호와 전화번호 좀?"

"…."

"네, 감사합니다."

임 형사는 김치산과의 통화를 끝낸 후 휴대폰으로 뭔가를 확인하고 있었다.

"다시 경찰서 쪽으로 가시죠. 김치산 씨는 토지 매도 경위를 잘 모르고, 부동산에 일임했다고. 그 부동산이 아산서 바로 뒤에 있는데, 세상 참 돌고 도네요."

잠시 후 길 원장의 차는 '아란부동산' 앞에 멈췄다. 두 사람은 천천히 부동산 사무실 문을 열고 들어갔다. 사무실 안에는 주인인 듯한 50대 여자가 혼자 있었다. 임 형사가 분위기를 다잡으며 먼저 말을 꺼냈다.

　"여기 사장님이신가요?"

　"네, 그런데 무슨 일로?"

　"아산서 임진탁 형사입니다. 작년에 배방읍 ○○동 34번지 토지 매매를 중개한 적 있죠?"

　임 형사가 다짜고짜 본론부터 물었다.

　"배방읍 ○○동 34번지? 잘 기억이…."

　"그 땅 소유자인 김치산 씨로부터 위임을 받았다고 하던데?"

　"아! 그 땅요? 네, 기억나네요. 김치산 씨가 저희 단골손님이라. 그런데 왜?"

　"그 땅 교회에서 매수한 거 맞죠?"

　"네, 교회 짓는다고 해서 매수도 교회 이름으로 한 거 같은데?"

　"어떻게 매매를 하게 됐나요?"

　임 형사는 부동산 주인의 물음에는 답하지 않고, 자신이 궁금한 것만 묻고 있었다.

　"그 땅은 제가 직접 거래한 게 아니라 대박부동산 사장님한테 부탁받은 건데."

　"자세히 좀 설명해 주시죠?"

　"대박부동산 사장님으로부터 급히 매물을 찾는 연락이 와서, 마침 제가 그 땅을 잡고 있었거든요."

　"그럼, 대박부동산에서 그 땅을 꼭 찍어서 연락이 왔다는 말인가요?"

"아니, 그건 아니고, 급히 땅을 사고 싶은 사람이 있는데 여기 아산 아무 곳이든 좋다고 해서, 마침 조건에 딱 맞아떨어지는 땅이 있어서…. 그런데 그것이 왜?"

부동산 주인은 계속해서 걱정스러운 듯 말투가 조심스러워졌다. 경찰이 거두절미하고 다그치듯 묻고 있으니 겁이 날 만도 할 것이다.

"그럼, 그 매수인을 봤나요?"

임 형사 또한 계속해서 부동산 주인의 물음에는 답하지 않았다.

"보긴 봤죠. 계약할 때 저희는 매도인 측 대리인으로, 대박부동산은 매수인 측 대리인으로 참석했는데, 저희 의뢰인은 서울에 살고 있어서 제가 일을 다 처리했죠."

"매수인은 어떤 사람이었나요?"

"네? 어떤 사람이라뇨?"

"그냥 젊은 사람이었는지, 아니면 뭐 하는 사람인지? 그냥 그런 거."

갑자기 길 원장이 끼어들기 시작했다. 사람을 구슬리는 것은 아무래도 임 형사보다는 자신이 낫다고 생각한 것 같았다.

"아! 그렇게 말씀하시면 젊은 사람들이었는데."

"뭐, 젊은 사람들이라고요? 몇 명이었죠?"

임 형사가 큰소리로 다그치듯 물었다. 부동산 사장이 깜짝 놀라는 모습을 보였다.

"두 명은 사무실로 들어왔고, 한 명은 차 운전석에 앉아 있었으니, 세 명이었던 거 같은데?"

"세 명이라고요?"

임 형사는 계속해서 놀라는 말투였다.

"혹시 그 젊은 사람들 20대나 30대 초중반 정도 아닌가요?"

다시 길 원장이 살갑게 물었다.

"네, 대충 그 정도였던 거 같던데?"

"그리고 그 사람들 혹시 검은 양복을 입고 있지 않았나요?"

"아! 맞다, 맞아. 그 사람들 모두 검은색 양복을 입고 있어서 무슨 조폭 같은 사람들이 아닌지, 저도 속으론 얼마나 겁먹었는데요. 덩치도 보통이 아니고."

"한번 그 사람들 만난 경위를 자세히 말씀해 보세요."

"네? 어떻게?"

"음… 그 사람들이 언제, 어떻게, 어디서 만났고, 또 무슨 얘기를 했는지?"

길 원장은 환한 미소를 보이며 아무 걱정할 필요가 없다는 의사를 최대한도로 표시했다.

"그게 대박 부동산에서 매물이 있냐고 연락이 왔고, 매물이 있다고 하니까 그날 바로 매수할 사람을 사무실에 보낸다고 해서 여기서 만났는데."

"그때가 정확히 언제였죠?"

"그게, 잘…."

"잘 기억해 보세요. 그 땅은 작년 6월 18일 등기가 넘어갔거든요. 그러니…."

"그래, 그래, 기억나네요. 아주 급하게 계약이 성사돼서 그렇지, 토지 매매 대금 전액을 한꺼번에 지급해서 계약이 깔끔하게 마무리됐죠. 아주 이상하게."

"그러니까 언제 그들을 봤는지 정확히 기억 안 나세요?"

"아! 잠시만요."

그녀는 급하게 장부에서 뭔가를 찾고 있었다.

"그 사람들이 당장 계약할 것처럼 내일이라도 바로 돈을 가져 온다고 해서, 그래도 제 입장에서는 땅 주인과 미리 상의해야 할 거 같아 내가 땅 주인하고 상의하고 바로 연락한다고 했어요. 그래서 그 사람한테 연락처를 받았고 땅 주인도 오케이 해서, 그날 저녁에 바로 전화를 걸었던 적이 있는데…. 여기 장부에 통화한 내용이 있네요. 작년 6월 4일 저녁에."

"작년 6월 4일요? 그 사람 이름이 뭔가요?"

"이름은 모르겠고, 그냥 '김치산 토지'라고만 적혀 있네요. 아마 이름을 알려주지 않은 거 같은데?"

"혹시 그날 비가 많이 오던 날 아닌가요?"

"맞아요. 제가 한 건 잡았다고 생각해서 우산 쓰고 차까지 배웅했죠. 그때 엄청 비가 왔던 기억이 나네요."

"그래서 어떻게 됐나요?"

"네? 아, 그쪽도 오케이 해서 며칠 후에 그 사람들이 다시 와서 바로 계약했어요. 그날 매매 대금 전액을 지급해서 깔끔히 마무리됐는데."

"사무실에 들어왔다는 그 젊은 남자 두 사람, 계약을 체결할 때도 다시 왔나요?"

길 원장은 두근거리는 가슴을 최대한 진정시키면서 아무렇지도 않다는 듯 무심하게 물었다. 만약 그 젊은이 두 사람 중 한 사람이 곡교천 피해자라면 계약을 체결할 때는 이미 살해된 상태였으니 그녀의 대답이 어떨지 궁금했다.

"아니, 그때는 젊은 남자 한 사람하고 그 엄마가 왔는데."

"뭐, 엄마요?"

임 형사는 길 원장의 의도를 아는지 모르는지 계속 놀라는 몸짓을 토해 내고 있었다.

"그럼, 나머지 젊은 남자 한 사람은 계약을 체결할 때는 오지 않았다는 말이네요."

길 원장이 무심하게 물었다.

"네. 운전석에 있던 젊은 남자가 서류를 가지고 잠깐 사무실에 들어왔었는데, 첫날 왔던 젊은 남자는 없었어요. 분명히."

"음… 그럼, 첫날 젊은 남자 두 명 중 어떤 사람이 일 처리를 주도했나요?"

"계약할 때 엄마랑 같이 오신 분이 모든 일 처리를 다 했죠. 나머지 한 분은 그냥 서 있기만 했는데."

"혹시 첫날에만 온 남자의 나이대는 어땠나요?"

"서른은 넘은 거 같았는데, 아! 맞다. 계약을 주도한 사람은 분명 그 사람보다 어려 보였는데 그 어린 사람이 막 지시를 하더라고요."

"그럼, 그 엄마라는 사람은요?"

"음, 뭐 쉰 살은 넘은 거 같았고 대게 화려하고 세련된 분이던데요."

"그 두 사람이 모자 관계가 분명하던가요?"

"네, 그 젊은 남자가 분명 '엄마'라고 불렀죠. 아, 참! 그 여자분이 교회를 대리해서 계약서에 서명도 했는데."

"그래요? 그 계약서 보관하고 있죠?"

"네, 있긴 있습니다만."

"그럼, 가져와 보세요."

임 형사가 다그치듯 말했다.

“아니, 그런데 그 계약이 왜?”

이 대목에서 그녀가 발끈하고 나섰다. 그러나 그 강도는 크지 않았다. 단지 이 상황이 궁금하다는 정도였다.

“일단 가져와 보세요. 살인 사건과 연관되어 있을 수 있는 거라.”

“네에?”

그녀는 더 이상 말을 잇지 못하고 책상 서랍을 뒤지고 있었다. 잠시 후 계약서 한 장을 임 형사에게 건넸다.

OMB선교회를 대리해서 서명한 사람은 구순희였다. 임 형사는 바로 휴대폰으로 계약서를 찍었다. 계약서가 작성된 날은 2016년 6월 8일이었다.

길 원장은 ‘구순희, 구순희’라고 읊조리면서 임 형사에게 “잠시만요, 차에 좀 갔다 올게요.”라고 말하고, 급히 사무실을 나갔다. 잠시 후 길 원장은 다시 사무실에 들어오자마자 임 형사에게 귓속말로 조심스럽게 말을 건넸다.

“구순희는 문산의 바로 밑 여동생 문선의 딸이네요. 박 형사님이 보낸 메일에는 구순희의 아들에 대한 언급은 없고요.”

“그래요? 더 궁금한 거 있나요?”

임 형사가 길 원장에게 물었다.

“제가 몇 가지만 더.”

길 원장은 ‘살인 사건’이라는 말에 몸 둘 바를 모르는 그녀에게 다가가서 다정스럽게 물었다.

“혹시 첫날에만 왔던 그 젊은 남자, 인상 기억나나요?”

“네? 인상요?”

“네, 한번 천천히 생각해 보세요. 키는 어느 정도였는지, 얼굴은 어땠는지, 아니면 어떤 신체적 특징은 없었는지 등."

"음… 두 사람 모두 키가 컸죠. 다만 첫날만 온 분은 약간 마른 체형이었지만 운동을 했는지 날렵해 보였고, 그래서 꼭 조폭 같았다니까요."

그녀는 그나마 조금 정신을 차린 듯했다.

"머리 스타일은 어땠나요?"

"아! 그거, 짧은 스포츠형 머리. 두 사람 모두."

"얼굴형은?"

"그거까지는…."

길 원장은 마음 같아서는 그녀에게 곡교천 피해자가 살해 당시의 얼굴을 보여주고 싶었다. 하지만 물에 퉁퉁 불은 얼굴을 보여주면 신빙성만 더 떨어질 것 같아 이내 포기했다.

"그리고 그 젊은 남자한테 한번 전화했었다면서요. 전화번호 좀."

그녀는 다시 장부를 뒤적였다.

"010-5**5-7714네요."

"한 가지만 더, 그 젊은 남자들이 차를 타고 왔다고 했는데 어떤 차였나요?"

"그 차, 아주 비싼 외제 차 SUV, 그게 뭐였더라?"

"벤츠, BMW?"

"아니, 그거 말고, 아! 아! 맞다. TV에도 나왔던 레인지로버 그거, 검은색 큰 차였어요."

"그럼, 혹시 차량번호는?"

"아휴! 제가 그걸 어떻게 기억하나요?"

"서류를 가지고 왔다는 운전사의 인상은 어땠나요?"

"음… 그나마 제일 젊었던 거 같은데, 나이는 많이 들었어야 20대 중반 정도. 아, 참! 계약을 주도한 사람이 반말로 지시했던 거 같고, 분위기상 꼼짝 못 하는 거 같던데요.

"네, 감사합니다. 번거롭게 해서 죄송하네요, 그럼."

길 원장은 임 형사에게 볼 일을 다 봤다는 듯 고개를 끄덕였다.

"사장님! 필요하면 또 연락드릴 건데, 수사에 협조하셔야 합니다."

임 형사는 인상 쓴 얼굴을 보이면서 그녀에게 다짐을 받으려고 했다.

벌써 밖은 깜깜해졌다. 저녁 시간도 넘긴 것 같았다. 두 사람은 일단 근처 식당에서 저녁을 해결하기로 했다. 아산서 앞이라 그런지 임 형사가 자신이 아는 곳으로 가자고 했다. 중국음식점이었다.

두 사람은 일단 배부터 채웠지만 술은 마시지 않기로 했다.

임 형사가 첫마디를 꺼냈다.

"아까 원장님이 두 젊은 남자에 대해 자세히 물은 것은 그중 한 사람을 곡교천 피해자라고 생각하시는 거죠?"

"6월 4일 처음 부동산 사무실에 찾아온 두 사람 중 한 사람이 6월 8일 계약 당시에는 오지 않았다면 그 사이 무슨 일이 있었을 가능성이? 더 구체적으로 말씀드리면, 6월 4일 밤에 무슨 변고가 있었다면 딱 곡교천 피해자가 아닐지?"

"음…."

"부동산 주인의 말로는 인상착의도 곡교천 피해자와 똑같고."

"그럼, 땅을 보러 온 날 밤에 곡교천 피해자는 무슨 이유로 살해됐을까요? 그리고 누구로부터 살해된 건지?"

"일단 곡교천 피해자를 살해한 범인이 OMB선교회의 외부인일 수도 있고 내부인일 수도 있지만, 여러 정황상 내부인일 가능성이 높을 겁니다."

"그렇게 생각하시는 이유는?"

"곡교천 피해자가 단지 땅을 보러 온 아산에서 갑자기 외부인에게 살해됐다는 것이 좀 이상하고, 그들이 곡교천 피해자가 살해됐음에도 며칠 후 아무렇지 않다는 듯 다시 부동산에 와서 정상적으로 계약을 체결했다는 것도 아무래도."

"그렇겠네요. 만약 곡교천 피해자가 외부인한테 살해됐다면 바로 신고를 했을 텐데?"

"아마 신고도 쉽진 않았을 겁니다. 곡교천 피해자가 지문 등록을 하지 않은 것부터 설명해야 할 테니."

"음… 그렇다면 원장님은 계약을 주도한 그 젊은 남자가 범인이라고 생각하시는 거네요."

"대충 그림이 나오지 않나요?"

"네?"

"곡교천 피해자, 구순희의 아들, 그리고 정체불명의 운전사 등 3인조, 진주 사건의 그림이 딱 나오지 않나요?"

"그럼, 이 세 놈이 함께 진주에서 성창수를 죽였고, 또 아산에 같이 왔다가 무슨 문제가 있어 구순희의 아들이 곡교천 피해자를 죽였다는 거네요."

"그리고 또 그들은 SUV 차량도 있다고 했으니, 강금자는 덩치가 큰 차에 치였다고 했던 거 아니었나요?"

"하, 이제야 뭔가가 잡힐 듯하네요."

"오늘 확인된 것들이 많으니 바로 후속 작업에 들어가야 하지 않을까요?"

"네, 바로 하긴 해야 하는데….."

"왜, 무슨 문제라도?"

"제가 공식적으로는 곡교천 사건에서 손을 뗀 상태라."

"그럼, 박 형사님께 부탁하면 되지 않을까요?"

"박 형사도 쉽진 않을 텐데, 그 부분은 일단 저희 경찰에게 맡기시죠. 저희가 알아서 하죠."

"네."

"우선 급히 확인할 것은 구순희의 아들 신상, 그놈이 사용하고 있던 휴대폰 통화 내역, 또 뭐가 있을까요?"

"레인지로버 SUV 차량도 어떻게 해서든지 찾아야 할 테고, 구순희의 아들 신상을 확보하면 얼굴 사진을 부동산 주인에게 확인시키는 것이 급선무일 겁니다."

"그리고 또?"

"당장 급한 것은 아니지만, 아산교회의 실상도 확인해야 하지 않을까요? 현재 누가 목사이고, 어떻게 운영되고 있고, 신자들은 누구인지 등등."

"그건 이번 살인 사건과는 딱히?"

"그렇긴 한데 제가 OMB선교회가 홈페이지를 운영하고 있다는 사실을 말씀드렸던가요?"

"아니요, 홈페이지도 있었나요?"

"아산교회가 있다는 것도 홈페이지를 보고 알아낸 건데, 세상 참 많이 좋아졌죠."

"홈페이지도 있다는 건?"

"제 생각에는 문산의 아들 문석이 교주가 되면서부터 상당히 바뀐 거 같거든요. 젊은 친구가 교주가 됐으니 생각하는 것도 많이 다를 테고, 아마 적극적인 선교 쪽으로 변신하는 과정이겠죠."

"거기에 뭐가 있던가요?"

"직접 한번 확인해 보시면 좋을 겁니다."

"그래도 일단 원장님이 보신 느낌을…."

"그걸 보고 몇 가지 놀란 것이 있는데, 저희가 지금까지 수사하면서 궁금했던 의문점 중 몇 개는 이해가 되겠더라고요."

"어떤 거요?"

"음, 그걸 설명하려면 먼저 그들의 교리부터 설명해야 하는데…."

"바쁘세요? 오늘 아예 그놈들 뿌리를 뽑죠."

임 형사는 이번 사건의 실체에 어느 정도 다가섰다는 느낌을 받았는지 아주 적극적이었다. 일 년이 넘도록 아무런 흔적도 찾지 못했던 이번 사건의 진상이 한꺼번에 몰려들었다고 생각하는 것 같았다.

"그럼, 간단히 말씀드리죠."

길 원장은 잠시 말을 멈춘 후 생각을 정리하고 있었다. 어느 종교 집단의 교리를 한번 듣고 조리 있게 설명한다는 것이 그리 쉽지는 않았다.

"그들의 교리는 한마디로 우리 한반도에 조만간 구세주 즉, 메시아가 나타나서 세상을 구원할 건데, 그렇게 하려면 미리 메시아를 맞이할 준비를 하고 있어야 한다는 겁니다."

"제가 종교는 잘 모르지만 그냥 평범한 교리 아닌가요?"

"어떻게 보면 그렇죠. 그들 주장에 따르면, 하느님은 지금까지 몇 번에 걸쳐 메시아를 지상에 내려보냈는데 모두 실패했다고 하네요. 하나님이 환란 지역을 일부터 택해서 메시아를 내려보냈는데 오히려 환란만 더 일으켰다고 보고 있죠."

"그래요?"

"중동 지역에 예수님이나 마호메트를 내려보냈고, 인도에 부처님을 내려보냈는데 지금껏 종교 분쟁이 극심한 것은 그 메시아들이 제 역할을 다하지 못해 실패했다는 거고, 이젠 최후의 메시아를 곧 여기 한반도에 내려보낼 거라고 하네요."

"그럼, 문산 자신이 그 메시아라는 말인가요?"

"그건 아니고, 문산이나 OMB선교회는 메시아를 맞이하는 대리인이라는 거 같더라고요. 저도 자세히는 모르겠지만."

"그럼, 일반적인 사이비 종교 아닌가요?"

"거기에 좀 더 이상한 것은 전에도 몇 번 말씀드렸지만, 그들은 신도들을 현혹하는 과정에서 몇 가지 특이한 것을 강조하더라고요."

"어떤 거요?"

"하느님이 모든 만물에 영혼을 부여했으니 모든 만물을 사랑하라며, 특히 메시아는 만물의 근원인 달을 통해 내려올 거라고."

"결국 달이 나오는군요."

"네, 실제로 달을 경외하는 집단이더라고요."

"그럼, 지금까지 저희가 추측한 것들이 다 맞아떨어지는 거네요."

"그렇다고 볼 수 있죠. 그리고 또 자신들이 메시아의 선택을 받으려면 현생에서도 선택받을 수 있지만 죽어서도 선택받을 수 있는데, 다만 죽을 때 자신이 택한 시기에 죽어야만 선택받을 수 있다고 강조하더라고요."

"그건 참 희한하네요."

"네. 그 교리가 우리 사건에서 결정적인 단서를 제공한 거 같던데?"

길 원장은 얼굴에 가벼운 미소를 지으며 약간 임 형사를 놀리듯 말했다.

"네에?"

임 형사도 이에 화답하듯 상당히 놀란 표정을 숨기지 못했다.

"그래서 그들의 지상 목표는 자신들이 택한 시기에 죽는다? 이거 재밌지 않나요?"

길 원장은 계속해서 결정적인 말을 꺼내지 않고 뱅뱅 돌려 말하고 있었다. 임 형사는 길 원장의 의도에 말려들지 않겠다는 심산인지 멀뚱히 길 원장만 바라보고 있었다.

"그들은 자신들이 죽을 시기를 어떻게 택해서 그걸 확인했을까요?"

"아니, 답답한 말씀 그만하시고, 그냥 확 말씀해 보시죠?"

더 참지 못한 임 형사가 직설적으로 말을 꺼냈다.

"그들은 자신들이 택한 죽을 시기를 메시아한테 확인받으려면 그 표식이 있어야 하는데 그게 바로 문신이었던 거죠."

"아하! 그래서 문신이….."

"결국 그들에게는 문신이 천국으로 가는 기차표였던 거죠."

"그럼, 5 난초 문신은 5월에 천국으로 가는 건가요? 아니, 곡교천 피해자는 6월에 죽었는데."

"전에 강금자가 살해됐을 때, 제가 모란 그림을 맞춘 적이 있었죠?"

"네, 그랬죠."

"그때는 저도 너무 막연해서 자세히 말씀드리지 못했는데, 그들이 달을 숭배한다는 거 자체를 생각하면, 결국 그럴 수밖에 없더라고요."

"…."

"그들의 생각을 따라가자면, 날짜도 모두 음력으로 계산해야 하는 거 아닌가요? 달을 숭배한다면 당연할 수밖에 없겠지만."

"어찌 보면 가장 기본적인 거겠네요."

임 형사도 이제야 모든 것이 이해된다는 듯 고개를 연신 끄덕이고 있었다.

"그럼, 그때 원장님은 음력을 생각해서 모란을 맞춘 거였나요?"

"그렇긴 하지만 그때는 그들의 실체를 정확히 알 수 없었던 때라."

"그렇다면 그들은 모두 화투 문신이 의미하는 음력 달에 사망했다는 거네요."

"그게 우리 사건에서 가장 결정적인 단서가 되겠죠."

"그게 무슨 말씀인지?"

"곡교천 피해자, 성창수, 강금자 모두 자신들이 죽고자 하는 음력 달에 죽었다는 건… 그들이 자살했다면 충분히 가능한 얘기지만 자살이 아니고 살해됐다면? 결국 살인범은 OMB선교회 신자라는 결론이 나오고, 당연히 살해의 의도도 있었다고 볼 수밖에."

"흐음…."

임 형사는 깊은 신음밖에 달리 이 상황을 표현할 길이 없는 것 같았다.

"정확한 건 아니지만 결국 그들은 그때 죽을 운명이었던 거죠."

"결국 곡교천 피해자는 그때 죽을 수밖에 없었다는 거네요."

"네. 누가 살인범인지는 아직 모르겠지만, 그 살인범은 이미 살해할 계획에 따라 실행한 거겠죠."

"아니, 그러면 피해자들은 그 종교를 배신해서 살해됐을 가능성이 높은데, 그놈들이 일부러 피해자들을 천국에 갈 수 있도록 시기를 맞춰서 살해했다는 말인가요?"

"그래도 한때는 같은 신자였으니 죽는 길이나마 자신들이 믿었던 종교에 믿음을 주려고 한 건 아닌지? 그냥 제 생각입니다."

"그럼, 지금 이러고 있을 때가 아닌데."

"아마 이 순간에도 그들에 의해 어떤 살인이 벌어지고 있을지도 모르죠."

"그런데 그들은 왜 살해됐을까요? 종교를 배신해서?"

"음… 분명 종교와 관련해서 살해됐을 거 같긴 한데, 그거야 나중에 범인의 입에서 확인해 볼 수밖에."

"아, 지금 당장 사무실에 들어가 봐야 할 것 같으니, 오늘은 그만 여기서 헤어지죠."

"새로운 소식이 나오는 대로 연락 부탁드립니다."

"네, 물론."

7.

길 원장은 그다음 날 오전이 채 가기도 전에 임 형사로부터 확인된 사항들을 전달받았다. 임 형사가 어지간히 급했던 모양이다.

"구순희의 아들 이름은 구홍석으로, 1989년생이니 지금 스물

아홉 살이네요."

"그럼, 82년생으로 추정되는 곡교천 피해자보다는 일곱 살이나 아래란 말인데."

"그리고 구홍석이 소지하고 있던 휴대폰 번호의 소유자는 ㈜만월로 확인됐네요."

"충분히 예상할 만한 일이겠죠. 제대로 된 직업이 없는 구홍석은 ㈜만월의 직원으로 등재되어 있을 가능성도 높을 겁니다."

"그럼, 위장하기 딱 좋은 그림이겠네요. 그리고 구홍석 통화 내역에서 결정적 단서가⋯."

그 말을 전하는 임 형사의 목소리는 미세하게 떨리고 있었다. 흥분하고 있음이 분명했다. 길 원장은 그대로 듣고만 있었다.

"구홍석이 최근에 가장 많이 통화한 상대방은 서울 일반 전화인데, 그 일반 전화는⋯ 계수나무 출판사로 확인됐죠."

"이로써 드디어 OMB선교회와 조항민과의 연관성이 밝혀진 건가요?"

"그렇다고 봐야죠."

"더 확인한 것이 있나요?"

"구홍석이 타고 다니는 레인지로버 SUV 차량도 확인했죠."

"그건 쉽지 않았을 거 같은데?"

"구홍석이 이용했을 가능성이 있는 천안IC, 남천안IC, 남풍세IC 등 인근 IC를 샅샅이 뒤져 2016년 6월 1일부터 10일까지 통과한 차량 중 검은색 레인지로버 SUV를 찾아냈죠."

"그 차량의 소유자도 ㈜만월이던가요?"

"네, 차량번호의 뒷자리가 '7714'네요. 구홍석이 사용하는 휴대폰 뒷자리와 똑같은."

"어떻게 했는지는 모르겠지만 참 능력도 대단하시네요."

길 원장은 임 형사와의 통화를 끝낸 후 심각한 고민에 빠지기 시작했다. 이제 이 사건의 실체에 어느 정도 다가갔다는 생각이 들지만 그 후부터가 더 문제였다.

그들에게 이번 연쇄살인의 죄책을 물으려면 직접 증거가 있어야 했다. 현재로서는 살인의 직접 증거라고 할 만한 것이 한 가지도 없었다. 혹시 레인지로버 SUV 차량을 정밀 조사하면 강금자를 들이받은 흔적이 나오지 않을까? 문득 그런 생각이 들었다.

하지만 별 가능성은 없어 보였다. 이미 완벽하게 그 흔적을 지웠을 것이고, 강금자가 단지 높이가 있는 차에 부딪힌 것 같다는 것만 가지고 구홍석이 운전하는 차량이라고 단정할 수도 없을 것이다.

그런데 갑자기 두 가지 의문점이 들었다. 바로 다시 임 형사에게 전화를 걸었다.

"임 형사님! 궁금한 게 있는데요?"

"말씀해 보세요."

"구홍석은 지문 등록이 되어 있었나 보네요."

"네. 지문 등록이 되어 있고, 진성읍에서 엄마 구순희와 함께 사는 것으로 되어 있는데, 그게 왜?"

"나이 차이가 약간 있긴 하지만 곡교천 피해자는 지문 등록이 되어 있지 않은데, 구홍석은 지문 등록이 되어 있다는 것이?"

"생각해 보면 이상하긴 하네요."

"최영실이나 성창일 자체가 지문 등록을 하지 못했으니 아들인 곡교천 피해자도 당연히 지문 등록을 할 수 없었겠지만, 정상적인 부모라면 남들처럼 지문 등록을 했다는 말이네요."

"아마 그럴 거 같은데요."

"그리고 또 구홍석의 성도 이상하지 않나요?"

"네?"

"물론 아버지도 구씨일 수 있지만 그럴 거 같지는 않고, 아마 구홍석이 어머니의 성을 따른 것으로 봐서는 뭔가 사정이 있지 않을까요?"

"박 형사가 그 부분은 확인하지 않았던가?"

"구순희의 현재 상황만 확인했던 거 같던데, 그 부분도 더 확인해 보셔야."

"네. 그건 그렇고, 앞으로 어떻게 수사를 진행해야 할지 막막하네요."

"저도 지금 그 부분을 생각하고 있는데, 정말 막막하네요."

"일단 내일이라도 박 형사와 함께 머리를 맞대봐야죠. 저희들 머리로서는 딱히 좋은 방안이 나올 거 같지는 않고, 저희가 내일 대전으로 갈까요?"

"넵, 저도 그동안 방법을 생각해 보죠. 그리고 지금까지 확인한 자료들을 저도 한번 봤으면 하네요."

"네, 내일 가지고 가겠습니다."

길 원장은 어떡하든 자신의 힘으로 사건을 마무리 짓고 싶어하는 임 형사에게 존경의 마음이 들었다. 최대한 힘을 보태겠다는 의미로 힘차게 화답했다.

다음 날 저녁 세 사람은 대전의 일식집에서 며칠 만에 다시 만났다. 그 며칠 사이에 이번 사건의 획기적인 진전이 있었다. 확정할 수는 없지만 일단 대략 범인들의 윤곽이 나온 것으로 보였다.

성창수 살해 사건의 경우 곡교천 피해자, 구홍석, 그리고 성명 불상의 운전사, 이 세 사람이 범인일 가능성이 높을 것이다. 그리고 곡교천 피해자 살해 사건의 경우 내부 소행이라면 범인은 구홍석과 성명불상 운전자일 가능성이 높을 것이다. 마지막으로 강금자 살해 사건의 경우도 분명 구홍석과 관련 있을 것 같았다.

아마 곡교천 피해자, 구홍석, 성명불상 운전자는 OMB선교회의 대외적인 일을 처리하는 사람들로 보였다. 교회를 신축할 땅을 물색하는 것도 그렇고, 성창수를 살해하는 것도 그렇고, 폐쇄적인 OMB선교회의 은밀하고 껄끄러운 일을 전담하는 핵심적인 역할을 하는 것 같았다.

지금까지 확인된 것에 비추어 보면 비록 구홍석은 곡교천 피해자보다 나이는 어려도 이 모든 것을 지휘하는 위치에 있다고 봐야 할 것이다.

또 구순희가 아산교회 토지 계약을 직접 한 것으로 봐서는 그녀도 OMB선교회에서 어떤 핵심적인 역할을 맡고 있을 것이다. 어머니가 그런 지위에 있다면 아마 구홍석도 힘이 있을 것이다. 그리고 그들의 공식적인 직장은 ㈜만월의 직원으로 위장됐을 것이다.

그렇다면 그들의 인적 사항을 확인하는 것이 최우선일 텐데 곡교천 피해자는 사망했고, 구홍석은 이미 확인이 됐고, 나머지 성명불상 운전사가 문제였다.

여기까지 길 원장의 설명을 들은 임 형사와 박 형사는 어려운 숙제를 풀어야 하는 학생처럼 끙끙거렸다.

"구홍석의 통화 내역에서 계수나무 출판사와 연결고리가 나왔다면서요."

"네, 수시로 통화했더라고요."

"그럼, 구홍석은 조항민으로부터 어떤 지시를 받거나 보고하기 위해 통화를 했을 가능성이 높겠네요."

"음… 결국 우두머리는 조항민이라는 건데."

임 형사는 지금까지 길 원장이 이번 사건에 조항민이 관련 있을 거 같다는 말을 여러 번 했어도 그때마다 딱히 반응을 하지 않았다. 하지만 실제 관련 자료가 나오자 조항민의 존재를 심각하게 생각하는 것이 틀림없는 듯했다.

"제가 잠시 구홍석의 통화 내역을 볼 수 있을까요?"

임 형사로부터 서류뭉치를 건네받은 길 원장은 세심히 서류를 살펴보기 시작했다.

"구홍석의 주변 인물들은 이 통화 목록에서 찾아야 하지 않을까요? 분명 어떤 흔적이 남아 있겠죠."

길 원장은 서류를 넘기면서 뭔가를 반드시 찾아내겠다는 각오를 단단히 하고 있었다.

"구홍석이 통화한 사람들을 일일이 확인하려면 시간이 꽤 걸릴 텐데?"

박 형사는 걱정이 앞서는 듯했다.

"구홍석이 조항민하고는 생각보다 많이 통화했네요. 거의 매일 빠지지 않고."

"네, 두 사람이 아주 긴밀한 관계인 것이 분명합니다."

"그럼, 조항민은 직접 OMB선교회에 가지 않고, 모든 일을 구홍석에게 전화로 지시했을 가능성이 높겠네요."

"OMB선교회에서 조항민 위치는 과연 어디일까요?"

임 형사가 자문하듯이 말을 꺼냈다.

"통화 내역 목록 중, 우선 끝 번호가 0017번과 2643번, 이거 두 개부터 확인해 보시죠."

길 원장은 구홍석의 통화 내역을 모두 살펴봤는지 서류를 덮으면서 말을 꺼냈다.

"왜 그 번호들이 이상한가요?"

"구홍석과 운전사는 상하 관계일 텐데, 그렇다면 지시나 보고를 위해 수시로 통화를 했겠지만, 통화 시간은 그렇게 길지 않았을 겁니다. 단순히 '잠깐 와봐!' 하는 정도로 아주 짧은 통화를 수시로 했을 수 있을 거 같고, 그런 관점에서 보면 0017번이 그나마 제일 유력해 보이네요."

"생각해 보면 그럴 수도 있겠네요. 나머지 번호는요?"

"2643번은 오히려 한번 통화하면 꽤 길게 하는 편인데, 어떤 때는 몇십 분도 있고, 아주 늦은 시간도 있는 것으로 봐서는 순전히 개인적인 관계일 수도?"

"그 의미는 애인 내지 여자 친구?"

"아마 그럴 가능성이 높을 겁니다. 그리고 이 두 개 번호의 소유자도 주식회사 만월일 가능성이 있으니, 단박에 운전사의 신원을 확인하긴 어려울 수도 있을 겁니다."

"그럼?"

"그 번호를 또 추적해 봐야겠죠. 그건 경찰만이 할 수 있는 일 아닌가요?"

"네, 시간이 걸리더라도 해봐야죠."

"그리고 참, 박 형사님! 구순희에 대해 좀 알아보셨나요?"

"아! 네. 구순희는 지금까지 결혼한 자료가 나오지 않은 것으로 봐서 독신으로 사는 거 같고, 구홍석은 1989년에 입양한 것으로 호적에 나와 있네요. 태어난 해도 1989년이고."

"그럼, 태어나자마자 입양했다는 거네요."

"곡교천 피해자처럼 부모가 지문 등록이 되어 있지 않아 어쩔 수 없이 호적에 올릴 수 없는 아이 중 한 명을 입양했을 겁니다, 아마."

임 형사가 자신의 의견을 조리 있게 밝혔다.

"음… 충분히 일리 있는 말씀이네요. 하지만 구순희 정도의 위치에 있는 사람이 일개 신자의 아이를? 아니면, 실제 구순희의 친아들일지도?"

"네?"

임 형사는 길 원장의 말이 다소 의외라고 생각하는 듯했다.

"처녀가 애를 낳았다면 아버지 성으로 호적에 올릴 수 없으니, 어쩔 수 없이 어머니 성을 따랐을 수도 있겠죠."

"그렇게 생각하시는 이유라도?"

"그냥 가능성 정도인데…."

길 원장은 말을 꺼내 놓고 쉽게 이어나가지 못하다가 잠시 후 말을 이어갔다.

"처음에 곡교천 피해자는 칼에 찔린 부위에 비추어 볼 때 왼손 잡이한테 살해됐다고 하지 않았나요?"

"네, 그랬죠."

"왼손잡이가 의학적으로 유전인지는 명확히 밝혀진 것은 아니지만 부계 유전일 가능성이 높은데, 전에 조항민을 봤을 때 조항민도 왼손잡이였거든요."

"그럼, 구홍석이 조항민의 아들?"

"그럴 가능성이 있다는 거죠. 조항민이 나중에 이혼하긴 했지만 구홍석이 태어났을 때는 엄연한 유부남이었으니, 법적으로 문제가 있었을 수도?"

"그럼, 조항민과 구순희가 보통 사이가 아니었다는 말이네요."

"폐쇄적인 집단 안에서의 남녀 관계다 보니, 무슨 일이 일어나도 충분히 예상할 수 있는 일 아닌가요?"

길 원장이 반문하듯 대답했다.

"만약 그 두 사람이 부자 관계라면 둘 사이에 그렇게 많이 통화한 것도 일응 이해되는 부분이네요."

"부자 관계라서 그럴 수도 있겠지만, 오히려 선교회 업무적인 일로 통화를 자주 했을 가능성이 더 높겠죠."

"그런데 조항민이 왼손잡이였다는 것은 어떻게 아셨나요?"

"처음에 임 형사님이 곡교천 피해자는 왼손잡이한테 살해됐다고 해서 만나는 사람마다 왼손잡이인지 유심히 살펴봤었는데, 마침 조항민이 왼손잡이더라고요."

"음….'

"소파 탁자 위의 전화기도 왼손잡이가 사용하기 편리하도록 소파 왼쪽에 있었고, 무엇보다도 조항민의 왼손 두 번째, 세 번째 손가락 사이에 담배 인이 박여 있었죠. 왼손으로 담배를 피웠다는 증거겠죠."

"형사인 저보다도… 참 대단하십니다. 그럼, 앞으로 어떻게 해야 할까요?"

"수사본부와 공조할 생각은 아직인가요?"

"아직 결심이 안 서네요. 공조를 하긴 해야 하는데."

"그럼, 아직 확인하지 못한 것부터 확인하죠. 구홍석 통화 내역에서 운전사 신원이나 뭐든 나올 겁니다."

"운전사의 신원이 나오더라도 무작정 쳐들어갈 순 없을 거 같은데?"

"네, 그렇죠. 아직 살인에 대한 명확한 증거는 하나도 없으니."

"아직 수사본부에서도 특별한 진전은 없었나요?"

길 원장은 박 형사를 바라보면서 물었다.

"요 며칠 사이에 아주 예민해진 거 같더라고요. 진전이 없어서 예민해진 건지, 아니면 결정적인 증거가 나와서 예민해진 건지."

"그래요? 또 다른 사항은?"

"저도 접근하기가 만만치 않네요. 그냥 정면 승부하시죠. 조항민도 만나고, 선교회 사무실도 쳐들어가고."

"어쩌면 그게 현명한 방법일 수도 있겠네요."

매사 신중한 길 원장이 의외로 박 형사의 말에 적극 동의했다.

"그럼, 원장님도 직접 부딪쳐 보는 것이 좋다는 말씀인가요?"

"현재로서는 딱히 방법이 없으니, 그들을 밖으로 끌어내려면 저희가 먼저 자극을 가하는 게 한 방법일 수도?"

"음…."

임 형사도 두 사람의 제안을 숙고하는 모습이었다.

"선교회를 바로 쳐들어가기는 그렇고, 조항민을 만나 우리가 많은 것을 알고 있다는 뉘앙스를 풍기면 그쪽에서 뭐라도 반응하지 않을까요? 반응을 하다 보면 실수할 수도 있을 테니."

"형님! 원장님 말씀대로 하시죠. 이젠 어느 정도 답이 나왔으니, 마냥 기다리기도 그렇지 않나요?"

"그럼, 내일 저랑 조항민을 다시 한번 만나러 갈까요?"

"네, 그렇게 하시죠."

"박 형사는 최대한 빨리 구홍석과 통화한 사람들 중에서 이번 사건 관련자들을 찾아내야 해. 예산서에서 눈치 보이지는 않지?"

"제가 언제 눈치 보면서 살았나요? 염려 붙들어 매셔도 됩니다."

"그럼, 저번처럼 제가 임 형사님을 픽업해서 서울로 가죠. 그전에 미리 조항민에게 전화를 걸어두시는 것이."

"네, 알겠습니다."

8.

길 원장은 다음 날 10시경 아산에 도착해서 임 형사를 태우고 바로 서울로 출발했다.

"오늘 찾아가겠다고 하니 조항민의 반응은 어떻던가요?"

"뭐, 특별히 꺼리지는 않는 거 같던데요."

"그럼, 자신이 있다는 건데."

"조항민 입장에서는 우리가 OMB의 실체를 알고 있을 거라고는 까마득히 모를 테니, 당연하겠죠."

"일단 강하게 부딪쳐 봐야죠."

"저는 옆에 있겠습니다. 질문은 원장님이 하시죠."

"넵."

두 사람은 오후 1시 30분을 조금 넘겨 계수나무 출판사에 도착했다. 두 사람이 사무실에 들어서자 직원 한 명이 아무런 대꾸도 없이 그냥 조항민의 사무실로 안내했다. 두 사람이 방문한다는 사실을 이미 아는 것 같았다.

조 대표는 저번과 마찬가지로 개량 한복을 입고 두 사람을 맞이했다. 딱히 얼굴에는 표정의 변화가 없었다. 그러나 그의 눈빛이 미세하게 떨리고 있는 것이 길 원장의 시야에 들어왔다. 긴장하고 있다는 표시일 것이다.

오늘도 조 대표의 사무실은 담배 냄새로 지독했다. 이 정도라면 조 대표는 애연가 수준을 넘어 담배가 없으면 아무것도 할 수 없는 중독 수준이라고 봐야 할 것이다.

세 사람은 여직원이 차를 나르는 동안 아무런 말이 없었다. 그 와중에 임 형사는 조 대표의 왼손을 유심히 살펴보고, 또 조 대표 왼편에 놓여 있는 전화기에도 눈이 가고 있었다. 길 원장의 관찰력을 검증하려는 것인지 아니면 무심결에 그리로 눈길이 간 것인지는 모르겠다. 잠시 후 길 원장이 먼저 말을 꺼냈다.

"계속 귀찮게 해서 죄송합니다. 수사를 하다 보니 몇 가지 궁금한 게 있어서, 대표님의 대답을 꼭 들어야 할 거 같네요."

길 원장은 초반부터 강하게 나가고 있었다.

"그래요? 제가 대답해야 할 거라면 당연히 대답해야죠. 자, 물어보시죠."

조 대표도 강하게 나오는 것 같았다.

"먼저 대표님께서 주신 책, 잘 읽어봤네요. 잘 쓰셨던데요."

"그렇게 평가해 주시니 고맙네요."

"제가 뭐, 책에 대해 평가하기는 그렇지만 대표님은 결과만 정당하다면 과정은 별문제 될 게 없다는 것처럼 보이던데, 지금도 그렇게 생각하고 계신가요?"

길 원장의 뜬금없는 책에 대한 질문에 조 대표는 약간 당황한 것 같았다. 길 원장의 의도를 파악하려는 듯 한동안 말이 없었다. 잠시 후 그의 대답이 나왔다.

"음… 그건 세상 사람들이 영원히 풀기 어려운 숙제가 아닐까요?"

그는 선문답으로 곤란한 질문을 피해 가려는 것 같았다. 길 원장은 그저 고개만 가볍게 끄덕였다. 본격적인 질문에 앞선 몸풀기에 불과한 질문이었다.

"대표님은 혹시 OMB선교회에 대해 알고 있나요?"

"OMB선교회라? 무슨 종교 단체인가요?"

조 대표는 생각해 볼 것도 없다는 듯이 바로 부정의 답을 내놓았지만, 표정은 그게 아니었다. 길 원장이 이걸 놓칠 리 없었다.

"모르신다는 말씀이네요."

"네, 전혀."

"저희가 확인한 바에 의하면 성창수는 78년 물에 빠져 죽은 것이 아니라, 재작년에 OMB선교회의 누군가로부터 살해됐는데, 그 사실도 전혀 모르고 있다는 말씀이네요."

"…."

조항민은 길 원장이 강하게 나오자 순간 안경을 고쳐 쓰며 길 원장과의 눈길을 피하고 있었다. 당황했다는 증거일 것이다.

"그럼, 구홍석이라는 사람을 알고 있나요?"

"…구홍석요? 전혀, 그가 누군지?"

한참 후에나 조항민의 대답이 나왔다.

"구홍석도 OMB선교회 신도이고, 성창수 살해 사건과 밀접한 관계가 있는 사람이거든요."

"…저는 한낱 출판사를 운영하면서 겨우 먹고사는 글쟁이에 불과한데, 그런 걸 왜 내게 묻는지?"

"아, 그래요? 그럼, 혹시 문산이라는 사람을 알고 있나요?"

"…."

역시 그는 쉽게 답을 내놓지 못하고 있었다. 바로 그때 그의 구세주가 나타났다. 갑자기 탁자 위에 있던 전화기에서 벨이 심하게 울리고 있었다. 그는 위기를 모면했다고 생각했는지 전화 수화기를 바로 들었다. 전화를 받는 내내 그의 표정에는 변화가 없었고, 전화기에 어떤 말도 하지 않았다. 잠시 후 그는 수화기에 손을 갖다 대면서 두 사람에게 말을 건넸다.

"제가 급하게 통화를 해야 할 거 같은데, 잠시 자리를 비워주시겠습니까?"

"아, 네."

두 사람은 황급히 자리에서 일어나 사무실 밖으로 나왔다. 그의 돌발적인 행동에는 무슨 음모가 있어 보였다. 그렇지만 그걸 어떻게 막을 방법은 없었다. 사무실 밖 독서용 의자에 걸터앉아 무작정 기다리고 있었다.

길 원장의 머리는 현재 상황을 예리하게 분석하느라 빠르게 회전하고 있었다. 그리고 눈동자는 사무실 직원들을 조심스럽게 관찰하고 있었다. 약 5분 정도가 흐르자 그가 사무실에서 천천히 걸어 나왔다. 그의 표정은 특별히 달라 보이진 않았다.

"잠시 들어오시죠."

두 사람은 그를 따라 다시 사무실 안으로 들어갔다. 하지만 그는 소파에 가지 않고 사무실 문 바로 앞에 서서 말을 이어갔다.

"제가 급한 용무가 생겨서… 바로 나가봐야 할 거 같아. 오늘 도움을 주지 못해 죄송하네요. 그럼, 이만."

그는 말을 꺼내고 그 자리에 떡 버티고 있었다. 두 사람에게 바로 사무실을 나가라는 무언의 압력을 행사하고 있는 것이다. 두 사람은 어안이 벙벙한 상태로 잠시 아무런 말도 꺼내지 못하고 있었다.

그 순간 찰나지만 조 대표는 길 원장을 향해 한쪽 눈을 잠시 깜박였다. 분명 무슨 의미가 있을 것이다.

그때 임 형사가 무슨 말을 꺼내려고 한 걸음 앞으로 나서려 하자 길 원장이 급히 제지했다.

"뭐, 어쩔 수 없죠. 담에 또 뵈면 좋겠네요. 오늘 감사했습니다. 임 형사님! 그만 가시죠."

길 원장이 임 형사의 팔을 가볍게 잡아끌고 나가려고 하자 임 형사는 화가 단단히 난 듯 팔을 뿌리치며 씩씩하게 먼저 걸어 나가고 있었다. 그 와중에 조 대표가 조심스럽게 다가왔다.

"원장님⋯."

그는 조용히 길 원장의 귀에 속삭였다. 그리고 급히 길 원장의 손에 뭔가를 쥐어 주었다. 그리고 입에 손을 갖다 대며 '쉿!' 했다.

길 원장은 깜짝 놀랐지만 바로 고개를 끄덕이며 그의 뜻을 알았다는 표시를 전했다.

길 원장은 천천히 문을 닫고 대표실을 나와 직원들에게 가볍게 인사를 건네며 밖으로 나왔다. 그러는 동안 내내 길 원장의 눈은 예리하게 주위를 살피고 있었다. 임 형사는 벌써 출판사 사무실 밖으로 나간 것 같았다.

임 형사는 지금 상황이 매우 못마땅한 것처럼 잔뜩 찌푸린 표정을 짓고 있었다. 형사의 업무가 부인하는 용의자를 강하게 압박해서 원하는 답을 받아내는 일인데 그냥 그 자리에서 물러난다는 것이 용납되지 않았던 모양이다.

다른 건 몰라도 조 대표는 구홍석과 수시로 통화한 자료가 뻔히 있는데 구홍석을 모른다고 발뺌하는 것을 두고 볼 수 없다는 표정이었다. 그러나 지금은 길 원장을 믿기로 한 것 같았다. 무슨 복안이 있을 거라 생각했을 것이다.

두 사람이 차에 타자마자 길 원장은 임 형사에게 천천히 종이 한 장을 내밀었다. 조금 전에 조 대표로부터 받은 종이였다.

임 형사가 무슨 영문인지도 모른 채 그 종이를 펼쳤다. 거기에는 'S.O.S'라는 세 글자만 쓰여 있었다.

"이게 뭔가요?"

"방금 전 대표실에서 나오기 전에 조 대표가 저에게 은밀히 건네준 겁니다."

"네에? 그럼?"

"이게 무슨 의미일까요?"

"조 대표가 난처한 상황을 모면하려고 일부러 꾸민 짓은 아닐까요? 우리가 OMB선교회나 구홍석, 문산에 대해 다그치자 그 답을 피하려고."

"그럴 수도 있을 테고, 음… 아니면 실제 구원을 요청하는 것일 수도 있겠죠."

"지금까지 자기 사무실에서 아무런 거리낌 없이 잘 애기하던 이 상황이 무슨 위험한 상황이라고 구조 요청을?"

"밖에 직원들로부터 감시당하고 있다면요?"

"네에?"

"만약 조 대표가 직원들로부터 감시당하고 있다면 아마도 저희와의 대화도 모두 도청되고 있었을 겁니다. 그러니 갑자기 전화벨이 울렸던 거고."

"그렇다면 말이 달라질 수도 있겠네요."

임 형사도 길 원장의 지금 이 말의 무게를 충분히 느끼는 것 같았다.

"그리고 한 가지 의문점이 더 있네요."

"어떤?"

"저희가 대표실을 나오기 직전 그가 저한테 귓속말로 '원장님…'이라고 절박하게 속삭였거든요."

"지금 상황이 실제라면 원장님에게 급히 도움을 요청했다는 거네요. 쪽지까지 건네주면서."

"저는 그게 중요한 것이 아니라, 조 대표가 제 신분을 알고 있다는 것이… 이상하지 않나요?"

"어? 그러네. 가만있어 보자, 전에 원장님이 신분을 말하지 않았었나요?"

"네, 저는 전혀."

"그럼, 이게 어떻게 되는 거지? 저쪽도 우리 수사 상황에 대해 깊이 알고 있다는 건데."

"네, 보통 만만한 상대가 아닌 건 분명한 거 같네요."

"음…."

임 형사는 깊은 고민에 빠진 것처럼 손을 턱에 괴고 미동도 하지 않고 있었다.

"아무리 생각해도, 제 신분을 노출시킬 일은 하지 않았던 거 같은데, 어디에서 노출됐을까요?"

두 사람은 누구라고 할 것 없이 깊은 침묵으로 빠져들어 가고 있었다. 한참이 지난 후에 갑자기 길 원장의 휴대폰 진동이 울리고 있었다. 두 사람 모두 깜짝 놀랐다.

"아! 한의원 전화네요. 이젠 휴대폰 진동에도 깜짝깜짝 놀라고 있으니, 나, 원, 참!"

길 원장이 임 형사를 보면서 가벼운 미소를 보였다. 그도 가볍게 '휴!' 하는 숨을 내쉬었다.

그러나 두 사람의 불길한 예감은 바로 현실로 돌아왔다. 이게 어찌 된 일인가! 휴대폰 너머에서 박 간호사의 다급한 목소리가 들려왔다.

"원장님! 이걸 어떻게 해야 할지….."

"왜? 무슨 일 있어?"

"원장님 앞으로 우체국 소포가 와서 제가 뜯어봤는데… 거기에 피가 철철 묻은 끔찍한 칼 한 자루가, 그것도 어마무시한 칼이."

"…"

길 원장도 순간 어떻게 대답해야 할지 말문이 막혔다. 일단 박 간호사를 진정시켜야 한다는 생각밖에 들지 않았다.

"수정 씨! 일단 그대로 놔두고, 내가 지금 내려가고 있으니 한시간쯤 있으면 도착할 거야. 다른 간호사들에게는 절대 말하지 말고."

"네."

"그리고, 혹시 한의원에 이상한 사람 있는지 잘 살펴보고."

"네."

"혹시 발송자는 누구라고 적혀 있지?"

"김말구라고, 부산 주소가 적혀 있는데요."

"그래? 일단 전화 끊을 테니, 침착하게."

길 원장은 통화를 마치자마자 임 형사 쪽으로 고개를 돌렸다. 그도 무엇에 홀린 듯한 표정이었다. 그러나 그는 바로 형사 본연의 모습으로 돌아왔다.

"그래도 일단 경찰에 전화해서 한의원 보호를 요청해야 하지 않을까요?"

"음… 단지 소포만 보낸 걸로 봐서는 아직은. 일단 한의원에 가본 다음 판단하시죠."

"네. 그럼, 바로 대전으로 같이 가시죠."

길 원장은 오늘 급박하게 발생한 사태에 대해 생각을 정리하기 시작했다. 일단 그들은 길 원장 자신의 신분에 대해 정확히 알고 있었다. 조 대표가 '원장님…'이라고 부른 것도 그렇고, 길석 한의원에 칼을 보낸 것도 그렇고, 그렇다면 그동안 줄곧 그들의 감시를 받고 있었다는 말인가?

그런 생각까지 미치자 등줄기에는 식은땀이 흐르고 있었다. 현재로서는 침착하게 대응하는 수밖에 없다는 결론을 내렸다. 긴 침묵을 깨고 길 원장이 임 형사에게 물었다.

"어제 몇 시경에 조 대표에게 간다고 전화하셨죠?"

"어제? 아, 조 대표가 휴대폰이 없어서 저녁 5시쯤 사무실로 전화를 건 거 같은데? 잠깐만요, 5시 18분에 통화했네요."

임 형사도 정신이 없는 듯했다.

"그럼, 물리적으로는 저희가 조 대표에게 통화하기 전에 소포가 발송됐을 가능성이 높겠네요."

"원장님! 일단 몸조심하는 것이 어떨지?"

"그들도 겁을 먹고 있으니 이렇게 협박했겠죠. 저에게 해코지할 생각이었으면 다른 방법으로 했을 텐데?"

"그래도 일단."

"네, 무슨 말씀인지 잘 알겠습니다. 매사 조심해야죠."

"허, 참! 그럼, 우리가 선수를 당한 거네요. 우리는 조 대표를 강하게 압박하려고 했는데, 오히려 저쪽에서 먼저 치고 나왔다는 건데."

"이번 일이 이상하게 흘러가는 거 같긴 한데, 일단 한의원에 가서 사태를 파악한 후에 대책을 상의하시죠."

두 사람은 또다시 깊은 침묵에 빠져들었다.

약 한 시간쯤 지난 후 길 원장은 아무 일 없다는 듯이 평소와 같이 한의원에 들어섰다. 몇 걸음 뒤에서 임 형사가 조용히 따라 들어왔다.

얼굴을 마주친 환자들과는 반갑게 인사를 건네고, 바쁜 간호사들에게는 눈인사만 했다. 다만 박 간호사의 표정만은 예외였다. 두려움이 가득 찬 굳은 얼굴로 길 원장을 조심스럽게 바라보고 있었다.

두 사람은 원장실에 들어오자마자 박 간호사가 책상 위에 놓아둔 소포를 뚫어지게 쳐다보고 있었다. 길 원장은 무의식적으로 창가로 가서 블라인드를 조심스럽게 걷어 올리며 밖을 살펴보고 있었다. 혹시나 미행한 사람이 있는지 확인하는 것이었다.

임 형사는 길 원장에게 일단 장갑을 갖다 달라고 했다. 잠시 후 임 형사가 장갑을 낀 손으로 조심스럽게 소포의 이곳저곳을 살피기 시작했다.

칼은 횟집 같은 데서 사용하는 것으로 양쪽에 칼날이 있으며 폭이 유난히 좁았다. 손잡이 부분은 하얀 천이 정성스럽고 단단하게 감겨 있었다. 하얀 천이 깨끗한 것으로 봐서는 평소 사용한 것 같지는 않아 보였다. 다만 횟집용 칼보다는 크기가 약간 작은 것으로 봐서 아마도 어떤 목적을 위해 전문적으로 사용하려고 특별히 제작된 칼인 것 같았다.

칼은 스티로폼으로 정성스럽게 덮여 있었다. 칼날에 묻은 피는 굳어서 약간 거무칙칙하게 보이기는 했지만 섬뜩한 건 매한가지였다.

임 형사가 칼을 조심스럽게 들어 유심히 살펴보면서 칼날을 가까이 코에 대고 냄새도 맡아보는 것 같았다.

"칼날이 아주 매끄러운 것으로 봐서는 평소 사용하는 칼은 아닌 거 같은데?"

"그럼, 단지 협박용으로 제작됐다는 말인가요?"

"뭐, 아직."

"혹시 이 칼이 곡교천 피해자를 살해한 칼이 아닐까요? 전에 임 형사님이 설명한 흉기 모양과 아주 유사한데."

"음···."

"그렇다면, 협박용이 아니라 일부러 증거를 보냈을 수도?"

임 형사는 대답 대신 고개만 가볍게 갸웃거렸다.

"부산 우체국 소인이 찍힌 것으로 봐서는 부산에서 보낸 것은 맞을 텐데, 아마도 발송자는 가짜겠죠."

길 원장은 급히 휴대폰 인터넷으로 발송자의 주소를 검색했다. 역시 나오지 않는 주소였다.

"일단 이건 제가 가져가죠. 뭐, 기대하기는 그렇지만 그래도 정밀 감식을 해 봐야죠."

"네, 그렇게 하시죠."

"원장님!"

임 형사가 심각한 표정으로 길 원장을 불렀다.

"네?"

길 원장도 그의 심각한 표정을 바로 읽었다.

"이번 사건이 이상하게 흘러가고 있는 거 같은데, 아무래도 이젠 결단을 내려야 할 거 같네요."

"무슨 결단을?"

"이젠 제가 수사본부에 찾아가서 지금까지 확인한 것들을 다 오픈해야겠죠."

"그럼, 공조하시겠다는 말씀인가요?"

"공조는 무슨? 증거 자료 다 넘겨주고 수사본부에서 알아서 하라고 해야겠죠."

"그럼, 임 형사님은?"

"어쩔 수 없죠. 원장님이 이렇게 위험에 빠졌는데."

"아니, 저 때문에 지금까지 고생한 것이….”

"어차피 때가 되면 저희가 수사한 내용을 수사본부에 알릴 수밖에요. 조금 그 시기가 앞당겨졌다고 봐야겠죠. 저는 그나마 범인들에 대한 확실한 증거를 찾은 다음에 자료를 넘길 생각이었는데."

"네, 알겠습니다. 저도 임 형사님의 결정에 따르죠."

"그럼, 수사본부에서 어떤 얘기를 꺼낼지 모르니, 결과 나오면 바로 알려드리죠."

"그건 그렇고 이 칼이 곡교천 피해자를 살해한 흉기일 수도 있으니 그 부분도 한번 확인해 봐야."

"알겠습니다. 그래도 끝까지 할 건 해야겠죠."

"그리고 박 형사님한테 연락은?"

"박 형사가 구흥석 통화 내역 조회를 가지고 거미줄을 친다고 한 거 같은데, 아직."

"일단 그 부분도 확인해 보시죠. 운전사 신원만 나오면 삼인조를 확실히 특정해서 수사본부에 알릴 수 있을 테니."

"그럼, 지금 확인해 볼까요?"

임 형사는 길 원장의 대답도 듣지 않고 바로 박 형사에게 전화를 걸었다. 박 형사가 전화를 받자마자 스피커폰으로 연결했다.

"지금 일이 생겨 원장님 한의원에 와 있는데, 자세한 얘기는 나중에 하기로 하고, 구흥석 통화 내역에서 뭐 나온 거 있어?"

임 형사는 다짜고짜 본론부터 꺼냈다.

"네, 지금 거의 다 확인했습니다. 일단 끝 번호 0017은 소유자가 역시 만월로 되어 있었고, 그 번호 통화 내역을 다시 뽑아 자주 통화한 사람들을 확인하는 과정에서 0017의 실제 사용자는 1994년생 사동일로, 그리고 끝 번호 2643는 1993년생 배선주로 확인됐네요."

"아란부동산 주인한테 사동일 얼굴 확인했지?"

"네. 부동산 주인은 정확한 얼굴을 기억할 수 없다고 하면서도 사동일의 눈이 쫙 찢어져 있어 그때도 깜짝 놀랐는데, 분명 맞다고 하네요. 아주 특이한 눈을 가졌다고, 눈을 보고 바로 기억해 냈다며."

"안녕하세요? 박 형사님! 길 원장입니다."

"아! 네."

"그래도 바로 확인하셨네요. 그 두 사람 주소지는 어딘가요?"

"사동일은 창원으로 되어 있고, 배선주는 안산으로. 그 두 사람 신상을 더 파악하려고 하는데, 아직."

"대충 감이 잡히네요. 그럼, 확인되는 대로 다시 연락 주세요."

"그래, 박 형사! 내가 따로 상의할 게 있는데 이따 전화할게."

"넵."

박 형사와의 전화를 끊자마자 임 형사가 급하게 물었다.

"대충 감이 잡혔다는 말이 무슨 뜻인가요?"

"사동일이야 당연할 테고, 배선주도 OMB선교회 신도일 가능성이 높다는 말입니다."

"배선주는 구홍석 여자 친구일 가능성이 높다고 하셨죠."

"네. 구홍석 입장에서는 여자 친구가 선교회 신도여야 여러모로."

"그렇겠죠."

"그뿐만 아니라, 사동일이나 배선주의 가족들도 아마 선교회 신도일 가능성이 높을 겁니다. 그들의 주소가 창원과 안산이라면… 선교회 지회가 있는 곳이니."

"이젠 저도 대충 감이 잡히네요. 일단 빨리 서로 가서 소포 감식부터 해야 하니, 그만."

"네, 제가 대전역까지 모셔다드리죠."

"아니, 아니, 일단 원장님은 특히 몸조심하여야! 제 진심입니다."

"임 형사님 진심 잘 새겨듣겠습니다, 그럼."

이렇게 두 사람은 헤어졌다.

길 원장은 갑자기 긴장이 풀렸는지 몸을 던져 의자에 털썩 주저앉았다.

온몸에 힘이 쭉 빠지는 것 같았다. 2014년 1월부터 현실 사건에 관여하면서 처음 겪는 두려움이 한꺼번에 몰려온 느낌이었다. 이런 상황을 전혀 예상하지 못한 것은 아니었지만 자신의 신상에 무슨 일이 생길지 모르는 사태가 현실감 있게 다가오고 있었다.

지그시 눈을 감고 명상에 잠겼다. 임 형사 말대로 조심은 해야겠지만 그렇다고 그들은 몇 명의 사람들을 살해한 흉악한 놈들인데 거기에 지레 겁을 먹고 포기한다는 것도 우스웠다.

그놈들이 가족들이 아닌 자신만을 상대한다면 어느 정도 대적할 마음이 있었다. 대학교 때부터 배워온 검도 실력이 만만치 않다고 자부하고 있었다. 기회가 되면 검도 유단자의 실력을 유감없이 보여줄 수도 있을 것이다. 나무 막대 하나만 있으면 결코 그들에게 밀리지 않을 자신도 있었다.

그러는 사이 박 간호사가 조심스럽게 노크하고 원장실로 들어왔다. 그녀는 길 원장이 몹시 걱정된다는 표정을 여실히 드러내고 있었다.

"응, 왜?"

길 원장은 일부러 아무런 티를 내지 않았다.

"아니, 뭐, 원장님이 잘못되면 우린 어떻게 하냐고요?"

그녀도 가벼운 말투로 분위기를 바꿔보려는 듯했다.

"너무 걱정 말고, 잘 대처할 테니, 다른 직원들에게는 절대 비밀로 하고. 수정 씨는 잘해 낼 거야, 그렇지?"

"네, 원장님만 믿을게요."

"그래. 오늘은 피곤해서 좀 일찍 들어갈게. 뒷정리 잘하고."

"한의원 일은 걱정 마시고요."

길 원장은 오늘은 모처럼 일찍 집에 들어가기로 했다. 편하게 가족들과 외식하면 좋을 것 같아 급히 집사람에게 전화를 걸었다.

5장

마지막 대결

1.

　다음 날 저녁 무렵에 길 원장은 임 형사의 전화를 받았다. 그는 현재까지 확보한 자료를 모두 들고 충남청 형사과장실에 찾아갔다가 지금 막 나오는 길이라고 했다.

　"그래, 과장님과는 잘 얘기됐나요?"

　"네, 뭐. 잘됐다고 봐야죠."

　"그럼, 다행이네요."

　"그리고 저도 내일부터 수사본부로 출근하기로 했네요."

　"아, 그래요. 잘됐네요. 진작부터 그랬어야지. 그래도 과장님과는 오해를 잘 푸셨나 보네요."

　"뭐, 그럭저럭. 과장님도 저희가 수사한 자료를 보고 깜짝 놀랄 수밖에 없었으니."

　"과장님이 저희 수사 결과를 곧이곧대로 믿긴 믿던가요?"

　"계속 놀라움의 연속이었죠. 그리고 당장 수사본부 회의를 소집했고, 지금까지 제가 쭉 그간의 수사 진행 상황 브리핑을 마친 상태고요."

　"그럼, 이젠 수사 방향이 어느 정도 정해졌겠네요?"

　"네. 당장 조항민을 밀착 마크하고, 구홍석과 사동일의 소재를 실시간으로 파악하고, OMB선교회에 대해 모든 자료를 취합하기로 했죠."

　"특히 조항민이 실제 신변의 위험을 느끼고 있다면, 우리가 당연히 보호를 해줘야 할 겁니다. 긴급으로 'S.O.S'까지 쳤는데."

　"네. 조항민이 신변에 위협을 느꼈든 우리를 농락했든 간에 바로 24시간 감시에 들어가기로 했죠. 그리고 참."

　"…."

"과장님께 원장님 얘기도 다 했네요. 솔직히 말했습니다. 이런 성과가 다 원장님 덕분이라고."

"네? 굳이… 과장님 반응은요?"

"과장님도 박 형사가 전에 수사한 사건이 원장님 작품이라는 걸 알고 있던 터라. 그래서 말인데요?"

"네, 말씀해 보세요."

"과장님이 제안하셨는데, 경찰 내부에서도 공식적으로 프로파일러가 있고, 이번 사건으로도 수사본부에 파견되어 있어 공개적으로 원장님의 도움을 받는 건 이상하게 비칠 수 있으니, 비공식적으로 도움을 받고 싶다고 하네요."

"음…."

"이번 수사본부의 비공식 민간 프로파일러 신분으로."

"과장님이 걱정하시는 게 뭔지 알 거 같은데… 그럼, 과장님께 제가 이렇게 제안했다고 전해 주실래요?"

"어떤 제안을?"

"저는 수사본부의 비공식 민간 프로파일러 신분이 아니라, 임 형사님의 비공식 개인 민간 프로파일러라고."

"음…."

"그 사실은 저와 임 형사님, 그리고 과장님만 알고 있는 것으로. 어때요? 제 제안 괜찮지 않나요?"

"일단 과장님과 상의해 보죠."

"그리고 참, 수사본부에서는 그래도 몇 달간 이번 사건에 매달렸을 텐데, 뭐라도 나온 게 있지 않았을까요?"

"아, 참! 수사본부에서는 계속 아무것도 나오지 않아 연쇄살인이 아닌 쪽으로 수사 방향을 옮기려는 차였고, 그러는 과정에서 강금자의 사체를 정밀 재부검했는데 거기서 유력한 증거가 하나 나왔다고 하네요."

"아! 그래요."

"강금자의 입 안쪽에서 타인의 살점이 미세하게 검출됐는데, 아마도 강금자가 죽기 직전에 살인범의 신체 일부를 물며 반항하는 바람에 살인범의 살점이 입속에 남아 있었을 거라고."

"그럼, 바로 신원을 확인했을 것 아닌가요?"

"유전자 데이터베이스에는 없는 자료여서, 유력한 범인만 나타나기를 기다리고 있었다고 하네요."

"그럼, 그 살점이 구홍석이나 사동일 거로만 나오면 게임 끝이겠네요."

"네, 그래서 수사본부에서도 현재 난리가 난 상태죠. 지겹고 지루했던 싸움이 곧 끝날 판이라며."

"저희와의 수사 공조가 기가 막히게 맞아떨어진 거네요."

"네. 일단 급하게 구홍석과 사동일의 신병을 확보하는 대로 그 부분부터 확인할 예정이죠."

"그건 그렇고 제가 임 형사님의 개인 민간 프로파일러로서 한 가지 제안을 드릴까요?"

"넵, 뭐든지!"

"저희가 지금까지 파악한 바로는 구홍석이나 사동일은 그냥 범행 실행 도구에 불과한 것으로 보였으니, 진짜 주범을 찾으려면 신중을 기해야 할 겁니다. 잘못하다가는 피라미만 잡고 정작 주범은 유유히 빠져나갈 수도 있으니."

"그렇겠네요, 그럼?"

"저희는 그 배후에 조항민이 있다고 확신하고 있었는데, 조항민의 돌발 행동 때문에…. 조항민이 우리를 속이려는 고도의 트릭일 수 있으니 그 점도 염두에 두셔야 하고, 또 조항민 말고 다른 배후에 대해서도."

"그럼, 원장님은 조항민이 'S.O.S' 친 것을 트릭이라 보는 건가요?"

"조항민이 'S.O.S'를 친 시기와 저한테 칼이 도착한 시기가 묘하게 맞아떨어진 것이 어째 이상하네요."

"그걸 어떻게 확인할 수 있을까요?"

"한 가지 방법이 있긴 한데, 나중에 구홍석을 검거하면 곧바로 조항민의 유전자와 비교해 보는 것이 어떨지?"

"음… 구홍석이 조항민의 자식일 수도 있다고 전에 말씀하신 거."

"그 결과를 보면 어느 정도 윤곽이 잡히지 않을까요?"

"네, 그렇겠네요. 그리고 또?"

"네?"

"자문을 하시려면 확실히 하셔야죠. 더 팁이 필요하네요."

"음… 이번 사건은 조항민이 배후든 아니든 모든 중심 중의 하나는 구순희일 겁니다. 일단 구홍석의 어머니이고, 또 조항민과 사실상 부부 사이일 수도 있으니까요."

"그럼, 구순희가 오히려 핵심 배후일 수도 있겠네요."

"그렇죠. 선교회 입장에서는 오히려 조항민보다 문산의 피를 이어받은 구순희가 힘이 더 강할 수도?"

"아무튼 구순희를 눈여겨봐야 할 거 같네요."

"네, 좋은 결과 기다리죠."

"그리고 원장님에게 회칼을 보낸 소포를 역추적한 결과, 부산

해운대 우체국에서 택배기사가 보낸 것으로 확인됐는데, 그의 말에 따르면 해운대 앞바다에서 모르는 젊은 남자한테 3만 원을 받고 대신 소포를 보냈다고 하네요."

"그럼, 그 젊은 남자가 구홍석이나 사동일일 가능성이 있겠네요."

"20대 초반이라고 한 것으로 봐서는 사동일일 가능성이 높을 겁니다. 저희가 사동일의 사진을 보여줬는데도 비슷한데 확실히 기억할 수 없다고는 했지만."

"나중에 그놈들을 잡아보면 알 수 있겠죠."

"그리고 칼날에 묻은 피는 돼지 피라고 하네요."

"아! 그래요."

혹시 곡교천 피해자를 살해한 증거를 보냈을 수도 있다는 길 원장의 추측은 빗나간 꼴이었다.

"그리고 또 그 회칼은 곡교천 피해자를 살해한 흉기와 같은 종류인 것으로 보이는데, 미세하게 칼날 흔적은 다르다고 하고요."

"그놈들은 그런 종류의 칼을 여러 개 소지하고 있을 가능성이 높겠네요."

"노파심에서 말씀드리지만, 사태가 급변할 수 있으니 더욱 몸조심 하셔야 합니다. 저희는 원장님이 뒤에 계신 것만으로도 든든하니, 잘 마무리해야죠."

"네, 또 소식 있으면 알려주세요."

두 사람의 통화는 여기서 끝났지만, 길 원장은 곧 이번 사건에 있어서 어떤 획기적인 전환이 있을 것 같다는 예감이 들었다.

2.

길 원장은 임 형사와 매일 밤 그날 하루 동안 있었던 일에 대해 전화로 상의하기로 약속되어 있었다. 길 원장의 신변 문제도 있고 해서 길 원장이 직접 현장에 나서는 것은 삼가고 그 대신 수사본부에서 있었던 수사 진행 상황에 대해 임 형사를 통해 전달받기로 한 것이다. 말 그대로 비공식 자문이었다. 물론 충남청 형사과장의 승인이 있었다.

그날 밤에 두 사람은 긴 대화를 나눴다. 수사본부가 급박하게 돌아가고 있었기 때문이었다.

일단 수사본부에서는 구홍석과 사동일에 대한 휴대폰 실시간 위치 추적으로 그들이 OMB선교회 안에 있다는 사실을 확인했다. 계속 별다른 움직임은 없다는 것이다.

수사본부에서는 당장 선교회에 대한 압수수색과 구홍석, 사동일 체포영장 집행 등 대대적인 공개수사를 하자는 의견과, 현재로서는 구홍석, 사동일에 대한 범죄혐의가 전혀 특정되지 않았고 종교 단체에 대한 무분별한 압수수색은 자칫 종교의 자유 침해라는 문제와 맞닥뜨릴 수 있는 예민한 사안이므로 신중을 기하자는 의견으로 팽팽히 갈렸다.

일단 수사본부장은 OMB선교회를 사전에 미리 관찰할 수 있는 방법을 마련해 보라고 지시했다. 그곳이 정확히 어떤 상태인지도 모르고 무작정 압수수색을 실시했다가 잘못하면 큰 낭패를 볼 수 있다는 염려 때문이었다.

그리고 현재로서는 구홍석, 사동일이 구체적으로 어떤 역할 분담으로 살인을 저질렀는지 명확히 밝혀지지 않아 법원으로부터 체포영장 발부 여부도 불확실하다는 현실적인 이유도 있었다. 일단 계속 그들에 대한 감시만 철저히 하기로 했다.

사동일에 대한 추가 자료도 속속 수집되었다. 사동일은 고등학교 때까지는 청소년 국가대표에 뽑힐 정도로 유망한 야구선수였지만 3학년 때 거의 1년 정도 치료를 받아야 하는 큰 부상을 입고 결국 프로구단의 지명을 받지 못한 채 야구를 그만두게 된 사연이 있었다. 고향 근처의 대학교에 들어갔다가 적응을 하지 못한 채 군대에 갔고, 군대 제대 후 얼마 있지 않아 ㈜만월에 입사한 것으로 되어 있었다.

이에 덧붙여 사동일은 부모와 여동생이 한 명 있는데 이들은 모두 OMB선교회 창원교회 교인들로 확인됐다. 아마도 사동일 또한 그 교회 교인이었다가 어떤 계기로 선교회 본부로 발탁되었을 거라는 추측이 있었다.

"조항민 쪽은 어떤가요?"

"조항민을 감시하고 있는 팀에서는 현재까지 별다른 특이 사항은 없다고 하네요. 조항민은 그저 출판사에 출근했다가 저녁 6시 정각에 집에 가서 틀어박혀 있다고만 하네요."

"특별히 누가 감시하는 거 같지는 않고요?"

"네, 조항민도 별로 그런 거리낌도 없다는 거 같네요."

"음… 그럼, 우리가 조항민의 쇼에 놀아난 꼴인가요?"

"저는 그럴 가능성이 높다고 보는데, 조항민 입장에서는 구홍석과 문산에 관련된 질문은 정말 대답하기 곤란한 질문이었을 테니, 그것을 모면하려고 사전에 직원들과 짜고 그런 쇼를?"

"그건 그렇고 사동일을 조사하는 김에 야구선수였다고 하니까 아마 경기 장면이 찍힌 영상이 있을 거 같은데, 그걸 확보해 보시는 것이 어떨지?"

"네? 사동일의 얼굴 신상은 이미 확보했는데, 왜?"

"사동일이 왼손잡이인지 확인해 봐야 하지 않을까요?"

"아! 당장 확인해 봐야겠네요."

"그리고 또 혹시 사동일의 영상을 확보하면, 그놈들이 진주에서 금은방을 털 때 찍힌 CCTV 화면이 있을 테니 그 화면과 비교하면 세 명이 누구인지 대충 특정할 수 있지 않을까요?"

"아하!"

"구홍석과 곡교천 피해자는 모두 키가 크다고 했지만, 곡교천 피해자는 구홍석에 비해 마른 편이라고 했으니 잘하면 둘은 특정할 수 있을 거 같고, 혹시라도 사동일에게 무슨 무의식적인 습관 같은 것이 있을 수도 있으니."

"네. 세 명 정도야 정밀 분석하면 바로 구별할 수 있을 겁니다."

"저는 이렇게 편하게 있는데 고생이 많으시네요."

"저희야 당연히 해야 할 인데요, 뭘. 더 하실 말씀은?"

"없습니다. 짬짬이 쉬면서 건강도 챙기시고요."

"그럼, 내일 또 전화드리죠."

두 사람의 대화는 그날 이렇게 끝났다.

그다음 날 같은 시각에 두 사람은 또 대화를 이어갔다.

"사동일은 투수였는데, 2012년 대통령배 고교야구대회 4강에서 선발로 출전한 영상화면을 확보해 보니, 그놈 왼손투수였더라고요."

"아, 그래요. 만약 구홍석이 오른손잡이라면 곡교천 피해자를 직접 살해한 놈은 사동일일 가능성이 높겠네요."

"두 놈을 잡아보면 알겠죠."

"그리고 또?"

"네, 원장님 말씀이 맞았습니다. 그놈들이 금은방을 털 때 CCTV 화면을 보니 모두 구별이 가능하더라고요. 마침 사동일이 투구할 때 양손으로 모자 앞뒤를 만지는 습관이 있었는데 CCTV 화면에서도 영락없이 그런 버릇이 있어서 사동일이 바로 특정됐고, 나머지 두 놈도 구별이 그다지 어렵진 않던데요."

"아주 유력한 증거를 확보한 거 같은데, 잘됐네요. 다른 새로운 소식은?"

"구순희 관련인데요, 구순희 전과 조회를 확인하는 과정에서 구순희가 산지관리법 위반 등으로 몇 번 벌금을 낸 전력이 있었고, 금년 초에도 벌금을 낸 자료가 있어 확인해 보니 만월 뒤쪽의 산지를 무단 훼손한 사안이고, 고발한 진성군청에서는 계속 복구명령을 내렸는데도 불응하면서 이행강제금만 내고 있다고 하네요."

"음… 거기에서 무슨 돌파구가 생기면 좋을 텐데?"

"그렇지 않아도 마침 진성군청 담당자가 내일 만월에 가서 복구명령을 내리고 현재 상황에 대해 점검할 계획이 있다고 해서, 급하게 내일 아침 저하고 원주서 주 형사가 군청 담당자와 함께 만월에 직접 가볼 생각입니다. 직접 현장을 보면 뭔가 답이 나오겠죠."

"그거 잘됐네요. 그런데 참 의미심장하네요."

"뭐가요?"

"구순희가 만월의 공식적인 대표도 아닌데 벌금 형사처벌을 받았다는 것은 실질적으로 만월을 운영하고 있다고 봐야 할 거 같고, 그렇다면 우리가 예상한 대로 구순희가 실세 중의 실세일 가능성이. 그런데 참….”

“네?”

“임 형사님은 직접 가시지 않는 것이… 아마 임 형사님도 그들 눈에 이미 노출됐을 겁니다. 그들이 오히려 긴장할 수도 있고 나중에 문제 될 수도 있으니.”

“생각해 보니 그렇겠네요. 이를 어쩌지….”

“대신 다른 분이 가셔서 사진을 왕창 찍어 오라고 하세요. 수사본부에서는 어차피 주 형사님이 가실 테니 잘 대처하실 테고.”

“음… 그렇게 해야 할 거 같네요. 그리고 또 자문해 주실 거는?”

“밖에서는 조항민이지만 결국 OMB선교회 안에서는 구순희가 관건일 거 같은데, 구순희의 주변에 대한 사진을 많이 촬영해야 할 거 같고, 아마도 구홍석이나 사동일이 그 자리에 있을 수도 있고요.”

“그놈들이 있길 바라야겠죠.”

“또 나중에 압수수색을 위해 어떤 건물들이 있는지도 속속들이…. 제가 공자 앞에서 문자를 쓰고 있네요.”

“음… 내일 결과가 나오면 다시 연락드리죠.”

“넵, 알겠습니다.”

길 원장은 지금까지는 사건이 계획대로 풀린다고 생각했는지 한결 마음이 가벼워졌다.

또 다음날 길 원장은 밤늦게 임 형사의 전화를 받았다.

그가 비록 OMB선교회 내부에 직접 들어가지는 않았지만 주 형사와 같이 진성군에 갔다가 지금 막 내려왔다고 했다.

"전체적인 내부 분위기가 어떻다고 하던가요?"

"그냥 평범한 일반 교회 분위기라고 하던데요. 저희가 교회 쪽에는 접근하기 어려워 그 옆에 있는 만월 공장을 집중적으로 확인했는데, 다들 별 관심이 없는 거 같다고 하네요."

"하기야 군청에서 행정처분을 하러 나온 건데, 별 볼 일이 없겠죠."

"네. 구순희가 나와서 일일이 대응했는데, 계속 하소연만 했다고 하네요. 이미 훼손된 거 어쩔 수 없지 않냐며, 자신들이 나무도 심고 잘 복구할 테니 양성화시켜 달라고. 아마 주차장을 만들려고 산림 일부를 훼손한 것으로 보이고요."

"그래서요?"

"진성군청에서는 산사태 위험도 있고 허가도 받지 않은 거라 복구명령을 내릴 수밖에 없다고 버티고, 구순희도 막무가내로 버티기만 했다고 하네요."

"저희는 그게 중요한 것이 아니라, 구순희 말고 뭐 이상한 사람은 없다고 하던가요?"

"주 형사가 구홍석과 사동일의 얼굴을 알고 있는데, 주 형사 말로는 두 사람은 코빼기도 보이지 않았다고 하네요."

"그럼, 문석이나 교회 관계자들은?"

"전혀! 주 형사 말로는 교회와 만월이 공간만 같았지, 전혀 다른 것처럼 느껴졌다고."

"음… 그래요. 그래, 사진은 많이 찍었다고 하던가요?"

"같이 간 일행이 차에서 내리지 않고 차 안에서 무지하게 셔터를 눌러댔다고 하니까, 일단 그 자료를 검토하고 특이한 점이 있으면 내일 말씀드리죠. 오늘은 너무 피곤하네요."

"넵. 장거리 여행하셨을 텐데 오늘은 푹 쉬시고, 내일 다시 통화하죠."

"이게 그냥 여행이라면 좋았을 텐데. 원장님도 푹 쉬세요."

그다음 날 길 원장은 오전에 다시 임 형사의 전화를 받았다. 어제는 그렇게 피곤하다고 했으면서 아침 일찍부터 움직인 것 같았다.

"지금 통화 괜찮으세요?"

"네, 괜찮습니다."

"사진을 검토해 봤는데, 어제 말씀드린 대로 별다른 특이 사항은 없고, 한 가지 수확이라면 구순희가 실세인 것은 확실하네요. 여기저기 직원들에게 지시하는 모습이 찍힌 걸로 봐서는 분명합니다."

"그렇군요. 구순희와 조항민을 서로 연결할 수만 있다면 딱 그림이 나올 거 같긴 한데?"

"그런데 하나 조금 특이한 것은, 사진상으로 구순희 옆에 바짝 붙어서 같이 행동하는 사람이 한 명 있더라고요. 분명 조항민은 아니지만 아주 친한 거처럼 보이긴 하던데?"

"그래요? 그럼, 구순희가 믿고 맡길 수 있는 개인 비서 아닐까요? 나이는 어느 정도로 보였나요?"

"구순희와 비슷한 거 같던데? 50대 중반 정도?"

"저한테도 그 사진 하나 보내 주실래요?"

"지금 팀원들과 점심 먹으러 나와 있어서, 선교회 이곳저곳을 찍은 사진들도 많이 있으니 들어가서 메일로 보내드리죠."

"네, 맛점하시고요."

"원장님도요."

길 원장도 직원들과 점심을 먹고, 커피를 마시며 잡담을 나누다가 거의 2시가 다 되어 원장실로 들어왔다. 임 형사로부터 메일이 도착해 있었다. 잠시 서류 정리를 하고 메일을 클릭했다.

첫 사진은 구순희가 어딘가를 노려보는 모습이었다. 역시 카리스마가 보통이 아닌 것 같았다. 첫인상의 강렬함이… 어찌 보면 섬뜩했다.

그다음 사진은 구순희와 어제 임 형사가 말한 비서 같은 사람이 같이 찍혀 있었다. 뭐가 신났는지 서로 크게 웃고 있는 모습이었다. 비서 같은 사람은 얼굴이 반쪽만 찍혀 있었고, 다음 사진에는 그 남자의 얼굴 전체가 찍혀 있었다.

그 순간 길 원장은 숨이 멈출 만큼 놀란 상태로 한동안 움직이지 못하고 있었다. 그 사진상의 얼굴은 길 원장이 분명 아는 얼굴이었다. 아니 직접 본 얼굴이 아니라 마음속으로만 각인되어 있는 얼굴이었다.

그의 얼굴 오른쪽 거의 전체가 심한 흉터로 포장되어 있었다. 그가 누구인지 바로 알 수 있을 거 같았다. 나이대도 딱 들어맞았다. 그는 성창일이 분명했다. 성창일은 85년 최영실이 사고를 당한 그 교통사고로 죽은 것이 아니었다. 버젓이 지금까지 살아 있었던 것이다.

그런데 왜 그가 죽었다고 단정하고 있었던 거지? 그 해답은 바로 나왔다. 최영실의 교통사고에서 죽은 젊은 남자가 당연히 성창일이라고 단정해 버렸던 것이다. 곡교천 피해자가 성창일과 최영실의 아이였으니 최영실 옆에는 성창일이 있었을 거라고 너무 안일하게 생각했던 것이다.

그건 그렇고 성창일이 지금까지 굳건히 살아 있다면 어떻게 되는 것일까? 거기에 나아가서 구순희와 아주 가까운 사이라면 어떻게 되는 것일까? 지금까지 추정하고 있었던 가설들이 한순간에 물거품이 되는 것은 아닐까? 갑자기 머리가 복잡해지기 시작했다. 천천히 생각을 정리해 보기로 했다.

일단 구순희와 조항민의 부부 공식에서 조항민 대신 성창일을 집어넣으면 어떻게 되는 것일까? 구순희와 성창일이 부부라고 하면 어떻게 되지?

그러나 그 생각은 바로 부정되었다. 있을 수 없는 일이다. 만약 구순희와 성창일이 부부라면 성창일은 자기 아들인 곡교천 피해자를 살해했다는 것인데 그건 말이 안 된다.

또 성창수는 성창일의 친형인데 친형까지 살해했다는 말인가? 물론 전에 임 형사가 말한 것처럼 종교 앞에서는 부모나 형제도 없다고 했지만, 아무리 그래도⋯ 이건 이해할 수 없는 상황이었다.

혹시 구순희라면? 곡교천 피해자는 비록 남편의 아들이지만 자기 배로 낳은 아들은 아닌데, 그렇게 애정이 있었을까? 그게 아니라면? 성창일의 존재는 뭐란 말인가? 구순희와 부부가 아니라면 그냥 심복? 아무리 심복이라도 자기 아들과 친형을 죽이는 것에 그냥 방관만 하고 있었다는 말인가?

아니, 그런데 임 형사는 왜 이 사진을 보고도 성창일의 존재를 모르고 있었을까? 바로 의문을 해소해야 할 것 같아서 임 형사에게 전화를 걸었다.

"임 형사님! 지금 통화 가능하세요?"

"네, 말씀하세요."

"방금 전에 임 형사님이 보내 주신 사진 그거, 그 사진에 나오는 50대 남자가 누군지 모르고 있었나요?"

길 원장이 따지듯 물었다.

"네? 그자가 누군데요?"

"그자는 성창일인 게 분명한 거 같은데?"

"네? 그자가 성창일이라고요? 성창일은 85년도 교통사고로 사망하지 않았나요?"

"우리가 너무 쉽게 그렇게 단정한 것일 뿐, 지금 생각하니 참 한심하네요."

"아니, 우리가 왜 그렇게 생각했죠?"

"성창일이 최영실과 함께 엮여 있어서 최영실의 교통사고에 성창일도 당연히 있었다고 생각해서 그만."

"아! 이럴 수가."

"그런데 임 형사님은 그 사진을 보고 성창일인지 몰랐나요. 얼굴 오른쪽에 선명하게 흉터가 있던데?"

"성창일이 흉터가 있었나요? 금시초문인데요."

"네? 그때 제가 말씀드리지 않았나?"

"…."

길 원장은 그 말을 꺼내 놓고 아차! 하는 생각이 들었다. 급하게 머리를 굴리고 있었다. 익산에 가서 성창일의 존재를 확인하고 그 후에 임 형사에게 그 사실을 말하지 않았나? 왜? 아차차! 그 당시 임 형사가 배방읍 살인 사건으로 정신이 없었던 때라, 그 말을 할 기회를 놓쳤다는 생각이 번뜩 떠올랐다.

그 후 최영실의 교통사고 건에 대해 얘기하다가 당연히 성창일도 그때 죽은 것으로 단정해 버린 것이다.

"제가 실수한 거 같네요. 성창일이 어렸을 때 뜨거운 물에 데어 심한 화상을 입었다는 사실을 확인했었는데, 미처 임 형사님께는 말씀드리지 못한 거 같네요. 죄송합니다."

"그게 죄송할 일은 아니죠. 그럼, 어떻게 되는 건가요? 성창일이 지금도 살아 있다면, 성창일도 이번 사건에 관련 있을 수도 있다는 말인가요?"

"몇 가지 이해 안 되는 것이 있긴 하지만, 지금까지 저희가 추정했던 가설들을 전면적으로 재검토해 봐야 한다는 거죠."

길 원장은 그가 수사본부에 보고할 수 있도록, 성창일의 존재로 말미암아 발생할 수 있는 여러 가지 가능성에 대해 지금 방금 생각해 냈던 것들을 상세히 설명했다. 길 원장의 말을 듣는 내내 그도 이번 사건이 다시 이상하게 꼬여간다고 느끼는 것이 확실했다.

"지금 이 내용들을 수사본부에 보고하고 대책이 나오면 다시 전화드리죠. 하도 새로운 일들이 툭툭 튀어나오다 보니 저도 지금 제정신이 아니네요."

"네, 그럼."

3.

다음날 점심시간이 막 지났을 때 뜻밖의 일이 벌어졌다. 조항민이 어떻게 길 원장의 휴대폰 번호를 알았는지 지금 방금 조항민의 전화를 받은 것이다. 조항민은 다짜고짜 할 말이 있다며 지

297

금 서울역이라고 했다. 어디 조용히 얘기할 곳을 정해 주면 그리로 가겠다고 말했다.

길 원장은 그의 제안에 잠시 갈등하긴 했지만 그 갈등은 오래 가지 않았다. 조항민이 보낸 'S.O.S'가 트릭이라면 거기에 맞게 잘 대처하면 될 것이고, 실제 구원을 요청하는 거라면 이번 사건을 일거에 해결할 수 있는 절호의 기회가 될 것이다. 조항민만큼 선교회의 사정을 속속들이 아는 사람도 없을 것임이 분명했다. 지금까지 발생한 세 건의 살인 사건 진상이 낱낱이 드러날 수도 있을 것이다.

길 원장은 급히 멤버십 호텔인 ○○호텔에서 기다리고 있겠다고 알렸다. 거기에 도착해서 길 원장이 예약한 방을 찾으면 된다고 했다. 그가 지금 서울역이라고 했으니 급히 서둘러야만 했다.

잠시 심호흡을 하며 생각에 잠겼다. 그를 어떻게 대할 것인지 머릿속은 바쁘게 돌아가고 있었다. 우선 그를 만나는 것에 대해 임 형사에게는 귀띔이라도 해줘야 할 것이다. 아직 그의 정확한 의도를 알 수 없는 상황에서 혼자 섣불리 행동하기에는 위험부담이 있었다. 그들은 협박용으로 회칼을 보내지 않았던가?

길 원장은 원장실을 나가기 직전 바로 임 형사에게 전화를 걸었다.

"임 형사님! 지금 통화 괜찮으신가요?"

"네, 혹시 지금 조항민을 만나기로 했나요?"

"네? 어떻게 그걸?"

"서울에서 조항민을 감시하는 직원한테 조금 전에 연락이 와서, 조항민이 서울역에서 KTX를 타기에 자기들도 뒤따라가서 승무원에게 조항민의 목적지를 확인했더니 대전이라고 하던데,

혹시?"

"허허! 직원들이 일을 잘하고 있나 보네요. 조항민한테 조금 전에 전화가 와서 저한테 할 얘기가 있다고 하네요."

"그래요? 그냥 무작정 만나기는 위험하지 않을까요?"

임 형사도 그들이 회칼까지 보낼 정도로 대담하다는 사실에 걱정이 많이 되는 모양이었다.

"음… 아직 조항민의 정확한 의도가 뭔지 모르니 조금 걱정되기는 하지만, 그래도 그쪽에서 저를 보자고 했으니 일단은 만나봐야죠."

"그럼, 우리 직원들을 배치하는 것이 좋을 거 같은데?"

"만약 조항민이 저희를 도와주려는 거라면 오히려 역효과가 날 수도 있으니…. 지금 조항민을 감시하는 직원들이 있다고 하지 않았나요? 그분들에게 맡기시죠."

"그럼, 제가 그 친구 휴대폰 번호를 문자로 남겨드릴 테니 입력해 놨다가 무슨 일이 발생하면 바로 누르세요. 직원들이 바로 조치할 겁니다."

"네, 감사합니다. 저도 제 몸 정도는 간수할 능력이 됩니다. 너무 걱정 마시고요."

"그놈들이 하도 대담한 놈들이라. 그런데 왜 조항민이 원장님을?"

"만나보면 알겠죠, 뭐. 그건 그렇고, 수사본부에서는 향후 수사를 어떻게 진행하기로 했나요?"

"종교 집단을 건드리는 거라 잘못되면 나중에 말이 나올까 봐 선교회에 대한 압수수색은 현재로서는 무리라고 결론이 났고, 일단 타협안으로 구홍석과 사동일에 대한 체포영장만 발부받아

영장을 집행한 다음 48시간 안에 승부를 보자는 쪽으로 정해졌습니다."

"수사본부에서는 두 사람에 대한 체포영장은 발부받을 수 있다고 자신하는가 보네요?"

"살인 사건도 그렇지만, 진주 금은방 절도 사건에 대한 명백한 증거가 있으니 체포영장이야 발부받을 수 있겠죠."

"음… 그럼, 구홍석이나 사동일은 진주 금은방 CCTV가 있을 테고 또 강금자의 입에서 나온 살점을 두 사람 DNA와 비교하면 어느 정도 답이 나오겠네요."

"네, 거기에 승부를 걸어봐야죠."

"그리고 조항민, 성창일과 구순희는요?"

"거기까지는 아직, 일단 계속 감시만 하기로 했습니다. 결국 구홍석과 사동일을 잡아서 결판을 내야죠."

"네. 그럼, 저도 이만 나가 봐야. 좋은 결과 기대하시고, 끝나면 바로 전화드리죠.

지금 길 원장은 대전 ○○호텔 306호에서 조항민을 기다리고 있다. 조항민의 제안이 뜻밖이기도 했지만, 무슨 말을 할지가 더 궁금했다. 긴급히, 또 조용히 보자고 했으니 분명 뭔가는 있을 것이다. 그리고 그는 조금 전의 통화에서 모든 것을 체념한 것처럼 말했다.

잠시 후 노크 소리가 나고 그가 방문을 열고 들어왔다. 그를 보는 순간 깜짝 놀랐다. 그는 며칠 사이에 몰라볼 정도로 초췌해져 있었다.

두 사람 사이에는 잠시 어색한 적막이 흘렀다. 그가 먼저 말을 꺼냈다.

"이미 전화로 얘기했지만 내가 길 원장에게 해줄 말이 있소."

그는 말하는 것도 힘이 드는지 입이 겨우 열리는 정도였다.

"네, 저희야 대표님께서 도움을 주시겠다면 고맙기는 한데."

길 원장 또한 이 순간이 매우 조심스러웠다.

"내가 전보다 많이 늙어 보이지 않소?"

"네? 아! 조금 몸이 안 좋으신 거 같은데?"

"조금 안 좋은 것이 아니라 많이 안 좋소. 사형 선고를 받았소."

"네?"

"내가 20대부터 지금까지 하루에 두 갑 이상 담배를 피워댔으니 몸이 다 문드러졌소. 폐암 말기요."

"아!"

길 원장은 이 상황에서 어떤 위로의 말도 꺼낼 수가 없었다. 또다시 두 사람 사이에는 적막이 흘렀다. 이번에도 조 대표가 먼저 말을 꺼냈다. 그는 말하는 중간중간 계속 기침을 하고 있었다. 폐암 말기라고 했으니 그 고통이 어머어마할 텐데….

"내가 죽기 전에 다 내려놓고 가야… 나로 인해 피해를 입은 사람들에게 그나마 속죄하는 길이 아니겠소."

"아니, 그러면 이번 일의 모든 진상을 말해 주시겠다는 건가요?"

"내가 말하든 하지 않든 길 원장은 이미 다 파악하고 있는 거 아닌가? 나는 다만 그것을 확인시켜 준다는 의미밖에 없겠지."

길 원장은 그의 뜻밖의 제안에 잠시 어리둥절했지만 바로 정신을 차렸다. 행여나 그의 결심이 바뀔지 모른다는 조바심에 급히 서두르기로 했다.

"그렇게 결심해 주신 것에 대해 감사드립니다. 그럼, 바로 시작할까요?"

"내가 어떻게 하면 될 거 같소?"

"음, 일단 저는 공식적으로 아무런 자격이 없고 저한테 하시는 말씀 또한 아무런 효력이 없을 테니, 지금 말씀하시는 것을 녹음해도 될까요?"

"좋으실 대로."

"그럼, 바로 녹음을 시작하겠습니다."

길 원장이 휴대폰을 꺼내 녹음 기능을 누르자 녹음 타이머가 돌아가기 시작했다.

"일단 대표님의 일생에 대해 간략하게 말씀하시면 그 후에 제가 궁금한 것을 묻는 형식으로 진행하면 좋을 거 같은데, 어떤가요?"

"좋으실 대로."

"바로 시작하겠습니다."

길 원장은 일단 심호흡부터 했다.

"지금부터 계수나무 출판사 조항민 대표께서 자유로운 의사에 기해 진술을 하기로 했고, 녹음도 동의해서 녹음을 진행하도록 하겠습니다. 지금 시각이 2017년 10월 19일 오후 3시 37분입니다. 그럼, 조 대표님 시작하실까요?"

조 대표와의 대화는 거의 저녁 6시가 다 되어 끝났다. 조 대표가 중간중간에 힘들어서 잠시 쉬기는 했지만 그도 참 대단한 것 같았다. 자신의 마지막 심정을 토해 내는 얘기였다.

조 대표의 얘기를 다 들은 길 원장은 지금 뭐라고 형언할 수 없는 상태였다. 우선 그는 자신에게 어떤 해코지를 하러 온 것이 아니라 이번 사건에 대해 진실을 말하고 다 내려놓으려고 온 것으로 보였다. 그의 진심이 느껴졌다.

그가 또다시 천천히 말을 꺼냈다.

"이젠 녹음이 끝났소?"

"네, 끝났습니다."

"그럼, 이제부터 내가 하고 싶은 진짜 얘기를 하고 싶소."

"네에?"

길 원장은 갑자기 온몸의 모든 세포가 꿈틀거리는 듯 긴장감이 휘몰아치고 있었다. 진짜 얘기라니? 지금까지는 진짜 얘기가 아니란 말인가? 일단 최대한 자신의 감정을 숨기기로 했다.

"내가 왜 길 원장을 찾아왔는지 알고 있소?"

"네? 그게…."

"길 원장!"

"네?"

"길 원장은 이번 사건이 마무리되면 그걸 소설로 발표할 거 아닌가?"

"네? 뭐, 잘 마무리되기야 한다면 예민한 부분은 가명이나 설정을 변경해서."

"난 지금 그게 제일 두렵소. 길 원장의 소설에서 그려지는 OMB 선교회의 실체에 대해."

"음…."

길 원장도 이 순간에는 뭐라 딱히 대답하기가 어려웠다.

"사람들은 나중에 OMB선교회가 사이비다, 이단이다, 말들이 참 많을 거요. 그런데 종교라는 것이 뭐겠소?"

"…."

"종교라는 것이 궁극적으로 현세에서 구원받고, 내세에서 구원받을 거라는 믿음을 갖고 열심히 기도하면 되는 거 아니오?"

"…"

"남들 눈에는 그게 자신들의 교리와 맞지 않다는 이유로 사이비네, 이단이네, 비난하지만 그건 그들의 잣대로 보는 것일 뿐이지."

"…"

"내가 지난날의 잘못을 결코 변명하려고 하는 것은 아니지만 OMB선교회가 세상 모든 대중으로부터 사이비네, 이단이네, 하는 손가락질을 받을 거라는 생각이 제일 두렵소."

"…"

길 원장은 이 순간 그와 종교 논쟁을 벌일 입장도 아니고, 그럴 게재도 아니라고 생각해서 그냥 그의 말을 듣기로만 했다.

"내가 왜 이런 말을 하는지 궁금한가 보구려?"

"제가 혹시 이번 사건을 소설로 쓰더라도 OMB선교회에 대해 너무 나쁘게 쓰진 말아 달라는…."

"그걸 내가 감히 어떻게 부탁하겠소. 나는 다만."

그는 이 대목에서 잠시 말을 멈췄다. 길 원장은 그저 기다렸다.

"나도 한때는 문학 소년이었고 전공도 국문학을 택했지만, 결국 제대로 된 글 하나 남기지 못했소. 그런 면에서 길 원장이 참 부럽소."

길 원장은 아직 그의 의도가 뭔지 파악하기가 어려웠다. 그는 진짜 얘기를 한다고 했는데 뭐가 진짜인지….

"나는 중학교 때부터 매일 하루도 빼먹지 않고 일기를 써왔소. 아무 일 없는 날에는 그저 좋아하는 시라도 한 편은 꼭 썼소. 아마도 두꺼운 노트로 30권은 족히 넘을 거요. 거기에 내 인생의 모든 것이 담겨 있고, 길 원장이 궁금해하는 부분도 모두 들어 있을 거고."

"…."

"내가 죽고 나면 유언 공증으로 그 노트는 길 원장에게 가도록 되어 있소."

"…."

"내가 마지막으로 부탁드리고 싶소. 꼭 들어준다고 답해 주시오."

"…제가 들어드릴 수 있는 거라면 들어드려야죠. 네, 들어드리 겠습니다."

"그 노트를 한번 꼭 읽어주길 바라오."

"그런 부탁이라면, 당연히."

"다만 그 노트가 이번 사건의 증거로 사용되어 세상에 까발려 지는 것은 절대 원치 않소. 그래서 우리 두 사람만의 비밀로 해 달라는 것이 내 마지막 부탁이오. 어찌 지켜줄 수 있겠소?"

"네, 지켜드리겠습니다."

길 원장은 앞으로 어떤 변수가 일어날지 모르지만 그의 마지 막 부탁은 꼭 들어줘야만 할 것 같다는 생각이 들어서 그렇게 대 답했다.

"그 안에는 길 원장이 상상하지도 못한 내용들도 들어 있을 거 요."

"네? 어떤 내용이?"

"거기에는 현재 사회적으로 영향력이 있는 인물 여러 명이 어 떤 경위로 OMB선교회 신자가 됐고, 또 어떻게 활동하고 있는지 그 과정이 상세히 적혀 있소."

"음… 그럼, 그런 부분이 세상에 노출되면 그 사람들은 상당한 타격을 입을 수도 있겠네요."

"허허… 자신들이 선택한 길이라고는 하지만… 사회적인 시선은 당연히 좋지 않을 테니, 그 점이 걱정이오."

"그래서 비밀로 해 달라는 거군요."

"그렇소. 그자들 중에는 대학교수, 군 장성, 정치인, 심지어 판사·검사·변호사 등 법조인도 다수 있소."

"네…."

길 원장은 그의 말이 생각했던 것보다 더 심각한 상황이라는 것을 직감했다. 뭐라 대답할 말이 떠오르지 않았다.

"일기장이 길 원장 손에 들어갈 때 한 가지 더 갈 것이 있소."

"네?"

"천통인(天通印)도 같이 갈 거요."

"네에? 그럼, 대표님이 천통인을?"

"어느 날 발신지도 모르는 소포가 내게 왔소. 거기에는 천통인이 고이 자리 잡고 있었고…. 아마도 성창수가 보냈겠지."

"성창수는 목숨과도 같았을 천통인을 왜?"

"내게 선교회를 바로 세워 달라는 마지막 희망이었겠지. 그러나 나는 이미 그럴 힘이 없었소."

"그렇다고 그걸 제가 갖고 있기에는…."

"길 원장이라면 현명하게 판단해서 처리하리라 믿소. 이젠 내가 하고 싶은 말은 다 했소."

길 원장은 그의 지금까지 말이 꼭 유언처럼 들렸다. 마지막으로 그가 이 방을 나가기 전에 곧 이 세상을 떠날 그를 위해 잘못된 부분은 바로잡아 주고 싶었다. 그래야만 그나마 죄책감을 덜

가질 것 같았기 때문이다.

"조 대표님! 조금 전에 하신 말씀 중에 잘못 알고 있는 것이 하나 있네요."

"그래요? 말해 보구려."

"사실 최영실은 85년 홍천에서 교통사고로 사망한 것이 아니라 계속 살아 있다가 작년에 사망했습니다."

그는 빤히 길 원장의 얼굴만 쳐다보고 있었다. 자신이 지금까지 잘못 알고 있었다는 사실에 상당히 충격을 받은 것이 분명했다. 그리고 길 원장은 최영실의 사망 원인이 폐암이라는 사실은 끝까지 말하지 못했다. 폐암 환자에게 그런 말을 꺼내기가 부담스러웠다. 잠시 후 그의 대답이 들려왔다.

"고맙소. 나에게 죄책감이라는 짐을 조금이나마 덜어주시니."

그리고 또 길 원장은 마음속으로 걱정되는 부분을 꼭 확인해야만 할 것 같았다.

"대표님!"

"말해 보소."

"비록 몸이 성치 않다고 하더라도 끝까지 몸 잘 보살피셔야 합니다. 엉뚱한 생각 마시고."

그는 평안한 미소를 보이며 또다시 길 원장의 얼굴만 뚫어지게 바라보고 있었다. 한참이 지난 후에야 어렵게 말문을 열었다.

"허허… 길 원장이 뭘 생각하고 있는지 알 거 같은데, 그런 문제라면 전혀 걱정할 거 없소."

"음…."

길 원장은 자신이 무엇을 걱정하는지 그도 확실히 알고 있다는 확신이 들었다. 사실 길 원장은 그로부터 만나자는 연락을 받고 급히 달력에서 오늘이 음력으로 8월 30일인 것을 확인했다. 그는 분명 8 공산을 어깨 문신으로 새기고 있을 가능성이 높으니 오늘 그의 신변에 무슨 변고가 있을지 모른다는 불안한 예감이 들었던 것도 사실이다. 그런 데다가 선교회의 모든 것을 폭로했으니….

그에게 어깨에 어떤 문신이 새겨져 있는지 물어볼까도 생각했으나 그냥 묻지 않기로 했다.

"길 원장!"

이번에는 그가 길 원장을 불렀다.

"메시아가 점지해 주신 달에 메시아를 만나러 가는 것은 당연한 축복이지만 거기에는 하나의 철칙이 있소. 자기 스스로 목숨을 끊어 메시아를 만나러 가는 것은 최악의 지옥 구렁텅이로 떨어지는 길이라는…."

"음…."

순간 길 원장은 그의 의외의 대답에 할 말을 잃었다.

"만약 자기 어깨에 새겨진 문신의 달에 자살하는 사람이 있다면 그는 OMB선교회 신자가 아니라고 100% 장담할 수 있소."

"그래도 대표님께서 여기에 오신 것을 그들이 알면 가만두지는 않을 거 같은데?"

"허허… 그럼, 어쩔 수 없지 않겠소? 그래도 오늘은 걱정할 필요가 없겠지. 그들이 나에게 그런 자비를 베풀 거 같지는 않으니."

"아무리 그래도…."

"길 원장도 몸조심하시오. 그들이 어떤 사람들이라는 것을 잘 아실 테니. 그럼, 이만."

4.

그날 밤 충남경찰청 형사과장실에서는 긴급회의가 소집됐다. 일단은 형사과장과 임 형사만 참석하는 것이었다. 조항민이 길 원장 앞에서 진술한 녹음 파일을 듣기 위해서였다.

임 형사가 자신의 휴대폰으로 전송된 녹음 파일을 조심스럽게 열기 시작했다.

"음… 내가 지금까지 살아온 불행한 나날을 여기서 일일이 말할 거까지는 없고, 먼저 문산 목사와의 인연부터 시작하는 것이 좋겠소. 쿨록, 쿨록…."

조 대표가 물을 마시는지 잠시 아무런 소리가 들리지 않았다. 다시 조 대표의 말이 이어졌다.

"내가 문 목사를 처음 만난 것은 중학교 2학년 때였소. 그때 나는 온누리새롬교회에 나가고 있었고, 문 목사가 우리 학생들을 지도하고 있었던 때라, 아마도 그때는 목사는 아니었고 전도사였나? 신학생이었나? 잘 기억은 없소.

지금 생각하면 나에게는 문 목사를 만난 것이 운명이었다고밖에. 나는 그 후로 문 목사의 열렬한 신봉자가 되었고, 문 목사가 유학을 갔다가 다시 교회에 왔을 때는 세상의 모든 것을 다 얻은 거처럼 기뻤소.

나중에 온누리새롬교회 사태가 났을 때도 문 목사를 따라나섰고, 강원도에도 같이 가고 싶었지만 그땐 내가 대학생이었고, 문 목사도 나에게 다른 일을 맡길 게 있다며 서울에 남아 있도록 했소.

그 일이라는 것이, 그 당시 문 목사는 새로운 신앙에 깊이 빠져 있었던 때인지라 나에게 대학생들을 상대로 그 신앙을 전파하라는 거였소. 아마도 문 목사는 미국에서 새로운 신앙에 대해 눈을 뜨고 관심이 많았던 거 같았소.

그리고 또 나는 문 목사가 새로 창시한 온누리메시아복음선교회의 교리를 정립하는 데도 밤낮을 가리지 않고 열과 성을 다했소.

그 당시 70년대에는 우리나라 국민이 아직 전통에 얽매여 있는 부분이 많아 한국의 전통 신앙을 문 목사의 새로운 신앙에 접목시키면서 교리를 완성해 나갔소.

그런 과정에서 나 역시 자발적으로 선교에 나섰고, 운명적으로 성창수를 만나게 됐소. 얼마 후 문 목사는 나에게 어린 여학생들을 데려오라는 명령을 내렸소. 겉으로는 선교회와 기도원에서 가사를 해야 할 사람들이 필요한데 아직 정신이 성숙하지 않은 어린 여학생들이 제격이고, 선교하기도 쉽다는 이유에서였소.

그러나 문 목사의 속셈은 따로 있었소. 아무튼 내 감언이설에 속은 성창수는 곧바로 실행에 옮겼고, 성창수의 꾐에 빠진 여학생들은 미리 준비해 놓은 배와 차로 옮겨져 강원도 진성까지 가게 되면서 결국 이 사달이 난 거였소.

그 과정에서 내가 한 일에 대해서는 변명의 여지가 없소. 성창수 고향 여학생들 말고도 수십 명의 여학생들을 진성에 보낸 나의 원죄는 결코 씻을 수 없다는 사실을."

그는 또다시 말을 멈추고 다시 물 한 잔을 들이켜는 것 같았다. 말하는 내내 계속 잔기침을 하고 있었다.

"나중에 내가 감옥에서 출소한 이후 선교회에 갔을 때 나는 상상할 수 없는 것들을 목격하게 되었소. 내가 보낸 여학생들은 단지 문 목사의 성적 노리개로 전락해 있었소. 그 상황에서 내가 할 수 있는 것은 아무것도 없었고, 성창수 또한 상당한 충격을 받은 것으로 보였소. 그러나 어찌하겠소. 이미 엎질러진 물인 것을.

그 후 성창수는 문 목사 체제에 순응하는 순한 양이 되었고, 나는 계속 대학생들을 선교하라는 명목과 함께 출판사 일을 떠맡게 되었소. 사실 출판사는 선교를 위한 포장이었고, 출판사 직원들 또한 모두 OMB선교회 신자들이었소.

문 목사의 훤칠한 외모와 화려한 언변 덕에 OMB선교회는 나날이 번창하게 되면서 오히려 내 역할은 계속 축소되고 있었고, 나는 점점 선교회와는 멀어질 수밖에 없는 상황에 몰리게 되었소.

나중에 선교회는 적극적이고 공개적인 선교로 방향이 변해 가면서 전국 몇 군데에 교회도 만들게 되었고, 신도 또한 급격히 늘어나면서 권력과 돈의 달콤한 유혹에 빠져들게 되었소. 그 중심에는 성창수의 동생 성창일이 있었지.

성창일은 형과 다르게 성격이 급하고 아주 난폭한 것으로 소문이 자자했소. 그리고 자신의 살 길이 문 목사에게 충성하는 길밖에 없다는 사실을 진작에 알아채고, 문 목사의 수족이 되어 온갖 나쁜 일을 도맡아 하게 되었소. 허허! 내가 성창일을 욕한다는 것이 한편으로는 우습다고밖에 할 말이 없구려.

그나마 나로서는 행운인 것이 그런 일을 현장에서 직접 목격하지 않았다는 거였소. 어떻게 보면 멀리 떨어져 있다는 이유로 내 책임을 회피하는 것일 뿐이었소.

그러다가 문 목사가 일흔 살이 넘어 몸이 급격히 나빠지자 서서히 선교회 내부에서는 권력을 쥐려는 암투가 시작되었고, 결국 문 목사의 아들 문석이 작은아버지 문행을 제압하고 권력을 잡게 되었소.

성창수는 문행을 도와 뭔가를 해 보려고 했다가 실패해서 도망자 신세가 되었고, 나중에 성창수가 살해됐다는 사실도 알게 되었소.

마지막으로 나는 이 모든 것에 대해 책임을 회피할 생각은 추호도 없소. 단지 죽음을 앞두고 이제야 이런 고백을 할 수밖에 없었던 내가 부끄러울 따름이요. 그나마 그런 기회를 준 길 원장에게 고맙소."

잠시 후 그의 거친 숨소리만 들리고 있었다. 아마도 그는 자신이 하고 싶은 말은 다 한 모양이었다.

"그럼, 이젠 제가 확인해야 할 것들을 묻겠습니다. 대표님이 답변해 주시면 됩니다."

길 원장의 목소리가 들렸다.

"알겠소."

이어서 그의 짧은 대답이 들려왔다.

"먼저 OMB선교회가 사이비인지 이단인지 그 여부는 저희가 관여할 사안이 아니고, 또 신앙의 자유가 있는 대한민국에서 거론할

문제도 아니죠. 저희는 사회법에서 다뤄야 하는 부분만 묻겠습니다. 준비되셨나요?"

"준비됐소."

"곡교천에서 살해된 남자는 누구인가요?"

"이름은 최영수였던 거 같소."

"최영실의 아들이었죠?"

"맞소."

"혹시 아버지가 누군지 알고 있나요?"

"그 당시 상황에서는 알 수 없었을 거요. 아마 최영실 본인도 모를지도. 그렇다면 당시 상황이 어떤지 짐작이 갈 거요. 문 목사의 손을 거친 여자들은 그다음에는 그 주변 다른 남자들의 노리개였을 뿐이니."

"최영수의 아버지는 성창일인 것으로 확인됐는데, 모르시고 있었군요."

"허허… 충분히 있을 수 있는 일이겠지."

"그럼, 성창일도 최영수가 자신의 아들이라는 사실을 몰랐다는 말인가요?"

"그건 나도 모르겠소. 아마 몰랐을 거요."

"구홍석을 알고 계시죠?"

"알고 있소."

"구홍석은 누구의 아들인가요?"

"성창일의 아들이지. 성창일의 호적에 올릴 수 없어 어쩔 수 없이 구순희의 호적에 올린 것이었소."

"그럼, 성창일과 구순희는 법적으로 부부는 아니지만, 사실상 부부 사이인 것이 맞나요?"

"그렇소. 성창일은 사회법으로 혼인신고를 할 수 없었던 상황이었고, 그들에게는 사회법은 아무런 의미가 없었소. 현재 그 두 사람이 지금의 선교회를 좌지우지하고 있소."

"사동일은 알고 있나요?"

"처음 듣는 이름 같은데? 이젠 정신도 오락가락하니, 금세 까먹는 게 하도 많아서."

"저희가 파악하기로는 구홍석, 최영수, 사동일이 이번 살인 사건에 직접적으로 관여된 거 같은데?"

"아! 그 친구를 말하는 건가 보군. 단지 그들은 한낱 도구에 불과한 자들일 뿐, 모든 것은 구순희와 성창일의 지시에서 나온 거요."

"아까 성창수가 살해됐다는 사실을 나중에 알게 됐다고 하셨는데, 그 경위에 대해 말씀해 주실 수 있나요?"

"성창수가 살해됐다는 사실은 선교회 내부에서도 극소수만 아는 내용이라, 그것도 강도에게 살해됐다는 정도만 소문이 있었지."

"저희가 파악하기로는 성창수는 이 세 사람에게 살해된 것으로 보이는데?"

"나도 그렇게 알고 있소."

"그런데 그들이 범인이라면 성창수를 왜 살해한 건가요?"

"휴… 성창수는 문행을 도와 OMB선교회를 장악하려다가 실패했고, 몸만 빠져나와 어딘가로 숨었소. 선교회에서도 계속 찾아다녔는데 찾을 수가 없다가 문행의 아들 문덕의 배신으로 성창수의 소재가 확인됐다고 들었소. 성창수는 문행의 도움으로 진주 어딘가에 몰래 숨어 살고 있었는데, 문행의 아들한테 배신을 당한 거였지. 문덕은 그때 창원교회 목사였소. 그렇게 성창수의 소재가 파악되자, 그들에게는 중요한 것이 하나 있었지. 성창수가 선교회를 빠져나올 때 천통인(天通印)을 가지고 도망갔으니 그것을 찾아야만 했소."

"천통인이 무엇이죠?"

"허허… 내가 만든 건데, 메시아가 지상에 내려올 때 천통인을 소지하고 있는 자만을 대리자로 공식 인정한다는 거라, 한마디로 선교회의 정통성을 인정하는 증표였소."

"어떻게 생긴 건가요?"

"순금으로 만든 동그란 모양, 거 옛날 마패 같은 거라고 보면 쉽게 이해될 거요. 가운데는 동그랗게 뻥 뚫어 달을 표시하고, 그 주위를 뺑 돌려 1월부터 12월까지의 화투 문양을 상징적으로 새긴 거였지. 그들에게는 영험의 물건이라고 보면 될 거 같소."

"그럼, 그들에게는 당연히 소중했을 텐데, 성창수를 살해하고 그것을 찾았나요?"

"아마…… 찾지 못했을 거요. 그들에게는 그냥 명분이었을 뿐이고, 새로 만들어서 원래 있었던 것처럼 하면 되는 거였으니까."

"그럼, 천통인을 찾으려다가 여의치 않자 성창수를 살해했다는 말인가요?"

"그렇지는 않을 거요. 성창수는 문석을 배신한 이단으로 살해될 운명이었던 게지."

"아무리 그렇다고 하더라도, 성창일에게는 하나뿐인 친형인데, 친형을 살해하라는 명령을?"

"성창수의 어깨에 새겨진 국화가 무슨 의미인지는 알고 있소?"

"그냥 제 추측입니다만, OMB선교회의 교리에 따르면… 죽어서 천국으로 가기 위한 음력 달을 의미하는 거 아닌가요?"

"그럼, 더 이상 말할 필요도 없을 거 같소. 성창일은 형의 마지막 가는 길에 그나마 선의를 베풀었다고 해야 하나?"

"결국 성창수는 성창일의 지시에 의해 구홍석, 최영수, 사동일에 의해 살해된 것이 사실이네요."

"그렇소."

"그런데 최영수는 왜 살해된 건가요?"

"최영수는 어떤 경위로 어머니 최영실의 죽음에 대한 진실을 알게 되었을 거고, 그 과정에서 다툼이 있었다는 말만 들었소."

"최영실의 죽음에 대한 진실요?"

"선교회에서는 최영수가 부모를 알 수 없는 고아라고 속였는데, 나중에 최영수는 최영실이 젊었을 때 선교회 일 때문에 교통사고로 사망했다는 사실을 알게 됐고, 또 강제로 모자 사이를 떼어놓았다는 사실도 알게 되어 그로 인해 극심한 충격을 받았다는 말을 들었소."

"최영실이 85년도에 홍천에서 교통사고로 사망했다는?"

"그렇소. 최영실은 수호부(守護部)의 일원으로 도주한 어린 여학생을 잡으러 갔다가 도중에 교통사고로 사망했소."

"그 사실을 어떻게 알게 됐나요?"

"어린 여학생을 잡으러 간 친구들이 돌아오지 않았고, 그 당시 인근 주민들 사이에서 교통사고로 젊은 남녀가 사망했다는 소문이 쫙 퍼졌는데 차량이나 일시, 장소 등 모든 정황상 최영실과 그 일행인 것으로 확인됐소."

"흠….”

길 원장의 가벼운 신음이 들렸다. 임 형사는 길 원장의 신음에 대한 의미를 알겠다는 듯 가볍게 고개만 몇 번 끄덕였다.

"그런데 수호부는 무슨 말인가요?"

"그 당시 선교회 내부에서는 각자 맡은 일정한 역할이 있었는데, 선교부(宣敎部)는 말 그대로 사람들을 선교해서 교인으로 끌어들이는 역할을, 봉사부(奉仕部)는 선교회 안에서 식사나 빨래 등의 각종 일을 하는 역할을, 그리고 핵심 부서인 수호부는 한마디로 선교회를 지키는 역할이었소. 대외적으로 온갖 궂은일을 도맡아 했기 때문에 문 목사의 신뢰가 절대적이었소."

"그럼, 최영실도 수호부였고 구홍석, 최영수, 사동일도 모두 수호부라고 보면 되겠네요."

"그렇소. 그들을 총괄하는 사람은 당연히 성창일이고, 성창일도 한때는 수호부에서 가장 적극적으로 일을 했던 자이지."

"최영실과 함께 있다가 사망한 사람은 누구인가요?"

"그건 나도 기억에 없소."

"아무리 최영수가 어머니에 대한 진실을 알고 충격을 받았다고 해도 신앙심이 누구보다도 투철했을 텐데, 선교회를 배신해서 죽임을 당했다? 그건 좀 이상하지 않나요?"

"그들 내부에도 심한 다툼이 있었을 테고, 결국 최영수도 죽을 운명이었던 게지. 그래서 음력 오월에 맞춰 죽임을 당한 거고."

"살인이라는 것이 은밀하게 이뤄질 수밖에 없는데, 대표님은 그런 사실을 어떻게 알게 됐나요?"

"허…."

그의 긴 한숨 소리와 함께 몇 초간의 정적이 흘렀다.

"구홍석은 나한테 수시로 전화를 해서 선교회 내부의 일을 일일이 알려줬소. 교단을 배신한 최영수를 죽였다는 말도."

"그럼, 구홍석이 대표님께 꼬박꼬박 선교회 일을 보고했다는 말이네요."

"보고? 무슨 말 같지 않은 보고. 그는 단지 나를 협박하려고 한 거뿐이었소."

"협박요?"

"너도 선교회를 배신하면 그런 꼴이 난다는 것을 일부러 알리려는 것이었소. 선교회 내부에서는 내가 가장 배신할 가능성이 높다고 보고 있었겠지."

"그래서 대표님이 S.O.S를?"

"폐암으로 죽을 날을 받아놓은 놈이… 그들 손에 죽기는 싫었던 게지."

"그래도 어떻게 보면 대표님 입장에서는 선교회는 그야말로 분신과 같은 존재일 텐데 이렇게 선교회를 배신한다는 것이 선뜻 이해가?"

"허허… 어찌 보면 그렇게 생각할 수도 있겠지. 초창기 어린 여학생을 납치하는 일이야 그녀들을 구원한다는 나름의 명분이 있었지만, 차츰 선교회가 돈과 권력의 달콤한 유혹의 맛에 걷잡을 수 없는 상태로 빠져드는 것을 보니 나로서는 도저히…."

"어느 조직이든 규모가 커지면 그 정도야 예상할 수 있는 것 아닌가요?"

"그렇다고 선교회를 배신했다는 이유만으로 그렇게 무자비하게 사람들을 죽인단 말인가?"

"네?"

"그래도 동고동락하면서 매일 같이 살던 사람들인데 하루아침에 어떻게 그럴 수가? 그건 결코 내가 꿈꾸던 그런 세상이 아니었소."

"그럼, 지금 세상에 드러난 살인 사건 이외에도 그와 비슷한 살인 사건이 더 있었다는 말인가요?"

"휴… 지금까지 무적자로 살아온 사람들이 어느 날 갑자기 조용히 사라진다고 한들 누가 거들떠보기라도 할 거 같소? 그저 소리 없이 사라지는 것뿐이지."

"그런 일이 얼마나 자주 있었나요?"

"그런 소문이 내 귀에 가끔 들려오자 어느 순간부터는 아예 귀를 닫고 살아서 나도 자세히는 모르오. 변명 같지만 내 입장에서는 어쩔 수 없었소."

"음…."

"성창일이 문산의 절대적인 신임을 얻고부터는 무소불위의 권력을 휘둘렀다는 정도밖에."

"일단 그건 그렇고, 구홍석은 최영수를 어떻게 살해했다고 구체적으로 말하던가요?"

"자세히는 말하지 않았고, 그냥 아산에 갔다 오다가 제거했다고만 말했소. 이미 성창일의 지시를 받아 계획적으로 준비했다는 뉘앙스였소."

"결국, 구홍석은 큰아버지와 이복형을 모두 죽인 꼴이 되는 거네요."

"성창수가 큰아버지인 사실은 알고 있었을 테지만, 최영수가 이

복형인 것은 몰랐겠지."

"그럼, 강금자는 왜 살해됐나요?"

"강금자라? 나도 얼굴만 몇 번 본 적 있는데 강금자도 결국 교단을 배신했다는 이유였지."

"강금자는 왜 교단을 배신했나요?"

"강금자는 성창수와 사실상 부부였소."

"결국 성창수와 같은 이유라는 말씀이네요. 그런데 구홍석이 강금자도 자신이 살해했다고 하던가요?"

"그렇소."

"어떻게 살해했다고 하던가요?"

"강금자가 몰래 선교회를 도망치려는 것을 알고 쫓아가다가 차로 들이받았다고 했소."

"강금자는 어깨에 모란 문양이 있었고, 음력 유월에 살해됐는데, 그러면 성창일이 그달을 택해서 일부러 죽였다는 말인가요?"

"그건 잘 모르겠소. 다만 강금자는 자신이 곧 살해될 거라는 두려움을 안고 있었을 테고, 그런 상황에서 도주하다가 살해됐을 거요."

"성창수는 2015년에 살해됐는데, 강금자는 왜 2017년도에 살해됐을까요?"

"강금자는 선교회 안에 있었으니, 독 안에 든 쥐라고 생각했겠지. 언제든지 살해할 수 있었을 테고, 또 도망가지 못하게 감시도 철저했을 테고."

"강금자는 차에 치여 살해됐다고 하셨는데 구체적으로 언제, 어디서 살해됐는지 그 경위도 알고 있나요?"

"구홍석은 단지 강금자가 교단을 배신해서 그 대가를 치렀다고만."

"음… 살인에 관련된 부분 이외에, 78년에 실종된 여학생 중 최영실, 강금자를 제외한 나머지 여학생들은 현재 어떻게 됐나요?"

"허허… 그건 나도 자세히는 모르고 있소. 일부는 문 목사의 충실한 신도가 되기도 했고, 누군가는 끝까지 거부했다는 말을 들은 적이 있소."

"끝까지 거부하면 어떻게 되나요?"

"계속 세뇌당하기도 했을 테고, 참회방에 넣어 고통을 주기도 하고, 나중에는 흔적도 없이 사라졌을지도."

"그럼, 그녀들도 살해됐을지 모른다는 말인가요?"

"그건 나도 모르오. 그런 것들은 아주 은밀하게 이루어지는 것이라, 내 기억으로는 어느 순간부터 그녀들의 소식을 더 이상 듣진 못했소."

"혹시 누가 거부했는지 기억이 나나요? 그때 실종된 여학생들 이름이 선일순, 이순애, 김은하였는데."

"기억이 잘 나지 않소. 잠깐, 혹시 선일순은… 울산교회 목사 부인 아닌가?"

"울산교회 목사 부인요? 그러면 선일순은 지금 살아 있다는 말인가요?"

"아마, 내 기억이 맞다면."

"울산교회 목사 부인이라면 지문 등록도 안 되어 있을 텐데, 외부에서 정상적으로 살아갈 수 있었을까요?"

"아마 타인의 신분으로 살아가고 있을 거요."

"네? 좀 더 자세히 설명을?"

"선교회가 초창기에는 어쩔 수 없이 강제로 여학생들이나 어린 신도들을 데리고 올 수밖에 없는 상황이라, 얼마 지나지 않아 문제가 발생했소. 주민등록증을 정상적으로 발급받을 수 없었던 상황이었던 거지. 결국 그들은 주민등록증도 없이 선교회 안에서 살아갈 수밖에 없었고, 그 자식들 또한 무적자(無籍者)로 살 수밖에 없었소. 그런 문제를 해결하기 위해 성창수가 문 목사에게 끊임없이 건의해서, 신도 포섭을 강제가 아닌 유인의 방법으로 전환하게 된 거였소. 80년대 초반부터는 납치가 아닌 일반 사람들을 상대로 적극적인 선교활동을 펴기 시작했소. 오히려 그게 선교회를 성공시키는 결정적인 요인이 되었고. 문 목사의 탁월한 언변이 통했던 게지."

"그럼, 70년대 말부터 80년대 초까지 선교회에 끌려왔던 사람들만 무적자가 된 거네요."

"그렇지. 그 자식들 일부도 그렇고."

"그래서 성창일의 아들도 아버지의 성이 아닌 어머니의 성을 따를 수밖에 없었던 거군요. 그런데 그게 선일순이 타인으로 살아가고 있다는 것과는 무슨 관련이?"

"그 안에도 생로병사가 있는 터라, 신도 어느 누가 죽으면 무적자 중에 제일 비슷한 사람이 그 사람의 신분을 이용하는 거지. 어쩔 수 없는 상황이었소. 선일순이 내 기억대로 울산교회 목사 부인이 맞다면 아마도 다른 사람으로 살아가고 있을 거요. 결국 나머지 인생은 타인의 시간인 게지."

"음… 그럼, 성창수 덕에 더 이상 강제로 사람들을 납치해 오는 일은 일어나지 않았다는 거네요."

"성창수도 자신의 잘못을 알았던 게지. 그나마 포교 방향이 유인의 방식으로 전환되면서부터 성창수도 문 목사의 순한 양이 되었던 거고."

"그건 그렇고, 이순애나 김은하는 끝까지 선교회의 교리를 거부했다면 결말도 좋지 않다는 것을 알았을 텐데, 왜 그랬을까요?"

"선교회에 끌려온 사람 중에는 이미 그전에 기독교를 신봉하는 사람들이 있었고, 그들은 선교회의 교리가 이단이라는 사실을 단박에 알아챘을 테니, 신앙의 갈등이 많았다는 말을 들은 적이 있었소. 선교회는 예수님을 이단으로 보고 있으니 그들은 견디지 못했을 거요."

"그래도 최영실, 강금자는 순응했나 보네요."

"그랬겠지. 더욱이 최영실은 수호부에서 일했으니 아마도 내 생각에는 가장 열렬한 충복이 됐겠지."

"그런데 왜 최영실과 아들 최영수를 강제로 떼어놨을까요?"

"그럴 만한 상황이 있었겠지. 그 당시에는 대부분의 일이 즉흥적으로 결정되는 경우가 많아서, 성창일이 수호부 전사를 만들기 위해 아버지를 모르는 아이들을 어머니한테서 강제로 빼앗아 오는 경우가 종종 있었지."

"결국 성창일은 자기 아들인지도 모르고 그런 짓을 한 거네요."

"다 자기 업보 아니겠소."

"그럼, 더 이상 이순애나 김은하의 현재 소재에 대해서는 알지 못한다는 거네요."

"나도 그녀들이 선교회에 들어왔을 초창기에만 잠시 얼굴을 봤던 것이 다여서, 그 이후는 모르겠소."

"성창수의 부모와 여동생은 어떻게 됐나요?"

"그들도 모두 문 목사의 신봉자들이 되었소. 아들들이 열성적인 신봉자들이었으니 당연했겠지. 성창수의 부모는 편안하게 눈을 감았다는 소식을 들었고, 성창수의 여동생은 줄곧 혼자 살다가 부인과 사별한 문행과 같이 살게 되었소."

"문행은 문석에 대항하다가 실패했다고 했는데, 그러면 현재 문행과 성창수의 여동생은 어떤 상태인지 알고 있나요?"

"아마 체념한 채 조용히 지내고 있을 테지."

"몇 가지만 더 묻고 끝낼게요. 괜찮으신가요?"

"버틸 만 하오."

"현재 세 건의 살인 사건이 확인된 상태인데, 그 부분에 대해 대표님께서 나중에 수사기관이나 법원에서 진술할 수 있겠습니까?"

"…."

"그들을 단죄하려면 대표님의 증언이 결정적일 수도 있어서."

"아마 다 부질없는 짓일 거요."

"네? 그게 무슨 말씀인지?"

"그들은 아마도 자신들이 행한 살인 사건을 자랑스럽게 말할 거요. 선교회를 배신한 자를 처단하는 것은 자신들의 의무라고 생각하고 있을 거고, 아마 사회법에서 사형을 선고하더라도 자신들이 죽을 시기에만 죽을 수 있다면 그걸 축복으로 여길 거요."

"그럼, 그들은 자기 어깨에 새겨진 문신이 의미하는 달에 기꺼이 죽을 각오가 되어 있다는 말씀이네요."

"그렇소. 그들에게는 사회법은 안중에도 없을 거요."

"그게 혹시 대표님의 영향 때문은 아닌가요? 대표님이 책에서 언급한 것처럼 결과가 정당하면 과정은 아무래도 좋다는 그 얘기."

"지금에 와서 내 책임을 회피할 생각은 추호도 없소."

"혹시 구홍석의 어깨에 새겨진 문양이 4 흑싸리인가요?"

"그건 나도 모르오."

"세 건의 살인 사건 현장에는 모두 4 흑싸리 열 곳 화투가 있었는데 그건 일부러 그렇게 한 거 아닌가요?"

"허허… 구홍석이라면 충분히 그럴 만하오. 그는 자기 행동을 대놓고 과시하는 것에 집착이 심했소. 아마 자신의 행동이 정당하다는 것을 신도들에게 알리기 위해 일부러 그랬을 거요. 나한테도 대놓고 그렇게 했으니까."

"문신에 무엇을 새길 것인지는 당사자가 정하나요?"

"아니, 문 목사가 메시아의 계시에 따라 영험한 기운을 받아 지정해 주는 것으로 되어 있소."

"그럼, 문 목사가 죽을 시기를 정해 줬다고 볼 수도 있겠네요."

"그렇소. 카톨릭에서 말하는 세례라는 말을 들어 봤을 거요. 일종의 세례 의식이라 보면 될 거요. 믿음이 변치 않을 것이라고 인정한 신도에게 문 목사가 어깨에 새길 문신 문양을 지정해 주는 거였소."

"어찌 보면 유치한 것일 수도 있겠네요."

"유치? 그렇지. 유치한 것일 수도 있겠지. 그렇지만 그런 것이 사람들에게 강고한 믿음을 심어주는 수단이 되는 거요."

"이런 것들을 다 대표님이 생각해 내신 건가요?"

"그렇소. 내가 젊었을 땐 어떻게 해서라도 문 목사를 우러러볼 수 있게 만드는 일에만 몰두했었소. 사실 이런 것들이 어느 정도 영향을 미쳤을 수는 있지만 가장 결정적인 건 결국 문 목사의 외모와 언변이었소. 다들 문 목사만 보면 그냥 빠져들어 가는 그런 상황이었소."

"그런데 왜 하필 화투 문신이었나요?"

"허허, 길 원장 정도면 이미 파악한 거 아니었소?"

"네? 전혀."

"내 입으로 말하기도 유치한 거 같소. 선교회 내에서 문 목사를 뭐라고 부르는지 알고 있소?"

"아닙니다. 전혀."

"문 목사의 공식 명칭은 문 주님이요. 목사보다 높은 의미로 주님이라고 불렸소. 문의 주님."

"아! 그런데 그게 문신하고는?"

"문의 주님 위에는 신(神)인 문신(文神)이 있는 거고, 뜻은 다르지만 그 글자를 그대로 읽으면, 문신(文身)이 되는 거지. 사람들은 그런 거에 현혹되기 쉬운 법이고."

"그럼, 혹시 달을 숭배하는 것도 영어의 달, MOON이 문 목사의 성이기 때문인가요?"

"허허, 그걸 아는 걸 보니 길 원장도 만약 선교회에 들어왔다면 쉽게 빠져들었을 거 같소."

"결국 달을 생각해 내면서 열두 달을 가장 잘 표현할 수 있는 화투가 선택된 거네요."

"사람들은 그런 거에 열광하고 신봉할 수밖에."

"또 선교회가 전국 각지에 교회를 설립한 것도, 그 선택된 장소도 문산 목사와 관련 있다는 말인가요?"

"허허허…."

"문산의 '산'자가 들어가는 전국의 도시를 일부러 골라서?"

"그렇소."

"창원은 통합되기 전에 마산이었으니까 그랬을 테고요."

"그렇지."

"그럼, 문산의 고향이자 제일 큰 도시인 부산은 왜 빠진 건가요?"

"부산은 빠진 것이 아니지. 그들의 가장 큰 목표가 뭔지 아시나?"

"네? 아니요."

"그들은 메시아가 부산으로 내려온다고 믿고 있소. 그래서 부산에 그들의 일생일대의 과업인 성전을 만들 준비를 하고 있소. 성전이 완성되는 날 메시아가 강림한다고 믿고 있는 게지."

"아, 선교회의 홈페이지에 '성전 건립에 온 정성을 다하자.'라는 구호가 있던데, 그게 부산에 성전을 건립하는 거였군요."

"그들은 성전 건립을 위해 모든 것을 헌신하도록 강요받았소. 몸과 마음은 물론 금전적인 모든 것을."

"선교회 홈페이지를 보면 선교회의 심벌이 동그란 원 안에 열십 자가 그려져 있고, 세로 직선은 원 위로 뻗어 있던데, 그건 무슨 의미인가요?"

"그것도 내가 생각해 낸 도안인데, 문 주님의 주인 주(主)자를 원 안에 넣고 기하학적으로 형상화한 거였지. 한마디로 문산 자체라고 보면 될 거요."

"이건 순전히 제 개인적인 질문인데, 이 부분만 묻고 끝내는 걸로 하시죠."

"좋소, 나도 많이 피곤하구려."

"저한테 회칼을 보낸 자가 구홍석인가요?"

"구홍석이 보낸 것은 맞지만, 구홍석은 구순희의 지시를 받았다고 자랑하듯이 말했소."

"그런데 제 신분이 어떻게 노출된 건가요?"

"나는 길 원장을 처음 봤을 때 당연히 경찰인지 알았소. 그런데 언젠가 구홍석으로부터 전화가 왔는데 길 원장의 존재를 얘기했고, 선교회 입구까지 찾아왔다고 했소. 조심해야 한다고. 그리고 더 접근하면 가만두지 않겠다는 말도 서슴지 않았소."

"아, 제가 선교회를 찾아간 것이 들통난 거군요."

"거기는 한 마디로 요새 같은 곳이고, 그들만의 세상이라."

"네, 이제야 모든 것이 이해되네요. 많이 피곤하시죠? 그럼, 녹음을 마무리하려고 하는데 마지막으로 하실 말씀은?"

"내 원죄를 모두 안고 가고 싶소. 문 목사를 만난 이후로 내 인생은 한낱 일장춘몽이었다는 것을 이제야 깨달았소. 다시 한번 말하지만, 마지막으로 그 끝을 마무리하게 해준 길 원장에게 고맙다는 말을 꼭 전하고 싶소."

이렇게 길 원장과 조항민의 대화 녹음은 끝을 맺었다.

형사과장실 안에는 적막감만 흐르고 있었다. 두 사람 모두 제대로 숨을 쉬는 것 같지 않았다.

김필수 형사과장이 먼저 말을 꺼냈다.

"조항민의 진술이 사실이라면 이젠 어느 정도 방향이 정해진 거 같은데 구홍석, 사동일에 대해서는 체포영장 바로 신청하고, 성창일과 구순희는 유효기간을 넉넉히 해서 체포영장을 신청하는 것으로 하지."

"선교회에 대한 압수수색은 어떻게 할까요?"

"그건 청장님과 상의해 봐야지. 일단 보류하고, 조항민을 마크하는 팀은 잘 지키고 있지?"

"네, 현재까지는. 조항민은 대전에서 올라간 다음 바로 집에 들어갔다고 합니다.”

“저쪽도 만만치 않은 것이 분명하니까, 특히 조항민에 대해 단단히 신경을 써야 할 거야. 조항민이 길 원장한테 선교회의 실체에 대해 전부 실토했다는 사실을 알고 있을지 모르니까. 그렇다면 조항민에 대해 바로 행동을 개시할지도 모르지.”

“네, 명심하겠습니다.”

“그래, 12시가 다 돼가네. 내일 할 일 많을 텐데, 들어가서 조금이라도 쉬자고.”

“네, 알겠습니다.”

5.

그러나 임 형사의 바람은 한순간에 맥없이 무너졌다.

그날 밤 12시가 넘자 구홍석과 사동일이 행동을 개시했다. 그들도 경찰이 자신들을 예의 주시한다는 사실을 알고 휴대폰을 선교회에 놓고 행동했기 때문에 경찰은 속수무책으로 당하고 만 것이다. 경찰은 그들이 당연히 선교회 안에 있을 거라는 생각에 조항민에 대한 대처가 소홀했던 것이다.

그날 밤 구홍석과 사동일은 조항민의 집에 몰래 침입하여 배신자는 처단해야 한다는 자신들의 과업을 완성했다. 구홍석이 단숨에 회칼로 조항민의 급소를 찔렀다. 그 순간 불 켜진 조항민의 방에 누군가가 있다는 사실이 어렴풋이 창문을 통해 비쳤다.

조항민의 집 밖 근처에 주차되어 있던 차 안에서 이를 본 수사본부 형사 두 명은 결국 일이 터졌다고 판단하여 급히 집 안으로 쳐들어갔으나 이미 한 발 늦은 상태였다.

그 과정에서 그들과 격렬한 몸싸움이 벌어졌다. 형사들도 나름 운동으로 단련된 몸이었으나 그들도 절대 밀리지 않았다. 엎치락뒤치락하는 사이 형사 한 명이 누군가가 휘두른 칼에 복부를 찔려 쓰러졌다.

다른 형사 한 명이 어쩔 수 없이 권총을 꺼내 들어 그들에게 총알 두 발을 발사했다. 총알 한 발은 구홍석의 복부를 관통했고, 한 발은 사동일의 허벅지를 관통했다. 그들은 모두 쓰러졌다.

다행히 300미터 정도 떨어진 파출소에서 총소리를 듣고 급히 출동한 덕에 칼에 맞아 쓰러진 형사 한 명이 곧바로 병원으로 실려 갔다. 그리고 사동일도 병원으로 실려 갔고, 구홍석은 미처 손을 쓸 겨를도 없이 그 자리에서 최후를 맞이했다. 조항민도 이미 숨을 거둔 상태였고, 그의 방은 아수라장으로 변한 상태였다.

그날 아침 새벽부터 수사본부는 비상이 걸리고 난리가 났다. 임 형사를 포함한 수사팀이 급히 서울 용산에 있는 조항민의 집으로 달려갔다. 그들이 도착했을 때는 현장이 어느 정도 수습된 상태였다. 관할 용산경찰서 직원들이 출동해서 현장을 정리하고 있었다.

현장을 본 임 형사는 허탈감과 좌절감에 한동안 정신이 멍했다. 조항민을 지키지 못했다는 죄책감이 서서히 온몸을 감싸듯이 밀려오고 있었다. 길 원장에게 이 사실을 알릴 엄두가 나지 않았다. 여기까지 잘 왔는데 마지막에 경찰의 역할을 제대로 하지 못했다면 이게 다 무슨 소용이 있겠는가?

그래도 해야 할 일을 해야 했다. 비록 구홍석이 사망했다고 해도 사동일을 상대로 조사도 해야 하고, 그리고 또 이번 사건의 주범 격인 성창일, 구순희에 대해 단죄해야 할 일이 남아 있었다.

지금은 새벽 5시가 막 지난 상태였다. 아직 길 원장과 통화할 시간이 아니라는 생각에 잠시 마음을 정리하기 시작했다.

길 원장은 아침 6시 30분쯤 일어나 아침 운동을 나가려고 준비하고 있었다. 무심결에 휴대폰을 들어 새로운 소식이 있는지 확인했다. 카톡이 와 있었다. '일어나는 대로 전화 요망'. 임 형사의 연락이었다.

순간 불길한 예감이 들었다. 카톡을 보낸 시간은 새벽 5시 10분이었다. 급히 통화버튼을 눌렀다.

"여보세요? 원장님?"

"네, 무슨 일이 있나요?"

길 원장은 자신을 부르는 임 형사의 목소리에서 팽팽한 긴장감을 느꼈다.

"허, 참! 면목이 없네요. 결국 일이 터지고야 말았네요."

"네? 무슨… 일이?"

길 원장은 그 순간 오만 가지 생각이 다 들었지만 그래도 제일 먼저 떠오르는 것은 '조항민'이었다.

"오늘 새벽에 조항민이 구홍석과 사동일한테 그만…."

"네에? 현장에 형사들이 있지 않았나요?"

"방심했던 거죠. 구홍석과 사동일의 휴대폰 발신 기지가 계속 진성군에 잡혀 있어서. 그놈들이 우리 머리 꼭대기에 있었던 거죠."

"결국 조항민이 그들에게 살해됐다는 말인가요?"

길 원장은 믿기지 않는다는 듯 혼잣말이 나왔다.

"그렇게 대비했는데도…."

"그래서 그들은 놓쳤나요?"

"그것도 결말이 안 좋네요. 구홍석은 현장에서 사망했고, 사동일은 허벅지에 총상을 입어 병원에 실려 갔죠."

"그래요. 참 결말이 안 좋긴 안 좋네요."

"현장에서 잠복하고 있던 후배 한 명도 사동일에게 칼을 맞아 중상을 입고 병원에 실려 갔는데, 조금 전에 들은 얘기로는 다행히 생명에는 지장이 없다고 하네요. 그나마 다행이라고밖에."

"지금 어딘가요?"

"조항민의 집 근처에서 직원들과 간단히 아침을 먹는 중인데, 곧 내려갈 겁니다."

"당장 사동일을 심문할 상황은 아닌가 보죠?"

"응급 수술을 마쳤고, 정신은 있지만 안정을 취해야 한다고 하네요. 의사 말로는 내일쯤 심문이 가능할 거 같다고."

"그럼, 수사본부도 급박하게 돌아가고 있겠네요."

"네, 새로운 상황이 전개되면 다시 통화하죠. 원장님이 그렇게 당부했는데 정말 면목이 없네요."

"어쩔 수 없죠. 이젠 이번 사건의 주범들을 확실히 응징하는 수밖에."

"네, 이젠 앞뒤 잴 것 없이 정면승부를 걸어야죠."

"그런데 참, 조항민은 정확히 몇 시경에 살해된 건가요?"

"오늘 새벽 1시가 조금 못 된 시간이라고 보고받았습니다."

"참, 악랄한 놈들이네요. 음력 8월이 지나자마자 살해하다니."

"음… 저희도 거기에 걸맞게 악랄해져야죠. 지금 동료들과 합류해야 돼서, 나중에 다시 연락드리죠."

"네, 날을 꼬박 새우셨을 텐데 고생 많으시네요. 그럼."

수사본부가 아침부터 급박하게 움직이고 있었다. 바로 긴급회의가 소집되어 향후 대책이 논의되고 있었다. 임 형사 말대로 정면 돌파 쪽으로 가닥이 잡혔다.

바로 성창일, 구순희에 대한 체포영장이 신청되고, OMB선교회에 대한 압수수색 영장이 신청됐다. 오늘 밤에 영장이 나오면 내일 새벽 바로 집행하기로 했다. 만일의 사태를 대비해서 인원을 최대한 동원하기로 했다. 진성경찰서, 진성소방서에도 협조를 요청했다.

그날 밤 체포영장과 압수수색 영장은 바로 발부됐다. 임 형사를 포함한 수사팀과 충남청에서 동원된 인원들은 다음 날 새벽 5시에 진성으로 출발하기로 했다.

아침 7시 반쯤 진성경찰서, 진성소방서 팀과 합류한 수사팀은 OMB선교회 정문 앞으로 다가갔으나 굳게 닫힌 철대문에 가로막혔다. 압수수색 영장을 집행하러 왔다는 통보에도 불구하고 철대문 안에서는 100여 명의 사람들이 연신 기도를 하면서 막무가내로 수사팀을 막고 있었다.

책임자와의 대화를 요구했음에도 일체 반응이 없었다. 수사팀에서는 지금 이런 행동은 공무 집행 방해라고 엄포를 놨음에도 꿈쩍도 하지 않았다.

어쩔 수 없이 수사팀에서는 강제로 철대문을 열겠다고 통보했다. 쇠 지렛대, 해머, 헬리건 바(halligan bar) 등을 동원하여 철대문을 부술 태세였다. 그 광경에 당황한 선교회 측에서 책임자가 나왔다. 자신을 부목사라고 말했다.

임 형사가 부목사와 장시간 얘기를 나누었다. 한참 후에 부목사는 어딘가와 통화를 했고, 결국 철대문을 열기로 했다. 철대문가운데에 설치되어 있던 선교회 심벌이 딱 중간으로 갈라졌고, 100여 명의 신도들도 일제히 모세의 기적처럼 길 양옆으로 쫙 갈라졌다. 시간은 이미 오전 10시를 넘긴 상태였다.

임 형사의 눈은 신도들을 일일이 살피고 있었으나 성창일과 구순희는 보이질 않았다. 이미 도주했을지 모른다는 생각에 조바심이 들었다.

수사팀 차량을 필두로 드디어 선교회 안으로 들어갔다. 수사팀에서는 이미 체포조 팀과 압수수색 팀으로 역할 분담이 되어 있었다. 임 형사는 성창일을 체포하기로 되어 있었다.

㈜만월 공장 뒤 오솔길을 3분가량 쭉 올라가자 성창일, 구순희의 주거지가 나왔다. 그전에 미리 파악해 놓은 탓에 쉽게 찾았다. 그들의 집은 공장 옆에 쭉 늘어선 연립주택과는 다르게 2층 단독주택이었다. 한눈에 전망이 내려다보이는 곳에 있었고, 그리 크지는 않지만 외관은 깔끔해 보였다. 최근에 새로 지은 것 같은 느낌이었다. 여기에서도 권력의 힘이 새삼스럽게 다가왔다.

임 형사를 포함한 수사팀 여섯 명은 급히 달려가기 시작했다. 성창일의 집 앞에 이르러 문을 두드렸다. 문은 굳게 잠겨 있었다. 계속 소리를 질러도 안에서는 아무런 대답이 들려오지 않았다.

임 형사는 '아뿔싸!' 하는 생각이 들었다. 어제 뉴스에서는 하루 종일 용산 주택가에서 발생한 총성에 대해 보도가 있었지만 수사본부에서 정확한 내용을 발표하지 않아 온갖 추측만 무성했다. 성창일과 구순희도 그 뉴스를 봤다면 무슨 일이 발생했는지 단박에 알아챘을 것이다. 그리고 구홍석, 사동일과 연락이 끊겼다는 사정도 알고 있었을 것이다. 그렇다면 그들은 십중팔구 도주했을 가능성이…. 임 형사는 문을 부수기로 했다. 해머를 이용해서 급하게 문을 부쉈다. 여섯 명의 형사가 한순간에 몰려 들어갔다.

그러나 집 안은 쥐 죽은 듯이 고요했다. 형사들도 순간 어찌할 바를 몰랐다. "각 방 다 수색해!" 다급한 임 형사의 외침이 들려왔다.

임 형사는 계단을 두 칸씩 뛰며 2층으로 올라갔다. 아마도 안방은 2층에 있는 것으로 보였다. 임 형사는 무작정 안방 문을 밀치고 들어갔다.

그 순간 임 형사의 앞에는 차마 말로 표현할 수 없는 참혹한 상황이 연출되고 있었다. 다섯 명의 사람이 방바닥에 어지러이 누워 있었다. 아니 누워 있는 것이 아니라 죽어 있었던 것이다. 임 형사를 뒤따라온 형사 두 명도 넋을 잃고 그 광경을 지켜보고 있었다.

임 형사는 겨우 정신을 차린 듯 천천히 그 사람들에게 다가가 얼굴을 살피기 시작했다. 두 명은 바로 누군지 알 수 있을 것 같았다. 제일 왼쪽에 있는 50대 여자는 구순희로 보였다. 그 바로 옆에는 얼굴 오른편에 심한 화상 자국이 있는 성창일이었다. 나머지 세 명은 누군지 알 수 없었다. 한 명은 채 스무 살이 안 된 여자였다. 나머지 두 사람은 3, 40대 정도의 남자와 여자였다.

마침내 이번 사건이 비극으로 끝나는 순간이었다.

한참이 지난 후에야 임 형사는 다섯 명의 사망자에 대한 검시를 지원 나온 진성경찰서 강력팀에 맡기고, 압수수색을 종료한 수사팀과 함께 충남 내포로 내려가고 있었다. 다들 분위기가 쫙 가라앉은 느낌이었다. 누구 하나 말을 꺼내는 사람이 없었다.

6.

길 원장은 그날 오후 늦게 임 형사로부터 오늘 있었던 일에 대해 전화로 설명을 들었다. 설명을 듣는 내내 길 원장은 아무런 말을 할 수 없었다. 결국 이 모든 것이 비극으로 끝났다는 생각에 온몸의 힘이 한순간 소리 없이 쫙 빠지는 느낌이었다.

"일단 내일 서울 ○○병원에 가서 사동일한테 이번 사건 전반에 관해 물어볼 건 물어봐야죠."

임 형사가 의지를 다지듯 말을 건넸다.

"사동일이 심문에 응할 정도의 상태인가 보죠?"

"정식으로 심문할 상황은 아직 아니라는데, 그래도 가만히 손을 놓고 있을 순 없죠."

"제가 혹시 거기 뒤에 앉아 있어도 될까요?"

길 원장은 조심스럽게 말을 꺼냈다. 비록 비극으로 끝났다고 하더라도 이번 사건의 확인되지 않은 부분은 반드시 확인해야만 할 것이다.

"아니, 그래도 원장님이 내용을 제일 잘 알 테니 직접 심문하시죠. 뭐, 정식 심문도 아닌데. 제가 옆에 가만히 앉아 있겠습니다."

"그래도…."

"제가 그놈을 심문하다가 수가 틀리면 무슨 짓을 할지 솔직히 저도 장담할 수 없어… 감히 경찰에게 칼을 휘두르다니."

"음… 알겠습니다."

다음 날 오전 서울 ○○병원 중환자실에서 사동일에 대한 구두 심문이 진행됐다. 길 원장이 침대에 누워 있는 사동일의 앞에 의자를 갖다 놓고 앉았다. 사동일의 왼팔과 침대 왼쪽 모서리가 수갑으로 연결되어 있었다.

임 형사도 의자를 갖다 놓고 병실 뒤쪽에 조용히 앉아 있었다. 사동일은 비록 허벅지에 총알이 관통됐지만 수술을 잘 끝내 심문에 응하는 데는 큰 불편이 없었다. 운동선수 출신이라 그런지 회복도 빠른 것 같았다. 한눈에 딱 봐도 눈이 아주 특이하게 옆으로 쫙 찢어진 모양을 하고 있었다.

길 원장이 먼저 말을 꺼냈다.

"사동일 씨? 오늘은 정식으로 심문하는 것은 아니니까 편하게 대답하시면 됩니다. 뭐, 정 불편하면 진술을 거부해도 되고요."

"….."

그는 아무런 말이 없었다. 지금 길 원장의 심문에 응해야 하는지 머리를 굴리고 있을 것이다. 길 원장이 다시 말을 꺼냈다.

"구홍석 씨가 현장에서 사망한 것은 알고 있죠?"

"…네."

그는 희미하게 첫마디를 꺼냈다.

"이젠 모든 것이 끝났으니까 다 내려놓으시죠."

"….."

"OMB선교회도 어제 다 정리됐으니 더 망설일 거도 없을 겁니다."

순간 그의 눈알이 심하게 왔다 갔다 움직이고 있었다. 길 원장의 말을 믿어야 하는지 의심스러운 모양이었다. 잠시 후 그의 입에서 조심스러운 말이 흘러나왔다.

"큰아버님하고 큰어머님은?"

"네? 누구를 말하는 거죠? 혹시 성창일과 구순희?"

"네."

길 원장은 순간 성창일과 구순희가 자살했다는 사실을 말해

쥐야 할지 망설여졌다. 분명 충격을 받을 것인데 심문에 역효과가 날지도 모른다는 생각이 들었지만, 어차피 알려질 테니 정공법을 택하기로 했다.

"그 사람들은… 자살로 최후를 맞이했네요."

"뭐라고?"

그는 결코 믿을 수 없다는 표정이었다. 자신이 그렇게 믿고 따랐는데… 결국 그들의 최후가 자살이라는 사실을 도저히 받아들이지 못하는 모양이었다.

"못 믿는 거 같은데 어쩔 수 없는 사실이네요."

"…."

"그러니 이젠 다 내려놓으시죠?"

길 원장은 비록 차분한 목소리로 말했지만 강렬한 눈빛으로 그를 압박했다.

그의 눈에는 양쪽으로 한 줄기 가느다란 눈물이 흘러내리고 있었다. 그에게도 눈물이 있다는 것이 새삼스러웠다. 그가 조용히 눈을 감았다.

길 원장은 자신의 방식대로 긍정의 의미로 생각했다.

"먼저 어제 일부터 물어보죠. 현장에 출동한 경찰 한 분을 찌른 것은 사동일 씨가 맞죠?"

"…."

그가 딱히 말이 없는 것으로 봐서는 길 원장의 말이 맞다는 의미일 것이다.

"그날 밤 조항민을 살해하려고 조항민의 집에 찾아간 것이 맞나요?"

"교단을 배신한 자는 죽어야 마땅하겠지."

그는 고개를 돌려 창밖을 응시하면서 혼잣말처럼 주절거렸다.

"조항민은 누가 찌른 거였죠?"

"홍석이 형이 한 방에."

"조항민이 교단을 배신해서 살해한 거였나요?"

"그자 스스로 교단을 배신한 자는 죽어 마땅하다고 수없이 말해 왔으니 당연히 죽어야 마땅한 자였지."

"그래서 천국에 갈 수 없도록 음력 8월이 지나자마자 살해한 거였나요?"

"하하… 그자는 천국에 갈 자격이 없는 자였으니 당연하지."

"음… 그럼, 성창수도 교단을 배신해서 죽인 건가요?"

그는 대답 대신 길 원장의 얼굴을 응시하고 있었다. 순간 대답을 해야 하는 건지 가늠하는 거 같기도 했다.

"그자도 똑같은 놈이었지."

그는 또다시 시선을 창밖에 두고 있었다.

"성창수는 사동일 씨와 구홍석, 최영수에 의해 살해된 것이 맞죠?"

"….."

"그나마 성창수가 천국에 갈 수 있도록 음력 9월에 살해한 것은 이해하겠는데, 왜 그렇게 무자비하게 죽였죠? 최영수처럼 깔끔하게 한 방에 처리했으면 될 거 같은데?"

"우리가 찾는 것을 내놓을 생각을 하지 않고 있어서."

"그게 천통인인가요?"

그가 찢어진 눈을 크게 뜨며 놀라는 표정을 짓고 있었다. 마음을 단단히 먹고 있었을 것임에도 뜻밖의 말에 놀란 것 같았다.

"….."

"결국 천통인을 찾지도 못했는데, 굳이 죽일 필요까지 있었나요? 납치해서 계속 압박을 가하면….."

"우리도 처음에는 여의치 않으면 그자를 납치하려고 했지. 하지만 그자가 완강히 반항했고, 또….."

그는 갑자기 말을 멈췄다. 길 원장은 계속 기다렸다.

"이미 그자는 죽을 운명이었지. 홍석이 형이 영수 형에게 그자를 천국에 보내 주라고."

"그럼, 구홍석은 처음부터 성창수를 살해할 마음을 먹고 있었다는 거네요."

"아마 큰아버님의 결정이었겠지."

"그럼, 성창일은 성창수가 자기 친형임에도 죽이라는 명령을 내렸다는 건가요?"

"교단을 배신했으니까 당연하지."

"그래도 다른 방법이 있었을 텐데?"

"그나마 원하는 달에 죽여 천국에 보내려고 했겠지. 성창수는 오히려 큰아버님에게 감사해야 할걸."

"그런데 최영수는 차마 성창수를 살해할 거라고는 생각지 못해 주저했을 테고."

길 원장은 사건의 진상을 모두 다 알고 있다는 듯이 넘겨짚듯 유도신문을 하고 있었다. 그는 말없이 길 원장을 노려보고 있었다. 길 원장도 이에 굴하지 않고 그를 노려보고 있었다. 그가 눈을 다시 창가 쪽으로 돌렸다.

"흐음, 그렇지. 영수 형은 평소 그자를 친아버지처럼 잘 따랐으니."

"그래도 최영수로서는 명령이니 어쩔 수 없이 따랐을 테고."

"홍석이 형이 부엌에서 칼을 가지고 와 지금 성창수를 죽여야 그나마 천국에 가는 거라고 영수 형에게 다그쳤지."

"그럼, 최영수는 구홍석의 다그침에 어쩔 수 없이 성창수를 살해하게 됐다는 말이네."

"그렇지. 그자도 평소 자식처럼 아끼는 영수 형에 의해 천국에 가게 됐으니, 기뻤을 테지."

"당신들은 신분이 노출되지 않았을 거라고 생각했는데, 차량 블랙박스에 자신들 모습이 딱 잡힌 걸 알자 일부러 금은방을 터는 것처럼 가장하기도 했을 테고?"

길 원장은 자신감 넘치게 질문을 이어갔다.

"…."

그는 아무 말이 없었다. 딱히 할 말이 없을 것이다.

"뭐, 그건 그렇게 중요한 것은 아니고, 당신은 최영수를 지금도 꼬박 형이라고 부르는데 왜 그렇게 살해해야만 했지?"

"형도 죽을 운명이었던 게지."

"왜? 최영수가 선교회를 배신했나? 우리가 알기로는 아주 충실한 수호부 일원인 거 같던데?"

그는 또다시 길 원장을 노려봤다. 길 원장이 선교회의 모든 것을 알고 있다고 생각하는 것 같았다.

"형이 언젠가 술에 취해 큰아버님에게 찾아가서 따졌지. 왜 어머니의 죽음을 숨기고, 왜 자신을 이렇게 만들었냐고."

"최영수는 자신의 과거를 어떻게 알게 됐지? 선교회에서는 계속 감추고 있었을 텐데."

"성창수가 죽어가면서 영수 형에게 강금자를 찾아가라는 마지막 말을 남겼고, 결국 영수 형이 강금자로부터 자신의 과거에 대해 모든 것을 듣게 되었지.”

“그 선교회는 아랫사람이 윗사람을 찾아가 따졌다는 이유만으로 그렇게 사람을 죽이나?”

사동일은 대답 대신 길 원장을 계속 노려만 보고 있었다. 길 원장이 다음 질문을 꺼내려는 순간 그의 대답이 돌아왔다.

“영수 형은 술만 마시면 자신의 손으로 아버지 같은 성창수를 죽였다고 후회하는 모습을 보였지. 배신자를 죽여야 하는 당연한 임무를 잊은 채 제멋대로 굴었으니, 죽어 마땅하겠지.”

“음… 최영수를 직접 칼로 찔러 죽인 것은 사동일 씨, 당신이 맞지?”

“…”

그는 긍정의 의미로 말을 하지 않고 있었다.

“최영수도 나름 방어를 했을 텐데, 어떻게 한 방에 그를 죽일 수 있었나?”

“아산에 가기 전에 나는 이미 홍석이 형으로부터 명령을 받았고, 그리고 아산에서 올라오던 중 홍석이 형이 눈짓으로 나에게 지시해서 나는 천변 가에 차를 멈췄어. 홍석이 형이 오줌이 마렵다며 차에서 내리면서 영수 형에게 우산을 받쳐 달라고 했지. 마침 그날 폭우가 쏟아지고 있어서, 영수 형이 우산을 받쳐 들며 방심하던 차에 내가 깔끔하게 한 방에 정리했고.”

“그래도 평소 형제처럼 가깝게 지내던 형이었을 텐데, 사동일 씨는 양심도 없나?”

길 원장의 목소리가 갑자기 높아졌다.

“형은 교단을 배신했고, 큰아버님에게 대들었어. 그나마 큰아버님이 천국에 갈 수 있도록 자비를 베푼 거라고.”

그도 덩달아 목소리가 높아지고 있었다.

"최영수의 아버지가 누군지는 알고 있나?"

길 원장이 갑자기 그를 때릴 것같이 일어서면서 다그쳤다. 임 형사도 깜짝 놀라며 일어섰다. 여차하면 말려야 하는 순간이었다.

"…."

그는 말없이 길 원장을 노려만 보고 있었다. 전혀 겁먹은 표정이 아니었다. 길 원장도 순간 자신이 흥분한 것에 대해 후회하는 눈빛이었다. 지금에 와서 최영수의 친아버지가 누구인지는 아무런 의미도 없을 것이다.

"강금자도 결국 교단을 배신해서 죽인 거였나?"

길 원장은 처음에는 그에게 존댓말을 하고 있었으나 어느 순간부터는 반말로 바뀌었다. 그 또한 처음부터 길 원장에게는 존댓말을 하지 않고 있었다.

"나는 강금자를 죽일 거라고는 생각하지 못했지. 강금자가 도망쳤다는 연락을 받고 쫓아가다가 강금자를 발견하고 차에서 내리려는 순간 홍석이 형이 그대로 강금자를 들이받아서."

"그래서 어떻게 됐나?"

"내가 차에서 내려 강금자의 상태를 확인했는데 가망이 전혀 없었지."

"그래도 그때 강금자는 살아 있지 않았나?"

"숨을 쉬고 있었지. 나한테도 뭐라고 말했던 거 같은데, 희미해서 알아듣지 못했지만."

"사동일 씨! 그때 강금자에게 어디를 물리지 않았나?"

길 원장은 강금자의 입에서 발견된 제3자의 살점이 사동일 거라고 생각해서 그렇게 물었다.

"뭐? 경황이 없어서, 잘⋯."

"강금자가 아직 살아 있었으면 살려야 되는 거 아닌가? 왜 그렇게 했지?"

"나는 큰아버님과 홍석이 형의 명령에 따를 뿐, 다른 것은 모르지."

"그래서 강금자도 천국에 갔나?"

"⋯."

"사동일 씨! 오른손 검지에 낀 반지 좀 볼 수 있나?"

길 원장이 사동일의 오른쪽 손가락을 유심히 살피면서 물었다.

사동일은 갑자기 어안이 벙벙한지 머뭇거리면서 눈알만 요리조리 돌리고 있었다. 그 순간 길 원장이 잽싸게 그의 오른손을 잡아당기며 검지에 낀 반지를 뚫어지게 쳐다봤다. 역시 반지에는 선교회의 심벌이 선명하게 찍혀 있었다.

"이 반지는 선교회에서 나눠준 건가?"

"⋯."

"어른이 물으면 대답해야지."

임 형사가 뒤에서 처음으로 느긋하게 말을 꺼냈다.

"수호부 형제들한테만."

"반지에 찍힌 이 표식이 무엇을 의미하는지는 알고 있나?"

"⋯."

"당신들이 최영수를 죽이고 반지를 빼내 갔지?"

"⋯."

"왜 그걸 보면 선교회 실체가 들통날 거 같아서?"

"⋯최영수는 수호부 형제의 자격을 이미 잃었으니까."

길 원장은 대충 궁금한 것은 다 물어봤다는 듯 고개를 돌려 임 형사를 바라봤다. 혹시 더 물어볼 것이 있는지 눈빛으로 말하고 있었다. 그러자 임 형사가 의자에서 일어나 천천히 사동일 쪽으로 다가와서 말을 꺼냈다.

"내가 마지막으로 한마디만 하지. 사동일 씨가 믿는 신앙이 뭔지는 모르겠지만, 당신은 성창일과 구순희가 자살했다는 말에는 눈물을 보이면서도 당신이 살해한 사람들 얘기를 꺼낼 때는 당연한 것처럼 당당하게 말하던데, 진정한 신앙인이면 그러면 안 되지 않나? 당신이 믿는 메시아는 모든 인간을 사랑하라고 가르치지는 않았나?"

임 형사는 그의 대답을 들어볼 필요도 없다는 듯 바로 몸을 돌려 성큼성큼 병실 밖으로 걸어 나가고 있었다.

길 원장은 그래도 그의 입에서 무슨 말이 나올지 잠시 기다리고 있었으나 그의 입에서는 끝내 어떤 말도 나오지 않았다.

7.

며칠 후 수사본부장은 OMB선교회 사건의 전모를 발표했다. 그 충격으로 온 나라가 떠들썩해지기 시작했다.

대한민국은 종교의 자유가 보장된 나라라고는 하지만 종교를 빌미로 어린 소녀들을 납치하고, 종교를 배신했다는 이유로 무자비하게 신도들을 살해한 선교회에 대한 비판이 들끓었다.

TV에서는 연일 종교에 대한 대담 프로가 방영되면서 "사이비 종교란 무엇인가?"라는 근본적인 질문을 던지고 있었다. 시민들의 인터뷰도 한결같이 OMB선교회는 종교를 가장한 살인마 집단이라며 선교회 자체를 폐쇄해야 한다고 거침없는 말들을 쏟아냈다.

이 와중에 OMB선교회는 침묵을 지키고 있었다. 소나기는 피하고 보자는 심산일 것이다. 다만 신도들의 동요를 막기 위함인지 선교회 내부에서는 이번에 벌어진 일들은 일부 신도들의 개인적인 일탈일 뿐 선교회는 아무런 연관이 없다는 공지를 연신 띄우며 수습에 안간힘을 쓰는 것 같았다.

사실 수사본부에서는 이번 사건을 마무리하면서 현재 목사인 문석을 포함해서 선교회 간부들에 대한 공모 혐의를 밝히려고 부단히 노력했지만, 뚜렷한 혐의점을 밝히지는 못했다.

성창수를 살해하고, 최영수를 살해하고, 강금자를 살해하고, 조항민을 살해하는 과정에서 문석이 관여했다는 증거는 찾지 못했다. 압수수색 결과에도 문석의 혐의를 입증할 만한 자료는 전혀 나오지 않았다.

결국 이 모든 사건은 성창일과 구순희의 독단적인 지시에 의한 것으로 결론을 낼 수밖에 없었다. 성창일과 구순희가 입을 막고 사라졌으니 달리 뾰족한 방법이 없었다.

그리고 선교회 설립 초반에 있었던 여학생들의 납치 등 문제가 될 만한 것들은 이미 공소시효가 지나 누구에게도 책임을 물을 수 없는 상황이 되었다.

다만 한 가지 새로 밝혀진 사실은 OMB선교회를 설립한 문산은 2015년 4월경에 이미 사망했다는 것이다. 그러나 선교회 측은 사망 신고를 하지 않은 채 부활을 믿으며 교회 지하실에 방부 처리를 완벽히 해서 미라 형태로 보존하고 있었다. 참 대단하다고밖에 생각할 수 없었다.

오늘 저녁은 임 형사와 박 형사가 대전으로 넘어오기로 했다.

이번 사건을 마무리하자는 의미였다. 길 원장은 그들의 아지트에 먼저 와서 기다리고 있었다.

잠시 후 두 사람이 씩씩하게 들어오고 있었다. 끝이 좋지 않았다고는 하지만 어쨌든 결말이 났으니 두 사람 모두 홀가분하다는 생각뿐이었을 것이다. 길 원장 또한 홀가분한 마음이었다.

먼저 임 형사가 말을 꺼냈다.

"과장님께서 원장님에 대한 포상을 정식으로 상부에 건의한다고 해서, 일단 원장님의 의향을 물어보겠다고 했죠. 뭐, 좋은 일인데 그냥 모르는 척 받으시죠."

"그건 제 입장에서는 상책이 아닌 거 같은데, 그냥 정중히 거절했다고 잘 말씀드려 주시죠."

"전에 박 형사 사건도 있고 해서 청장님이 강력히 주장하셨다고 하는데, 그냥 받으시는 것이….."

"저는 그냥 나중에 잠잠해졌을 때 책을 쓰는 것으로 만족하렵니다. 그건 그렇고, 78년도에 실종된 다른 사람들은 어떻게 됐나요?"

"이순애는 선교회 안에 있는 것으로 확인됐는데 세상 모든 것을 체념한 모습 같더라고요. 잡혀 온 이후 계속해서 주방에서 음식 만드는 일만 한 거 같았고, 그녀 오빠가 설득해서 집으로 데리고 갔다고 하네요."

"그나마 다행이네요."

"그런데 온몸에 힘이 없고 살이 거의 없는 걸로 봐서는 완연한 중환자로 보여, 아마도 병원에 가서 정밀진단을 받아봐야 할 거같은데 다들 살날이 얼마 남지 않은 거 같다고만."

길 원장은 그 말을 듣고 최영실의 마지막 모습이 떠올라서 그런지 아무 말도 하지 못했다.

"그리고 김은하는 잡혀 온 지 몇 년 만에 죽었다고."

"네? 죽었다고요? 설마?"

"아이를 낳다가 탯줄이 아이 목에 걸리는 바람에 아이도 죽고, 산모도 죽었다고."

"후⋯."

길 원장은 무슨 말을 더 꺼내기가 두려웠다.

"그럼, 성창수의 동생 성하정은?"

"문산의 동생인 문행과 함께 살고 있는 것으로 확인됐는데, 사실상 연금 상태였다고. 성하정에게 선교회를 나가겠냐고 물었는데 그냥 문행과 함께 있고 싶다고만 했다고 하네요."

"하기야 지금 선교회를 나와 봐야 부모님도 안 계시고, 성창수, 성창일 모두 이 세상 사람들이 아닌데. 참, 선일순은요?"

"조항민이 말한 거처럼 선일순은 울산교회 구재일 목사의 부인으로 확인됐네요. 구재일은 구순희의 남동생이고."

"음⋯ 그럼, 조항민 말대로 타인의 이름으로 살아가고 있었겠네요?"

"네, 남수민이라는 이름으로."

"그래도 다행이네요."

길 원장은 그나마 선종수 역장에게 면이 섰다는 생각에 조마조마했던 가슴을 쓸어내렸다.

"그런데 선 역장이 선일순을 찾아갔는데 만남을 거부했다고."

"네?"

"뭐, 어떻게 보면 선일순 처지도 이해가 되는 면이 있고요. 수십 년 동안 타인의 시간으로 살아왔는데 지금에 와서 그걸 되돌려 놓기에는….”

길 원장도 그저 고개만 가볍게 몇 번 끄덕였다.

“선일순 말로는 여중생 선일순은 옛날에 벌써 죽었다고….”

임 형사도 넋두리를 늘어놓듯 더 이상 말을 잇지 못했다.

“아니, 저는 지금도 이해가 안 되는 게 성창수는 그 고생 해가며 서울 법대까지 갔는데, 한순간에 자기 인생을 망치는 길을 택했다는 게 저로서는 전혀?”

이번에는 박 형사가 말을 꺼냈다.

“그래서 종교라는 것이 무서운 거지. 자신의 모든 것을 한순간에 버릴 정도로.”

임 형사가 차분하게 설명하듯이 말을 이어갔다.

“아니, 그러면 형님은 그 상황이 이해된다는 말씀인가요?”

“음… 뭐, OMB에 빠진 성창수 입장에서는 곧 종말이 온다고 하는데 그때를 대비해야 하는 것이 더 순리에 맞지 않았을까? 그러니까 출세의 길도 마다하고 자기 가족들까지 그곳으로 인도했겠지. 아마도 다섯 명의 여학생을 유인할 때도 전혀 죄의식은 없었을 거야. 오히려 천국으로 인도한다고 생각했겠지.”

“그건 그렇고 사건을 마무리해야 할 텐데 성창일, 구순희 부검 결과는 어떻게 나왔나요?”

길 원장은 심오한 종교 얘기를 꺼내면 한없이 길어질 것 같아 사건 얘기로 말꼬리를 돌렸다.

“다섯 명 모두 위에서 수면제와 투구꽃 성분이 나왔다고 하는데, 투구꽃은 줄기와 뿌리 모두 치명적인 독약 성분이 있어 사람이 마시면 10분 안에 즉사한다고 되어 있네요.”

길 원장은 임 형사를 빤히 쳐다보면서 지긋이 미소를 짓고 있었다. 그도 얼굴에 뭐가 묻었는지 확인하면서 무안한 표정을 지었다.

"왜, 제 얼굴에 뭐가 묻어 있나요?"

"네? 아니, 아니, 그냥요."

"아닌 것이 아닌 거 같은데, 말씀해 보세요."

그가 독촉하듯 물었다.

"음… 제 졸업 논문이 독초 연구였는데 임 형사님이 투구꽃 얘기를 하시기에 옛날 생각이 나서 그만, 죄송."

"그럼, 제가 공자 앞에서 문자를 썼다는 말인가요? 허! 참!"

"투구꽃이라? 거 이름도 예쁜데 그게 그렇게 치명적인 독초였나요?"

갑자기 박 형사가 끼어들었다. 그는 천상 잠시만 쉬고 있으면 입이 간지러운 모양이었다.

"투구꽃 하면 사람들이 잘 모르는데, 쉽게 옛날 말로 하면 '부자'라고 임금님이 사약을 내릴 때 사용하는 거였죠."

"그들이 산속에 거주하고 있다 보니 그런 것들도 미리 다 준비해 놓았을 테죠."

"성창일, 구순희와 함께 죽은 사람들은 누구라고 하던가요?"

"한 마디로 개인 시중을 드는 몸종이라고 해야 하나? 남자 한 명, 여자 한 명, 어린 소녀는 그들의 딸이고요. 성창일과 구순희는 그곳에서도 온갖 호사는 다 누린 거 같네요."

"그들의 신원은 확인됐나요?"

"셋 모두 지문 등록이 안 되어 있는 사람들인데, 아마도 그들의 부모가 오래전에 끌려와서 낳은 사람들로 추정되네요. 한마디로 최영수와 같은 사람들이라고 보면 되겠죠."

"성창일과 구순희는 자신들만 죽으면 되지, 왜 그들까지 동반 자살을 시켰을까요? 참 죽을 때까지 못된 놈들이네요. 나쁜 놈들 같으니!"

박 형사가 투덜거리며 말했다.

"그리고 그놈들 자신들만 자살한 것이 아니라 키우던 강아지도 죽였더라고요. 아주 예쁘던데."

"끝까지 못돼 먹은 놈들이네요. 강아지가 종교와 무슨 상관있다고, 개만도 못한 놈들 같으니!"

박 형사가 화가 많이 났는지 또다시 말이 거칠어졌다.

"그래도 수사기관에서는 정확히 해야 하는 거 아닌가요? 수면제가 검출된 것으로 봐서는 성명불상의 부부와 딸이 스스로 자살하지는 않았을 테고, 성창일이나 구순희가 살해하지 않았을까요?"

"그렇겠죠. 수사본부의 최종 결론은 성창일이 그 세 사람이랑 구순희를 살해한 다음 자살한 것으로."

"혹시 성창일과 구순희의 어깨에 새겨진 문양은 무엇이던가요?"

"성창일은 9 국화였고, 구순희는 4 흑싸리인데."

"음… 그래요?"

길 원장은 의아하다는 표정을 지었다.

"원장님도 그 생각하셨죠? 결국 성창일은 죽어가면서까지도 자기 잇속은 다 챙겼다니까."

임 형사가 투덜거리듯이 말을 꺼냈다.

"네? 그게 무슨?"

박 형사가 궁금한 듯 임 형사에게 물었다.

"성창일만 자기가 원하는 음력 9월에 죽었으니, 다른 사람들 모두 살해하고 마지막으로 자기가 자살한 거지. 자기만 천국에 가려고.

"아! 그렇겠네. 성창일이 그놈, 보면 볼수록 정말 나쁜 놈이네요."

그러나 길 원장은 몇 번이고 가벼운 신음을 내면서 고개를 좌우로 흔들었다. 임 형사가 그 모습을 보고 의아해했다.

"원장님은 수사본부의 결론이 잘못됐다고 생각하시는 건가요?"

"분명한 것은 성창일은 자살하지 않았다는 거죠."

"네에?"

두 사람은 동시에 가벼운 비명을 질렀다. 혹시 다 끝난 마당에 수사본부에서 결론을 잘못 내린 것은 아닌지 하는….

"그게 무슨 말씀인지? 자세히, 좀."

"후… 그냥 한번 생각해 본 것뿐이네요. 너무 심각하게 받아들일 것까지는 없고요."

길 원장은 이제 와서 OMB선교회 신자가 자기가 원하는 달에 자살하는 일은 절대 없을 거라는 조항민의 말을 꺼내 본들 무슨 소용이 있을까? 하는 생각이 들었다. 그냥 그대로 넘어가기로 했다.

"아니…."

임 형사가 끈질기게 물고 늘어졌다.

"제 생각에는 성창일보다는 구순희가 어떤 면에서는 더 독할 수도 있으니, 그냥 구순희가 성창일을 죽이고 자살했을지도 모른다는 생각에…. 이젠 다 지난 일인데, 거국적으로 한잔하시죠. 자, 건배!"

임 형사는 그래도 계속 미심쩍은 얼굴로 길 원장을 계속 바라보고 있었다.

8.

온 세상은 다가올 겨울을 준비하기 위해 막바지로 부산을 떨기 시작했다. 화려한 자태를 뽐내던 낙엽들도 이젠 거의 남아 있지 않았다. 올겨울에는 이상기온 현상이 많이 나타날 거라는 장기 일기예보가 있긴 하지만, 그래도 계절은 계절답게 맞이해야 사람 사는 맛이 날 것 같았다.

오늘 토요일 오후, 길 원장은 대전 유성IC 휴게소에서 한수찬 교도관을 만나기로 했다. 그와 함께 익산에 있는 납골당에 가서 최영실을 만날 예정이다.

한 교도관은 길 원장의 차를 타고 가면서 길 원장에게 미안한지 연신 어쩔 줄 몰라 하고 있었다. 자기 때문에 길 원장이 험한 꼴을 당했다고 생각하는 것 같았다.

길 원장은 그저 미소로만 화답했다. 그도 차츰 기분이 안정됐는지 연신 사건 얘기에 열을 올리기 시작했다. 자기 나름의 추리도 마구 쏟아냈다. 처음에 말했던 것처럼 그는 추리소설 마니아가 틀림없었다.

차는 익산시 함열읍에 있는 조그만 종교시설 납골당에 도착했다. 그 자리에는 미리 최경실이 나와 있었다. 한수찬과 최경실은 가볍게 서로 인사를 건넸다.

납골당 안에는 생화가 꽂혀 있었다. 아마도 방금 전에 최경실이 꽂아 놓았을 것이다. 붓꽃이었다. 중학교 교복을 입은 최영실이 부모님을 포함한 가족들과 함께 찍은 사진 한 장이 새삼 새로워 보였다.

"어머니! 저 수찬이 왔네요. 제가 너무 늦었는데, 편히 잘 쉬고 계시죠? 어머니가 좋아하시던 거 하나 가져왔네요. 맛있게 드세요, 어머니!"

그리고 그는 주머니에서 캔 커피 하나를 꺼내 최영실의 사진 옆에 놓았다. 그는 최영실의 사진을 멍하니 바라보면서 상념에 잠겼다. 그렇게 꿈에 그리던 아들을 찾긴 찾았는데….

"언니가 고향에 대한 기억도 많이 잊어버렸을 텐데, 그래도 원장님 덕분에 고향에서 편히 잠들 수 있게 돼서 다행이네요."

"아마, 언니 마음속에는 학생 시절 친구들과 밤낮으로 뛰어놀던 정든 고향을 한시도 잊지 않았을 겁니다."

최경실은 그저 고개를 숙인 채 아무 말이 없었다.

잠시 후 길 원장이 조용히 서류봉투에서 뭔가를 꺼냈다.

"제가 아산경찰서에 부탁해서 찾아온 겁니다. 언니의 마지막 사진."

"네, 감사합니다."

그녀 또한 최영실과 최영수의 사진을 한동안 멍하니 바라보고만 있었다.

"그리고 이것도 언니가 남긴 유품인데, 동생분이 보관해야 맞을 거 같네요."

길 원장은 다시 서류봉투에서 통장 하나를 꺼냈다. 그녀는 잠시 의아한 표정을 지었지만 아무 말 없이 통장을 받았다.

"이젠 가 봐야죠. 혹시 논산에 갈 일 있으면 노래방에 한번 들를게요. 제가 완전 음치라서 노래를 부르고 싶어도 아무도 없는 곳에서만 가능해서, 그땐 공짜로 해주실 거죠."

그녀는 계속 아무 말 없이 가볍게 웃고만 있었다.

에필로그

길 원장은 지금 서재에 앉아 타임 시리즈의 마지막 편을 시작하려는 순간 생각에 잠겼다.

책상 위는 이번 사건에 관한 각종 자료로 가득했다. 이미 대충 초안은 머릿속에 구상해 놓은 상태였다. 다만 책상 한쪽에 온전히 자리 잡은 조항민의 일기장이 계속 눈에 밟혔다.

그의 일기장은 총 36권이었다. 중고등학교 때 썼던 일기장은 아주 낡은 상태였다. 그 당시 학생들이 쓰던 소위 '공책'에 일기를 썼다. 대학교 때는 그나마 대학 노트에 써서 그런지 품질이 다소 좋아 보였다. 노트 표지에는 서울대 마크가 선명하게 찍혀 있었다. 나중에 사회생활을 하면서부터는 두꺼운 사무용 노트를 사용한 것으로 보였다.

길 원장은 아직 그 일기장을 읽어보진 않았다. 조항민에게 꼭 읽어보겠다고 말한 약속을 지켜야 하는 것은 당연했다. 그러나 그 시기는 다소 늦추기로 했다.

이번 타임 시리즈 3편(타인의 시간)을 먼저 출간하고, 독자들의 반응이 어느 정도 정리된 다음 그의 일기장을 읽어보기로 했다.

사실 그의 일기장을 읽어보지 않은 상태에서 이번 사건을 잘 마무리했으니, 일기장을 꼭 먼저 읽어볼 필요성은 없었다. 오히려 일기장을 읽어본 다음 소설을 쓰게 되면 어쩔 수 없이 일기장 내용에 신경이 쓰일 수밖에 없을 것이다. 그런 이유로 아직 조항민의 일기장엔 손이 가지 않고 있었다.

다시 한번 종교라는 것이 새삼 무섭다는 생각이 들었다. 조항민의 마지막 유언 같은 말이 계속 머릿속을 짓누르고 있었다.

조항민의 유언대로 그의 일기장이 세상에 공개되는 일은 결코 없을 것이다. 이번 '타인의 시간'에서도 예민한 지명이나 이름 등 일부는 어쩔 수 없이 가명이나 허위의 설정을 할 수밖에 없었다. 익산시 함열읍 상시리나 진성군 진성읍, 홍천군 동면 시전리 등은 모두 가명임은 물론이다.

OMB선교회가 사이비 종교인지 아닌지는 결국 일반 대중들이 판단할 것이다. 조항민의 바람대로 잘되기만 바랄 뿐이다.

그리고 참, 천통인에 대해 언급을 하지 않을 수 없다. 조항민의 말처럼 그의 일기장과 함께 천통인이 함께 도착했다.

길 원장은 실물 천통인을 마주하자, 상상 이상의 물건임이 분명하다고 판단했다. 순금이라고 했으니 값어치도 무시할 순 없지만, 시계 방향으로 열두 개의 달을 표시하는 화투 문양을 정밀하게 양각한 솜씨는 한 편의 예술품이었다.

천통인을 어떻게 처리해야 할지 한동안 고민에 빠졌다. 현재 천통인이 길 원장 품에 있다는 사실은 아무도 모르고 있다.

결국 길 원장은 OMB선교회 사건이 어느 정도 잊힐 때인 2018년 어느 늦은 봄날에 천통인을 선교회에 보냈다. 주인한테 돌아가야 하는 물건이라 보내는 것이라는 정도로만 생각하기로 했다. 조항민도 그 뜻을 이해할 것이라고 미뤄 짐작했다.

OMB선교회 측에서는 지금까지 아무런 답이 없었다. 그들이 천통인을 받아서 잘 사용하고 있는지 가끔 궁금하기도 했다.

출간후기

권선복(도서출판 행복에너지 대표이사)

"미스터리의 완성, 반전의 끝"

권중영 변호사의 추리소설 『타인의 시간』은 '타임 시리즈'의 대미를 장식하는 작품으로, 이 시리즈의 절정을 화려하게 수놓습니다.

'타임 시리즈'는 총 3편으로 구성되어 있으며, 1편 『침묵의 시간』, 2편 『완벽한 시간』, 그리고 마지막 작품인 『타인의 시간』이 독자들에게 동시에 공개됩니다. 각 작품은 개별적으로 독립된 사건을 다루고 있으면서도, 전체적으로 강력한 스토리의 흐름을 유지하며 독자들에게 숨 막히는 몰입감을 제공합니다.

3편 『타인의 시간』은 특히 사이비 종교와 연쇄살인 사건을 추적하는 설정으로, 끔찍한 범죄의 실체를 탐구하는 강렬한 서사가 전개됩니다.

이 작품은 추리의 쾌감과 더불어, 복잡한 인간의 어두운 내면을 치밀하게 파헤치는 작품으로, 수많은 단서들이 톱니바퀴처럼 맞물리며 하나의 거대한 진실을 향해 달려갑니다. 그 결말은 강렬하고 충격적이며, 사건의 중심에는 사이비 종교와 관련된 미스터리가 있습니다. 이 거대한 조직의 음모와 범죄가 드러나는 과정이 사실적으로 펼쳐지며, 연쇄살인과 종교적 광기의 교차점에서 독자들은 끝없이 반전되는 사건 속에 빠져들게 됩니다.

'타임 시리즈'의 저자인 권중영 변호사는 서울대학교에서 고고학을 전공하고, 약 20년간 검찰에서 근무한 법률 전문가입니다. 그의 풍부한 경험이 이번 작품에도 여실히 녹아 있으며, 법률적 고증과 수사 과정은 매우 현실적이면서도 흥미로운 방식으로 전개됩니다.

『타인의 시간』은 단순한 추리소설을 넘어, 인간 심리의 미로와 사회적 문제의 깊이를 동시에 파고듭니다. 이 작품은 독자들에게 범죄의 표면을 넘어서 그 이면에 숨겨진 진실을 파헤치는 짜릿한 경험을 선사할 뿐만 아니라, 우리가 외면해 왔던 사회의 어두운 이면을 강렬하게 조명합니다.

마지막 작품이지만 그 깊이와 강렬함은 시리즈 전체를 관통하며, 숨 가쁘게 전개되는 이야기 속에서 독자들은 예측할 수 없는 반전의 연속을 경험하게 될 것입니다.

권중영 변호사의 '타임 시리즈'는 3편 모두, 새로운 차원의 추리소설을 제시하는 작품들입니다. 모쪼록 이 작품들이 독자들의 마음을 사로잡아, 한국 추리소설의 새로운 역사를 써 내려가길 기원합니다.

'행복에너지'의 해피 대한민국 프로젝트!

<모교 책 보내기 운동> <군부대 책 보내기 운동>

한 권의 책은 한 사람의 인생을 바꾸는 힘을 가지고 있습니다. 한 사람의 인생이 바뀌면 한 나라의 국운이 바뀝니다. 그럼에도 불구하고 많은 학교의 도서관이 가난하며 나라를 지키는 군인들은 사회와 단절되어 자기계발을 하기 어렵습니다. 저희 행복에너지에서는 베스트셀러와 각종 기관에서 우수도서로 선정된 도서를 중심으로 <모교 책 보내기 운동>과 <군부대 책 보내기 운동>을 펼치고 있습니다. 책을 제공해 주시면 수요기관에서 감사장과 함께 기부금 영수증을 받을 수 있어 좋은 일에 따르는 적절한 세액 공제의 혜택도 뒤따르게 됩니다. 대한민국의 미래, 젊은이들에게 좋은 책을 보내주십시오. 독자 여러분의 자랑스러운 모교와 군부대에 보내진 한 권의 책은 더 크게 성장할 대한민국의 발판이 될 것입니다.

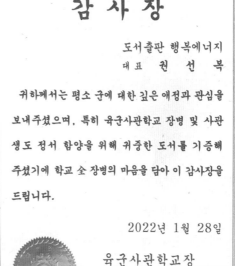